KB250265

한국 농민소설의 근대성

저자 ▌박재범

경남 마산 출생
경북대학교 대학원 졸업
문학 박사
경북대학교 강사 역임
논문 「1970년대 농민문학론과 농민소설의 소통 양상 연구」(『현대소설연구』 제31호)
　　「김정한 소설의 진보담론 연구」(『현대소설연구』 제36호) 외

한국 농민소설의 근대성

인　쇄　2012년 3월 22일
발　행　2012년 3월 30일
지은이　박재범
펴낸이　이대현
편　집　박선주
디자인　이홍주
펴낸곳　도서출판 역락
　　　　서울 서초구 반포4동 577-25 문창빌딩 2층
　　　　전화 02-3409-2058(영업부), 3409-2060(편집부)
　　　　팩시밀리 02-3409-2059
　　　　이메일 youkrack@hanmail.net
　　　　등록 1999년 4월 19일 제303-2002-000014호
ISBN　978-89-5556-982-7　93810

정　가　26,000원

• 잘못된 책은 바꾸어 드립니다.

한국 농민소설의 근대성

박 재 범

역락

책을 내며

한국 사회는 세계 근대화 역사 속에서도 매우 특수한 상황에 놓여 정상적인 근대화 과정을 경험하지 못함으로써 현재까지도 그 결과적 현상을 고스란히 안은 채 앓고 있는 사회라고 할 수 있다.

1950년대 전후시기를 지나 1960년대 이후로 진행된 한국 근대화 역시 개화기와 일제강점기를 거치며 강제된 부정(不正)한 근대화의 연장선상이라는 역사적 토대 위에서 부당한 권력에 의해 억압적이고 파행적인 방식으로 이루어졌다. 특히 불과 20여년 만에 진행된 농민 사회의 급속한 해체 과정은 수천 년 동안 이어져 온 사회 구조의 근간을 뒤바꾸며 이후 한국 사회를 규정짓는 결정적 토대의 구실을 하게 되었다는 점에서 매우 중대한 사회·역사적 의미를 갖는 일이었다.

그러한 파행적이고 절박한 시대의 한가운데서 농민 사회가 처한 현실 문제에 관심을 가졌던 당대의 농민소설들은 문학사적으로 매우 각별한 의미를 지닌다. 따라서 이러한 농민소설들에 대한 연구를 통해 그 문예미학적 성과를 고찰하고, 당대 농민 사회의 실상과 근대화의 본질에 대해 올바로 이해하는 일은 현재의 위기 상황에 대한 성찰과 극복을 위해서도 반드시 필요한 일이라 생각된다.

필자는 석·박사 과정 이후부터 줄곧 한국의 근대 전개 과정의 한가운데에 있었던 농민 사회와 농민들의 삶에 대한 문학적 형상화에 대해 관심을 가지고 연구에 임해 왔다. 이는 리얼리즘 문학으로서 농민소설이 갖는 학술적 의미에 대한 인식과 함께, 한국적 현실에서 민중 또는 시민에 의한 사회·역사적 진보의 전망은 여전히 매우 중요하고 유용한 가치라고 생각하는 개인적 소신이 더해진 때문이었다.

따라서 농민소설의 연구를 통해 근대 역사 과정에서 부침해 온 농민 계층의 민중적 힘을 구명하여 민족적 진보의 주체적 지위를 회복하게 하는 노력과 그 성과는 문학사적으로 뿐만 아니라 개인적 지향성의 구현이라는 의미에서도 뜻 깊은 일이었다.

이번에 책으로 엮고자 하는 글들은 주로 농민 사회의 해체 과정 속에서 엄청난 구조적 변동을 겪게 되는 시기인 1950년대 이후 1970년대까지의 농민소설에 대한 연구 결과물들이다.

제1부는 박사 학위 논문이고, 제2부에는 그간 학술지에 발표한 글들 중에서 책의 큰 테마와 부합하는 두 편의 글과 함께 석사 학위 논문 중 중요한 일부를 가져와 다소간의 수정 보완 후 실었다. 책으로 엮으려 하니 미흡한 점이 많지만 향후 이 분야의 두터운 학술적 확장을 위한 하나의 발판이 될 수 있기를 기대해 본다.

또한 불의(不義)의 시대를 부정(否定)하고 맞서 저항했던 당대 민중과 문예의 힘이 시대를 뛰어넘어 지금 우리 사회에서도 정의로운 진보의 지평을 열어갈 수 있는 민중의 힘, 시민의 힘으로 이어져나갈 수 있었으면 하는 바람도 가져 본다.

이 책이 세상에 나올 수 있도록 도와주신 모든 분들의 관심과 애정에 고개 숙여 감사드린다.

2012. 2.

박 재 범

차 례

• 책을 내며

[제1부]

1960~70년대 한국 농민소설의 현실 인식

1960~70년대 한국 농민소설의 현실 인식

I. 서 론

1. 문제 제기와 연구 목적

문학사의 과제는 문학 작품들이 "단지 공시적 및 통시적으로 그 조직들의 연속에서 서술되지 않고, 일반사에 대한 그것 자체의 관계에서도 특수한 역사로서 관찰될 때 비로소 완성된다"[1]고 할 수 있다. 한국의 근·현대 문학사 역시 한국의 근·현대사에 대한 관계를 전제함으로써 그 특수한 의미가 규명될 수 있다. 따라서 본고가 대상으로 하고 있는 1960~70년대 농민소설 연구에 있어서도 텍스트와 유관한 당대의 역사적 상황은 물론 한국의 근대에 대한 역사적·문화적 성찰이 선행되어야 그 의미를 온전히 파악할 수 있을 것이다.

'근대'[2]의 원론적이고 필수적인 철학적 가치로서의 '근대성'[3]은 적어

---

1) H.R. 야우스, 장영태 역, 『도전으로서의 문학사』, 문학과지성사, 1983, 209쪽.
2) 이전 시대에 대한 '새로움'으로 규정되는(라인하르트 코젤렉, 한철 옮김, 『지나

도 인간이 야만성에서 벗어나야 하는 상황을 전제로 한다. 그러나 인간의 근대 역사는 결코 야만의 시대를 온전히 벗어나지 못하였다. 그런데 더욱 심각한 것은 근대 이후의 야만이 '이성'과 '인간적인 것'의 실현이라는 구호 아래 행해졌다는 사실이다. 이러한 상황은 근대가 근대화 과정에서 현실로 보여준 근대성과 반근대성이라는 극단적인 양가성을 잘 드러내주는 현상이라 할 수 있다. 인간이 진정으로 야만의 시대를 벗어나 자유, 민주, 인권에 대한 의식이 주체적 개인의 차원으로까지 확장

간 미래』, 문학동네, 1998, 336~338쪽 참조) 근대는 단순히 연대기적인 시기 구분 범주(chronological category)로서의 의미만이 아니라 사회적 경험의 질로서의 범주(qualitative category)라는 의미를 지닌다.(P. Osborn, 「Modernity is a Qualitative, Not a Chronological, Category」, New Left Riview, March 1992 ; 김경연 역, 「사회－역사적 범주로서의 모더니티 이해 : 차별적 역사적 시간의 변증법에 관한 각서」, 『이론』5, 1993년 여름, 30~31쪽 참조)

3) '근대'와 '근대성'은 코젤렉의 '개념사(Begriffsgescbicbte)'적 이해가 필요한 용어이다. 코젤렉에 의하면 단어는 사용되면서 명확해질 수 있다. 반면에 개념은 개념이기 위해 다의적이어야 한다. 개념 역시 단어에 근거하기는 하지만, 그것은 동시에 단어 이상이다. 즉 단어가 그 속에서 사용되면서 지칭하는 수많은 정치적·사회적 의미연관과 경험연관들이 전체적으로 하나의 단어로 유입될 때 단어는 개념이 된다.(코젤렉, 앞의 책, 121~144쪽 참조)

따라서 수많은 정치적·사회적 '의미연관과 경험연관들'이 사적(史的)흐름을 통해 유입된 '근대'와 '근대성'이란 단어의 개념을 일목요연하게 정의한다는 것은 불가능하기도 하고, 또 무의미하다. 그것의 진정한 의미는 수많은 정치적·사회적·역사적 의미연관과 경험연관들을 풀어나가는 과정과 함께 이해되어야 하고, 또 그 과정에서 또 다른 의미연관의 유입을 거쳐 새롭게 생성될 수도 있는 것이다.

리타 펠스키 또한 근대성이란 '역사의 특정한 순간에 탄생한 동질적인 시대 정신이라기보다는 서로 다른 시기에 출현하여 발전했으며 종종 소급적으로만 근대적이라고 정의할 수 있는 제도적·문화적·철학적 줄기들이 서로 얽혀 있는 집합체'라고 말하고, 시대와 각 민족 문화의 전통에 따라 그리고 학문의 각 분야(사회, 정치, 문학, 철학 등)에 따라 근대의 개념이 달리 이해된다는 점을 지적한다.(리타 펠스키, 김영찬·심진경 역, 『근대성과 페미니즘』, 거름, 1998, 35~42쪽 참조) 이처럼 근대성은 단일한 시대 정신으로 성급하게 종합될 수 없는 일련의 다차원적인 역사적·철학적 현상을 포괄한다는 전제하에 근대 또는 근대성과 연관된 제 논의는 시작되어야 할 것이다.

되어가면서 인간의 삶의 질이 진보의 발걸음을 내딛는 시대가 진정한 근대이고, 그러한 근대를 지향하는 철학적 의식이 바로 역사철학적 근대성의 요체일 것이다.4)

특히 한국 사회는 세계사와 한국사의 사회·역사적 근대화 과정 속에서 그 폐해로 인해 가장 크게 훼손된 근대화 과정을 겪어야 했으며 현재에도 그 결과적 현상을 고스란히 안은 채 앓고 있는 사회라고 할 수 있다. 개화기 이후 타율적으로 강요된 한국의 근대화는 서구와 일본 제국주의에 의해 타자화된 채 그들의 이익을 위한 음모 속에 폭력적으로 진행된 지극히 부정적인 것이었다. 그리고 1960년대 이후로 진행된 한국의 근대화 또한 이미 잘못된 근대화의 연장선상이라는 역사적 토대 위에서 자생적이라는 외피를 걸쳤을 뿐, 그 본질에 있어서는 역시 억압적이고 파행적인 방식으로 사회를 주조해 갔다. 그리고 이러한 근대화 과정의 소용돌이 한가운데에 한국의 농민과 농민 사회가 있었다. 수천 년 동안 농경 사회였던 한국 사회에서 파행적이면서 급속하게 진행된 근대화와 이로 인한 농경 사회의 해체는 미래의 부재를 우려하게 하는 과거의 부재라는 현재적 위기 상황의 중요 원인이 되기에 충분한

---

4) 코젤렉은 『지나간 미래』에서 현대가 과거의 미래였듯이 우리의 현대는 미래와 함께 의미를 지니는 중요한 역사적 시간(지나간 미래)이라고 본다. 이는 과거가 그랬듯이 이제는 우리의 미래가 현재 시간에서 어떻게 해석되고 기획되느냐가 중요하다는 의미일 것이다. 그는 또 근대 즉 "새로운 시대는 질적인 요구도 할 수 있다. 즉 이전의 시대와는 완전히 다르고 훨씬 개선되었다는 의미에서 새롭다는 것이다."라고 하며, 임의적이고, 공허하고, 올바르지 못한 미래의 기획을 경계한다.
이러한 코젤렉의 사유들은 궁극적으로 '인간의 삶을 위한 보다 나은 미래를 계획하고 열어나가고자 하는 현대적 인간의 의지와 희망'과 관련된 것이고, 그것은 미래를 위한 것이면서 또한 현실에 동시적으로 존재하는 고뇌와 비극을 극복해 내고자 하는 치열한 현재적 삶이 전제되어야만 가능하다. 이렇게 미래의 기획을 통해 인간의 현재적 삶을 보다 나은 쪽으로 바꾸고자 하는 것, 이런 질적 의미들이 바로 코젤렉의 근대성 논의의 중심 테제인 것이다.

것이었다.5)

한국 소설 문학사에서 농민소설은 상당한 보편성을 확보하고 있다. 소설 문학이 사회 전체의 구조적 훼손과 개인의 행복을 연계지어 이야 기로 표현한다면, 우리의 근대사 과정에서 대다수의 개인은 농민이거나 농민 출신으로서 충격적 경험을 하였고, 사회적으로도 근대사로의 진입 과정은 농촌의 해체 과정과 동일하다는 점에서 농민소설이 차지하는 정신적 비중은 매우 크다.6) 한국 사회의 근간을 이루었던 농민 사회의 해체는 한국 사회 전반의 현실과 미래에 있어서 심각하고 중대한 문제 임에도 불구하고 억압적 권력과 독점 자본의 욕망과 부도덕함, 그리고 농민들이 모두 약자일 수밖에 없는 계층적 이유 때문에 철저한 무관심 속에서 급속도로, 또한 폭압적으로 진행되고 말았다. 개화기의 근대화 물결과 함께 1960~70년대 농민 사회를 중심으로 한국 사회 전반에 지 각 변동을 일으킨 한국 근대화의 질은 현재와 미래의 한국 사회를 규 정짓는 결정적 토대의 구실을 할 수밖에 없었고, 농민 사회의 거대한 해체 과정은 한국 사회의 근간을 뒤바꾼 매우 중대한 사회·역사적 의 미를 갖는 상황이었다. 따라서 리얼리즘 문학과 인간 삶의 긴밀한 연관 성을 생각할 때 그러한 파행적인 시대의 한가운데서 농민 문제에 관심 을 가졌던 당대의 농민소설들은 문학사적으로도 특별한 의미를 지닌다 하겠다. 아울러 1960~70년대 농민 사회와 근대화에 대한 연구는 현재 의 위기 상황을 성찰하고 극복하여 미래를 열어가는 데 있어서도 중요 한 의미를 지닌다고 볼 수 있다.

---

5) 헬레나 노르베리호지는 오래된 것에 우리의 미래를 위한 지혜가 있다고 했
   다.(Norbert-Hodge, Helena, 김종철·김태언 옮김, 『오래된 미래 : 라다크로부터
   배운다』, 녹색평론사, 1996.) 그런데 1960~70년대의 한국 근대화는 '오래된 것'
   을 너무도 많이 사라지게 했다.
6) 조정래, 『한국근대사와 농민소설』, 국학자료원, 1998, 7쪽 참조.

　그럼에도 불구하고 1960~70년대 농민소설들에 대한 관심은 그 시대적, 문학사적 의미에 비해 매우 부족한 편이다. 1960~70년대를 시대적으로 범주화하여 당대의 농민소설들을 근대 역사의 전개 과정과 관련하여 검토한 연구는 아직 없다. 다만 1960년대를 범주화한 농민소설 연구는 학회지 논문 형태로 두 편 정도 발표되었고, 그 외에 1960~70년대 농민소설에 관한 연구는 근래에 들어 개별 작품론이나 작가론 위주로 진행되고 있는데, 이들 연구도 오영수, 김정한, 이문구, 송기숙 등 일부 작가와 작품에 치중되는 현상을 보이고 있다.

　근대적 상황과 관련지어 논지를 전개한 주목할 만한 선행 연구를 살펴보면, 먼저 1960년대를 범주화한 연구로 오경의 「1960년대의 농촌문학」[7]을 들 수 있다. 이 글은 연구의 대상 시기와 비교적 가까운 거리에서 작품들을 분석하고 있다. 박경수의 「화려한 귀성」, 김정한의 작품들, 이문구의 「암소」, 방영웅의 『분례기』를 중심으로 "농촌과 도시와의 유기적인 관계 속에서 거기에 내재해 있는 갖가지 문제점들과 소외된 인간군상의 진상을 1960년대의 작가들은 어떻게 파악하여 진실을 파헤치고 있는가"를 찾아보기 위한 이 글은 무엇보다도 '근대화'라는 역사적 상황을 중심으로 한 '시대'를 작품과 유기적으로 관련짓고자 했다는 점에서 비평적 성과와 함께 시의적 적절성을 지닌다 하겠다. 그런데 오경의 글은 한국 농민문학의 장래를 희망적인 것으로 바라보게 해주는 긍정적 성과에도 불구하고, 1960년대 농민소설의 본질적 성격을 보여주기에 그 분석 대상 작품이 매우 제한적이라는 결함을 지닌다. 또한 시대적 상황을 관련짓는 문학사회학적 방법을 적용하고 있음에도 그 시대에 대한, 특히 근대화라는 한국적 특수한 상황에 대한 규명이 철저하

---

7) 『덕성여대논문집』 제7집, 1978.

지 못한 점으로 인한 한계를 보여주고 있다.

일제하의 농민소설을 다루고 있는 「한국농민소설연구」8)를 박사 학위 논문으로 산출해 낸 신춘호는 계속해서 「1950년대의 농민소설 연구」9)에 이어 「1960년대의 농민소설 연구」10)까지 연구의 범위를 확장하고 있다. 「1960년대의 농민소설 연구」에서는 이 시대에 발표된 농민소설이 지닌 특질과 성과를 고찰하고자 하는 목적으로 오영수의 「은냇골 이야기」, 이규희의 『속솥이뜸의 댕이』, 이동희의 「핏들」, 천승세의 「봇물」, 김정한의 「모래톱 이야기」, 오유권의 「토착민」 등의 여섯 작품을 다루고 있는데, 1960년대 농민소설에 대한 관심과 성과가 거의 없는 상황에서 "농촌이나 농민 생활에 대한 보다 깊이 있고 폭넓은 이해와 함께 치열한 작가 정신"을 강조하면서 관심을 유도하고 당대 농민소설 연구의 기틀을 닦기 시작했다는 데에 무엇보다도 큰 의의가 있다 하겠다. 그러나 한 시대 특정 갈래의 소설사적 특질과 의미를 도출해 내기에는 작품 대상의 범위가 지나치게 한정되어 있고, 분석 틀도 도식적이어서 결국 도식적인 결과만 나오게 되는 한계에서 벗어나지 못하고 있다. 필연적으로 이 글은 각 작품에 대한 해설적 수준에서 크게 벗어나지 못하고 대상 작품들이 "현실을 충실하게 증언한 리얼리즘 문학"이었음을 밝히면서도 '시대'와의 유기적 연관성을 드러내지 못하고 있는 결정적 한계를 드러내게 된다.

1960~70년대 농민소설과 관련된 개별 작가 또는 작품론을 살펴보면, 이문구와 그의 작품들에 대한 연구가 가장 많은 성과를 이루어내고 있음을 확인하게 된다. 먼저 고인환의 『이문구 소설에 나타난 근대성과

---

8) 고려대 대학원, 1980.
9) 『건국어문학』, 건국대학교 국어국문학 연구회, 1997.
10) 『중원인문논총』제18집, 1998.

탈식민성 연구』[11]는 비록 농민소설을 주제화시키고 있지는 않지만『관촌수필』,『우리 동네』등의 농민소설을 포함한 이문구의 작품 전반을 깊이 있게 다룬 본격적인 연구라 하겠다. 이 글은 지금까지 이문구 소설에 대해서 그 경향을 '전근대성', '반근대성', '근대성에 미달한 형식' 등으로 규정되어 온 한계를 극복하기 위한 시도로서, 이문구 소설의 '전근대성'을·탈식민주의적 관점에서 보다 적극적으로 평가하고자 하였음을 밝힌다. 1960~70년대의 농민소설이 한국의 근대 역사와 유기적인 관련성을 맺고 있음에도 불구하고 그간의 연구가 근대성과 연관하여 본격적으로 전개되지 못했고, 근대성과 연관하였다고 해도 정작 근대성에 대한 철저한 이론적 토대와 검증이 부족했던 점이 가장 큰 한계라고 할 수 있을 것이다. 그런데 고인환의 글은 무엇보다도 이러한 한계를 (비록 농민소설 중 일부를 대상으로 하고 있기는 하나) 상당히 극복하고 있다는 점에서 농민소설 연구에 있어서도 진전된 성과를 보태고 있어 주목할 만하다. 그러나 이 글은 '전근대성', '탈근대성', '탈식민성', '근대성' 등의 중요 용어가 정치하게 규정되지 못한 채 혼재됨으로 인해 필자의 기획과는 달리 작품들의 동시대적 의미가 선명히 드러나지 못하였다. 또한 방법론적 적용에 치중하여 개별 작품에 대한 세밀한 분석이 뒷받침되지 않아 도식성을 노출하고, 당대의 실제 농민 사회의 절박한 현실 문제에 대한 구체성에 접근하지 못하는 한계를 보여주기도 한다.

그 외의 개별 작품론으로 이문구를 다루고 있는 글로는 진정석의 「이야기체 소설의 가능성」,[12] 하정일의 「저항의 서사와 대안적 근대의 모

---

11) 자신의 박사학위 논문을 정리하여 '청동거울' 출판사에서 2003년 출간함.
12)『1970년대 문학 연구』, 예하, 1994.

색-산업화 시대의 민족문학」,[13] 김윤식의 「모란꽃 무늬와 물빛 무늬
-전(傳) 형식으로서의 소설 미달 또는 소설 초월의 이문구 문학」,[14] 등
이 있고, 그 외의 연구로 신종곤의 「김춘복의 『쌈짓골』론」,[15] 이봉범의
「송기숙의 『자랏골의 비가』론」[16] 정도를 들 수 있을 것이다.

이상에서 살펴본 바와 같이 1960년대 이후의 농민소설에 대한 본격
적인 연구는 그 문학사적 의미에 비해 매우 일천한 단계에 머물고 있
다. 특히 1960~70년대를 연구 대상 시기로 하여 근대 역사와 함께 부
침해 온 농민소설들의 현실 인식과 대응 양상, 그리고 그 문학적 의미
를 연구한 성과는 아직 나오지 않고 있다.

이러한 문제 의식하에 본고는 농민 사회의 급속한 변동과 해체 과정
이라는 새로운 근대 경험에 대한 작가들의 현실 인식과 문학적 대응
양상을 역사적 변화 과정으로서의 근대와 근대성의 성찰을 바탕으로
구명함으로써 리얼리즘 문학으로서의 당대 농민소설의 성과와 의미를
도출해 보고자 한다. 이를 위한 논의의 과정을 통해 한국의 농민소설이
개화기 이후 근대화라는 격변의 역사 속에서 어떻게 연속성을 지니며
전개되어 왔는가도 드러날 수 있으리라 생각한다.

2. 연구 방법과 범위

문학이 그 사회, 역사와 불가분의 관계에 놓이듯이 모든 문학 비평은

---

13) 『작가연구』, 1999, 7~8쪽.
14) 『한국문학』, 2000년 여름.
15) 민족문학사연구소 현대문학분과, 『1970년대 장편소설의 현장』, 국학자료원,
    2002.
16) 민족문학사연구소 현대문학분과, 앞의 책.

사회학적 관점과 전혀 무관할 수 없다. 더구나 한국의 사회·역사적 상황의 특수성은 한국 문학 연구의 많은 경우에 있어서 사회학적 방법의 적용이 매우 유용하고 적절함을 인식하게 한다. 본고의 연구 대상인 1960~70년대 농민소설 또한 이러한 방법론의 유용성이 확연히 드러날 수 있는 문학적 텍스트라고 할 수 있다. 그만큼 근대 이후 한국의 사회·역사적 상황이 특수했고, 그러한 역사적 상황 속에서 가장 크게 변동을 겪었던 터전이 바로 농민 사회였기 때문이다.

문학사회학적 비평이 근본적으로 강조하는 것은 현실과 역사에 대한 합리적 이해와 극복이며, 우리의 삶을 바르게 질서화하고 편견에 맞서 싸워 보다 나은 곳을 향하고자 하는 인간다운 인식의 확인을 통한 진정한 근대의 구성이라고 할 수 있다. 리얼리즘의 요체인 현실과의 관련을 전제로 한 미학개념이란 작품이 현실 문제를 충실히 반영하면서 어떤 방식으로든 이의 개선을 위한 노력에 기여할 수 있어야 한다는 생각에 근거를 두고 있다.

1990년대 들어 문학 영역에서도 사회학적 관점으로서의 비평 혹은 담론으로서 근대성의 문제는 진지하고도 중요한 논제가 되었다. 그런데 근대의 지배적인 이념이자 원리인 자본주의적 근대성에 대해 그에 대립하거나 경쟁하는 다양한 '다른' 역사철학적 근대성과 기획들이 존재했듯이, 근대성이 실현되는 과정으로서의 근대화 역시 결코 단일한 유형으로만 환원될 수는 없다. 근대화의 역사적 경로는 근대적 세계 체제에서의 구조적 위치와 국내의 주체적 역량의 상호 복합적인 관계, 즉 개별 사회의 국지적 특수성에 따라 다양하게 구체화된다. 다시 말해서 한 사회의 근대성이란 세계사적 보편성과 국지적 특수성의 관계 속에서 고찰되어야 하는 것이다. 이는 한국 문학의 근대성 논의에서도 마찬가지로 적용되어야 할 시각이다.

소설 양식의 진정한 힘이 존재와 삶에 대한 탐구적 성찰과 그 서사적 매개화에 있다고 할 때, 1960~70년대의 리얼리즘 소설을 근대화의 구성 과정을 바탕으로 한 근대성의 관점으로 파악하는 방법은 매우 의미 있는 일이라 하겠다. 문제 의식이 내재된 근대성에 대한 탐구는 새로이 전개되는 미래 사회의 방향을 모색하려는 지적 대응의 의미를 갖는다. 근대성을 통해 문학사를 재구성한다는 것은 어떤 문학적 실천이 당대의 근대화 현실에 미적으로 얼마나 창조적 긴장 관계를 형성하면서 대응하고 있는가를 고찰함으로써 그 역사적 맥락과 현재성을 재평가하는 것이다. 또한 근대성을 통한 문학사의 재구성이란 역사적으로 나타난 미적 근대성[17]의 여러 측면들, 즉 자기 시대의 현실 상황에 대응하는 미적 경험과 태도 및 기획을 살피고 역사화한다는 것을 의미한다.

1960~70년대 농민소설은 이제 문학사적으로 정리되기에 충분한 시간적 거리를 지니고 있으며, 역설적으로 당시 소설의 현재적 영향력 때문에 더욱 현재를 제대로 이해하는 과정이 수반되는 역사화가 요구되는 '의미 있는' 시·공간이다. 한국 현대소설사에는 근대 혹은 근대성에 대한 소설적 대응이라는 의미가 필연적으로 내재되어 있다. 따라서 1960~70년대 농민소설의 연구는 당대 농민소설이 근대 혹은 근대성에

---

17) 문학에서 구현된 근대성은 정치와 경제 그리고 사회 영역에서 근대화를 추동해 온 사회적·정치적 근대성과 구분하여 미적 근대성이라고 부른다. 요컨대 미적 근대성은 심미적 혹은 예술적 영역에서 발현된 근대성인 것이다. 미적 근대성은 미적 자율성이라는 근대 예술 특유의 위상 혹은 기능 방식으로 인해 대개 현실의 정치적·사회적 근대성과 길항 관계를 맺으며 그에 대해 비판적이고 대립적인 태도를 취하게 된다. 다시 말해 미적 근대성은 당대의 근대화 현실에 대한 고유한 미적 경험이자 근대적 현실의 온갖 부정적인 계기들에 대한 비판적이고 성찰적인 태도이며, 궁극적으로 현실의 질곡을 넘어 참다운 인간적 미래를 지향하는 미적 기획이다.(김민수, 『환멸의 세계, 매혹의 서사』, 거름, 2002, 9~12쪽 참조)

대하여 어떠한 인식적 대응을 보여주고 있는가, 그리고 그것이 소설 속에서 어떤 모습으로 구조화되고 있는가에 대한 고찰을 기반으로 할 필요가 있다. 본고는 이러한 고찰을 통해 1960~70년대 농민소설의 독자성을 밝히고 더 나아가 당대의 농민소설이 형성하고 있는 인식적 복합성과 대응 양상의 특성을 밝힘으로써 1960~70년대 농민소설의 문학사적 의미를 자리매김하고자 한다.

근대는 개선, 진보, 자유, 민주, 인권, 평등, 주체, 새로운 기대지평 등과 그것들에 대한 의식의 고양이라는 긍정적 가치로서의 근대성과, 변동(변화, 가변성), 양가성, 기획성, 비동시적인 것의 동시성, 가속성, 이동성, 경제성, 새로운 체험(경험) 등의 가치 중립적인 근대성, 그리고 배제와 타자화, 폭력과 위선, 환상성, 비대칭성, 제도적 구속과 이데올로기적 지배 등의 부정적 가치로서의 근대성이 복합적으로 작용하고 있는 시간적·공간적 장(場)이라 할 수 있다. 중요한 사실은 서구 중심적 근대의 기획과 진행자들의 인식과는 달리 국가에 따라 또는 지역에 따라 역사적으로 생성되고 작동하는 근대성의 양상은 다르다는 점이다. 따라서 1960~70년대 한국 근대화의 성격을 단순히 공업화, 산업화로 규정하여 부를 수 없고, 그것은 개화기 이후 한국의 뒤틀린 사회·역사적 근대화 과정의 연속선상에 놓여 서구적인 근대성과 또한 한국적 특수성에 기인한 근대성이 복합적으로 작동하고 기능하는 장으로 보아야 한다. 한국의 농민 사회는 민족의 근·현대사와 직접적으로 맞물려 그 맥을 이어왔고, 필연적으로 한국의 농민소설 또한 그러하다. 따라서 한국의 농민소설은 한국 근대화의 본질과 텍스트 안에서 작동하고 있는 역사적 근대 과정으로서의 당대적 근대성에 대한 성찰과 함께 그 의미망의 탐색을 시작할 때 정체성을 획득하게 된다. 근대성에 대한 소설

주체[18]의 성찰과 인식, 그리고 대응 양상이 당대 농민소설의 실체이고 의미인 것이다.[19]

본고는 1960~70년대에 발표된 농민소설 작품들 중 당대의 근대화 담론에 대하여 그 현실 인식과 대응 양상의 성격을 뚜렷하게 보여주고 있는 주요 작가들의 대표적 작품들을 그 분석 대상으로 하였다. 농민소설이란 농민 계층의 생활상이나 의식을 주되게 담아내는 소설 작품이라고 그 기본 개념을 정의할 수 있을 것이다.[20] 물론 단순히 농촌을 배

---

18) 근대는 시간적으로나 공간적으로나 분할과 통합, 부정과 지양을 수행하는 주체를 전제하지 않고서는 실현될 수 없는 시대라고 할 수 있다. 그런 의미에서 중세가 신의 시대라면 근대는 주체의 시대라고 할 수 있을 것이다. 소설 역시 주체의 양식이라고 할 수 있다. 소설이란 현실에 대한 인식의 주체로서의 서술자(narrator)를 필요로 하는 서사 문학 양식이기 때문이다. 소설의 인물 또한 소설 내에서 행위와 인식의 주체로서 존재하고 있다. 그리고 이러한 서술자와 인물을 창조하고 통제하여 텍스트의 담론을 구성하고 현실 대응을 실천하는 주체로서의 작가가 있다. 따라서 소설이 주체의 양식이라고 할 때, 그 주체는 서술자와 인물(중심 인물), 그리고 작가라는 세 측면을 모두 포괄하는 것이 되어야 한다. 이러한 주체 중에서도 작가는 특히 리얼리즘 소설에 있어 주체로서의 서술자와 인물을 포괄적으로 제어할 수 있는 자격과 위치에 있는 '중심 주체'라 할 수 있다. 본고에서 서술자와 인물의 주체로서의 역할을 포괄하면서도 특히 작가의 현실 인식과 대응 양상을 전면화하는 것은 이 때문이다.

19) 한 편의 소설에서 자신과 세계를 발견하고 성찰할 수 있게 되는 것은 소설이 현실과 맺는 중층적인 관계로부터 기인한다. 따라서 한 편의 소설을 제대로 읽는다는 것은 그것이 당대의 현실과 얼마나 창조적으로 미적 긴장 관계를 형성하고 있는가, 그리고 그 역사적 맥락과 현재성이 무엇인가를 따져보는 일이다. 바로 여기에 1960~70년대 농민소설을 문학사회학적 방식으로서의 근대성의 시각을 통해 읽는 의미가 있다.

20) 농민소설의 개념이 논의된 주요 문헌을 소개하면 다음과 같다.
홍기삼, 「농촌문학론」, 신경림 편, 『농민문학론』, 온누리, 1983 ; 오양호, 『농민소설론』, 형설출판사, 1984 ; 최원식, 「농민문학론을 위하여」, 염무웅·백낙청 편, 『한국문학의 현단계』Ⅲ, 창작과비평사, 1984 ; 이주형, 「농민문학의 실체」, 『한국문학사의 쟁점』, 집문당, 1986 ; 김준, 『한국농민소설연구』, 태학사, 1990 ; 류양선, 『한국농민문학연구』, 서광학술자료사, 1994 ; 이재인, 「한국농민소설연구」, 『경기대 인문논총』제6호, 경기대 인문과학연구소, 1998 ; 신춘호, 『한국농민소설연구』, 집문당, 2004.

경으로 한다거나 농촌을 제재로 삼는 작품들과는 구별된다. 농민소설은
반드시 농민 사회의 시대적 현실과의 유기적 관련 속에서 그들의 삶의
모습이 그려지고 이를 통해 작가의 현실 인식 양상이 반영되어야 한다.
따라서 당대의 농촌, 농민 관련 작품들 중 시대적 현실과의 유기적 관
련성이라는 면에서 본고에서 전개하고자 하는 주제적 측면과 적지 않
은 거리가 있는 작품들은 연구의 대상에서 제외하였다.

　구체적 분석 대상으로는 먼저 1960~70년대를 통해 농민과 농민 사
회에 적극적인 관심을 갖고 부단한 작품 활동을 보여준 박경수, 유승규,
오유권의 농민소설 작품들의 현실 인식 양상을 살펴보고자 한다. 그리
고 1960년대에 재등단하여 크게 주목받은 김정한의 농민소설 작품들과
함께 부정적 현실에 대한 주체적·적극적 현실 인식과 대응이라는
1970년대 식의 문학적 특성을 뚜렷하게 보여주고 있는 송기숙의 『자랏
골의 비가』와 『암태도』, 김춘복의 『쌈짓골』, 문순태의 『징소리』를 통해
농민소설에 있어서의 현실 극복을 위한 다양한 서사적 실천 방식을 살
펴보고자 한다. 이어서 1970년대 전·후반을 관류하며 한국 농민소설
의 큰 맥을 형성한 이문구의 『관촌수필』과 『우리 동네』 연작의 현실
인식 및 대응 양상과 그 문학사적 의미를 구명해 보고자 한다.[21]

---

21) 1960~70년대에 걸친 농민 사회의 실제적인 해체와 더불어 1980년대로 넘어서
　　면서 한국 사회의 기본 틀은 완전히 산업 사회 구조로 전환되고 전반적인 문학
　　적 지형도 변화되므로 1980년대 이후 농민소설에 대해서는 추후 그 시대 구분
　　을 달리하여 논의되어야 할 것이다.

II. 1960~70년대의 근대화 담론과 농민문학론

1. 1960~70년대의 근대화 담론과 농민 사회

1960~70년대는 한국 현대사에서 근대화의 진전이 가장 두드러졌던 시대로서, 그 시절을 경험한 모든 사람들에게 그 이전과 이후의 삶을 전혀 다른 것으로 만들어 버렸다. 그리고 그 시기에 형성된 삶의 논리와 질서들이 깊어지고 넓어지는 방향 위에서 오늘의 현실이 형성되었다고 해도 과언이 아니다. 필연적으로 이 시기의 문학적 대응은 결코 근대화의 역사적 과정에서 자유로울 수 없었다. 따라서 1960~70년대 문학 연구를 위해서는 작품들을 배태한 한국 근대화의 본질을 천착해 보는 일이 선행되어야 한다.

근대 역사의 과정 속에서 '서양'은 지리적이 아닌 하나의 관념이며 개념으로 정립된다. 즉 발전된, 산업화된, 도시화된, 자본주의적인, 세속적인, 그리고 현대적인 사회이다. '서양'이라는 관념은 단순히 이미 만들어진 서양 사회를 반영했다기보다는 오히려 그 관념이 바로 그 사회의 형성에 핵심적이었다고 볼 수 있다. 그리고 그 '서양'이라는 정체감은 서유럽 사람들을 점차 독특한 유형의 사회로 주조하는 내적 과정에 의해서 뿐만 아니라 다른 세계들과 유럽의 차이성('타자들'[22])과의 관계에

---

22) 레비나스는 타자성을 "우리의 사회적 관계의 특징이라 할 수 있는 타자와의 관계 한복판에서 이미 비상호적 관계로, 즉 동시성과 정반대의 관계로 모습을 드러낸다"고 설명한다. 타자는 예컨대 "약한 사람, 가난한 사람, <과부와 고아>"로 묘사된다. 그러나 "나는 부자이고 강자"이다. 이러한 타자와의 관계를 대칭적이 아닌 "비대칭성"의 관계라고 말한다. 이렇게 볼 때, 타자의 개념은 강자에 의해 비대칭적으로 설정된 약자의 모습을 띠고 있다고 하겠다.(엠마누엘 레비나스, 강연안 옮김, 『시간과 타자』, 문예출판사, 2001, 101쪽)

서 자신을 재현하는 방식)을 통해 형성되었다고 볼 수 있다.[23] 이렇듯 서구 주도의 세계적 근대화 과정에서 서구는 스스로 타자를 설정하고 그러한 타자에 의해 자신을 유지함에도 불구하고 또한 타자의 진정한 존재를 끊임없이 인정하지 않으려 한다. 역사적으로 볼 때 서구의 문화 혹은 서구적 자아의 안정과 확신, 그리고 권력은 타자에 의해 형성되고 나아가 식민주의와 그 실행을 통해 강화되어 갔던 것이다. 그리고 개화기 이후의 한국은 서구열강과 일본에 의한 근대화 과정에서 철저히 '타자화'되었고, 그 연속선상에서 식민화되었다.

식민적 근대화의 과정은 근본적으로 결코 식민지 주민들을 위한 것일 수 없었다. 그것은 식민지 주민들을 위한 것이 아닐뿐더러, 청일전쟁이 청나라도 일본도 아닌 한반도에서 일어난 것처럼 식민지 주민들의 희생을 토대로, 그리고 그 희생을 체계화하면서 이루어졌다.[24] 동시에 그 식민지 주민들은 근대화를 작동시킬 수 있는 위치로부터 배제되었다. 곧 피식민 주민들은 당면한 근대화의 수동적 주체로서 형성된

---

23) 스튜어트 홀, 「서양과 그 외의 사회들, 담론과 권력」, 『현대성과 현대문화』, 현실문화연구, 2001, 405~412쪽 참조.
24) 스튜어트 홀은 '서양과 그 외의 사회들'이라는 담론의 형성 과정을 분석하면서 '서양과 그 외의 사회들'이라는 담론은 다음과 같은 이유로 결코 결백할 수 없다고 말한다.
첫째, 유럽은 신세계를 기술하고 재현하기 위해 자신의 문화적 범주들, 언어, 이미지, 관념을 신대륙에 옮겨 놓았다. 유럽은 신세계를 자신의 규범들에 따라 분류하고 서양의 재현적 전통으로 흡수시킴으로써 그것을 기존의 개념에 맞추었다. 둘째, 유럽은 '어둠의 녹색 바다' 건너에 있는 것에 대한 발견에 착수할 때 어떤 정확한 목적, 목표, 대상, 동기, 이해 관계 및 전략을 갖고 있었다. 이러한 동기와 관심은 섞여 있었다. 셋째, '서양과 그 외의 사회들' 담론은 그것이 등가물들 간의 만남을 재현하지 못하였으므로 결백하지 못한 것이었다. 유럽인들은 '탐사되고' 싶은 소망도, '발견될' 필요도, 그리고 '착취될' 욕망도 없었던 사람들을 앞질러 항해했고, 그들을 겨냥했으며, 그들의 허를 찔렀다. 유럽인들은 지배 권력의 위치에서 타자들 앞에 섰다.(스튜어트 홀, 앞의 글, 430~432쪽 참조)

다.25) 그러므로 한국의 근대화 과정의 본질적 성격은 바로 '서구'를 위한 '타자'로서의 근대화였다고 할 수 있다. 그리고 이러한 타자로서의 한국의 근대는 서구중심적 근대화의 역사 속에서 복잡하고 심각한 이중적인 질곡의 과정을 겪게 된다. 근대성은 언제나 새로운 모순을 잉태하며 또한 새로운 발전을 거듭하는 열린 과정으로서의 성격을 지니고 있음을 보여주고자 한다.26) 그러나 식민지 조선의 근대화는 결코 삶의 전망으로 열려 있을 수 없었던 것이다. 이로써 한국에서는 정상적인 근대화의 귀결이어야 할 근대 시민 사회라는 사회적 조건이 형성되지 못한 채 전반적으로 반(半)봉건 사회가 지속되었고, 농민 사회의 경제적 토대 또한 그러했다.

　이렇게 왜곡된 근대화 과정에 의한 식민지 농민 사회의 실상은 실로 참담한 것이었다. 일제의 수탈 정책은 한국의 원시적 농업 경제를 해체시켰고, 동시에 농촌으로부터의 농민의 이탈을 촉진했고, 그 결과로 막대한 농촌 인구가 실업하게 되었다. 또한 일본 자본주의는 한국을 상품 시장화 함으로써 수공업의 파탄과 함께 많은 실업 노동자를 내었다. 이렇게 일제 식민정책이 만들어 놓은 한국의 영세 농민과 노동자들은 빈궁과 기아에서 허덕이다 한국 땅을 등지고 만주로 이주하여 중국인 지주에게 얽매여 살거나 반노예노동자나 다름없는 고용자 생활을 하게 된다.27)

---

25) 릴라 간디, 이영욱 옮김, 『포스트식민주의란 무엇인가』, 현실문화연구, 2000, 213~217쪽 참조.
26) 마샬 버먼, 윤호병·이만식 옮김, 『현대성의 경험』, 현대미학사, 1994, 159~211쪽 참조.
27) 식민지 경제 상황에 대한 내용은 다음 책들을 참고하였음.
　　신경림 편, 『농민문학론』, 온누리, 1983 ; 신춘호, 『한국 농민소설 연구』, 집문당, 2004 ; 전석담·최윤규 외, 『조선근대사회경제사』, 이성과 현실, 1989 ; 조기준, 『한국 경제사』, 일신사, 1985 ; 「한국 근대 경제 발달사」, 『한국 문화사 대계 이러한 한국의 근대 전환기 일제 지배의 형태로 조선이 전성기의 제국주의의 세계 체제에 편입되었을 때, 지배층과 민중이 체감하는 근대적 현실은 정반대였다. 일제의 토지 조사로 전답에 대한 사유권을 보장받은 계층은 근대 실체화 과정의 현실적 경험 특성인 이른바 '국제화' 시대를 구가했다. 이들은 신학문과 새로운 소비품으로 권위를 과시했을 뿐 아니라 자녀들은 일본으로 유학을 보냈다. 부유층의 이러한 '안정'의 대가는 민중의 '불안정성의 증대'였다. 물론 식민지 시대 민중의 대부분은 농민이었다. 1910년대 말에 조선 농가의 약 40%가 소작농이었는데, 소작의 여건은 조선 시대의 사정에 비해서 크게 나빠졌다. 5할 미만이었던 소작료가 6~7할로 높아진 것도 고통이었지만, 가장 심각한 문제는 소작의 '비정규화'에 있었다. 조선 시대에 소작농은 요컨대 '평생 고용자'였다. 특별한 이유가 없이 추방당하지 않았으며, 보통 소작권을 자손에게 대물림할 수 있었다. 이에 반하여 근대화는 소작농에게 계약관계를 강요했다. 기한이 명시된 계약의 70%는 계약기간이 1년이었고, 20%는 2~5년이었기에 소작권을 빼앗기지 않으려면 지주와 마름의 횡포를 감수하고 무보수 노동을 요구대로 해주어야 했다. 이러한 비정규직 농민화 문제는 식민지 시대의 전체 소작 쟁의의 약 절반의 원인이 될 만큼 농촌의 가장 큰 어려움이었다.[28] 이렇듯 서구에 의한 타자로서의 근대화는 국제적으로 한국의 식민지화를 가져왔고, 국내적으로도 민중의 시민 사회 구성은 요원한 채 오히려 그들을 파탄으로 몰아갔고, 일부 부유층과 특권층에만 '국제화 시대의 구가'라는 화려한 근대로 기능함으로써 갈등과 불평등을 조장, 심화시키는 등 지극히 파행

Ⅱ—정치·경제사』, 고대 민연, 1967 ; 한국사회사연구회, 『한국 근대농촌사회와 일본제국주의』, 문학과지성사, 1986.

28) 박노자, 「소작농의 투자에서 배우기」, 한겨레신문, 2004. 7. 26. 참조.

적으로 진행되었던 것이다.

　제국주의에 의한 식민화라는 비정상적 근대의 출발은 결과적으로도 그 사회들에서 경제적, 사회적 발전을 촉진하지 않았고 그 사회들 대부분은 여전히 매우 저발전된 상태에 머무를 수밖에 없었다. 발전이 일어나는 경우에도 대개는 다양한 방식의 '종속적' 발전이었다.[29] 해방 후의 한국의 상황도 예외일 수 없었다. 해방 후 1950년대는 동족상잔의 전쟁과 분단의 고착화라는 극단적인 사회 변동 속에서 기존의 전통적 질서와 문화가 파괴되거나 무력화되고 전사회적으로 일종의 정신적 공황 상태가 도래한다. 또한 6·25전쟁은 서구에서 수용된 근대성의 서로 다른 지향(이념)이 첨예하게 갈등한 것으로, 동시대인들에게는 강렬하면서도 비극적인 '근대성의 경험'이기도 하였다. 뒤이은 1960~70년대의 근대화는 봉건적 유제를 혁명적으로 해체함으로써 전사회적인 합리화를 지향하려는 의미의 고전적 근대화와는 거리가 있었다. 이른바 '조국의 근대화'로 명명된 그것은, 정통성이 결여된 군사 정부의 강압적인 주도 아래 서구적 공업화의 모델을 맹목적으로 뒤쫓는 압축성장의 프로그램이었다. 그것은 빈곤으로부터의 해방과 민족주의적 근대화라는 나름의 대외적 명분을 지녔으나, 그 실질은 '권위주의적 발전 안보 국가'의 이데올로기를 실현하고 지배 권력을 지속시키기 위한 것이었다. 당대의 근대화가 생존의 절대적인 위기와 압력을 완화시켜 준 점은 간과할 수 없는 사실이지만, 그것은 사회적인 모순들을 조정하고 조화시킬 여유를 허용하지 않으면서 일방적으로 진행된 파행적인 변화의 과정이었다. 즉 한국 사회의 근간을 뒤흔든 1960~70년대의 파행적이고 부정(不正)한 근대화는 그 외피는 다르나 본질적으로 개화기 이후 한국

---

29) 스튜어트 홀, 앞의 글, 463쪽.

의 파행적 근대화의 연장선상에 놓여 있는 것이다. 이러한 전 과정에서 근대의 '자기 가속성'은 수천 년을 이어온 농업과 농민 사회의 기저를 20여 년 만에 참담하게 허물어버리는 충격적인 결과를 낳았고, 이는 한국 사회 전반의 변동에 매우 중대한 의미를 갖게 된다.

1960년대는 근대화 정책이 본격화되고 후반으로 오면서 그로 인한 모순이 점차 사회적으로 표면화되기 시작한 시기였다. 4·19를 짓밟고 권력을 찬탈한 박정희[30]는 정권의 정통성을 확보하기 위하여 강력한 수출 드라이브 정책을 가동하였고, 한국 사회는 점차 농경 중심에서 벗어나 산업화의 길을 밟게 되었다. 생산량의 증가는 절대 빈곤에서 벗어나게 해 주었고 생활의 수준 역시 전보다는 향상되었다. 하지만 1960년대의 근대화 정책은 상당히 편향되고 심지어 억압적이기까지 하였다. 식민치하의 외세 의존적인 근대화와는 달리 1960년대의 그것은 자생적이긴 했으나 민중의 지지를 받지 못하였다.[31] 1960년대의 근대화는 부

---

30) 라인하르트 코젤렉은 서구의 근대 이후 형성된 역사의 생산 가능성 담론에 대해 분석하면서 현재의 시간 구조에 철저하지 못한 자의적인 전망 또는 공허한 희망을 경계한다. 인간의 보편적인 정의나 선과 무관하게 "스스로의 욕망에 의해 골라낸 조각들로 역사를 만들려 하는" 그러한 상황을 우려하고 있는 것이다. 그는 히틀러의 예를 들고 있다. '히틀러와 그의 부하들'에게 역사는 운명적인 것인 동시에 만들 수 있는 것이었다. 히틀러는 "한 민족의 영원가치는 세계사라는 망치 아래에서만 무쇠가 되며, 이것으로 역사를 만든다.", "독일 민족의 몇 퍼센트가 역사를 만드는가는 궁극적으로 별 상관이 없다. 본질적인 것은 단지 독일에서 역사를 만드는 마지막 사람들이 우리라는 것이다."라고 말하며 그러한 강박 아래에서 정치를 추진했고, 역사를 만든다고 믿었지만, 그가 생각했던 것과는 다르게 만들었다는 것이다.(라인하르트 코젤렉, 앞의 책, 290~309쪽 참조)
   국민 통치의 이념적 푯대로 '새 역사를 창조하자'는 국민교육헌장을 내세웠던 철권통치자로서의 박정희는 '역사를 생산할 수 있다'는 생각을 강하게 가지고 있었다고 볼 수 있다. 역사의 생산가능성에 대한 위와 같은 코젤렉의 분석은 박정희의 시대와 그 이후 한국 역사에 대해 많은 것을 시사해 준다.
31) 이종오, 「해방 50년의 근대화 그리고 통일에 관하여」, 『창작과비평』, 1995년 가을호.

실했던 군부 정권의 기반을 확고히 하고, 남·북한의 체제 경쟁에서 우월한 지위를 차지하기 위한 정권 이데올로기를 바탕으로 진행되었고, 특히 자본과 기반시설이 부족했던 까닭에 외자에 의존할 수밖에 없는 대외 의존적인 경제 체제를 강화하는 결과를 낳았다. 이렇듯 부실하게 진행된 근대화였던 까닭에 외형상의 성장에도 불구하고 계층간의 간격은 갈수록 심화되고 사회 전반의 갈등은 증폭되는 등의 부작용을 낳게 되었던 것이다.

특히 산업 구조 전반의 균형 있는 발전이 아니라 공업을 중심으로 한 산업화는 사회 전반의 변화와 더불어 농촌과 도시의 분화를 심화시켰고, 농업 부분의 비중이 현저하게 줄어들게 하였다. 이는 농촌 인구의 급속한 도시 유입 현상과 함께 농촌 붕괴의 결과를 가져왔다. 1960년에 총인구의 58.3%를 차지했던 농가 인구는 1969년에 과반수를 밑돌기 시작해 1979년에는 28.9%로 크게 줄어들었다. 또 국민생산 중 농림수산업의 비중도 1960년대 전반기의 43%내외에서 1979년에는 18.8%로 격감되었다.[32] 이와 같은 양적 지표에 따르면, 한국 산업 구조는 20년에 지나지 않는 짧은 기간 동안에 농업 중심 사회에서 엄청난 구조 변화를 거쳐 산업 사회로 변모했음을 알 수 있다.

경제 개발 5개년 계획으로 구체화되는 이러한 정책이 기아와 궁핍이라는 절대빈곤 상태로부터 농민들을 벗어날 수 있게 한 것은 사실이다. 그러나 이러한 성장 위주, 수출 위주의 공업 정책은 농업 부문의 바람직한 발전적 근대화가 병행되는 것이 아니라 농업 부문의 희생을 바탕으로 이루어진 것이었다. 정부의 산업 정책에서 농업은 공업 부문에 비

---

32) 정영일, 「외향적 경제 발전과 농업 정책」, 『한국경제의 발전과정』, 돌베개, 1981, 229쪽.

해 상대적으로 배제되었고, 농민들은 은행 대출이나 정부 지원보다는 사채에 의존함으로써 농가 경제는 더욱 악화되었다. 또한 정부는 농민들에게 생산비보다 낮은 수준의 저곡가 정책을 실시하여 농촌 경제를 더욱 악화시켰다.[33] 즉 농민들은 비싼 공업물품을 사용하여 힘들여 지은 농산물을 헐값에 팔아야 하는 이중적인 희생을 강요당했던 것이다. 이 때문에 농민들은 농산물을 싼 가격에 팔고 그 대신 비료나 농약, 경운기 등의 농기계는 오히려 국제 가격보다 비싼 값으로 구입해야 했을 뿐만 아니라 낮게 책정된 추·하곡수매로 비싼 비료값을 물어야 했다. 이러한 농촌의 붕괴 과정에서 농민들의 땅이 비정상적이고 폭력적인 방식으로 교묘하게 몰수되기도 하였다. 이렇게 1960년대 근대화 또한 파행적으로 시작되고 진행된 부정한 근대화였던 것이다.

1970년대는 유신 체제의 등장으로 시작하여 유신 체제의 종말과 함께 막을 내린 '개발 독재'의 시대였다. 집권 후 박정희 정권은 본격적인 자본주의적 근대화를 추진했다. 그러나 무리한 정책, 민생의 파탄, 미약한 자본력, 기반 시설의 미비, 정권의 비정통성에 대한 민주 세력의 끊임없는 도전 등으로 인해 1970년대에 접어들면서 심각한 체제 위기에 봉착하게 된다. 이러한 위기를 돌파하고 자본주의적 근대화를 단시간 내에 달성하기 위해 나온 것이 바로 유신 체제였다.[34] 그 결과 외형적으로는 세계적으로 유례를 찾기 힘들 정도의 급격한 경제 발전이 이루어졌는데, 그런 점에서 1970년대는 분명 한국 자본주의의 '도약기'였다. 그러나 문제는 이러한 '도약'이 노동자·농민·중소기업인 등 민중의

---

33) 김종덕, 「한국의 경제 성장과 농업」, 한국사회사연구회 엮음, 『현대 한국자본주의와 계급문제』, 문학과지성사, 1988, 54~57쪽 참조.
34) 박정희는 72년 10월 17일 전국에 비상계엄을 선포하며 이른바 '10월 유신'을 단행했고, '선성장−후분배', '선건설−후통일'을 강조하며 '한국적 민주주의'라는 이름의 영구 독재를 기도한다.

철저한 희생에 의해서 가능했다는 점이다.[35]

1970년대는 한국의 개화기 이후의 불행한 근대화 과정과 1960년대의 외형적이고 폭압적인 근대화 과정에서 누적된 폐해가 심각한 인간 내면의 문제를 야기시키면서 한국의 사회 구조가 총체적으로 황폐화되고 있음이 가시화되는 시기였다. 사람들은 상황과 삶을 통제할 수 있는 정신이 해체되어 갔고, 물질 문명을 통제할 수 있는 정신 문화를 형성하지 못했다. 이 시기에 농민 사회는 그러한 황폐화와 오염의 극단적 현장이 되었고, 1960년대 이후 끊임없이 권력에 의한 정책적 배제와 희생의 과정을 겪으면서 1970년대의 마감과 함께 사실상 해체되고 마는 결정적 시기이다.[36] 당대 한국이 걸어온 근대화의 길이 바람직한 방향과

---

35) "경제 발전이 이루어져야 민주주의가 가능하다"는 가설은 오랫동안 학계에서 강력한 지지를 받았다. 그 대표적 사례의 하나로 한국이 곧잘 꼽히기도 한다. 그러나 역사적으로는 이는 '잘못된 신화'에 불과하다는 최근 연구 논문(조지프 시글 외, 「민주주의가 우월한 이유」, 『포린어페어스』, 2004. 9·10월호)은 주목할 만하다.
1960년 이후 세계의 저개발국가들을 대상으로 한 실증적 연구 결과 민주주의 체제가 경제 발전과 삶의 질 향상에서 권위주의 체제보다 훨씬 우월한 것으로 조사됐다. 이 논문은 1960년 이후 세계은행의 세계발전지수 자료를 토대로, 1995년 달러가치 기준 1인당 국민총생산이 2천 달러 미만인 나라들을 '저소득 민주주의 국가군'과 '저소득 권위주의 국가군'으로 나눠, 두 집단의 사회·경제적 발전 정도를 비교했다. 이 논문에 따른 실증적 통계를 보면, 지난 40년간 '저소득 민주주의 국가군'이 '저소득 권위주의 국가군'에 뒤지지 않고 경제 성장을 한 것으로 나타났다. 한국·대만 등 아시아 국가들을 제외한다면, 민주주의 국가군의 경제 성장률이 오히려 50%나 높았다. 특히 삶의 질에선 민주주의 국가군이 권위주의 국가군보다 훨씬 앞섰다. 평균 수명에서 8년이 길었고, 중등 교육 비율에서 40%가 높았고, 영아 사망률에선 20%가 오히려 낮았다. 급속한 경기 침체를 경험하는 비율에서도 민주주의 국가군이 권위주의 국가군보다 훨씬 낮았다. 이 논문은 "결국 권위주의 국가들의 빠른 성장은 급속한 경기 침체를 만회하기 위한 것일 뿐"이라고 지적했다. 또한 이 논문은 "한국 등의 사례는 권위주의 국가군에서도 경제 발전이 가능하다는 걸 보여줄 뿐"이라고 밝히고 있다.
36) 특히 1960년대 후반부터는 농가의 절대인구가 감소하는 추세를 보이고 있는데, 바로 이러한 현상이 수출 100억불 달성의 토대로서의 저임금 노동자가 양산되는 과정이었음은 이미 많은 논자들에 의해 지적된 바 있다.

과정을 보여줬다면 그 과정에서 일어난 농민의 희생과 농민 사회의 파괴는 불가피한 시대적 요청으로 받아들여질 수도 있었을 것이다. 농촌을 떠난 농민은 더 생산적이고도 창조적인 직업에 종사하고, 농사를 짓지 않는 농촌이 더 안락하고 편리한 삶의 터전이 될 수도 있기 때문이다. 그러나 한국의 근대화는 결코 정상적인 과정으로 진행되지 못했고, 너무도 급속하게 회복하기 어려운 많은 것을 잃게 만들었다.

요컨대 1960년대가 파행적 근대화의 시작과 함께 주로 외형적 변화가 두드러졌던 시기였다면, 1970년대는 외형적 변화의 계속적 진행과 함께 전체 한국 사회 구조의 본질적인 변동이 진행되고, 그로 인한 부정한 현상들이 내적으로 심화되면서 동시에 외부로 터져나오던 시대였다. 즉 1960년대가 식민지 근대의 연장선상에서 파행적인 근대화가 시작되고 진행된 시기였다면, 1970년대는 그러한 파행적 근대화로 인한 모순, 상실, 폭력성이 본질적으로 농민 사회와 한국 전체 사회를 뒤바꾸어 개선과 진보의 근대성에 의한 현재와 미래 시간의 기대지평이 무너지고 대다수 인간의 삶이 훼손되지 않을 수 없었던 부정한 근대화의 시대였다고 할 수 있을 것이다.

그러한 시대적, 문학적 변동을 가져온 근본 요인은 바로 근대화였다. 권력에 의해 기획된 근대화는 1962년부터 시작된 경제 개발 계획으로 출발하여 한국 사회를 급속도로 공업화, 산업화, 도시화로 몰아갔다. 이에 따라 삶의 양식이 전반적으로 도시화되어가면서 작가나 독자들의 인식과 감수성 또한 도시적이 되어갔다. 현대의 역사적 움직임이 철저히 도시를 중심으로 이루어져 간다는 사실, 그리고 그런 사실이 근대적 매체들에 의하여 실제보다 더욱 확대된 모습으로 전달된다는 현상은 농민문학이라는 것이 작가에게나 독자에게나 다같이 시대에 뒤떨어진

지방주의로 보이도록 만든다.

이렇게 당대의 근대화는 사람들의 관심과 지향점을 현격하게 변화시키고 있었다. 박정희에 의한 개발 독재는 사람들에게 도시, 자본, 물질 등 커져가는 것은 관심사가 되고 잘 보이지만 농민 사회, 전통적 가치, 인간성 등 소멸되어 가는 것은 좀처럼 보이지 않게 만들었다. 한국 사회의 현재적 위기는 가장 가까이로는 이런 상황으로부터 출발했다고 볼 수 있을 것이다. 실제로 농민 사회의 해체와 당대 근대화 과정에서의 외연적·내면적 격변은 이후로부터 현재에 이르기까지 한국 사회 전반에 지대한 영향을 미치게 된다.

2. 1960~70년대 농민문학론

농촌과 농민 문제가 사회경제학이나 문학의 중요한 대상으로 등장한 지는 이미 오래다. 경제 생활이 거의 전적으로 농업에 의존하다시피 했던 조선 시대야 더 말할 나위도 없지만, 봉건주의와 자본주의의 파행적 결합, 즉 일제 식민주의에 의해서 전통적 농촌의 수난이 심각했던 1920~30년대에만 하더라도 농민 자신들의 광범하고 세찬 소작 쟁의와 더불어 농촌 문제에 대한 과학적 인식이 학문적으로 심화되기 시작했고, 이러한 인식에 상응하는 진지한 문학적 탐구가 진행되었다. 1920년대 말부터 농민소설이 생성되기 시작했고 1931년 조선일보에 발표된 「농민문학논쟁」으로부터 농민문학론이 활발히 전개되었는데, 이 시기 이러한 농민문학의 융성은 어쩌면 지극히 당연한 일이었다. 당시 전 인구의 80% 가까이가 농민이었고, 서구에 의한 부정한 근대화와 일제의 식민 정책으로 가장 고통받고 있던 계층이 또한 농민이었던 것이다.

그러나 잘 알려진 것처럼 이러한 문제 의식은 일제 말부터 20여 년 간에 걸친 시기에 도리어 퇴화하거나 정체되었다. 문학적으로도 이 시기에는 시골을 다룬 작품은 많았으나 농민 문제의 핵심을 진실하게 다룬 작품은 찾아보기 어려웠다. 이후 1970년대에 접어들면서 또다시 농민문학에 대한 논의가 왕성하게 펼쳐지게 되는데, 이는 당대 농민 사회가 1920, 30년대 못지않은 중대한 시대적 상황에 놓이게 되었음을 의미한다. 실제로도 1960~70년대의 한국 근대화를 앞세운 농민 사회의 거대한 해체 과정은 한국 사회의 근간을 뒤바꾼 매우 중대한 사회·역사적 의미를 갖는 상황이었다.

이러한 현실적 상황에서 1960년대에는 농민문학에 대한 관심과 문학 활동이 그 현실적 중대성에 비해 매우 부진한 실정이었다. 시대적 혼란과 억압적 분위기 속에서 지식인, 작가들의 관심이 대부분 정치적 이슈 또는 도시적·산업적 변동과 충격의 방향으로 흐르고 있었기 때문에 농민 사회의 희생과 해체 문제는 좀처럼 그들의 관심거리가 되지 못하였다. 드물게 접하게 되는 농민문학에 관한 글에서도 당대의 농민 사회 현실에 대한 고뇌는 없이 과거에만 그 인식과 시각이 머물러 있음을 확인하게 된다. 예를 들어 김기진의 「흙위에서 흙속으로」와 같은 글에서도 춘원의 『흙』, 이기영의 『고향』, 심훈의 『상록수』, 이무영의 『흙의 노예』 등을 회고하며 "모두가 작자의 思想傾向은 서로 다르다손 치더라도 내나라, 내고향, 내땅의 흙을 목숨같이 아끼고, 그리워하고, 기름지게 하고싶어 하던 심정이었던 것만은 공통되는 경향"이었다며 뭉뚱그려 지극히 감상적 해설을 하고 있는 정도이다.[37] 이는 당대의 작가들이 그러한 강압적 근대화의 결과가 어떠하리라고 미처 인식하지 못하

---

37) 김팔봉, 「흙위에서 흙속으로」, 『사상계』, 1963년 7월호, 244쪽.

는 단계에 있었음을 짐작할 수 있게 한다.

이런 가운데 1960년대의 농민문학에 관한 관심 중 『한양』지38)를 통해 발표된 장일우의 「농촌과 문학」39)과 김우종의 같은 제명의 「농촌과 문학」40)은 주목할 만한 농민문학론이라 할 수 있다. 장일우는 오유권의 「가난한 형제」, 박경수의 「우울한 마을」, 이동희의 「핏들」의 발표를 계기로 쓰게 된 이 글을 통해 먼저 당대의 농촌 현실이 절박한 상황임에도 불구하고 작가들이 향토를 버리고 도시로 몰려들어 "茶房의 음지에서 문학의 쟈즈化를 실천하고 있다"며 농촌에 대한 무관심을 질타한다. 전후의 현대문학은 "오직 憂愁의 美學과 抽象의 美學이 문학의 廣場을 뒤덮었을 뿐, 具體的인 이나라 사람들의 삶의 形式—아직도 호미를 들고 흙을 뒤져야 하며 지게목에 등골이 닳아야 하고 칙뿌리를 캐야하는 이나라 사람들의 삶의 형식은 예술적 화폭에서 거의 자취를 감추었다"고 개탄한다. 그래서 그는 농민들이 '주체'로서 인식되어야 하고, 문학적으로는 그들의 질곡에 대해 '왜', '무엇 때문에'라고 '따지는' 시각이 필요함을 강조한다.

장일우는 농촌 현실에 대한 무관심 속에서 위의 작품들이 농촌 현실을 정면으로 다루고 있다는 점을 높이 사고 있다. 그러나 위 작품들의

---

38) 당시 이 잡지에 글을 많이 실었던 구중서나 염무웅의 언급에 의하면 『한양』지는 1960년대 일본에 거주하는 문인들에 의해 간행된 월간 잡지로서 남북한 사이에서 중도적인 태도를 취하는 진취적이고 양심적인 재일 민족주의자들에 의해 만들어졌다고 한다. 재일 문인들과 청탁을 받은 국내 문인들의 글이 반반쯤으로 실렸던 이 잡지는 1974년에 이호철 씨 등의 '문인 간첩단 사건'의 빌미가 되기도 하는 등, 당대 국내에서는 그런 잡지를 찾기 어려울 정도로 상당히 민족적이고 민주적 정신을 가지고 만들어지는 잡지였다고 회고하고 있다.(구중서, 대담 「1960, 70년대와 민족문학」, 『작가연구』제6호, 새미, 1998 ; 염무웅, 대담 「1960년대와 한국문학」, 『작가연구』제3호, 새미, 1997 참조)

39) 장일우, 「농촌과 문학」, 『한양』, 1963. 12.

40) 김우종, 「농촌과 문학」, 『한양』, 1964. 11.

공통적인 결함으로 "비극의 外形的인 告發에 그치고 悲劇의 出處와 그 원인을 究明해 보는 藝術的 탐구정신이 부족함"을 지적하면서 다시 한 번 '따짐의 문학'을 강조한다.

> 따져보라! 『무엇 때문인가?』하고, 구체적으로 따져 보라! 우리가 무엇 때문에 가난하게 살고, 무엇 때문에 이나라 農村 悲劇이 그치지 않는가를 따져보라! 날로 늘어가는 離農現象, 그리고 그 밖에 모든 현상들을 宿命인줄만 알고 그에 自足할 것인가, 갈뫼老人이 무엇 때문에 죽음으로 가지 않으면 안되게 되었는가를 따져보아야 한다.
> 구체성이 없는 추상은 文學의 무덤을 의미한다. 「따짐」은 문학의 形像創造를 우연성에서 구하여주고 具體性에서 꽃피게 하는 藝術的 探究精神이다.[41]

위의 인용을 통해서도 알 수 있듯이 이 글은 작가들의 무관심 속에 문학적으로 방치되어 있던 농촌 현실에 대한 문학적 관심을 촉구하면서 특히, 피상적 관찰이 아니라 깊이 있는 현실 인식과 문제에 대한 철저하고 비판적인 접근이 중요함을 강조한 점은 매우 의미 있는 일이라 하겠다. 그러나 농민 사회 문제의 핵심에 접근하기 위한 철저한 궁구의 자세를 촉구하면서 "이나라 농민들의 가난과 餓死의 비밀이 땅의 비밀에 있다"고 하여 문제의 핵심을 '땅의 비밀'이라는 용어로 극히 추상화함으로써 논자 스스로 현실 문제에 대한 인식의 한계를 드러내 보여주고 있다.

김우종은 자신의 글을 통해 먼저 300년 전 윤선도의 농촌을 바라보는 태도를 "그 농촌의 논바닥 속에 발을 들여놓지 못하고 논뚝 위에서

---

41) 장일우, 앞의 글, 151쪽.

내려다보며 구경만 하는 시인"이었다고 비판하며 농민 사회 현실을 사실적으로 직시할 수 있는 인식을 강조하고 있다. 그리고 계속해서 윤선도의 시대와 마찬가지로 당대의 농민들이 여전히 "배고프고 고달프고 억울하기만 하다"고 안타까워하면서, 그럼에도 불구하고 점점 더 무관심해지고 있는 문단의 현실을 개탄한다.

> 오늘의 文學은 農村에 대하여 거의 訣別을 告했다. 아주 숫제 눈을 돌리고 말았다. 그리고 겨우 한 두 作家만이 農村을 바라보며 거기서 興味 있는 素材를 더듬고 있다. 이 밖에 간혹 農村의 現實에 대하여 深甚한 關心을 기울이는 作品이 나타나기는 하지만 그것은 眞摯한 方法論도 갖추지 못했고 또한 지극히 드물게만 찾아볼 수 있는 것이다.[42]

그리고 그는 농촌 현실에 대한 진지한 관심을 가지고 "새로운 農村 文學을 樹立해" 나갈 것을 촉구하고 있다. 김우종의 글 역시 농민 현실에 대한 문학적 관심을 제고하면서 농민 현실에 뿌리를 둔 문학 작업을 촉구하고 있다는 점에서 장일우의 논지와 맥락을 같이하고 있다. 그러나 방법론을 문제 삼고 있으면서도 농민 현실의 실상을 구체적으로 파악하고 그 모순의 원인을 규명하여 그것을 미학적으로 형상화하는 구체적 방법론에 대한 나름대로의 견해를 제시하지 못하고 있는 한계를 보여준다.

1970년대로 넘어서면서 농민문학에 대한 학문적 관심과 논의가 왕성해진다. 이는 1960년대를 통해 이후 부정적 결과를 가져올 수밖에 없는 요인들이 농민 사회 전반에 깊게 스며들어 있었고, 그러한 잘못된 근대

---

42) 김우종, 앞의 글, 181~182쪽.

화의 부정적 결과들이 1970년대에 들어서 표면화되기 시작하면서 농민 사회의 현실적 심각성이 작가들에게도 더 이상 외면할 수 없을 정도였다는 시대적 배경을 반영한 현상이라고 할 수 있을 것이다. 1970년대 농민문학론의 시작은 염무웅의 「농촌현실과 오늘의 문학」[43]부터라고 할 수 있다. 이 글은 비록 박경수의 장편 『동토』에 관련하여 농민문학을 얘기한 것이지만 농민문학 일반론적인 성격이 짙고 중요한 시기에 새롭게 농민문학에 대한 관심을 불러일으켰다는 점에서 의미가 있다. 이 글에서 염무웅은 먼저 농민을 소재로 한 문학이 숫적으로 상당히 적어졌고 독자들의 관심에서도 대단히 밀려나 있는 형편임을 지적한다. 그 이유를 사회 생활이 전반적으로 도시화되어 있고 독자들이 도시적 감수성으로 교육되고 있을 뿐만 아니라 현대의 역사적 움직임이 철저히 도시를 중심으로 이루어져간다는 사실, 그리고 그런 사실이 매스컴에 의하여 실제보다 더욱 확대된 모습으로 전달된다는 현상이 농촌문학[44]이라고 하는 것이 작가에게나 독자에게나 다같이 시대에 뒤떨어진 지방주의로 보이도록 만든다고 말한다. 그래서 이농 현상은 현실에서뿐만 아니라 문학과 지식 생활에서도 이제 더욱 일반화되어가고 있는 것 같다고 진단한다. 작품 『동토』에 대해서는 근본적으로 주인공 문호의 실패를 추구하는 작가 의식의 철저성과 성실성이 박약하여 실패하게 된 작품으로 평가하는데, 그것은 이미 농민의 눈이 아니라 농촌과 매판 도시 사이에서 자기 분열을 겪는 허약하고 어중간한 반농민의 눈으로, 소시민화된 농촌 사람의 눈으로 현실을 보는 데서 기인한다고 하여 철

---

43) 『창작과비평』, 1970년 가을.

44) 1970년대 농민문학 논의에서도 농촌문학 또는 농민문학이라는 용어가 논자에 따라 다르게 사용되고 있는데, 필자는 농민문학, 농민소설이라는 용어가 타당하다고 보고 이를 사용하고 있다. 그러나 개별 논자의 말이 옮겨지는 부분에서는 그 논자가 사용한 용어를 그대로 사용하기로 한다.

저한 농민적 관점과 인식을 강조하였다.

또한 염무웅은 농촌을 알기 위해서 농촌만을 보아서는 안 된다는 점을 강조하고 있다. 도시와의 관련 속에서, 도시와 얽혀 있는 여러 상관 조직 속에서 비로소 농촌의 역사적·사회적 상황을 제대로 바라보게 된다는 것이다. 이는 농촌을 도시의 상대 개념으로 생각해 고립된 현장으로 간주하는 인식에서 탈피하는 매우 의미 있는 태도라 할 수 있다. 이러한 인식이 바탕이 되어야만 한국 사회의 역사적 변화 과정 속의 한 유기체로서의 농민 사회를 올바로 바라볼 수 있게 된다. 이러한 인식을 바탕으로 염무웅은 당시 강력하게 추진되고 있던 근대화가 당시의 농민 사회에 미치는 작용과 반작용을 직시하고자 하였음을 알 수 있다.

김치수는 「농촌소설론」[45]에서 농민문학을 지방주의와 같은 것으로, 농민소설과 도시소설을 모두 소재주의의 범주를 벗어나지 못한 것으로 비판한다. 그는 농민소설이 농촌과 도시를 똑같은 한국의 현실로서 유기적인 것으로 파악하지 않고 별개의 것으로 구분하는 위험과 한국 문학의 편협성을 강요할 우려가 내포되어 있음을 지적한다. 이어서 그는 중요한 것은 항상 그 작품이 도달한 내용이 무엇이냐, 예를 들면 농촌소설인 어떤 작품이 한국 사회의 구조적 모순을 얼마나 극명하게 보여주느냐 혹은 도시소설인 어떤 작품이 현실을 얼마나 정당한 사관에 입각하여 파악하고 있느냐 하는 데 있는 것이지 농촌소설이나 도시소설을 하나의 문학적 이념인 것처럼 이야기하는 것은 소재주의일 뿐이라는 것이다.

---

45) 이 글은 원래 「농촌소설은 가능한가」라는 제목으로 1971년 11월 『지성』창간호에 실린 글인데 위의 제목으로 신경림 편 『농민문학론』에 재수록 되어 있다.

그런데 김치수의 농민문학관은 당시 기본적으로 농민문학의 존재적 당위성을 강조했던 여타 논자들의 생각과는 매우 다르다. 이는 김치수가 전체 한국 사회의 유기성과 작품에서 한국 사회의 구조적 모순을 극명하게 보여줄 수 있는 역사 인식을 강조하면서도 한국 사회 안에서의 농민 사회의 역사적 현실의 본질에 대해 보다 철저하지 못한 채 지식인으로서의 문화주의적 입장에 서 있는 인식의 한계를 보여주는 것이 아닌가 생각된다. 특정한 시기의 특정한 계층의 현실은 전체 현실의 유기적 관련 속에서 그 전체 문제와 긴밀한 관련을 가지는 집약적 표현이 될 수도 있음을 간과하고 있는 것이다.

신경림은 「농촌현실과 농민문학」[46]에서 김치수의 소재주의 견해를 반박하고 있다. 당시의 농촌은 도시에 대한 내국 식민지의 위치를 감수하면서, 자본주의 경제 체제의 구조적 모순에 따른 셰에레 현상[47]의 심화로 외국 자본의 압박이 전가되어 이중 식민지의 역할을 하고 있다고 보았다. 또한 역대 지도자가 중농 정책을 표방하여 안간힘을 다하는데도 농촌의 빈곤은 단순 재생산에서 그치지 않고 확대 재생산됨으로써 농촌의 파괴는 가속화되고 있으며, 농민은 역사를 통해서 단 한 번도 시민으로서의 정당한 권리를 행사함이 없이 물리적 권력에 의한 통제 또는 이에 정치 작용의 효율성이 가하여진 복합적인 조정에 의해서 정치권력의 도구화되어 그들의 이익이나 의사와는 관계없이 굴욕적인 생존을 계속해 왔다고 밝힌다. 그럼에도 불구하고 역사적 격동기에는 정치권력과의 역함수 관계로 인해서 인명이나 재산에 있어 비참한 희생을 당해왔는데, 이러한 농촌과 농민이 문학상에 있어 소재 이상의 것으

---

46) 『창작과비평』, 1972년 여름.
47) 자본주의의 발달로 공산품과 농산품 사이에 가격의 격차가 점점 벌어지는 현상.

로 받아들여지지 않고 지역적 개념 이상의 적극적인 것으로 받아들여
질 수 없다는 것은 옳지 않다는 것이다. 특히 당대에 정부 주도하의 농
촌 운동인 새마을 운동의 농촌 현실에 대한 영향을 지적하며 문학에
있어 농촌이란 단순한 소재로써가 아니라 역사적·사회적 개념으로 받
아들여져야 한다는 당위를 강조한다. 또한 농촌문학, 농민문학은 파괴
로부터 모든 것을 지키는 일과 관계있는 작업이라고 말한다. 결국 그는
이광수의 『흙』이후로 많은 농촌에 관한 작품과 논의들에 있어서 농촌
현실에 대한 본질의 파악에 적극성이 결여되었음을 문제 삼고 있는 것
이다.

홍기삼은 「농촌문학론」[48]에서 농촌문학의 중요성을 깊이 인정하는
논점 아래 농민문학을 소재주의와 지방주의로 비판한 김치수와, 농민문
학의 존재적 당위성을 강조하는 염무웅, 신경림의 논의들을 동시에 반
박한다. 그는 먼저 농촌의 현실이 소설의 소재가 아니라고 주장할 자는
아무도 없겠지만 농촌이라는 소재가 곧 모든 문학의 승리를 의미하는
것일 수가 없는 한, 우리의 농촌문학(혹은 농민문학)의 현실을 소재주의
라 비난하는 것은 논리적 과오를 자초하는 결과가 된다고 하였다. 특히
김치수가 지적한 농촌소설의 지방주의 문제는 심히 그릇된 생각으로
판단한다. 지방주의란 한 민족의 단일 문화 또는 단일 전통을 위협하는
지방 우위주의 혹은 방언의 강조, 그 지방의 역사적 전통을 강조하는
행위로 해석되기 때문이라고 하였다.

홍기삼은 또한 신경림의 「문학과 민중」[49]의 '논조'를 들어 신경림 씨
처럼 농민 즉 민중의 문학만이 참된 문학이라고 주장한다면 반대로 도

---

48) 동대신문, 1973. 6. 19.
49) 『창작과비평』, 1973년 봄.

시문학을 강조하는 사태 역시 받아들일 각오도 있어야 한다고 지적한
다. "만약 신씨 식 논법으로 생각할 때 도시 출신자들의 도시문학이란
무의미하게 된다는 위험이 따르게 되며 농촌문학만이 민중문학이라는
논지의 '자살행위'마저 보게 된다"는 것이다. 그런데 이러한 평가는 신
경림의 글에 대한 주관적이며 과장된 인식의 반응이라는 면이 강하다.
신경림의 「문학과 민중」에서는 해방 후 일정 기간의 혼란을 거친 한국
문학이 주로 문학 외적인 요인에 의해 '민중의 배제', '문학에 대한 민
중의 외면'으로 나타나는 문단 전반의 현실을 극복해 보고자 하는 의도
에서 민중의 역량과 그와 관련한 문학을 강조하고 있기는 해도 농민만
을 민중으로 규정한다거나 농민문학만이 시대적으로 요청되는 참된 문
학이라고 말하지는 않는다. 또한 신경림의 글에서는 농민문학뿐만 아니
라 다양한 범주의 다른 작품들도 함께 다루고 있다. 물론 신경림이 다
른 글들을 통해서도 농민문학의 제고를 위해 노력하고 있는 것은 사실
이나 그것은 어디까지나 나름대로 파악한 시대적 적절성에 기인하는
바가 크다고 본다. 그래서 농민문학의 존재적 당위성을 강조하는 것을
두고 김치수나 홍기삼이 신경림의 논지를 '농민문학=민중문학=민족문
학=참된문학' 식의 등식인 것으로 해석하는 것은 무리가 있다. 따라서
홍기삼이 "농민문학만이 참된 문학이라고 주장한다면 반대로 도시문학
을 강조하는 사태 역시 받아들일 각오도 있어야 한다"라고 보는 것은
논지를 자의적으로 해석한 문제도 문제거니와, 농민문학이 강조되게 된
사회·역사적 과정이 간과된 평면적이고 도식적인 인식이라는 지적을
벗어나기 어렵다. 한편 위에서 살펴 본 논자들의 공통된 생각은 도시와
농촌의 분리가 아니라 양자의 긴밀한 관계를 통해서 한 시대의 전모와
핵심을 진지하게 이해하고자 하는 노력이 농민문학에 있어야 한다는

점이었다.

장편소설 『쌈짓골』과 『자랏골의 비가』 출간을 계기로 창작과비평사에서 "이 작품들이 거둔 문학적 성과가 무엇이고 우리 농촌소설이 안고 있는 민족문학적 과제가 무엇인가, 그리고 오늘의 농촌현실은 어떤 상황에 처해 있는가를 심층적으로 분석해" 보기 위해 마련된 좌담 「농촌소설과 농민생활」[50]은 작가는 물론 1970년대 농민소설에 대한 관심과 논의를 주도했던 염무웅, 신경림 등의 논객과 실제 농민까지 참여해 논의를 펼침으로써 농민문학에 대한 다양한 관점과 지향점, 그리고 당대적 문제들을 총괄적으로 읽어낼 수 있는 좋은 자료가 된다.

좌담 참석자가 공통적으로 지니고 있는 생각은 농민 문제에 대해 구조적인 접근과 관심이 필요하다는 점이었다. 이는 당시의 농민과 작가 그리고 평자들이 농민 문제에 대해서 한국의 근대 역사와 맞물린 구조적 접근의 필요함을 광범위하게 인식하기 시작했다는 말로서 농민 문제에 대한 대응 방식과 농민문학의 나아갈 방향을 설정해 주고 있다는 점에서 매우 중요한 인식이라 할 수 있다. 특히 신경림은 위의 두 작품에 대해 농민들은 으레 가난하다는 고정 관념에서 벗어나 그러한 농민들의 가난이 어떠한 과정을 통하여 창출되었고, 농민 한 사람 한 사람의 창조적 삶에 어떻게 파괴적으로 작용하였는가 하는 문제를 구조적으로 다루는 데 미흡하지 않았나 하는 지적을 하고 있는데, 이는 1960~70년대 근대화로 인한 농민 문제 및 사회적 모순에 대해 올바르게 대응할 수 있는 기본 인식이 될 수 있다는 점에서 높이 평가할 수 있을 것이다.

이에 따라 논자들은 농민 사회의 역사적 변화 과정을 천착하고 당대

---

50) 『창작과비평』, 1977년 겨울.

현실의 모순들을 구조적으로 파악하여 근대화 과정에서의 농민 소외 문제, 농민 사회의 보수성에 대한 문제, 새마을 운동의 비자율성 문제, 농협기구나 그 운영의 반농민적 현상의 문제 등이 진지하게 논의되는데, 특히 신경림의 정리는 압축적이면서도 적확하게 당대 근대화와 농민의 관계, 그리고 그 근본적 문제를 잘 드러내주고 있다.

> 申 : 농협이나 새마을운동이 농민을 위해서 있어야 하는데 거꾸로 농민이 농협이나 새마을운동을 위해서 있는 꼴이에요. 우리 나라의 고질적인 병폐라 할 일제 잔재인 획일주의, 관료주의 가 청산 극복되지 않아선 문제해결이 안됩니다.[51]

이처럼 신경림을 포함한 많은 논자들이 농민 문제에 대한 사회·역사적 구조를 통한 올바른 현실 인식과 그에 부응하는 농민소설의 지향을 강조하고 있다. 이와 함께 당대 농민문학론에서 강조되고 있는 또 다른 중요한 특징의 하나는 농민들의 민중성의 제고에 대한 관심과 노력, 그리고 이러한 관심과 노력에 부응할 수 있는 농민소설에 대한 지향성이라 할 수 있다. 이는 당대의 절실한 시대적 요청을 적확하게 간파한 매우 적절한 문학적 대응 양상이라 할 수 있다. 사회 전반에 걸친 독재와 억압에 대해 민중들의 피폐함은 점점 심화되어가고 있었고 필연적으로 민중들의 각성과 결집된 역량을 의미하는 민중성이 강력하게 요구되고 또한 형성되어가고 있는 실정이었다. 그러나 이처럼 심각한 상황에 처해 있음에도 불구하고 농민들의 민중적 각성은 도시 노동자들에 비해 상대적으로 미약한 형편이었다. 따라서 논자들의 이에 대한 인식과 변화의 촉구는 사회적으로나 문학적으로 매우 시의적절하고 의

---

51) 좌담, 「농촌소설과 농민생활」, 『창작과비평』, 1977년 겨울, 25쪽.

미 있는 일이라 할 것이다.

이와 관련하여 염무웅은 『자랏골의 비가』의 아쉬움으로 민중적 의식의 드높은 각성을 집약하는 사건에 의한 결말처리보다는 어떤 영웅주의적 해결에 그친 점을 지적하였고, 『쌈짓골』의 팔기의 경우도 절실한 자기의 문제이자 그것이 동시에 모든 사람의 공동의 이익과 직결되어야 하는데 팔기의 문제가 모든 사람의 문제로까지 의식의 확대가 이루어져 있다고 보기 어렵다고 하여 민중적 의식과 힘을 중요하게 생각했다. 또한 좌담에서는 농민들의 민중성 제고를 위해 농민 스스로의 민중적 자각과 이를 일깨워줄 수 있는 농민소설을 촉구하고 있다. 좌담에 참석한 농민 홍영표도 당시 농민들의 의식이 농민 내지 민중이 자기가 주인이라는 것을 자각하지 못하고 누가 앞에서 이끌어주기를 바라는 상태에 있는데, 이것을 올바로 깨우쳐줄 수 있는 작품을 써주기를 바란다고 하여 민중 의식의 자각에 기여할 수 있는 농민문학이어야 함을 말한다. 그는 이어서 농민 문제들을 개선해 나가는 운동적인 측면에서도 가장 중요한 것이 농민의 참여 문제이고, 모든 문제가 농민 자신들의 자발적인 참여, 그리고 그들의 의사가 전적으로 반영될 수 있는 상황에서 결정될 때 진정한 개선이나 해결이 가능하다고 역설한다. 즉 농민들 스스로의 단결된 힘으로 주변의 작은 문제부터라도 하나하나 구체적으로 해결해 나가자는 것이다.

그런데 특히 염무웅의 논의를 통해 확인할 수 있듯이 농민문학에 대한 민중성의 강조가 농민문학이 전체 민족문학의 틀 속의 민중문학의 일환이라는 인식하에서 이해되고 있다는 점에 주의할 필요가 있다. 염무웅의 농민문학에 대한 논의의 이론적 출발은 민족문학에 있다. 그는 '민족문학 내에서 차지하는 농촌소설 내지 농민문학'이라는 범주적 개

념이 전제된 인식하에서 농민문학의 위치를 강조하고 싶다는 견해를
밝힌다.

> 廉 : (중략) 지금까지 우리들이 얘기해 온 가운데서도 드러나듯이,
> 전진해가고 있는 농민의식, 심화되어 가고 있는 농촌문제를
> 우리 농촌소설이 아직은 앞장서서 대변하고 있지는 못한 것
> 아닙니까? 이것은 한편으로 우리 농촌소설이 현장체험의 핵심
> 으로 더 들어가야 할 여지를 많이 안고 있다는 말이 되겠고,
> 다른 한편 소비 문화·퇴폐문화·감각문화들의 더욱 막강해
> 지는 공세 앞에서 보다 강인한 자세로 맞서서 민족문학으로서
> 의 긍지를 튼튼히 지켜나가야 한다는 말도 될 것입니다.52)

이렇게 염무웅은 민족문학 내부에 속한 분야로서의 농민문학의 위치
와 긍지를 강조하고 있다. 물론 이러한 인식은 1970년대 후반 전반적으
로 민족문학과 민중문학의 추세가 고조되고 있는 때에 염무웅이 주장
하듯이 사회의 다른 계층들과 연계한 구체적인 실천에로 접근하기 위
한 가능성을 열어놓는 일이기는 하나 이는 어디까지나 문학의 민중운
동적 입장에 선 진단이라 할 것이다. 이는 자칫 농민들의 현실과 농민
문학의 독자적인 절박함의 의미가 희석될 위험을 내포하고 있다.

농민문학에 대해 그러한 우려를 극복하고 있는 것으로 생각되는 논
의가 신경림의 인식이다. 그는 농민문학과 관련된 그의 모든 논의의 출
발이 언제나 농민과 농민 사회라는 믿음을 갖게 한다. 그는 1920~30년
대에는 소작 쟁의가 있었는데, 해방 후 소작관계의 모순이 의연히 존재
함에도 불구하고 오히려 쟁의라 할 만한 것이 없는 것은 농민의 의식

---

52) 염무웅, 앞의 좌담, 33쪽.

이 더 저하된 게 사실이라고 지적하며 농민의 단결권과 쟁의권이 중요한 문제임을 부각시키는 등으로 농민들의 현실과 독자적 문제 의식을 강조한다. 그는 당대 한국 문제의 핵심이 농민 문제임을 누구보다도 절실하게 인식하고 있었음을 알 수 있다.

> 申 : 홍선생님도 『대화』에 쓰셨던데, 지금 농촌이야말로 한국문제의 핵심이고 지금 한국에 얽힌 모든 문제를 해결할 수 있는 열쇠가 농촌에 있지 않나 싶어요. 가령 도시의 인구문제라든가 교육문제, 퇴폐문화 같은 것도 근본적으로 농촌의 건강이 지켜지지 않고서는 해결되지 않을 것 같아요. 그렇기 때문에 농촌에 건강한 문화를 창조하고 지키는 가운데 농민문학이 민족문학으로서의 중요성을 갖게 되지 않을까 생각됩니다.53)

이러한 견해를 보면 농민문학에 대한 인식의 이론적 출발점에 있어서 신경림과 염무웅 사이에는 차이가 있었음을 알 수 있다. 그 차이는 농민문학과 민족문학의 상호 관계에 대한 인식 문제와 닿아 있다.

요컨대, 1970년대 농민문학론은 파행적 근대화에 의해 부정하게 지각 변동의 과정을 겪고 있는 농민 사회와 한국 사회 전반의 시대적 문제에 대한 적극적 대응이었으며, 그러한 부정성의 극복을 지향하는 미래지향적 모색이었다는 점에서 큰 의의가 있다 하겠다. 그리고 이러한 1970년대 농민문학론의 지향성은 1970년대 농민소설 작품들을 통해 문학적 실천으로 구현된다.

---

53) 신경림, 앞의 좌담, 34쪽.

III. 균열적 현실 인식과 순응 의식

1960년대 문학 세대는 4·19가 촉발시킨 진보와 이상에 대한 자부심 아래 비판적 현실 인식과 미적 형상화의 새로운 가능성을 추구할 계기를 갖는다. 여러 가지 해석이 가능하겠으나 4·19는 무엇보다도 아래로부터의 자발적인 근대화에 대한 가능성의 표출이었다. 4·19가 가능하게 한 '무엇이든지 하면 된다'는 이상주의는 주체적인 근대성 획득을 향한 강렬한 지향에 바탕을 두고 있었다. 그러나 그러한 지향은 5·16이라는 반동적 상황의 형성으로 인해 좌절되고, 이후 한국 사회는 '위로부터의' 강압에 의한 기형적인 근대화의 소용돌이 속으로 휘말리게 된다. 4·19를 계기로 1960년대 문학은 주체적·미학적 매개화의 가능성을 회복하지만, 동시에 그것의 좌절과 이후 파행적으로 진행된 근대화가 야기하는 패배감과 좌절감은 당대의 문학에 깊은 심연으로 자리잡게 된다.

농민소설에 있어서도 1960년대의 가장 현저한 양상은 리얼리즘 작가로서의 인식적 정체성의 균열과 무기력한 현실 대응력이라 할 수 있을 것이다. 주체적 근대성 획득의 좌절과 뒤이은 폭압적 시대 현실, 그리고 농민 사회의 상대적 박탈감은 농민 사회에 관심을 갖고 있던 작가들을 고뇌하고 방황하게 만든다. 특히 박경수, 유승규, 오유권 등의 농민소설 작가들을 살펴보면 억압적 시대, 파행적 근대화로 인한 혼란의 시대하에서 그들이 얼마나 자기 정체성을 정립하기가 어려웠는가, 그리고 또 그것에 대해 고뇌했는가를 짐작할 수 있게 한다. 이들은 모두 농민 사회의 현실에 남다른 관심과 노력을 보여 준 대표적 농민소설 작가들이다. 박경수의 「우울한 마을」, 「화려한 귀성」, 「어느 빈농의 세대」, 「태출이가 베푸는 잔치」, 유승규의 「농기」, 『푸른벌』, 중편 「농지」, 오유권의 「가난한 형제」, 「흙 노하다」, 「토착민」, 「농지정리」, 「우시장」, 「농민과 시민」 같은 작품들에서 이들의 농민 사회에 대한 남다른 관심과 애정을 확인할 수 있다. 소멸되어가는 농민 사회로 눈을 돌려 농민 사회 현실을 진지하게 다루어낸 것만으로도 이들의 문학적 의미가 간과되어서는 안 될 것이다.

그러나 혼란과 급변의 시대 현실에 고뇌하고 방황하던 작가들은 근대적 작가로서의 정체성을 정립하지 못한 채 인식 체계의 균열 양상을 보이게 된다. 그리고 이러한 양상은 그들의 작품을 통해서 작가 의식의 훼손과 굴절 현상으로 나타난다. 이는 당대 근대 현실의 난폭함과 불안정성이 끊임없이 이들 작가들로 하여금 서구적 근대에 기반하는 근대화 이데올로기[54]에 대한 동일화의 의식을 떨쳐버릴 수 없도록 강권하고 있었음을 짐작할 수 있게 한다. 동일화의 논리는 체제 유지와 발전을 목표하는 보수주의의 일차적인 담론 전략이라고 할 수 있다. 또한 동일화의 논리는 기존 체제에 자유롭게 동의하게 하는 기제로서,[55] 기존 체제와의 동일시 과정을 통해서 순응 담론을 구성한다. 이 때 담론의 주체[56]는 이데올로기화한 기존의 담론을 성찰이나 비판 없이 받아

---

54) 시대 구분의 범주가 아니라 인식적인 범주로서의 '근대' 또는 '근대화'는 하나의 이데올로기를 구성한다고 볼 수 있다.

55) 페쇠가 말하는 동일화는 주어진 이미지에 대하여 자유롭게 동의하는 '착한' 주체의 형성을 의미하고, 반동일화는 착한 주체들에 의해서 생생하게 의미화된 것을 거부하는 '나쁜' 주체의 형성을 말한다. 그러나 여기서 '나쁜'이라는 가치 판단은 어디까지나 '착한' 주체의 입장에서 내린 것이라 할 수 있다. 비동일화는 착한 주체들에 의해 형성된 지배적 실천에 '편승하는 동시에 거스르는 변혁적 주체의 형성'을 의미한다.(다이안 맥도넬, 임상훈 옮김, 『담론이란 무엇인가』, 한울, 1992, 53쪽 참조)

56) 주체(subject)는 근대성(modernity)을 구성하는 기본적인 개념으로, 데카르트가 의심할 수 없는 사고 주체인 코기토(cogito)를 발견함으로써 확립된 것이다. 근대적 주체는 사유를 통해 객체를 대상화하고 주체 중심의 사유 체계를 확립한다. 그러나 프로이트에 의하여 무의식의 영역이 발견되면서 이성 중심의 단일한 실

들임으로써 지배적 담론을 재생산하는 결과를 낳는다.57) 따라서 이들 작품 속의 농민들은 지식인들의 뒤틀린 자의식의 전개를 매개하는 도구적 기능을 한다거나 온정주의의 대상일 뿐이다. 또한 일부 작품들은 공허한 전망을 만들어내거나 통속화되어버리기도 한다. 심지어 일부 작품은 체제에 순응하여 모순된 현실을 외면한 채 어용적이고 관변적인 양상을 보여주기도 한다. 그런데 이들 작가들의 이러한 소극적・균열적 근대 인식과 그에 따른 순응 담론의 양상은 유승규, 오유권의 경우 1970년대로 넘어서면서 그 극복의 가능성을 보여주게 된다.58) 유승규의 경우 원숙해진 농민 체험을 바탕으로 농민 사회 현실에 대한 성찰의 양상을 보여주게 되고, 오유권의 경우에는 자신과 세계에 대한 인식력의 심화와 수준 높은 형상력을 통해 근대 현실에 대한 비판적 양상의 가능성을 보여주게 된다.

본 장에서는 1960년대 대표적 농민소설 작가라 할 수 있는 박경수, 유승규, 오유권의 농민소설 작품을 중심으로 하여 작가들의 현실 인식 체계의 균열 양상에 의한 근대 순응 담론59)이 작품 속에서 어떻게 구

체로서 존재하는 근대적 주체 개념은 위기를 맞는다. 프로이트는 개인의 내부에 초자아, 자아, 이드라는 세 가지 의식을 설정하여 주체가 이러한 세 가지 의식으로 분열되어 있다고 본다. 의식의 연쇄에 나 있는 구멍, 간극, 균열을 통하여 무의식을 찾아내는 프로이트의 발견은 의식 주체가 완전하고 연속적이며 전체적인 것이 아니라는 인식의 출발점이 된다. 그리하여 프로이트 이후로 주체는 이미 존재하는 실체(the substantial)로서가 아니라 무의식, 이데올로기, 담론 등의 타자에 의해서 구성되는 것(the constructed)으로서 인식되게 된다. 이러한 주체는 절대적인 주체로서의 사유 주체가 아니라 언제나 '주체화되고 있는 주체', '과정 중에 있는 주체'라고 할 수 있다.(윤효녕, 「주체 논의의 현단계 : 무엇이 문제인가」, 『주체 개념 비판』, 서울대 출판부, 1999, 8쪽)

57) 페쇠는 이러한 주체를 '선한 주체(good subject)'라고 명명한다.(Michel Pêcheux, H. Nagpal trans., 『Language, Semantics, Ideology』, New York : St. martin's Press. 1982. 157쪽 참조)

58) 박경수의 경우는 1970년대에 들어 특히 농민소설에 있어서는 주목할 만한 작품을 보여주지 못하였다.

성되고 있는가를 구명해 보고, 아울러 1970년대로 넘어서면서 작품을
통해 드러나는 이들 작가들의 인식적 변모 양상을 살펴보도록 하겠다.

1. 모순적 세계에 대한 환멸과 통속성

지속적으로 농민 사회에 관심을 보여 온 박경수는 외부 세계와 연계
된 농민 사회의 현실을 진솔하게 담아내어 주목받았다. 「우울한 마을」[60]
은 근대 역사 속에 깊이 뿌리내린 농민 사회의 질곡이 어떻게 농민들
의 마음을 황폐하게 하고 있는가를 솜씨 있게 보여준 작품이다. 「화려
한 귀성」[61]은 농민들의 생활상을 귀향인으로서 감정의 과잉 현상이 잘
억제된 태도를 보이며 사실적이고 객관적으로 그려낸다. 「어느 빈농의
세대」[62]는 "똥, 오줌은 물론이지만 심지어 가래침까지도 자기네 마항이
나(농가에서 구덩이를 파서 대소변을 모으는 곳) 논밭 이외에는 절대로 누거
나 뱉는 일이 없"는 가난한 농부 오두칠과 어떻게든 가난한 농촌을 벗
어나기 위해 밤마다 몰래 글을 읽고 있는 그의 아들 종구의 대비적 태
도를 중심으로 농민 사회의 가난과 질곡의 현실을 비극적으로 보여준
다. 「태출이가 베푸는 잔치」[63]에서도 태출이 내외의 참담한 생활상을
중심으로 농민 사회의 혹독한 현실이 잘 나타나고 있고, 그것은 돋보이
는 구성력에 의해 더욱 절실하게 전달된다. 농약 중독으로 죽은 뒤의

---

59) 1960~70년대 농민소설에서 소설적 주체는 근대 혹은 근대화라는 사회적 담론
　　또는 이데올로기에 대한 대응을 통해서 주체로 구성된다. 이러한 대응은 서사
　　적 담론의 형식을 통해서 구체화된다.
60) 『사상계』, 1963. 7.
61) 『신동아』, 1964. 11.
62) 『현대문학』, 1965. 4.
63) 『신동아』, 1967. 6.

장례식이 '태출이가 베푸는 잔치'가 되어 버리는 이 작품은 농민 사회
에 변함없이 가혹한 가난과 스며드는 배금주의, 그리고 변해가는 농민
들의 인심과 허물어지는 공동체의 모습을 잘 보여주고 있는 돋보이는
농민소설이라 할 수 있다. 그러나 위의 작품들은 모두가 농민 사회의
비극적인 현실 문제에 대한 구조적 접근이 나타나지 않고, 결과적으로
전망 없는 비극성과 패배 의식에 갇혀버리고 마는 한계를 벗어나지 못
하고 있다.

한편 빈농 출신인 박경수의 작품들에는 그의 작가적 시선을 대부분
자신의 과거 고향 체험과 연관되는 곳으로 돌려 자신의 기억 속에 침
잠되어 있던 농촌의 가난과 질곡에 대한 우울한 내면이 자전적으로 반
영되고 있음을 알 수 있는데, 특히 본 장에서 중점적으로 살펴보게 될
『동토』64)의 내면 세계를 이해하기 위해서는 먼저 작가 의식의 바탕을
짐작할 수 있게 하는 「화려한 귀성」을 좀더 살펴볼 필요가 있다.

이 작품에서는 도회에서 살고 있는 한 농촌 출신의 인텔리가 고향을
찾아가는 과정에서 '나'의 성장기의 경험적 인식을 통하여 한국 농민
사회의 질곡의 양상이 잘 나타난다. 그것은 가난으로 인한 초라하고 슬
픈 기억이다. 어리지만 예민한 영혼은 가난으로 인해 크게 상처받고 좌
절감에 빠진다. 아이의 조숙함으로 인해 그러한 좌절감은 자존심을 다
치지 않기 위한 자기 학대로 투사된다. 그리하여 "어머니가 배를 곯는"
것도 "일일이 고려할 겨를"이 없고 동생까지 잃게 되는 결과를 가져오
기에 이른다. 현실에 대해 끝없는 패배 의식과 허무주의에 빠져들게 된
'나'는 결국 고향을 떠나 버린다. 그러한 현실에서 도망쳐버리고 만 것
이다.

---

64) 『신동아』, 1969. 1.~12.

그런데 세월이 흘러 다시 찾은 고향의 형편도 그리 달라진 것은 없다. "어찌된 놈의 세상인지 농촌은 점점 살기가 어려운" 현실인 것이다. 그러나 그러한 현실에 대한 진지한 접근이 작품 속에서 이루어지지 않는다. 과거에 미워하던 고향의 현실을 떠났듯이 현재의 고향에서도 '나'는 몽롱하게 취하고, 변함없는 모정(母情)을 확인할 뿐이다. 그런데 어린 시절 사무치게 된 '나'의 부자들에 대한 미움은 예사롭지 않다. 「화려한 귀성」에서는 그것이 도피와 허무주의에 의해 가려지고 말았지만 장편 『동토』에서 그것은 분노와 원한의 수준으로 되살아나 작품을 통해 맹목적이고 파행적인 복수와 분열적인 자학으로 드러나게 된다.

박경수의 장편 『동토』는 그의 무시하지 못할 전작들로 인해 주목을 받았음에도 불구하고 농민소설로서의 문학적 성취를 이루어내지 못하고 있다. 주인공 문호는 전근대적 계층 문제나 토지 구조 문제 등 작품의 초반부에서 엿보이는 구조적 문제의 실상을 인식하고 고뇌하지만 그것을 농민적 입장에서 극복하고자 하지 않는다. 문호는 패배적 운명론을 거쳐 기만적 도덕주의로 부정한 현실과 타협하고 만다. 문호의 야심찬 인생은 근대라는 변화의 세상 속에서 무력하고 무의미해지고, 작품은 후반부로 갈수록 통속화되고 만다. 그리고 농민적 문제의 관심은 더 이상 남아 있지 않고 초반의 농민적 상황들은 멜로의 장식으로 변질된다.

문호는 품팔이 농사꾼의 아들로서 국민학교에 입학해서도 땔나무를 해야 하고 농사일을 해야 하며 품팔러 다니는 아버지의 일까지도 거들어야 한다. 잘사는 옆집 영숙이네한테는 아버지도 굽신거리고 문호 자신도 여러 번 굴욕적인 일을 당한다. 남의 집에 일하러 간 아버지 어머니를 따라서 밥을 얻어먹다가도 툭하면 구박을 받기 일쑤다. 이처럼 가

난하고 무식한 농사꾼의 아들이라는 열등 의식과 부자에 대한 적의는
어려서부터 문호에게 깊숙이 자리하게 되고, 장성해서 물질적 고통을
웬만큼 벗어난 후에도 그러한 의식은 결코 지워지지 않는다.

> 나는 오늘날도 인색하지 않고 오만하지 않고 가난한 사람을 멸시
> 하지 않는 부자를 믿지 않는다.[65]

> 어려서 이래의 가난과 급사 생활을 통하여 계층이 다른 그런 부류
> 의 사람들로부터는 당초에 진정한 우애나 호감이란 있을 수 없다는
> 것을 알고 있기 때문에 그들의 빈정댐은 차라리 당연한 것이라 듣는
> 것이지만 오히려 그들의 친절이란 구역질이 날 뿐인 것이었다. 설혹
> 그들과 동류로 취급하여 준다 하여도 그것은 겨우 그들의 말석을 차지
> 할 뿐으로 저주와 분노밖에 아무것도 느낄 수가 없는 것이었다. (50)

그의 모든 생각과 행동들은 언제나 이런 분노와 적의에서 출발하여
동일한 의식으로 되돌아오며 철저히 그것과의 내적·외적 투쟁으로 시
종일관하는 것이다. 이 작품이 과연 농민들의 이러한 가난과 신분상의
문제들에 어떻게 대응하며 그것을 극복해 나갈 것인가가 농민소설로서
중요한 문제였다. 그러나 문호는 그러한 현실의 모순을 올바로 인식하
고 그것을 당당하게 딛고 넘어서는 주체적인 모습과는 너무도 거리가
멀게 성장하면서 폐쇄적 자기 학대, 개인주의적 보복 심리에 빠져들게
된다.[66] 그것은 어느 날 교장 사택에 들어온 도둑 소녀를 때리고 위협

---

65) 박경수, 『동토』, 『한국문학전집』25, 삼성당, 1986, 10쪽.(이후 같은 작품 인용은
쪽수만 표시함.)
66) 이는 작가의 전작 「화려한 귀성」에서 보여주는 어린 시절부터의 농민 사회에
대한 환멸과 도피의식이 긍정적으로 승화, 또는 극복되지 못하고 이 작품에서
도 이어져 영향을 미치고 있음을 보여준다고 할 수 있다.

하여 옷을 모두 벗긴 다음 가죽 혁대로 매질을 하는 극단적이고 파괴적인 도착(倒錯)증으로까지 이어진다.

> 이어 나는 그 머리통을 갈겼다. 세 번 네 번……되는 대로 갈겼다. 찰싹찰싹 혁대가 감겼다 풀렸다 할 때마다 그녀는 채 맞은 짐승처럼 꿈틀거렸다. 나의 눈앞에는 이미 그녀의 존재 같은 것은 없었다. 내가 갈겨 대는 것은 역시 지금 교실에서 노래하는 여학생들의 나체, 아니 이 세상 모든 부자집 여학생들의 나체였다. 그 환영이었다. 그 환영 속에는 그 언젠가 이대구와 함께 와서 나의 책을 집어 주려던 계집애도 들어 있었다. 나는 그 모든 계집애들을 한데 뒤반죽하여 짓이기는 것이었다. (32)

이 부분에서 이미 문호는 자신을 비롯한 농민들의 현실적 모순을 극복해낼 수 있는 내부의 건강성이 파괴되고 말았다고 볼 수 있다. 그리고 작품의 전편에 걸쳐 그것은 결코 회복되지 않는다.

성장기에 갖게 된 세계에 대한 환멸로 인해 내부의 건강성이 이미 파괴되어 버린 문호는 점점 야심적인 출세주의자로, 이미 농민의 경지를 벗어난 소시민적 양심의 화신이 되어간다. 이윽고 검정에 합격하여 어느 면소재지 국민 학교의 교사로 부임한다. 부임하는 자리에서 당장 교장에게 인정을 받아 어느 부유한 집의 가정교사 자리로 천거된다. 이 집은 제헌 국회의원에 당선되었다가 작고한 사람의 미망인이 주인으로서, 그 부인은 문호가 부임한 학교의 자모회장이요 도내에서도 손꼽힐 만한 대단한 부자다. 그런데 작품의 대부분이 이후 문호와 혜경이의 애정과 관련된 우여곡절로 채워진다. 동시에 작품은 빠르게 흔한 멜로드라마로 통속화되면서 근대 역사의 과정에서 비롯된 질곡에서 벗어나지

못한 농민 사회의 고난이 한 농민 출신의 인간을 어떻게 정신적 고뇌
와 현실적 파탄으로 내모는가를 진지하게 보여주지 않을까 하는 기대
마저 접게 만들고, 문호는 스스로 모순으로 가득한 실패한 인간이 되고
만다.

> 흔히 이들을 질박정직(質朴正直)하고 건강한 행복한 인간의 상징이
> 라고, 그리고 이들은 자애 깊은 자연과 일체가 되어 생활을 해 나가
> 고 있기 때문에 그 생활은 도시의 타락한 자들로는 도저히 바랄 수도
> 없는 인간으로의 건전함과 전일(全一)함을 지니고 있다고도 말한다.
> 이들이 보여주는 그 안정(安定)은 단지 물질적인 것이 아니라 정신적
> 인 것이라고도 한다. 그리고 그 생활은 그들 개개인의 성질의 것이
> 아니라, 시민적 덕성(市民的德性)의 중심적 원천(源泉)이라고도 말한
> 다. 그래서 농민은 국가를 형성한 가장 귀중한 존재들이 되고, 그들이
> 사는 농촌은 낙원(樂園)이라고들 한다.
> (중략)
> 그것을 나는 다 알고 있는 것이다. 이들이 얼마나 가난한가를 그리
> 고 그 가난이 뭔가를 나는 알고 있는 것이다. 태어날 때는 누구나 마
> 찬가지로 천사이던 그들의 얼굴에 그같이 추한 주름살 투성이의 모
> 습을 찍어 놓은 것이 무엇인가를, 그 건장한 육체를 그렇게도 빨리
> 구부려뜨린 것이 무엇인가를 나는 알고 있는 것이다. (171)

위의 인용에서 보듯이 작가는 농민들에 대한 세상의 위선적인 인식
을 간파하고 있다. 그러나 작가는 세계를 향한 눈이 개인으로 협소화되
면서 현실 모순의 구조적 원인을 드러내는 데 치열하지 못했거나 애써
외면하고 있다. 그 결과 극복의 가능성은 아니더라도 당대의 강압적인
근대화로 인해 외면적으로 또 내면적으로도 황폐화되어 가고 있는 농
민 사회의 실상을 제대로 드러내는 일에서조차 실패하고 있는 것이다.

결론적으로 이 작품은 진정한 농민소설의 방향과는 거리가 먼 작품이라 할 것이다. 박경수는 현실 문제를 인식하고 고뇌하지만 1960년대라는 '혁명적'이고 억압적인 시대의 현실에 당당하게 부딪치는 힘까지는 지니지 못했고, 그러한 사실이 더욱 세계에 대한 환멸[67]과 자신에 대한 열패감을 갖게 하여 그것이 작품 속에 분열적 모습으로 변용되어 드러나고 있다 하겠다. 이는 결국 당대 권력에 의한 폭력적 '근대화 담론'의 동일화 논리에 순응하게 되고 마는 결과를 낳게 되는 것이다.

2. 작가적 정체성의 혼란과 체험의 언어

1) 공허한 전망 만들기

유승규는 충북 옥천 출신으로 오랜 농촌 생활의 체험을 바탕으로 하여 농촌의 어려운 현실을 직시하고 그들의 고난과 절망을 사실적으로 그려내고자 노력한 농민소설 작가이다.[68] 그런데 이러한 노력은 주로 1970년대에 「농기」, 장편 『푸른벌』, 중편 「농지」 등의 작품을 통해서

---

67) '저개발의 모더니즘'은 자신의 후진적인 근대 현실로부터 아무런 비전도 얻지 못하기 때문에 곧잘 환상이나 꿈에 의존하는 경향을 보인다. 또한 뒤틀린 현실 속에서 자력으로는 '역사'를 만들 수 없다는 무력감으로 인해 자신을 고발하고 괴롭히는 절망적인 고뇌에 빠져들며 깊은 환멸을 통해 근대성의 경험을 표출한다.(마샬 버먼, 윤호병·이만식 옮김, 『현대성의 경험』, 현대미학사, 1994, 279~283쪽 참조)

68) 농토에 대한 작가의 남다른 관심과 애정은 그의 필명에서도 짐작할 수 있다. 본명이 유재만인 그는 '받들다' 또는 '잇다'의 뜻을 가진 '承(승)' 자에 '두둑', 또는 '밭'을 뜻하는 畦(휴) 자를 필명으로 선택했다. 특히 '휴' 자는 밭(田)과 흙(土)으로 만들어진 글자가 좋아서 선택했는데, 그 한자가 '규' 음이 없음에도 불구하고 다른 이들이 부르기에 '규' 자로 읽기 쉬움을 고려하여 스스로 '유승규'로 한글 이름을 부르기로 했고, 당시 문단에서도 그렇게 통용되어 지금까지 이어져 오고 있다.(유승규의 아들 유인식 씨와 필자와의 전화 대담, 2005. 5. 15.)

나타난다.

그런데 1960년대 그의 장편 『흙은 살아 있다』[69]는 피폐해져 가는 농민 사회의 현실적 상황을 직시하면서도 그 구조적 원인에 접근하지 못한 채 권력에 의한 근대화 기획에 무비판적으로 순응하는 양상을 보여줌으로써 당대의 작가들에게 현실에 대한 비판과 부정을 통해 작가적 정체성을 확립하고 견지해 나가기가 얼마나 어려웠는가를 잘 보여주고 있는 작품이다.

이 작품은 일단 농민 사회의 피폐한 현실을 사실적으로 잘 그려내고 있다는 점에서 주목된다. 주인공 수돌이의 친구인 재수네는 생계가 어려운 까닭으로 마을을 떠날 수밖에 없는 상황에 이른다. 이런 재수네를 마을에서 떠나지 않을 수 있도록 수돌이는 빚을 갚을 수 있는 자금을 모으고자 하지만 다른 사람들 역시 어렵기는 마찬가지인 것이다.

> "낸들 어째 재수가 고향 떠나는게 보기 좋겠나, 그렇지만 원체 내 형편이……."
> 삼봉이는 쫓기우듯 말하고 잠시 사이를 두었다가, 자기 가정 형편 애기를 죽 늘어 놓았다. 요즘 같이 긴긴 해에 점심도 모른다는 것, 국민학교 아이들이 공책값 10원을 내라고 며칠씩 조르는 데도, 그것도 못 주고, 비료값 가옥세, 돈에 몰려 정신이 없다는 것이었다.[70]

이처럼 대부분 농민들의 개선되지 않는 지독한 가난의 실상을 작품은 잘 보여주고 있다. 또한 실제로 자금이 필요한 가난한 농민에게는 융자가 잘 되지 않는 등 불합리한 협동조합의 영농 자금 운영 실태나

---

69) 1962년부터 2년간에 걸쳐 『새농민』지에 연재.
70) 유승규, 『흙은 살아 있다』, 『한국문학전집』48, 유승규 선집, 여원, 1976, 125쪽. (이후 같은 작품 인용은 쪽수만 표시함.)

고압적인 태도, 그리고 관리들의 부정함 등도 세밀하게 드러난다.

주인공 수돌이는 건강하고 의지적인 젊은 농민으로서 덕구영감(아버지)에게 끌려서 일만 하다가 농민의 지독한 가난과 현실적 어려움들에 눈뜨기 시작한다. 그리고 스스로의 각성과 노력으로 문제를 극복하고자 하는 주체로서의 가능성을 보여준다.

> 같은 사람인데 왜 남같이 살지 못하고 봄이면 연년이 그 몸서리 나는 겨죽 기울풀데기도 창자를 못채워 걸걸하느냐는 것이었다. 더욱이 해마다 장리쌀을 얻는다, 비싼 변돈을 쓴다 농사 지어서 그 치닥거리 하기에도 허덕이니 어떻게 살 수가 있느냐는 것이었다. 겨우 농사져서는 그 빚 갚고, 봄에는 또 얻어먹고 해마다 그 되풀이만 하니 말이었다. 편하게 치부하는 사람은 인환네 몇집 뿐이었다. 수돌이뿐 아니라 동네 대부분이 그런 실정이었다. (25~26)

그래서 수돌이는 가난 때문에 자신은 국민 학교도 '중동무니 한' 억울함에 어떻게든 배고픈 것을 면하여 동생들이라도 까막눈을 면하게 해야겠다는 생각으로 "아버지만 믿을 것이 아니라 힘으로 가난을 물리쳐보자"고 다짐한다. 그는 농사일에 대한 농민 스스로의 '성의와 노력'만 있으면 그것이 가능하리라고 굳게 믿는다. 그 구체적 방법으로 지금까지의 일반적 농사를 탈피하여 온상을 통해 시험작물을 재배하여 판매할 생각을 하고 만류하는 아버지를 설득한다. 그리고 조합장 선거 과정에서의 대응에서 보여주듯이 마을의 구질서에 의한 모순에 대해 개혁 의지와 실천을 보인다. 또한 가난 때문에 마을을 떠나야 하는 재수네를 고향에서 떠나지 않을 수 있도록 하기 위해 헌신하기도 한다.

인환이는 마을에서 부패한 관리들과 유착되어 갖가지 비리를 저지르

는 인물이다. 그러나 마을의 누구 한사람 이장을 지냈고 현재 조합장인
인환이와 맞설 사람은 없었다. 특히 인환이는 동네 유지들 말이라면 반
대해서는 안 되고 순순히 복종하고 살아야만 되는 것으로 생활화되다
시피 한 동네의 노년층들에 의해 힘을 얻고 있다. 그럼에도 불구하고
수돌이는 이번 조합장 선거에서 부정한 인물인 인환이가 아닌 양심바
른 용덕이 아저씨를 내세워 동네 일에서 인환이를 물리쳐 보자는 생각
을 갖는다. 젊은 축들을 규합해 마을의 모순에 대해 적극적으로 대응하
고자 하는 의지를 보이고 있는 것이다. 수돌이와 같은 농민상의 창조는
1960년대 초기부터 농민 사회 현실의 근대적 변혁과 함께 젊은 농민들
을 중심으로 한 각성이 시대적으로 제기되고, 그러한 필요성이 사회·
문화적으로도 인식되고 있었음을 의미한다.

　그런데 문제는 농민 사회의 가난과 고됨을 인식하고 있는 수돌이의
대응 방식이다. 수돌이는 그 가난의 원인을 크게 두 가지로 보고 있다.
하나는 농민들의 게으름이고, 또 하나는 마을 안의 부도덕한 가진 자의
횡포 때문이라고 인식하고 있는 것이다. 그래서 이를 극복하기 위해서
는 마을 안의 기득권 세력의 대표자인 인환이의 기세를 꺾고, 농민들
스스로 부지런하고 성실하면 된다고 생각한다.

　　(전략) 번연히 옳고 잘 살 수 있는줄 알면서도, 안 하니까요……
　　김선생은 이 문제를 어떻게 생각하실지 모르지만…… 첫째는 농민들
　　이 게으른 탓입니다. 지금 농촌사람들 활동하는 것이 사실 게으르거
　　든요. (후략) (76)

　　(전략) 좀더 부지런히 성심껏 하면, 남 다 하는 작물인데, 안 될 이
　　치가 있나요. 기술이 없어 실패한다고 하지만, 원인은 게으른 탓입니
　　다. (77)

위의 인용을 통해 확인할 수 있듯이 역사적이고 정치적인 사회 구조 안에서의 농민 사회의 문제를 단지 특정 마을의 문제나 농민 스스로의 문제로 인식하고 있는 중대한 오류를 이 작품은 드러내고 있다. 균열적 현실 인식에 따른 작가적 정체성의 혼란은 근대 역사와 전체 사회 구조 속에서 문제의 근본을 적확하게 인식하는 철저함을 견지하지 못하게 하였고, 이러한 인식적 결여가 이 작품의 본질적 한계를 낳는다. 이는 곧 당대 권력이 주도한 근대화 담론이라는 지배적 이데올로기에 순응하고 오히려 그것을 강화시켜주는 결과를 낳게 된다. 1960년대까지 이어질 수밖에 없는 농민들의 가난과 질곡은 단지 농민들의 불성실이나 마을의 지주 한두 사람 때문이 아니다. 그런데도 이 작품은 농민들의 고단한 실상을 말하면서 그 근본 원인의 천착에 있어서는 철저하지 못하였다. 필연적으로 작품에서 제시하는 전망은 지극히 공허하다.

수돌이는 이야기가 전개되어 나가면서 점점 더 영농후계자다운 면모를 보인다. 마을의 젊은이들을 계몽하고, 마을 담당 개척원까지도 훈계하여 자신이 의도하는 방향으로 이끈다. 그리고 농민들의 게으름을 탓한다. 이는 마치 농민들에 대한 정부의 인식을 그대로 대변하는 듯한 양상을 띤다. 그는 결국 생동하는 진솔한 농민상이라기보다는 특별한 목적을 위해 만들어진 작위적 인물상을 보여준다. 그는 토마토 등 새로운 농작물을 온상 재배하여 성공하게 되고,[71] 작품 속에서 갈등의 당사자였던 인환이도 굴복시키고 개조시킨다. 그런데 그 일이 설득력 있는 필연적 계기에 의해 이루어지지 않고 불미스러운 추행에 대한 인환이

---

71) 정부는 농산물 수입 개방에 따른 직접적인 농업 소득의 감소를 보완하기 위하여 복합 영농 사업과 공업화를 위한 정책을 실시하나, 이는 농산물 가격 보장에 의한 농업 경영의 안정화를 기하는 것이 아니라 농민의 노동 강도의 강화를 통하여 소득의 증대를 꾀하는 것이라는 데 결정적 한계를 갖는다.(한국사회사학회 엮음, 『한국 현대사와 사회 변동』, 문학과지성사, 1997, 180쪽)

의 약점을 이용한 것이라는 점도 구성상의 한계를 보여준다. 게다가 대학생 연적이었던 인환이의 동생 인수로부터 사랑하는 정임이도 쟁취하게 된다. 수돌이는 생계 문제로 고향을 등지게 된 재수네의 문제도 해결해 주고, 본인이 협동조합 회장으로 제일 먼저 추천되는 등 거의 완벽한 승리를 거두는 인물로 그려진다. 매우 낭만적인 해피엔딩인 것이다.

　중요한 것은 이로써 수돌이 개인의 문제는 해결되었을지언정 농민 사회의 구조적 질곡이 해결된 것은 결코 아니라는 점이다. 즉 이 작품은 '살아 있지 못한 흙'을 억지로 '살아 있다'고 우기는 형국의 공허함을 보여준다. 더욱이 혁명 직후에 씌어졌음을 작품을 통해서도 쉽게 알 수 있게 할 정도로 작품 전반에 군부 권력의 혁명의 분위기가 농후하게 스며들어 있다. 농민들의 가난과 협동조합, 관리들의 부정을 드러낸 직후 혁명 정부에 대한 기대의 내용이 나온다는 점에 주목할 필요가 있다. 특히 혁명에 대한 긍정적 시각과 진술이 여러 차례 나타나고 있다는 점은 이 작품의 전체적 성격을 짐작할 수 있게 한다.[72]

---

72) 1961년 민주주의의 원리를 부정하며 집권한 5·16 세력들은 경제적 악순환을 시정하고 자립 경제를 달성하기 위한 기반을 확충한다는 전제하에 '경제 개발 5개년 계획'을 추진하게 된다. 당시 민주주의를 부정한 집권 세력으로서는 자본 축적과 정당화라는 국가의 모순적 과제 속에서 경제 성장만이 선택할 수 있는 유일한 전략이었다. 이를 위한 기본 전략으로 자원의 합리적 배분과 산업 구조의 균형화 및 산업의 근대화를 통한 공업화만이 경제 자립을 달성할 수 있다는 취지하에 공업화 우선 정책이 채택되지만, 그 당시 식량 문제와 농업 불만을 해소하기 위해서는 그 중점 사업의 하나로 농업 생산력의 증대에 의한 농가 소득의 향상과 국민 경제의 구조적 불균형의 시정을 우선적으로 제시하지 않을 수 없었다. 이 같은 농업 정책은 사실 4월혁명의 영향하에 도시를 중심으로 민주주의의 요구가 확산된 상황하에서, 당시의 최대 사회 세력이었던 농민층의 지지를 확보하지 않을 수 없었던 정치적 국면과 밀접한 관계를 갖는 것으로 보인다.
따라서 이 당시의 농업 정책 또한 정당화 기반의 확대 작업과 함께 그간 유보되었던 정책이 농업 불만의 해소라는 차원에서 적극적으로 도입되며, 정권의 개혁 이미지를 부각시키게 된다. 그 중 대표적인 정치적 조치가 5·16 직후 실

"(전략) 아시다 시피 五·一六혁명과 더불어 과거의 미온적이랄까, 있으나 마나 했던 협동조합을 진정한 혁명정신에 입각하여 가난한 우리 농민들이 좀더 잘살 수 있는 새로운 협동조합으로 만드는 것입니다. (후략)" (37~38)

"발전 못하죠. ……정말 우리 동네 큰일났지요…… 아무때고 우리 동네가 바로 잡히려면 동네를 주름잡는 몇 사람들이 마음을 고쳐야 하는데, 그 사람들 맘을 안고치죠…… 몸 편하구두 잘 먹고 잘 입고 살자니 동네 사람을 후려먹지 않고서야 자기네 실속이 차나요…… 생각해 보면 혁명후에 농민들 의욕(意慾)은 생기게 됐지요. 카드제루 영농 자금 주는 것이라든지, 야미비료 없어진게라든지…… 아 뭣 보다두 농촌에 만만둥이 농삿군들이 가슴에 고름집 앉게 속상한 이런 유지들하구 면서기들하고 사바사바해서 먹을건 저희들이 도식을 하고, 부역이나 추렴새는 만만둥이들한테만 씌우던 그 못된 버릇인데…… 사실 혁명후 그 버릇들은 확실히 없어졌거던요, 안그래요 김 선생? (후략)" (71~72)

결국 이 작품은 농민들의 피폐함을 사실적으로 그려내고 있는 현실 감에도 불구하고 결과적으로 정부 시책에 호응하며 공허한 전망을 만들어냄으로써 부정한 지배 권력을 은연중에 두둔하는 형국이 돼버린 어용적 작품이라는 혹평을 감수할 수밖에 없게 되었다. 박경수와 마찬가지로 유승규 역시 억압적 현실에 적절하게 대응할 힘을 만들어내지 못했음을 알 수 있다. 그런데 박경수가 지식인으로서의 고뇌적 현실에

시된 '농어촌고리채정리사업'이다. 새로운 집권 세력들은 1961년 5월 25일 농어촌고리채정리령을 공포하여 농어촌의 고리채를 일단 동결하고, 농어민이 지고 있던 고리의 사채를 정리하였다. 둘째로 농민 조직의 측면에서 통합 농협의 발족과 농업진흥청의 신설을 들 수 있다.(한국사회사학회 엮음, 앞의 책, 172~173 쪽)

환멸을 가진 채 자기 파괴적 형상을 보였다면, 유승규는 기존의 체제에 순응하는 양상이라 하겠다. 결과적으로『흙은 살아 있다』는 자신을 규정하는 담론 구성체에 '자유롭게 동의'함으로써 지배 이데올로기를 재생산하는 양상을 보여주게 된다.

2) 체험을 바탕으로 한 시대 현실의 언어

유승규는 수십 년간 직접 농사일을 한 농민작가이다. 이러한 경험이 유승규에게는 문학 이전에 민족적 수난의 연속이었으며, 가난과 억압의 실제적 체험이 되었던 것이다. 그래서 정체성의 혼란상을 보이며 크게 관심의 대상이 되지 못했던 1960년대와는 달리 자신의 농민 사회에 대한 체험과 인식이 더욱 성숙해진 1970년대에 들어서 그의 작품 속의 농민의 수난이 농민 사회의 실상과 부합함은 물론, 사회적 · 정치적 시대 현실과도 맞물리는 견실한 작가 의식을 보여주게 된다.

(1) 해체의 현실 형상화

「농기」[73]는 도시의 경기가 좋다고 해서 자식들은 도시로 떠나버리고 텅 빈 집과 농토를 지키고 있는 노농(老農)의 서글픔과 뼈아픈 심정을 감동적으로 보여준다. 그런데 이 작품에서 주목해야 할 것은 주인공 윤호 영감의 수난이 바로 한국 농민 전체의 수난이며 그 근저에는 부정적 근대가 도사리고 있다는 점이다. 즉 윤호 영감의 내력은 가족사가 아니라 농민사로 부각된다.

유승규의 작품 속 인물들은 대부분 순박하고 농업에 대해 전통적인

---

73)『현대문학』, 1970. 1.

가치관을 지니고 있으면서 매우 부지런하고 건강한 농민상을 보여준다. 윤호 영감 역시 그러하다. 그러나 자신의 대를 이어야 하는 큰 아들 원대의 생각은 전혀 다르다. 그는 한국 사회 구조의 전반적 변동에 대해 깊이 있는 인식을 하고 있지는 않지만 농업의 퇴조와 정책적, 인간적 모순의 현실을 체험적으로 깨달아가고 있다. 그리고 한국 사회의 불평등과 차별의 구조를 직시하게 된다.

> "참, 아버지두 답답두 하네유, 암만 천하지대본이면 뭘 해유, 글쎄. 고무신값, 성냥값, 약값, 이런 것은 날마두 뛰기만 하는데 쌀값은 고만이 귀신이 들렸나, 맨날 박아논 값 아네유, 칠월달에 어찌다 쌀값이 조금 고개를 드는 성싶으면 신문쟁이들이 막 떠들어대구, 농림 장관을 국회에 불러다 따지구유, 일본 쌀을 들여오구 미국서 밀가루를 무진장 들여오구 아무래두 천하지대본이 바뀌는가 봐유."[74]

위의 인용에서 볼 수 있듯이 근대 자본의 논리는 이미 젊은이들의 삶의 방식에 대한 사고 체계를 바꾸어 놓고 있었다. 작가는 윤호 영감의 가족간의 갈등과 파탄을 통해 당대의 근대화로 인한 불평등과 이농, 그리고 농민 사회의 해체 과정과 그 요인을 설득력 있게 그려내고 있다.

농업에 대해서만은 신념이 남다르고 건강한 의식을 지니고 있는 윤호 영감은 자식들이 떠나고 없어도 어떻게든 농업을 지키려는 의지를 가져 보지만 일할 사람이 없어 공동화된 농촌 현실은 그러한 상황을 극복하기에 절대적 요소를 너무 많이 잃어버리고 만 상황이었다. 육십이 넘은 윤호 영감에게 있어 열 마지기 농사란 힘에 겨웠다. 허구한 날

---

74) 유승규, 「농기」, 『농지』, 일신서적출판사, 2000, 74쪽.(이후 같은 작품의 인용은 쪽수만 표시함.)

동동거려도 해마다 농사 형편은 틀려만 갔다. 더욱이 과중한 노력에 번번이 밤에 잠을 이루지 못했다. 몸은 눈에 띄게 쇠약해졌다. 그는 무시로 '농자천하지대본'을 외워보지만 그것은 오히려 농자의 위기가 고조됨을 연출하는 상황이 되어간다. 어렵게 진행시키고 있던 박 서방의 아들 삼돌이를 일꾼으로 들이려던 계획도 끝내 수포로 돌아간다. 우직하고 착실하던 삼돌이 역시 대처로 가버리고 말았다. 땅이 있어도 농사짓겠다는 사람은 없어지고, 급기야 "세상에 땅이 이렇게 주체스럴 줄 누가 알았어, 끌끌." 하는 깊은 탄식이 나오기에 이른다. 1960년대까지만 해도 농촌에 사람은 있어도 농사지을 땅이 없는 농민들이 고통을 겪어야 했지만 1960년대 후반부터의 근대화, 산업화의 여파로 인한 이농 현상으로 1970년대에는 설혹 농사지을 땅이 있어도 농사지을 사람이 없어 어려움을 겪어야 하는 농민들의 실태를 이 작품은 잘 보여준다.

두레논을 매며 젊은이들이 상사디를 찾는 공동체적 행사는 점차 사라져가고, 젊은이들은 끊임없이 도회지로 떠난다. 도시의 땅값은 일 년에도 몇 배로 뛰지만 농토 값은 점점 하락되고 팔 사람뿐이지 살 사람이 없다. 몇 년 전에 살 길이 없어 한두 마지기 팔아가지고 서울이나 대전으로 떠나간 사람들은 모두 부자가 됐다. 돈벌이를 잘해서가 아니라 도회지의 땅값, 집값이 가량없이 올라서이다. 판잣집 한 채면 촌의 호농이 그 재산을 따라갈 수가 없다. 제방을 막아주고, 소류지를 파주고, 양조장을 설치해주고, 미곡 증산 단지를 만들고, 증산 대회를 하고, 면에서 군에서 농촌지도소에서 매일같이 농촌을 순회하며 농민을 잘살게 하려고 수고하는 듯해도 나갈 사람들은 모두 나간다. 몇 대씩 살아온 고향을 버리고, 부모를 버리고 계속해서 도회지로 나간다. 남은 것은 땅이고, 늘어가는 것은 빈집뿐이다. 이렇게 급속도로 해체되어 가

는 농민 사회 현실과 농민들이 근대화 과정의 희생자들이었음을 이 작품은 잘 보여주고 있다.[75]

근대화는 농촌의 구조적 해체와 더불어 그네들의 인간 관계도 해체시켜 갔다. 작가는 "안 된다. 대처[都市]가서 만 원 벌면, 이만 원 어치 사람을 잃는다……", "어쩨 내 요량에는 제대루 된 게 아닌 것 같아. 두고 보면 알지만 뭔가 잘못됐으니까……" 등 윤호 영감의 대화를 통해 농업의 몰락과 세태의 변화에 대하여 끊임없이 문제를 제기한다. 그러한 윤호 영감도 종국에는 믿었던 삼돌이마저 미장질을 배우러 서울로 가버리고 나서야 거대한 변동을 인정하고 받아들일 수밖에 없게 된다.

농악과 재즈 음악이 함께 나타나는 작품의 마지막 부분은 많은 의미를 담고 있다. 전통적인 농악과 윤호 영감에게는 해괴한 춤으로만 여겨지는, 모두 객지에 나가 있는 젊은애들에 의한 새로운 서구적인 재즈 춤. 이 양자의 변증법적인 조화가 가장 바람직한 근대의 방향성이 될 것이다. 그러나 어느 한 쪽의 승리와 다른 쪽의 철저한 패배로 귀결되

---

75) "농정당국도 시인하고 있는 바 오늘의 농촌은 새마을운동의 결과로 정착되고 안정된 사회가 된 것이 아니라, 예나 다름없이 방황하는 사회로 뒤흔들리고 있는 형편이다. 농촌의 축산 기반은 무너지고, 공단 주변의 농촌은 공해로 시들어 이농민이 줄줄이 이어지다시피 되고 있다. 게다가 유가폭등으로 영농비는 해마다 40%나 늘어났다고 한다. 농민들은 소득의 격감과 내일의 전망에 대한 회의로 영농 의욕을 잃었으며 또한 자녀들의 교육문제로 큰 고민을 겪고 있다. 근래의 농촌은 지난 날 이웃의 불행을 함께 나누어 왔던 전통적인 인정·풍정을 다 잃고 각박한 사회로 변질되어가고 있다. 일손이 달려 농민들의 가슴이 메말라가는 탓이다. 더구나 금년 들어와서 농촌 살림이 말이 아니게 악화일로를 치닫고 있다. 사다 쓰는 공산품 값은 계속 오르는데 비해 내다 파는 농산물 값은 크게 떨어져 농가의 교역조건이 급격히 악화되고 있으며, 빚 부담은 자꾸 늘어나 밀린 빚을 갚느라 한 해 지은 농사를 헐값으로 팔아버리는 일까지 벌어지고 있다. 가령 농사짓는 데 필요한 농약·비료·종자값 등은 최근 1년 동안 평균 37.1%나 올랐는데도 농산물 가격은 21.7% 밖에 오르지 않았기 때문이다. 도시 물가에 비해 농촌 물가고가 얼마나 더 심각한가는 이 한 가지 사실로도 충분히 드러난다."(김병걸, 「농민과 현장소설」, 신경림 편, 앞의 책, 295~296쪽)

고 마는 상황은 한국 근대화 과정을 집약적으로 보여주는 축도라 할
수 있다.

> "하늘님 말씀두, 승인네 말씀두, 국회의원 나리들 말씀두 다아 믿
> 을 수 없어. 천하지대본이 바뀌었어, 변했어. 허허."
> (중략)
> "어 허허허, 어 허허허, 어허허허허." 윤호 영감은 길바닥에 털썩 주
> 저앉아 허리를 뒤로 젖혔다 앞으로 숙였다 하며 자지러지게 웃었다.
> "어 허허허, 으 허허허허." (92)

더 이상 '농자천하지대본'이란 글자를 지닌 농기가 의미를 갖지 못하
고 버려질 수밖에 없는 현실 앞에서의 윤호 영감의 허탈감과 절망은
바로 농민 사회의 절망인 것이다. 이러한 절망적 상황과 매우 사실적이
고 농민 생활과 밀착되어 있는 그의 표현 방식을 통해 작가는 근대화
로 인한 농민 사회의 변동과 해체에 대한 진지한 성찰의 문제를 제기
한다.

(2) 변동의 현실 형상화

『푸른벌』76)은 1960년대 한국 근대화와 농민 사회의 실상을 '변동의
과정'을 문제 삼아 심도 있고 입체적으로 그려내고 있는 작품이다. 이
작품이 여타의 농민소설과 다른 의미를 갖게 되는 것은 우선 그 작중
인물들의 구성면이다. 대부분의 당시 농민소설들의 주요 인물들은 가정
을 가진 중년 이후거나 장년층으로 설정되어 그러한 인물 설정 방식
자체가 농민 사회의 붕괴와 변화에 대한 좌절과 허탈함이 주제로 다루

---

76) 『우리들』, 1971.

어질 수밖에 없는 도식성에 갇히게 되는 경향이 있었다. 그런데 범철이, 명자, 태일이, 범순이 등 이 작품의 주인공들은 대부분이 20대의 젊은 이들이다. 그래서 이 작품은 근대화로 인한 농촌의 해체 과정에 대한 젊은 세대의 대응 방식을 잘 보여줄 수 있는 흔치 않은 인물 설정의 농민소설이라 할 수 있다.

그러한 인물들을 중심으로 하여 『푸른벌』은 한국 근대화 과정에 있어서의 농민 사회의 문제들 중에서도 농민 사회 해체의 직접적이고 중대한 계기가 되는 이농 문제77)에 대해 특별한 관심을 기울인다.

> 나무 하나 바위 하나까지도 너무나 낯이 익고 정을 기울인 것들이다. 그런데도 왜 모두 떠나갈까. 그렇게 소중히 여기던 농토를 그렇게 몇 대씩 해골 굴리던 정든 집을 헌 신짝같이 버리고, 다정한 친구들과 헤져 모두들 떠나가는 것일까. 그렇게들 돈을 벌기 위해 기술을 배우겠다고 자식들을 가르치기 위해 모두들 떠나가면 그럼 결국 천수골은 아무도 살지 않게 된단 말인가.78)

---

77) 김병걸의 다음 설명은 당대 이농 현상의 내막과 심각성을 잘 보여준다. "그러면 한국에 있어서의 농촌과 농민의 실상은 지금 어떻게 되어가고 있는가? 원래 농업국가인 우리 나라의 인구분포에 있어서 농촌이 절대 우세했다는 것은 두말할 것도 없다. 그러던 것이 1960년부터 감소하기 시작한 농촌 인구는 69년을 전후하여 농업 대 비농업 인구는 半分의 비율이었고, 70년대에 들어서자 47 대 53이라는 농업인구 구조의 역현상을 보이게 되었다. 뿐만 아니라 농업인구의 절대수가 우리 나라 인구의 자연증가율을 하회하는 감소를 보이고 있어, 이 것은 통계사상 처음 겪는 이변임에 틀림없다. 농업인구의 감소는 후진국이 중진국에로의 도약을 위한 이른바 탈농업적인 조망에서 비롯한 현상이라면 그 이상 소망스러운 일은 없다. 그러나 우리의 경우에 있어서 인구의 이농 현상은 본질적인 의미에서의 탈농업적 추세에서 온다고 볼 수 없다. 농민의 농촌이탈은 도시의 산업화가 요청하는 노동인구의 수요를 메우기 위한 可望한 이동이 아닌 것이다. 그것은 농촌에서 더 이상 생활을 버티어 나가려야 나갈 수 없는 절망적인 무작정 상경이라고 보아야 옳을 것이다."(김병걸, 「김정한문학과 리얼리즘」, 신경림 편 『농민문학론』, 1982, 253쪽)
78) 『한국문학전집』28, 삼성당, 1986, 290~291쪽.(이후 같은 작품의 인용은 쪽수만

범철이의 여동생 범순이의 사고의 변화와 가출, 그리고 파탄에 이르는 과정 역시 당대 대부분 시골 처녀들이 고향을 떠나게 되는 전형을 보여준다고 할 수 있다. 문제는 왜 범순이와 같이 농촌 젊은이들은 농촌을 떠나야만 했는가 하는 점이다. 도시화, 산업화, 수출 중심 정책 등에 의하여 도시와 농촌은 점점 그 정치·경제적 괴리, 다시 말해 삶의 질에 있어서의 차이와 차별이 커져갔고, 텔레비전 등 매체의 급속한 보급으로 농민 사회의 도시 선망 현상은 걷잡을 수 없이 확산되었다. 그것은 권력에 의한 잘못된 근대화의 강제적 추진 과정이 만들어낸 기형적 결과물인 것이다. 따라서 이 작품은 농민소설 중에서도 농촌 젊은이들의 변화하는 사회 속에서의 몸부림과 삶에 대한 내적 갈등이 이농과 그에 따르는 제 문제들을 중심으로 하여 문학적으로 잘 형상화되어 있는 작품이라 할 수 있다.

천수골의 황폐화와 주인공 범철이 등이 겪게 되는 갈등과 고난은 모두 근대화 과정이 빚어낸 비극이라 할 수 있다. 진정한 근대화의 가치가 인간 삶에 있어서 비인간적이거나 불합리한 상황을 인식하고 그것을 교정하고자 하는 인간적 의지라고 할 때, 주인공 범철이와 명자는 일단 매우 근대적 의식을 가진 인물로 그려진다. 그들은 아직도 남아 있는 전근대적인 관습과 제도에 강력하게 저항하며, 자신들의 노력에 의한 건전한 변화를 통해 보다 나은 삶을 성취하기 위한 의지를 보여준다. 그리고 범철이는 결코 마을을 떠나지 않고, 죽어가고 있는 자신의 마을을 새로운 영농을 통해 살려보고자 하는 결연한 의지를 갖는다. 그리고 이를 실천하기 위해 태일이, 명수, 정쇠, 종만이 등 의기 투합되는 몇 명의 친구들과 함께 이른바 '푸른벌 클럽'을 만들어 주도적인 역

표시함.)

할을 하게 된다.

근대화로 인한 자본의 속성은 농촌 사람들에게도 현금이 필요하게 만들었고, 많은 사람들이 자본을 쫓아 오랜 삶의 터전을 버리고 도시로 몰리며 환상을 갖게 만들었다. 그리고 그것은 필연적으로 양심의 파탄을 가져오게 된다. 범순이의 서울에서의 변화와 파탄 과정 또한 욕망을 불러일으키고 그것이 쉽게 이루어질 것이라는 환상성을 갖게 하는 근대의 속성을 잘 보여준다. 작품 속에서 근대는 변화에 대한 욕망의 실현과 기회의 다양성에 대한 기대지평을 넓혀주고 그러한 세계로 공간을 이동시켜 주는 속성을 보여준다. 당시 서울은 한국 근대화의 중심이었고, 필연적으로 사람들은 서울로 모여들었다. 근대화로 인해 서울과 농촌 지역의 불균형이 심화되면 될수록 농촌은 공동화되고 서울은 만원이 되어갈 수밖에 없었다. 그리고 보다 많은 자신의 욕망을 채우기 위해, 자신이 좀더 좋은 기회와 빠른 기회를 차지하기 위해 모여든 사람들은 서로 적이 될 수밖에 없고, 그 안에서 발버둥쳐 이겨내기 위해서 양심과 인간성은 거추장스러워진다. 서로가 두려운 대상이면서 동시에 인간은 서로를 소외시키고 자신도 외로워지게 된다.[79] 이 작품은 화려한 근대화의 내면에 숨겨진 그러한 은밀하고 중대한 변화의 모습을 들추어내어 보여주고 있는 것이다.

평소에 마음에 두고 있던 범철이의 동생 범순이가 서울로 가출하여 권세 있는 집에서 식모살이를 하게 되자 범순이를 다시 고향으로 데려오기 위해 찾아갔던 태일이마저 인간성을 떠나 돈과 안락함의 기회가

---

79) 도시화라는 관점에서 불평등은 무엇보다도 공간적 불균등, 다시 말해 불평등의 공간적 표현인 격리현상을 통해 잘 드러난다.(자본주의 도시에서의 격리현상에 대한 다양한 이론적 접근과 성과 및 한계에 대해서는 마이크 새비지·알랜 와드, 김왕배·박세훈 옮김, 『자본주의 도시와 근대성』, 한울, 1996, 제4장 참조)

열려 있는 서울 생활에 이끌려 마음이 바뀌기 시작한다. 이는 인간의 본능적 욕망을 들추어내고 그것을 확대시키는 근대의 한 속성을 잘 보여주고 있다고 하겠다. 한편 이 작품은 그 배경이 농촌에 국한되지 않고 실제로 서울의 현실도 함께 그려지고 있다는 점 또한 주목할 만하다. 다른 농민소설 작품들에서는 흔히 농촌의 현실이 다루어지면서 간혹 간접적 전달 형식으로만 서울 등 대도시 현실이 나타나는 데 비해 이 작품의 이러한 공간적 배경의 입체감은 근대화의 실체를 좀더 분명하게 드러내 보여줌으로써 그 실상과 의미를 더욱 선명하게 해주는 구실을 하게 된다.

이 작품에서 종순의 죽음은 전근대의 한 요소의 종식을 의미함은 물론이다. 따라서 종순의 종손인 명식을 통해서 작가는 농민 사회의 전근대적 양태의 전형인 지주와 소작제에 대해 근대적 의식을 펼친다.

> "당숙님은 왜 그렇게 역정만 내세요. 산막골이 이 세상 전부가 아니란 말여요." (388)

"산막골이 이 세상의 전부가 아니"라는 대화는 사람들에게 삶의 시·공간적 영역과 의식을 확장시켜주는 근대의 중요한 속성을 잘 드러내준다. 그것은 곧바로 삶의 양식이나 내용의 변화와 연결된다. 따라서 근대에는 폐쇄된 공간 내에서의 유습이 그대로 지켜질 수 없다. 또한 사람들은 본인의 의사와 무관하게 근대적 변동에 맞추어 내적인 변화를 감수해야 한다. 이렇게 작가는 절박한 현실적 문제였던 농촌의 대물림되는 가난과 이농 문제를 다루면서 당대 한국 근대화의 현주소를 비판적 사유를 바탕으로 사실적으로 잘 보여주고 있다 하겠다.

그런데 이 작품에서는 농민 사회의 어려움과 해체 상황에 대한 해결책으로 당국의 농민을 위한 시책의 강화와 농민의 노력을 강조한다. 그러나 이러한 대안은 당대 현실 구조와 상당히 동떨어져 있다. 모진 반대와 수난 끝에 결합하게 된 범철과 명자는 산막골을 지키며 작물 혁명을 이루어내기 위한 농촌 일꾼이 될 것을 서로에게 다짐하며 "희망찬 앞날에 가슴들은 부풀어" 오르는 것으로 작품은 끝난다. 그러나 이러한 상황 설정은 매우 비현실적이고 작위적인 전망 생산 의도를 짐작하게 한다. 특히 명자가 갖고 있는 범철이와 농사에 대한 태도와 생각은 작품 속에 나타나는 농촌 젊은이들의 방황과 좌절, 파탄에 비하여 현실성이 떨어진다. 그래서 모진 고난을 이겨낸 이들의 사랑 이야기가 감동을 주지 못하고 있다.

이 작품에서는 당대 농민 문제가 개별적인 노력과 특수 작물 재배의 성공 여부로 해결될 수 있는 것처럼 보여준다. 그리고 구국새를 통해 그것이 곧 나라를 위하는 일이라는 데까지 사유를 발전시키고자 의도한다. 그러나 이는 당대 한국 사회 전반의 거대하면서도 내밀한 근대의 실체를 정확히 인식하지 못한 데서 오는 단선적 결말이라 할 수 있다. 이러한 잘못된 전망으로 인해 실제로는 진정한 전망의 모색을 오히려 방해하는 결과를 낳을 수 있다. 당대 근대화라는 화두가 진행시키는 사회 전반의 구조적 모순과 불합리를 숨겨주고 농민이 개인적인 인내와 의지, 노력만 기울이면 농촌에서도 얼마든지 잘 살 수 있으리라는 생각을 하게 함으로써 현실을 심각하게 호도하는 맹점을 가질 수 있다. 공업화가 농촌의 삶보다 우선한다는 점을 받아들임으로써 당시 권력의 근대화 정책을 깊은 인식 없이 순응하고 옹호하는 결과를 가져오게 되는 것이다. 또한 인물의 성격 설정이 지나치게 평면적이고 도식적이며 그러한 인물을 통해서 자주 드러나는 계몽적 표현이 전체 작품의 수준을 저하시키는 데 일조하고 있다.

요컨대 『푸른벌』은 1960년대 농민 사회의 문제적 현상을 잘 증언해 주고 있음에도 불구하고 모순에 대한 작가의 근본적 인식의 한계로 인해 문제 해결을 위하여 작위적인 전망을 꾸며내고 만 작품이 되었다. 이 작품은 1960년대를 지나 1970년대 초기까지도 작가에 따라 정체성의 혼란 양상이 얼마간 이어지고 있었음을 확인할 수 있게 한다.

(3) 이어지는 농민 수난의 현실 형상화

중편 「농지」[80]에서 작가는 그동안 추구해 오던 농민 문제를 가장 예리하게 파헤쳐 장편 『푸른벌』에서의 여러 가지 한계를 상당히 극복해 내고 있다. 착실하고 순박한 농부가 근대화의 소용돌이 속에서 휘둘리고 있는 아들 때문에 역사적 수난 속에 지켜 온 농토를 모두 잃게 되는 이야기를 펼치고 있는 이 작품은 우리의 농민 반세기의 수난사를 그대로 생생히 형상화한 것으로서 근대화 과정에서 한국 농민 사회가 겪는 고난의 역사를 사실감 있게 그려준다.

봉수 영감의 농지에 대한 남다른 애착은 아버지 대부터의 식민지 농민의 수난을 생생하게 체험한 데서 더욱 강해진다. 서구의 오리엔탈리즘, 즉 근대화를 구실로 한 동양 점거 기획과 일제의 대동아공영권을 구실로 한 야만적 전쟁과 식민화의 소용돌이 속에서 한국은 그 정체성을 잃은 채 잘못된 근대화의 역사 속으로 빠져들어가게 되었고, 이 작품 속에서도 구체적으로 표현되고 있듯이 인구의 대부분을 차지했던 농민들의 수난과 고통은 이루 말로 할 수 없을 정도였다. 봉수 영감의 아버지 역시 대대로 물려받은 땅을 일본인에게 빼앗기다시피 수탈당하

---

80) 『상황』, 1972년 겨울호.

고, 온갖 수모를 겪게 된다.

> 그러나 아무리 어린 봉수였지만 우울하고 서글펐다. 나무를 가서
> 도, 배추밭에 벌레를 잡으면서도 지주인 모리까미의 그 오만한 태도
> 가, 논배미에서 죽은 벼이삭을 뽑아 모리까미 앞에 들이밀고 모리까
> 미를 기대와 불안에 뒤엉킨 눈으로 쳐다보던 아버지 첨지의 환상이
> 사라질 줄을 몰랐다.[81]

아버지의 수모를 생생하게 지켜보면서 억울함을 삭이던 봉수 영감은
한스럽게 죽은 부친의 유언이 아니더라도 어떻게든 빼앗긴 땅을 다시
찾기 위해 젊은 시절을 송두리째 바치다시피 하여 안간힘을 썼고, 끝내
해방과 함께 그 땅을 다시 찾게 된 것이다. 당연히 그 농지에 대한 애
착은 남다를 수밖에 없다. 그러나 해방 후 또 다른 근대화 과정 속에서
봉수 영감은 다시 농지를 잃게 되는 수난을 겪게 된다.

해방 후 겪게 되는 봉수 영감의 수난 또한 부정적인 근대화에 기인
한다. 잘못된 근대화의 결과적 연장선상에서 비극적 전쟁이 일어났고,
이 전쟁으로 봉수 영감은 두 아들을 잃게 된다. 이어지는 1960년대 이
후 자본의 논리와 부당한 권력의 부도덕한 근대 기획에 의해 농민 사
회는 극도로 차별화되고 빠른 속도로 해체되는 과정을 겪게 되는데, 이
러한 변동의 과정 속에서 봉수 영감의 아들 돌쇠는 근대의 외피가 수
반하는 '환상성'에 빠지게 된다. 즉 근대의 비현실적 허상에 도취되어
비현실적인 허영과 낙관을 가지게 되는 것이다.

---

81) 유승규, 「농지」, 『한국문학전집』28, 삼성당, 1986, 506쪽.(이후 같은 작품 인용은
쪽수만 표시함.)

"하 참, 아버지두 그러니까 사고방식이 틀렸다는 거여요. 서울 좀 가보세요. 얼마나 살기 좋은 세상인가…… 그 사람들은 아버지같이 농사 안 져도 모두 좋은 옷에 잘 먹고들 떵떵대고 산단 말여요. 아니 그래, 그렇게 좋은 세월에 젊으나 젊은 놈이 촌구석에 처박혀 땅만 파먹고 살란 말여요? 농사만 짓는 아버지 세대는 지났단 말여요. 진짜여요, 저 하는 대로 버려 두세요. 신경 쓰시지 말라니까요, 하하……." (496)

그러던 이 년 전 봄에 결국은 봉수 영감의 도장을 훔쳐 농토를 몽땅 잡히는 큰 일을 저지르고 말았던 것이다. 그리고는 너저분한 '근대의 뒷골목'에서 헤매다가 신세를 망쳐버리고 만다. 돌쇠는 그러한 근대화 과정에서 뒤틀리고 마는 인간상의 전형을 보여주고 있고, 그것은 봉수 영감의 절망과 파탄으로 이어진다.

봉수 영감에게 땅이 갖는 절절한 의미와 가치는 근대적 사회 구조 속에서 아주 쉽게 돈(자본)으로 환원되어 버린다. 이것이 자본주의적 근대가 지닌 '변동'의 힘인 것이다. 즉 정신과 물질이 손쉽게 대체되는 상황을 근대는 가져왔고, 이것은 곧바로 비인간화의 결과로 이어진다. 근대화 과정에서는 서로 다른 세계가 끊임없이 부딪치게 되고 갈등과 파괴가 뒤따른다. 한국적 근대에는 더 이상 전통적인 문화와 정신은 받아들여지기 어렵다. 전통과 근대는 소통되지 못하고 단절된다. 봉수 영감의 세계는 더 이상 존속하기가 어렵게 되고 마는 것이다. 또한 미군부대에서 나오는 쓰레기를 처리하는 돌쇠의 사업과 그 이해에 대한 봉수 영감의 대응을 통해서 당시 우리의 근대화가 결국 얼마나 우리 민족의 정체성과 자존심을 무너뜨리는가를, 그리고 동시에 얼마나 우리 민족의 사회적 가치와 삶의 방식을 뒤흔들어 놓았는가를 비판적으로 성찰할 수 있게 한다.

봉수 영감의 죽음에 이르는 작품의 결말은 절망적이다. 그것은 더 이상 아무런 반응이 없는, 울부짖음만이 남아 있는 한국 농민 사회의 절망이다. 일제강점기 시대에는 해방이라는 희망이 있었지만 개발 독재에 의한 근대화로 무너져 버린 농민 사회에서는 더 이상 희망을 가질 수 없다.

> 종만이는 봉수 영감 손을 잡고 목메어 불렀으나 영영 아무런 반응도 없었다.
> "엄마— 엄마야."
> 얼마 후 봉수 영감 손을 놓고 물러선 종만이는 허공을 향해 엄마를 부르며 울부짖었다. (541)

그런데 이 작품은 근대화 과정 속의 농민 사회에 대한 사회·역사적 통찰이라는 거시적 시각이 결여되어 있고, 돌쇠의 사고와 행위를 개인적 부덕과 무지, 못된 성격 때문으로 돌리고 있다. 게다가 가문을 중시하고 내세우는 전근대적 의식이 주요 인물인 봉수영감을 통해 여러 번 나타나는 것은 자칫 이 작품을 가족사적 이야기로 국한시켜버릴 수 있는 우려를 낳게 한다.

그럼에도 불구하고 「농지」는 개화기 이후의 한국 근대화 전 과정의 한 가운데에 농민들의 수난과 처절한 생존을 위한 몸부림이 있었고, 끝내 그들과 그들의 생존 방식이 희생되고 마는 역사성을 잘 드러내 보여줌으로써 그의 1970년대 다른 작품들과 함께 한국 근대 역사에 대한 진지한 성찰의 필요성을 인식하게 하는 의미 있는 작품이라 하겠다.

3. 순응적 주체와 비판적 현실 인식의 가능성

1) 굴절된 현실 인식과 순응적 주체

오유권 역시 1960년대 이후 줄곧 농민 생활을 소재로 하여 작품 활동을 해 온 농민소설 작가라 할 수 있다. 그는 「가난한 형제」,[82] 「흙 노하다」,[83] 「토착민」,[84] 「이향민」[85] 등의 작품을 통해 부단히 농민들의 고난의 현실에 관심을 두고 핍진하게 농민 사회를 그려내고 있다. 「가난한 형제」와 같은 작품에서는 박경수의 작품들과는 사뭇 다르게 정책적으로 소외되는 농촌 노동자들의 적극적 현실 대응 양상을 보여주기도 한다. 그러나 작품의 인물들은 계층의 극단적 불평등 상황 한가운데서도 각성되는 모습이 전혀 나타나지 않고, 이들의 저항 의지 또한 본능적인 생존을 위한 즉발적인 저항일 뿐이라는 한계 때문에 의미 있는 전망을 보여주지 못한다. 현실에 대한 감정은 수난에 대한 방어 체계에 있어서 맹목적이었고, 그것은 아무런 논리도 없는 단순한 이기적인 방어에 불과한 것이었다. 오유권의 위의 작품들은 현실적 모순을 바라보고는 있으나 그것을 분석하고 규명하여 극복해 나갈 수 있는 전망을 이루어내지는 못한 채 대부분 비극적인 결말을 맞게 된다.

그의 장편 『방앗골 혁명』[86]은 벼슬과 세도를 배경으로 위세를 떨치던 상촌과 그들에 의해 천대받고 살아 온 하촌으로 양분되어 있는 방앗골을 배경으로 한 작품으로 그 초반에 계층 구조의 전근대성과 이에

---

82) 『사상계』, 1963. 7.
83) 『현대문학』, 1965. 1.
84) 『월간문학』, 1968. 11.
85) 『현대문학』, 1969. 3.
86) 오유권, 『방앗골 혁명』, 을유문화사, 1962.

대해 한을 품고 싸우는 가난한 하촌 사람들의 근대적 변화에 대한 각
성과 욕망이 뒤섞여 나타나고 있다.

> "세상이 어느 세상인디들 그래……."
> "아직도 이놈들이 양반 세상인 줄 알고 함부로……어언 해방된 지
> 도 네 해가 지났는디."
> 하면서 순태는 으드득 이를 갈았다. 숫제 받는 모멸도 모멸이지만
> 해방된 지 사년이 된 오늘날, 씨족과 왜정 시대의 관을 배경으로 행
> 세하는 아전 나부랭이가 있을 수 있느냐는 것이었다.[87]

"겨우 정월이 지났는데 벌써부터 굶는 사람이 나고 부황이 든 아낙
네도 생겨 내남없이 칼·바구니를 들고 산과 들을 헤매야"하는 가난을
떨칠 수 없는 전근대적 농민 사회 구조와 계급적 생활 방식에 대한 작
가의 변혁 의지는 하촌에서 상촌으로 보내는 '결의 조문'의 조항에서도
잘 드러난다.

> 첫째, 우리는 현대의 제사조에 따라 인권 평등과 계급타파와 개성
> 존중을 유일한 목적으로 한다.
> 둘째, 상촌민 일동은 이조 오백 년간의 반상 제도와 봉건적 잔재를
> 일소하고 계급을 타파하라.
> (후략) (21)

이 작품 제목의 '혁명'은 방앗골의 그러한 전근대적 계급 구조와 봉
건적 잔재에 대한 투쟁을 통한 변혁의 의미를 지닌다고 할 수 있겠다.

---

87) 오유권, 『방앗골 혁명』, 『한국문학전집』28, 삼성당, 1986, 11쪽.(이후 같은 작품
    인용은 쪽수만 표시함.)

이후 작품 속에는 상촌과 하촌 간의 물리적 폭력과 보복의 악순환이 역사적 흐름과 맞물린 채 이어지게 된다.

그런데 이 작품은 전근대적이고 봉건적인 모순들을 개혁하고자 하는 의지가 나타났지만, 이야기가 전개되어 나가면서 1960년대 후반 외부 사회와 연계된 역사적 현실의 모순에 대해서는 외면하는 태도를 드러내고, 오히려 독재적 권력의 힘에 눌려 그에 순응하고 마는 본질적 한계를 드러내게 된다. 이는 작품 속의 '근대적 개혁'이 당대 지배 이데올로기에 의해 그 권력의 부정함을 은폐하기 위해 기획되고 진행된 개혁을 반영한 의지였으므로 불가피한 귀결이라 할 수 있다.

하촌의 윤노인은 작품의 전편을 통해 정신적 지주의 구실을 하며 하촌을 정신적으로 이끌어갈 뿐만이 아니라 상촌과의 갈등을 조정하는 중요한 구실을 하는 인물이다. 그런데 그는 지극히 운명론적이며 순응적인 세계관을 지니고 있다. 그리고 이러한 세계관이 작품 전반을 통제하는 본질적 요소를 이루게 된다. 윤노인은 심지어 두 마을의 화합을 위하여 "순태는 상촌 과부를, 석만이는 하촌 과부를 보라"는 방안을 제시한다. "상·하촌을 완전한 한 몸 한 피로 결합시키"자는 것이다. 이 또한 문제의 본질을 외면한 지극히 전근대적이고 비현실적인 방편이다. 그러나 작품 속에서는 그런 일이 그대로 이루어지는 서사의 과잉 양상이 드러난다.

작품의 이야기는 가난한 산지기의 아들인 순태와 금순이 그리고 유력자의 아들인 민우 간의 삼각 애정 관계가 주를 이루며 흘러가게 되고, 6·25전쟁이 발발하면서 양측에 의한 양민 학살의 역사가 재구성되는 소설적 의미에도 불구하고, 크게는 박정희 정권의 핵심적인 대국민 협박과 통제의 기반이었던 반공 이데올로기의 기조를 노골적으로 드러내는 체제 순응적 성격을 나타낸다. 이로써 구성은 산만해지고 주요 인물들이 비열한 기회주의자들로 전락하며 주제도 불분명해지는 파국적 결과를 초래하게 되었다.

(전략) 우리는 사상이 무엇인가를 너희게 묻고 싶다. 진정 민주주의가 무엇인가를 진정 공산주의가 무엇인가를 너희게 묻고 싶다. (중략) 그러나 어찌 말하랴 약소 민족의 굴욕을…… 어찌 풀랴 약소 민족의 원한을…… 너희 살도 아닌 우리 피도 아닌 강도들이 우리의 허리를 짓밟고 지나갔다. 백의의 가슴에 얼룩을 점찍고 지나갔다. 공산주의도 민주주의도 아닌 히브리족도 유태족도 아닌 오직 겨레와 겨레가 뭉쳐서 살아야 할 우리 겨레였다. 그러나 놈들은 우리의 목을 누르고 허리를 짓밟았다. (중략) 오직 살기 위해서 인민 공화국 만세를 불렀을 뿐, 오직 살길을 찾아서 대한 민국에 충성을 하였을 뿐, 우리에게는 죄가 없다. (중략) 그러나 가실 길 없는 분노와 굴욕은 마침내 사상을 편승하고 보복과 살육으로 비화하였다. 보련, 인민 재판, 이차 숙청, 인공 후퇴와 경찰 진주를 전후한 작금의 대량 학살―이 어미 아비의 한을 풀어 다오. 천리 같은 보복과 살육으로 죽이고 죽으라는 것은 아니다. 남과 감정을 사지 말라는 것이다. 남을 미워하지 말라는 것이다. 남을 시기하지 말라는 것이다. 남을 헐지 말라는 것이다. 감정 대신 인화를 가져오고, 허는 대신 감싸라는 것이다. 그리고 일하며 사랑하라는 것이다. (143~144)

작품 후반에서 혼령들의 애곡소리를 빌어 서술되고 있는 위의 인용 부분은 이 작품에 대한 작가의 현실 인식이나 작품의 성격을 가늠해 볼 수 있는 유용한 부분이라 할 수 있다. 작가는 이데올로기를 거부하며, 객관적 입장에 있는 것처럼 보인다. 그리고 외세에 의한 민족의 비극성도 간파하고 있다. 그런데 그러한 현실적, 역사적 상황에 대한 대안은 맹목적인 인정주의로 치닫고 있는 한계를 드러내고 있다. 작가 의식이 직접적으로 드러나는 이러한 부분의 내용과 그 외 작품 속에서의 인물들의 대화를 면밀히 살펴보면 이 작품의 주제로 '이데올로기의 극복과 민족의 인정주의적 화합'을 의도한 것이 아닌가 생각된다. 그러나 실제 작품 속에 산재된 이데올로기에 대한 담론은 지극히 편향적이다.

> 괴뢰의 붉은 손은 때를 놓치지 않고 남으로 남으로 침식을 자행했다. 숨도 덜 탄 어린 남한에 매운 독소는 모질게 뿌려지기 시작한 것이다. (43)

위의 인용 부분은 좌익에 대한 작가의 근본적 인식을 잘 드러내고 있다. 이 외에도 사회주의자들과 그들의 집단 행위에 대해 "도처에서 폭동을 자행하는 반란 도배들", "좌익들의 난동"으로 표현하고, 빨치산들을 '빨갱이', '공비' 등으로 표현하며 그들의 살인·방화·약탈 행위와 "공산주의의 잔악성"을 부각시키는 등 작품을 지배하는 사상적 바탕은 분명 반(反)사회주의적으로 편향되어 있다. 이는 당대 권력의 지배 이데올로기의 하나인 '민족주의' 담론에 부응한 태도로 생각된다. 작품의 제목에 굳이 '혁명'이라는 용어를 사용했다는 자체가 박정희의 군사 혁명적 상황을 순응적으로 받아들이고 있다는 방증이 될 수 있다. 이는 이 작품이 쓰이게 되는 1961년 10월이 5·16군사혁명 직후라는 사실을 감안하면 작가의 균열적 현실 인식의 양상과 함께 그 시대의 폭압적 무게를 감당하기 어려웠던 지식인들의 불가항력을 또한 짐작할 수 있게 한다. 결국 이 작품은 반공주의를 바탕으로 한 체제 순응적인 기능을 할 수밖에 없는 한계에 봉착하고 만다.[88]

---

88) 1960년대 오유권의 농민소설 작품에 대한 동시대의 논자인 김우종의 다음과 같

오유권의 또 다른 장편 『황토의 아침』[89]은 발단 부분에서 농민들의
삶의 실상이 사실적이고 구체적으로 잘 드러나고 생동감 있는 묘사력
또한 뛰어난데, 이는 평소 작가의 농민의 삶에 대한 깊은 관심과 애정
에서 나온 결과일 것이다.

이 작품은 가난한 농민 부부의 성실한 밭일 모습으로 시작되면서 농
업이 천직과 같은 대물림이며 그 땅이 얼마나 소중한 것인가 하는 작
가의 농본적 인식과 함께 농사일을 하며 피땀을 흘리는 농민들 대부분
의 삶이란 늘 고달프고 가난하기만 한 현실임을 잘 보여준다. 주인공
순구네의 가난과 피폐함 역시 예외가 아니다. 순구는 고리채로 해마다
땅을 잡듯이 하는 지주 평동 영감의 빚 독촉에 시달리게 되고, 그나마
지니고 있던 밭이 그에게 넘어갈 수밖에 없는 형편으로 몰리게 된다.
마을의 경철이네 역시 땅이 없어 농사를 짓지 못하여 '보리 나면 갚기
로 하고 농가에만 나눠주는' 구호미마저 받지 못하므로 자식들과 이틀
이나 굶으면서 구호미를 사정하는 참담한 현실이다. 경철의 아내는 가
난을 한탄하며 양잿물을 먹고 자살하고 만다. 순구는 결국 밭을 잃지
않기 위해 평동 영감 집에서 일 년 동안 머슴살이를 하기로 한다. 근동
에서도 인색하고 머슴 대접 나쁘기로 이름난 영감이라 평소 머슴을 소
개하는 사람도 없고 오려고 하는 사람도 없어서 실은 봄부터 순구의

은 비평은 당대 작가들의 인식과 그 실천에 있어서의 방황의 모습을 잘 말해주
고 있다.
"이 나라 唯一의 農村小說家 吳有權씨가 方法論에 있어서 是正해야 할 점은 바로
이것이다. 이쪽이냐 저쪽이냐, 거기서 재미있는 事件만을 추려내고 때때로 事實
을 歪曲하고 들어가는 이야깃군으로 始終하느냐, 그렇지 않으면 現實을 한치의
歪曲도 없이 그대로 証言하고 分析・批判하고 그 呻吟하는 人間隊列의 편에 서느
냐, 어느 쪽이 참된 보람있는 作家의 길이냐 이 作家는 決定해야 할 것이다."
(김우종, 앞의 글, 184쪽)

89) 오유권, 『황토의 아침』, 을유문화사, 1967.

빚을 불같이 독촉하여 밭을 잡으려는 것보다는 순구를 머슴으로 들이
려고 작심을 하였던 것이다. 순구는 "위인이 키꼴이 장대한데다 천성이
온순해서 머슴으로는 제격"이었던 것이다. 이렇게 이 작품은 그 초반부
에서 농민들의 가난과 애환을 잘 드러내면서 농민 문제에 대한 총체적
현실의 고발과 진지한 고민, 그리고 이의 극복을 위한 바람직한 전망을
기대하게끔 한다.

그러나 작품은 얼마 가지 않아 농민소설의 궤도를 크게 벗어나 정부
시책에 부응하는 계몽성을 강하게 드러낸다. 특히 순구가 평동 영감집
머슴살이를 시작하게 되면서부터는 지극히 통속적인 대중소설로 전락
하고 만다. 가난해서 머슴살이를 하게 된 '순박한' 순구가 평동 영감의
젊은 후처인 평동댁과 불륜을 맺게 되고, 평소에 조신하지 못한 영감
전처의 딸 복실이에게도 목욕하는 장면을 몰래 훔쳐보는 등 성적인 관
심을 갖다가 어렵지 않게 불륜 관계를 갖는다. 그러한 장면들의 묘사
또한 충분히 선정적이다.

> 순구가 가만가만 뒤란으로 돌아가 이쪽 벽에 몸을 기대고 갸웃이
> 엿보았다. 발가벗은 복실이 몸뚱이가 한눈에 비친 순간 순구는 입을
> 벌리고 숨을 크게 내쉬었다.
> "저걸 그만……."[90]

순구의 부인 옥순이 역시 먹고살기 위해 옷감을 팔러 다니다가 우연
히 알게 된 남자와 불륜의 관계를 갖게 된다. 순구는 제3부의 개간지
이야기에 이르기까지 현실적 어려움을 성(性)과 여자의 도움으로 해결
하게 된다. 스스로의 각성과 의지에 의한 현실 극복 가능성을 보여주는

---

90) 오유권, 앞의 책, 43쪽.(이후 같은 작품 인용은 쪽수만 표시함.)

주체적 인물과는 거리가 멀다. 더욱 심각한 문제는 1960년대 후반이 개
발 독재에 의한 부정한 근대화의 추진 과정 속에서 농민 사회의 황폐
화가 심각해져 가는 중대한 기로의 시기였음에도 불구하고 모든 농민
문제의 요인을 농민 사회 내부로 가두어버리는 훼손된 결과를 이 작품
이 보여주고 있다는 점이다. 작품의 첫 부분에서부터 지독한 가난의 주
요 원인으로 다산(多産)을 지적한다. 즉 대책 없이 아이를 많이 낳아서
먹을 것이 없다는 것이다. 이는 농민 사회 파탄의 역사적이고 시대적인
근본 원인을 호도하는 결과를 가져오게 되는데, 이는 정부의 산아제한
정책91)을 계몽하고자 하는 의도의 결과이며 이러한 의식은 정관 수술
을 권장하는 등 작품을 통해 노골적이고 지속적으로 나타난다. 물론 순
구도 수술한다. 수술 후 "그게 더 힘이 좋고 잘 되었다"라고 하며 성관
계에도 아무 문제가 없음을 홍보하는 것도 잊지 않는다.

> "인종이 이렇게 불어서야……."
> 혼잣말을 중얼인 순구는 문득 자신을 돌아보았다. 자기도 그새 네
> 아이가 아니냐는 것이었다. 결혼한 지 팔 년인데 이년마다 꼭 한 애
> 씩을 낳은 것이다. 앞으로도 예닐곱은 더 낳을 것 같았다. 이러니 땅
> 덩이가 좁고 먹을 것이 없을 수밖에 있겠느냐는 생각이었다. (10~11)

제2부에서 나타나는 서울의 이야기도 시대적 현실을 보여주기 위함
이 아니라 잘못된 근대화로 인해 야기된 이농 현상을 막고 농촌으로

---

91) 1960년대 초반에 국가 주도형 경제 개발 정책이 펼쳐지게 되었고 그와 함께
1962년 가족 계획 사업이 실시되었다. 가족 계획 사업은 가족 복지를 위한 종
합 정책이 아니라 경제 성장의 과실이 유소년 인구를 부양하기 위해 소비되는
것을 막고 생산 부문의 재투자율을 높이기 위한 목적으로 실시된 산아 제한 정
책이었다.(한국사회사학회 엮음, 앞의 책, 85쪽)

다시 돌아오도록 유도하려는 정부 시책에 부응하는 구성임을 어렵지 않게 알 수 있다. 따라서 결말로 오면 순구도, 선자도 농촌으로 돌아와 성공적인 개간 사업을 하며 농장을 운영하게 되고,[92) 서울서 함께 고생하던 옛 고향 친구들도 모두 귀향하여 순구의 개간지 농장에서 새로운 생활을 시작하게 된다. 특히 선자는 서울에서 알던 윤락녀들도 데리고 와 이른바 '정신 교양'과 함께 그들의 삶터를 제공해주기도 한다.

> "가면 그럼 우리는 순구형님 밑에서 쑤욱 있을 것이요?"
> "우선 그러고 있다가 봐서 우리도 개간지를 좀 사세. 순구보고 뒤 좀 대주락 해서."
> "……."
> "어떻게 살든 서울에서보다야 낫을 것이네. 고향으로 가게 좋네."
>
> (322)

이와 같은 구성은 피폐해진 농촌을 떠나 도시로 몰려들 수밖에 없었던 당대 사회 구성원들의 삶의 실상[93)과는 완전히 배치되는 상황 설정

---

92) 기업농의 육성은 당시 정부의 개방 농정의 일환이었다. 그러나 기업농의 육성 그 자체는 농업의 소득 실현이 보장되지 않은 상태에서 그 가능성을 기대하기는 어려웠다. 농업 자체의 산업으로서의 경쟁력을 상실시키는 정책 속에서 기업농을 육성하겠다는 의지는 단지 희생 정신의 소유자에 대한 호소에 불과한 것이었다.(한국사회사학회 엮음, 앞의 책, 179~180쪽 참조)

93) 1960년대 이후에는 산업화라는 경제적 변수가 도시화의 중요한 원인으로 등장했다. 이 시기의 인구 이동은 도시에서의 흡인 요인보다는 농촌으로부터의 배출 요인이 더욱 크게 작용하는 '과잉 도시화'를 특징으로 한다. 즉 농촌의 빈곤을 견디지 못한 과잉 인구들은 고용 기회나 주택 사정이 아직 열악하지만 그래도 형편이 나은 도시로 몰려들게 되었던 것이다.
그 결과 1960년대부터 거대 도시화가 두드러지고 초거대 도시화 현상도 조짐을 나타내기 시작했다. (중략) 이처럼 당시의 이농민은 대부분 서울로 몰려들어, 1960~1965년에는 도시 순전입 인구의 70%가, 1965~1970년에는 61%가 서울을 최종 목적지로 선택했다.(한국사회사학회 엮음, 앞의 책, 57쪽)

이다. 결국 이와 같은 작품은 지배 권력의 정책 실현을 뒷받침해줌으로써 지배 이데올로기를 재생산하고 강화시켜주는 결과를 낳게 된다. 순구와 선자 등은 당대 부정한 근대화를 몰아붙였던 지배 권력이 원하는 '시국적 귀농 인물상'[94]인 것이다. 그리고 마지막 부분에서 순구의 어이없는 자살은 당대 삶의 모든 것들이, 구성해 놓은 억지스러운 희망과 가능성마저도 그 당사자에게까지 한 순간 아무 것도 아닌 것으로 환원될 수 있는 소설적 주체의 극한적 절망을 알 수 있게 한다. 이처럼 작가의 굴절된 내면이 변용되어 표출된다거나 작가가 순수한 문학적 열정을 벗어난 특별한 의도를 지닐 때 흔히 '서사의 과잉'이 나타나는데, 이는 1960년대 장편 농민소설의 한 특징이라 할 수 있다.

위에서 살펴 본 박경수, 유승규, 오유권의 1960년대 장편 농민소설들은 어려운 시기일수록 현실을 올바로 인식하고 그 극복을 위해 바람직한 방향을 모색해야 하는 리얼리즘 작가로서의 성실성이 현실 인식 체계의 균열 양상으로 인해 훼손되었음을 드러내고 있다. 또한 당대의 억압적 현실이 얼마나 지식인들로 하여금 현실 속에서의 자기 정체성 정

---

94) 폭압적 일제강점기였던 1940년 전후 농민소설에서 가장 두드러졌던 새로운 현상은 귀농지식인을 주인공으로, 지식인 귀농과 도시부정을 주제로 한 작품이 많다는 사실이다. 이무영의 「제1과 제1장」, 『흙의 노예』 등이 대표적인 작품으로서, 당시 농민 현실은 여전히 소작권 확보 문제, 소작료 문제가 심각했고, 전체적인 소작농의 생계 유지는 최악의 상태에 있었으며, 그로 인한 이농자가 끊이질 않았다. 그런데도 이들 작품은 귀농만 하면 소작지는 넉넉하고 쉽게 확보할 수 있을 것처럼 현실을 왜곡하고 있다.
농촌 인구의 도시 유입에 따른 농촌 노동력의 부족으로 농업 생산에 차질이 생기자 일제는 지식인 등 도시 인구의 귀농을 독려했던 것이고, 이 소설들은 그러한 일제의 구호를 그대로 따른 것이다. 도시 지식인의 귀농 권유를 위해서 도시는 추악한 곳이요, 도시에서 지식인이 할 일은 없다는 것을 강조함으로써, 실제로 암담한 도시 현실에서 좌절감을 느끼고 있던 당대의 지식인들을 기만적으로 자극했던 것이다. 이런 작품들은 일제 정책 실현을 뒷받침해주고 있을 따름이다.(이주형, 「1940년 전후의 한국 농민소설 연구」, 『국어교육연구』27집, 국어교육연구회, 1995, 191~201쪽 참조)

립을 어렵게 하고 인식적 방황과 혼란을 가져왔는가를 짐작할 수 있게
한다.

2) 비판적 현실 인식의 가능성과 미적 형식화의 심화

유승규와 함께 1960년대에 이어 1970년대까지 지속적으로 농민 사회
에 관심을 가지고 작품 활동을 한 작가가 오유권이다. 그의 1970년대
작품들은 1960년대와는 사뭇 다른 내면을 보여준다. 또한 유승규와도
차이를 지닌다. 오유권은 1970년대로 오면서 1960년대의 다소 혼란스
러운 현실 인식 양상과 태도가 지양되어 작품을 통해 드러남으로써 박
경수나 유승규에 비해서 자신과 세계에 대한 좀더 철저하고 깊이 있는
인식을 통해 농민소설에 있어서의 비판적 현실 인식의 가능성을 보여준
다. 또한 현실 문제를 문학적으로 형상화하는 미학적 수준도 심화된다.

「농지정리」95)는 정책적인 농지 정리 사업의 실상을 당사자인 농민들
의 삶과 인식을 바탕으로 그려내고 있는 주목할 만한 농민소설이다. 작
가가 현실 문제에 대해 1960년대보다 진지한 인식으로 접근하고 그에
대응하고 있음이 이 작품을 통해 잘 나타난다. 정부에 의해 강제적으로
농지 정리가 단행되려 하고, 농민들은 대부분 불만스러우나 어쩌지 못
하고 가슴을 태운다. 농민들이 술렁이는 사이 농지를 매매하는 거간꾼
이 형성되는데 빵센과 꼬치갈네 외손주가 그들이다. 이 두 거간꾼을 중
심으로 이야기가 진행되면서 그들을 희화화함으로써 농민들의 뜻에 반
하여 강행되는 정부의 강제적인 농지 정리 사업 자체를 희화화하는 비
판 의식을 보여주고 있다.

---

95) 『월간문학』, 1970. 12.

농민들은 자신들의 오랜 농민으로서의 삶을 통한 체험적 판단으로 농지 정리가 과연 자신들을 위해 좋은 일인지에 대해 회의적인 생각을 갖게 된다. 농촌 근대화 정책 이후 오히려 농민들은 이미 관이 주도하는 일을 신뢰할 수 없게 되어 버렸다. 농민들은 농지 정리가 아니더라도 농사일 자체에 대한 의지를 잃어가고 있었다.

> "농지 정리가 도대체 뭣한 놈의 것이요? 농민을 위한 것이요? 누구를 위한 것이요?"
> 어깨를 걷어올리고 부면장 책상을 쿵 찔렀다.96)

> "농지 정리할라 말고 농가 수익부터 올려라. 비롯대 비싸서 농사 못 짓겠다."
> 소리 소리 외치면서 물러갈줄을 몰랐다. (17)

농지정리 때문에 팔려는 전답이 '지천으로' 나 있고, 빵센같은 거간꾼은 "농사짓는 사람보다 자기같은 사람이 되려 살겠다고" 내심 싫지 않은 시절 걱정을 한다. 이는 농민 사회의 해체 과정을 잘 보여주는 부분이라 하겠다.

농민들의 강경한 항의에도 불구하고 농지 정리가 강행되자 농민들은 현장에 몰려와 농지 정리를 즉각 철회할 것, 농지 정리에 앞서 농가 소득을 증대할 것, 수해 방지 먼저 하고 농지 면적 확장할 것 등을 외치며 집단적으로 강력하게 저항한다. 농민들의 판단으로는 농지 정리가 오히려 수해를 불러와 마을의 모든 농지를 물바다로 만들어버리고 말

---

96) 오유권, 「농지정리」, 『월간문학』, 1970. 12, 16쪽.(이후 같은 작품 인용은 쪽수만 표시함.)

것이라고 심각하게 우려를 하고 있는 것이다. 그러나 결국 농민들의 저
항은 경찰에 의해 진압되고 농지 정리는 이루어진다.

　　　보나마나 물이 찌면 웃들까지 덮이기가 쉬울 것 같았다. 아무튼 결
　　과는 물이 쩌봐야 알겠지만 논 임자들의 의사를 무시한 것이 억울하
　　였다. 그 때 데모를 하다가 붙잡혀 가 가지고 서에서 이틀을 살고 나
　　온 것이었다. 물론 훈방 정도에 그쳤지만 공갈이 무섭던 것이다. 빨갱
　　이 물이 들어서 이런 시위를 한 것이 아니냐고 다잡았다. 그 바람에
　　움찔들 못하고 다시는 않겠노라고 쩔쩔 빌고 나왔다. 빨갱이 말이라
　　고 하면 도시 모골이 송연해진 것이었다. (23)

　위의 인용에서 당대에 반공주의가 얼마나 민중들을 협박하고 억압하
는 도구로 유용하게 이용되었는가를 알 수 있다. 또한 모과골 양반 내
외의 대화를 통해 물가는 비싸고 곡가는 형편없는 현실, 경제 논리에
의한 농지 정리로 몸처럼 함께 살아온 정든 땅이 '남의 세상'처럼 되어
버린 허망함이 잘 표현된다. 큰 비와 함께 농지 정리한 전답은 끝내 물
에 잠기게 되고, 농지 정리 바람에 돈벌이를 했던 빵센과 꼬치갈네 외
손주의 희극적 다툼 장면으로 이 작품은 끝이 난다. 그러나 그들의 다
툼이 계속되는 것처럼 농민 사회의 파탄 역시 끝나지 않았음을 이 작
품은 상징적으로 보여준다.
　오유권의 「우시장」97)은 관과 결탁한 권세가들의 약자에 대한 횡포가
만연된 세태를 고발하며 그들로부터 생존의 터전을 사수하고자 하는
민중의 저항 의지를 탄탄한 소설적 구성력을 바탕으로 잘 보여주고 있
는 작품이라 하겠다.

---

97) 『현대문학』, 1971. 12.

자연발생적으로 성립된 우황면의 소장(우시장)은 이곳 사람들의 생명력의 원천과도 같은 곳이다. 그러나 군에서는 축산조합장과 결탁하여 자신들의 이해 관계에 의해 여러 가지로 자신들에게 이익을 안겨줄 소장을 군소재지로 빼앗아 오려 한다. 이에 소 거간꾼 억쇠와 마을의 유지로서 출입이 넓고 입이 발라 면의 일이라면 발을 벗고 나서고 가난한 사람의 사정도 잘 봐주는 강원목 씨가 주축이 되어 소장을 옮겨가지 못하도록 강력하게 항거한다.

면장과 축산조합장에 대한 강원목 씨의 강력한 항의도 소용이 없게 되자 우황면 사람들은 우선 군수 앞으로 진정서를 내고 그래도 안 되면 힘으로 저항하기로 의견을 모은다. 그러나 이같은 반대에도 불구하고 장 앞날이 되자 군에서 쇠전말목을 철거하러 나왔다. 축산계장을 선두로 하여 축산 조합원들과 청년단원들까지 대거 출동한 것이다. 그들은 곡괭이나 삽들을 가지고 나왔다. 이들이 한참 말뚝을 파는 중에 시장거리의 주민들이 몽둥이를 가지고 새까맣게 몰려왔다. 물리적 충돌의 위기 상황에서 원목 씨는 다시 군으로 가서 일의 부당함을 강력히 호소한다. 그러나 민의는 끝내 받아들여지지 않고 양측은 물리적 충돌로 치닫게 되는데, 우황골 농민들의 생존을 위한 아우성은 결국 경찰에 의해 진압되고 만다.

> 벌떼같이 엉겨서 치고박는 가운데를 기동경찰대가 곤봉을 가지고 몰려왔다. 억쇠는 경찰이 온 것도 아랑곳 않고 농악대들을 잡히는대로 두들겨팼다. 있는 힘을 다해서 얼굴을 줴박고 머리를 나꾸어채다가 어뿔사! 한 손을 땅에 짚고 모로 나가 쓰러졌다. 희미한 안막에 경찰의 철모가 번쩍이면서,
> "이자식, 연행해."[98]

이와 같은 결말은 농민들의 삶의 터전은 대처나 도시의 발전을 위해 희생되고, 농민 사회는 권력과 세도가들에 의해 타자화되는 당대의 사회 현상을 단적으로 잘 드러내준다. 잘못된 근대화에 의한 근대적 권력과 제도는 그들에게 또 다른 폭력일 뿐이었다. 「우시장」은 이러한 모순과 폭력에 대한 작가의 비판적이고 저항적인 의식이 반영된 작품이라 하겠다.

「농민과 시민」[99]은 농민 사회와 외부 사회와의 직접적인 대비를 통해 잘못된 근대화 과정으로 인해 이질화되는 인간의 삶의 양태를 조망하고 있다. 이로써 작가는 농민 사회 문제를 분리되고 고립된 주변적 개념에서 벗어나 전체 사회의 틀 속에서 접근할 수 있는 가능성을 열어놓게 된다.

이 작품은 1970년대 도시민을 중심으로 붐을 이루면서 농민 사회로까지 스며들게 되는 행락 풍조를 소재로 하고 있다. 그러나 작품의 초점을 다른 사람들을 배려하지 않는 몰염치한 행락 풍토에 대한 사회적 비판[100]으로 보아서는 곤란하다. 작품의 초점은 어디까지나 잘못된 근대화에 의한 농민 사회의 소외와 열악한 현실 문제에 있다 하겠다. 따라서 이 작품에는 농민 사회의 변함없는 가난과 함께 정신적인 박탈감이 두드러지게 그려지고 있다. 이는 무리지어 와서 종일 값비싼 음식들을 먹어 가며 춤추고 소리지르며 즐기는 도시민들의 행태를 통해서 상대적으로 더욱 강하게 부각되고 있는 것이다.

    "우리도 언제 그런 세상을 하루나 살어 보께."

---

98) 오유권, 「우시장」, 『한국대표단편문학전집』21, 정한출판사, 1975, 310쪽.
99) 『신동아』, 1975. 12.
100) 구중서, 「한국농민문학의 흐름」, 신경림 편, 앞의 책, 112쪽.

　　"우리는 백년을 살아도 그런 세상 하루를 못 살 것이네. 일년내 가
　도 고기 한 근 사 먹기가 어려운디 어디가 그러고 살겠는가."
　　"그러고 보면 농민같이 불쌍한 것이 없어. 나라에서 중농정책을 쓴
　다고 해도 가난한 사람들은 평생 가난해이."[101]

　이처럼 이 작품에서는 "한 방에서 얼어죽고 데어 죽는" 극단적 이질
화 현실을 한탄한다. 이러한 박탈감은 비단 성실하게 일하는 두루미 마
을 사람들만이 갖게 되는 것이 아니라 당대 한국 농민 사회의 일반적
현실이라 할 수 있을 것이다. 이렇게 이 작품은 한국 근대화의 부정성
이 만들어 놓은 뿌리 깊고 고질적인 문제들이 1960년대 이후의 근대화
과정을 거치면서 점점 더 도시와 농촌간의 불평등 현상을 심화시키고
고착화시켜 드디어 직접적인 충돌을 일으키게 됨을 잘 보여주고 있다.
또한 시비 중에 아무렇지도 않게 매우 부적절한 상황에서도 상대방을
위협하는 용어로 '사상이 불순'하다는 등의 말들이 오가는 것을 보면
당시의 이데올로기적 억압 구조가 얼마나 견고했는가도 엿볼 수 있게
한다.
　그러나 이 작품은 모순 구조에 대한 역사적 성찰의 깊이를 보여주지
못하고 있다. 농민을 위한다는 정부 정책이 무력할 수밖에 없는 지경이
되어버린 농민 사회의 고질적인 궁핍 구조의 뿌리는 개화기의 왜곡된
근대화 과정과 식민지 시대의 혹독한 수탈이 근본 요인이고 출발점인
것이다. 게다가 박정희 정권의 한국 근대화와 새마을 운동 등의 농촌
근대화 시책 역시 근본적으로 농민을 위한 것이 못되었는데, 이 작품은
그러한 문제에까지 인식이 닿아 있지 못하다. 따라서 농민 사회 문제에
대한 전망도 부재할 수밖에 없게 되었다.

---

101) 오유권, 「농민과 시민」, 『신동아』, 1975. 12, 359~360쪽.

IV. 주체적 현실 인식과 근대 부정(否定) 의식

1. 타자로서의 근대 인식과 부정의 서사

농촌이 또다시 심각한 사회적·문학적 문제의 차원에서 관찰되기 시작한 것은 1960년대 후반부터이다. 이 기간은 한일협정의 타결을 기점으로 차관 및 직접 투자의 형태로 외국 자본이 쏟아져 들어온 시기이며 이 자본에 의해 비약적인 경제 확대가 이루어진 시기이다. 이 시기부터 한국 농민 사회는 1910년대의 일제에 의한 토지 조사 사업이 일으킨 것과 맞먹는, 조선왕조의 봉건적 토대가 동요되기 시작한 이래 두 번째의 대변혁을 겪게 된다. 식민지 시대 농민은 우리 민족의 70~80%를 차지하는 최대 다수의 계층이었고, 1940년대 후반 약 70%를 차지하던 농민층의 비율은 전쟁을 치른 후 1960년대에 이르기까지 크게 변화하지 않아 1960년대 초반까지도 약 60%로 농민층은 여전히 한국의 최대 다수의 계층이었다. 그리고 식민지 시대와 마찬가지로 1960년대에도 가장 큰 희생 계층은 역시 농민들이었다. 그럼에도 불구하고 식민지 시대 농민소설의 추세와 1960년대 농민소설의 추세는 현저하게 차이를 보인다. 식민지 시대에 농민 문제는 곧 민족의 대표적 문제이자 민족 생존의 문제로 인식되었고, 이 문제에 대한 접근은 곧 민족 현실에 대한 정면적 접근이자 애국·애족, 항일 정신의 행위화로 간주될 수 있었다. 따라서 농민소설은 그 양도 많아서 당시의 작가치고 농민소설 한편 쓰지 않은 사람이 드물 정도였다.102) 그러나 앞서 농민문학론에 관한 논의에서도 확인할 수 있었듯이 1960년대 우리 문단에서 농민을 소재

---

102) 이주형, 「1940년 전후의 한국 농민소설 연구」, 앞의 책, 183~184쪽 참조.

로 한 문학은 숫적으로도 상당히 적어졌고 독자들의 관심에서도 대단히 밀려나 있는 형편이었다. 여전히 최대 다수의 계층임에도 불구하고 농민 사회의 문제는 더 이상 민족 현실의 문제로 인식되지 않는다.

이러한 시대적·문단적 특성을 생각할 때 1960년대 농민소설사에서 가장 주목받아야 할 작가는 김정한이다. 1960년대 후반 김정한이 재등단함으로써 부정한 근대화의 현실은 문학에서 절박한 문제로 표면화되고, 1930년대에 보여주었던 농민소설의 응전력이 복원되면서 현실에 대한 부정과 거부를 통한 강력한 저항 담론이 생성되기 시작한다. 즉 김정한의 농민소설은 1960년대 농민소설의 소극적·균열적 현실 인식과 미미한 현실 대응이라는 전반적 흐름과 전혀 다른 양상을 보여주고 있다. 김정한의 이러한 적극적·주체적 현실 인식에 의한 부정 의식은 1970년대의 주요 농민소설 작품들로 이어져 문학적 응전력이 강화되어 나타나게 된다.

1) 김정한의 문단 복귀와 시대적 필연성

김정한의 농민소설들은 농민 사회 모순의 구조적 원인과 극복의 문제에 대해 적극적 접근을 하지 못한 1960년대 농민소설들의 전반적인 무기력함에서 탈피해 당대의 근대화 이데올로기[103]가 주조해가는 집단주의적이고 국가주의적인 성격에 대한 강력한 부정과 저항의 양상을 보여주게 된다.[104]

---

103) 박정희 정권이 내세우는 '근대화'와 '민족주의'가 개발 독재의 이데올로기에 불과했음이 확인되면서 4·19 이후 살아나고 있던 사회 비판적 담론이 급격히 위축되고 패배주의와 허무주의가 만연하게 되었다.(박태순·김동춘, 『1960년대 사회운동』, 까치, 1991, 175~197쪽 참조)
104) 페쇠는 이러한 양상을 '반동일화(counter-identification)'로 설명하는데, 반동일화

　김정한은 고난과 역경의 시대를 살았던 지식인으로서 누구보다도 시대적 사명에 충실했던 작가였다. 즉 그의 작품이 각별한 주목을 받았던 가장 큰 이유는 무엇보다도 시대적 양심에 부응하는 그 무엇이 있었기 때문일 것이다. 그러한 그의 작품들은 결코 '시대'와 분리시켜 생각할 수 없다. 따라서 김정한 문학의 핵심을 이해하기 위해서는 무엇보다도 그가 그런 작품을 쓸 수밖에 없었던 그 '시대'에 대한 명백하고 충분한 규명이 선행되어야 한다. 그리고 그의 전 생애를 통해 작품 속에 일관되게 제시되는 '시대'는 그 출발점에서부터 한국 근대화의 역사적 과정과 긴밀한 관련성을 갖는다.

　김정한의 농민소설은 일찍이 한국 근대 농민 사회의 파행성 속에서 태어난다. 그것은 파행적 근대에 대한 김정한의 강렬한 '부정성(否定性)'에서 배태되어 생성되었다고 볼 수 있다. 이 부정성이야말로 '시대'와 맞물린 김정한 문학의 핵심적인 요소라고 할 수 있을 것이다.105) 이러한 부정성의 의식적 바탕은 파행적일 수밖에 없는 한국의 서구 근대에 대한 타자로서의 근대 인식이라 할 것이다. 「사하촌」(1936), 「옥심이」

　　는 대항담론으로서 동일화와 대칭을 이루는 담론이라고 할 수 있다. 이 때 담론의 주체는 지배 담론의 결정을 거부하고 저항한다. 폐쇄는 이러한 주체를 '악한 주체(bad subject)'라고 명명한다.(폐쇄, 앞의 책, 157쪽 참조)

105) 김정한은 지칠 줄 모르는 불의에 대한 실천적 투쟁의 삶을 통해서 특유의 반골 기질을 갖게 되고 자연스럽게 사회 비판적인 문학관을 내면화한 것으로 보인다. 그는 이미 식민지 시대 고등학교시절부터 이른바 불령선인(不逞鮮人)의 명단에 오르는 등 불의를 간과하지 못했고, 울산 대현 공립보통학교 교원으로 부임한 뒤에는 한인 교사에 대한 차별 대우에 항의하여 조선인 교원연맹을 결성하다가 발각되어 학교에서 쫓겨난 일도 있었다. 근대 문명의 대표적인 제도인 학교와 교육도 식민지 근대의 조선에서는 이미 정상적으로 기능을 다할 수 없었던 것이다. 이후에도 양산 농조사건(農組事件)으로 인한 일경에 의한 피검과 고문 사건 등 치열하게 계속되어 나타나는 그의 불의에 대한 저항 의식은 이렇게 당대 파행적인 식민지 근대를 일찍이 체험을 통해 꿰뚫은 그의 잘못된 근대에 대한 부정성에서 기인한 것이었다.(김정한의 전기적 사실에 대해서는 조갑상, 「김정한소설연구」, 동아대학교 박사학위논문, 1991. 등을 참조하였음.)

(1936), 「항진기」(1937) 등의 작품은 뒤틀린 근대가 만들어낸 냉엄한 식민지 현실에 대한 부정이라는 비판 의식에 뿌리를 두고 있고, 특히 「사하촌」과 같은 작품에서는 역사적 상황과 부딪쳐 자신을 실현해 나가려는 인물을 창조함으로써 식민지 근대의 왜곡된 현실에 대한 강한 부정과 함께 실천적인 저항 의지를 문제 삼고 있다. 김정한이 등단할 무렵의 문화계에는 공포 분위기가 감돌고 있었다. 그 같은 분위기 속에서 김정한이 지주와 농민의 계층적 갈등과 대립을 그린 「사하촌」을 발표했다는 사실은 작가로서 출발할 당시에 그의 의식과 각오가 어떠했는가에 관한 생생한 증거가 된다.106) 이러한 김정한의 1930년대 농민소설들은 피상적인 농촌 현실과 농민 상황 파악에 의해 작가의 비현실적인 세계관이 그려지고 있는 이광수의 『흙』이나 식민지 현실의 문제를 제대로 인식하지 못한 채 농촌 계몽에 치달은 심훈의 『상록수』, 농민 현실과는 거리가 먼 농본주의에 의해 쓰인 이무영 류의 농촌 또는 농민 소재 작품들과는 뚜렷이 구별된다 하겠다. 또한 1930년대 농민소설의 한 전범을 보여주었던 이기영 등 카프계 작가들의 농민소설과도 일정한 차이를 보인다. 이기영을 포함한 카프의 작가들은 식민지적 현실 인식과 함께 이념적 색채를 띠지 않을 수 없었지만,107) 김정한은 잘못된

---

106) 김종철, 「저항과 인간해방의 리얼리즘 – 김정한론」, 백낙청・염무웅 편, 『한국문학의 현단계』Ⅲ, 창작과비평사, 1984, 89~90쪽.

107) 예를 들어 이기영의 「홍수」(1930)같은 작품도 소작 농민들의 건강한 노동과 공동체적 단결, 자연적 조건과 사회적 조건에 대항해 싸워나가는 굳건한 의지들이 힘차게 형상화되고 있다. 그러나 이 작품은 '프롤레타리아의 지도'를 강조한 나머지 소설에 등장하는 농민 대중을 지나치게 수동적이고 비주체적으로 설정하고 있다. 그리고 화자로서의 작가의 개입이 지나쳐 중요한 대목마다 작가의 교술(教述)이 튀어나오고 있다는 점이 약점으로 드러나고 있는 것이다. 일반적으로 카프계의 농민소설들은 1930년대에 들어서면서 집단적이고 조직적인 농민 운동(농민 조합 운동 등)이 제공하는 전망에 지나치게 의존한 나머지 현실과 그 속을 헤쳐나가는 민중들에 대한 깊이 있는 천착에 주력하기보다

근대화 과정에 의한 식민 상태와 그로 인한 부당하고 비인간적인 민중들의 고통이 주된 문제였지 이데올로기가 중요한 관심은 아니었다.

주체적인 근대화를 통해 사회의 민주적 변혁과 조화로운 삶의 형성을 추구하려는 대중적 지향과, 근대화를 오로지 경제적·물질적 성장과 지배 권력의 온존을 위해 활용한 천박한 실용주의 사이의 대결이 1960년대 한국 사회의 내재적 동학이었다. 양자는 근대적 발전이라는 대전제는 공유하였으나 그 과정에 대한 이해는 격렬하게 대립적이었다. 전자는 근대화를 좀더 큰 폭의 대내적 평등의 실현 내지 근본적인 사회 변혁으로 이해했다. 이에 비해 후자에게 근대화란 미국으로 상징되는 선두 따라잡기의 경제 성장을 뜻했다. 주지하다시피 1960년대 한국 현실은 전자의 좌절과 후자의 전횡으로 이루어진다. 당대의 근대화는 비서구 저발전 지역도 '진보적인' 서구를 모방함으로써 얼마든지 근대화의 열매를 맛볼 수 있다는 이른바 근대성의 구성신화에 사로잡힌 것이었으며, 그에 따라 '모방하라'는 캐치프레이즈 아래 선두를 따라잡기 위한 물량주의적 성장으로 치달은 것이다. 그리하여 당대의 근대화는 한편으로는 물량적 발전이 불러온 기묘한 사회적 활력과 더불어, 다른 한편으로는 자아의 확장이나 삶의 조화로운 개선이 물질적 성장의 부분적 가치로 전도되는 극심한 양가적 상황을 형성시켰다. 1960년대 문학은 이러한 불균형적이고 기이한 가치 전도의 근대화 현실에 대응하면서 전개되었다.

김정한에게 1960년대의 한국 근대화는 그 외형만 달라졌을 뿐 농민

는 앞날에 대한 낙관적이고 때로는 전투적인 신념을 강조함으로써 리얼리티를 놓치는 경우가 왕왕 발생하였다. 그러나 김정한은 「사하촌」 등에서 볼 수 있듯이 섣부른 낙관적 전망에도, 조직 운동에 대한 무조건적 기대에도 의존함이 없이 소작 쟁의가 일어날 수밖에 없는 움직이지 못할 필연성을 보여주고 있는 것이다.

들의 부당한 고통과 희생이라는 면에서 식민지 근대화 시기와 별반 다르지 않은 또 다른 잘못된 근대화의 물결이었다. 김정한은 1960년대 후반의 시대적 현실에서 다시 농민 사회가 타자화되고 배제되는 부정(不正)한 근대를 인식하게 된다. 그래서 그는 그러한 '시대'를 부정하고 그에 저항할 수밖에 없게 된다. 1960년대 한국 농민소설은 이러한 김정한에 이르러 근대화의 구조적 모순에 비판적으로 다가가는 근대 인식의 확장 양상을 보여주게 된다.

2) 저항을 통한 근대 부정의 서사

한국의 1960년대 근대화의 한가운데서 중앙 문단에 복귀한 김정한이 이후 꾸준한 관심을 보였던 것은 당연히 근대화의 문제였다. 「모래톱 이야기」[108]는 김정한의 재등단작으로서 1960년대 근대화에 대한 작가의 현실 인식과 대응 양상을 잘 보여주고 있는 대표적 작품이라 하겠다. 이 작품을 통해 작가는 근대 권력의 폭력과 배제의 속성을 고발하고 "짐승보다 인간이 더 무서운" 세상이 되었음을 경고한다. 그리고 근대 문명이 권력에 의해 배제되고 희생을 강요당하는 농민들에게는 과연 무엇인가를 엄중하게 묻고 있다.

근·현대 한국의 역사적 변동을 권력 구조의 측면에서 살펴본다면 조선왕조 체제로부터 대한제국기와 일제의 식민지 체제를 거쳐 분단된 근대 국가 체제로 이행해 온 과정이었다고 할 수 있을 것이다. 개항을 계기로 근대적인 사회 체제를 만들려는 여러 노력들은 결실을 맺지 못한 채 일제의 침략으로 무산되고 말았다. 전통 국가의 비민주적인 성격

---

108) 『문학』6호, 1966. 10.

을 스스로의 힘으로 극복하고 새로운 민족 국가를 건설하는 데 실패하였기 때문에, 또 식민지에서 매우 억압적인 권력을 경험하였기 때문에 오랫동안 한국 사회의 권력은 시민 사회의 권익을 옹호하는 공적 권력으로서의 성격보다는 오히려 지배층의 억압을 정당화하는 권위적인 속성을 지녀왔다. 농민에 대한 식민지 권력 기구의 강압적인 통치의 결과 권력에 항거하고 주권자로서의 권익을 추구하는 시민 세력의 성장도 매우 더딜 수밖에 없었다. 식민지가 요구하는 인간형은 언제나 주어진 구조에 순응하고 복종하는 형이었는데, 이러한 식민지 교육과 통치가 남긴 해악이 사회 각 영역에서 매우 컸다는 사실은 스스로의 힘으로 근대 국가를 건설하는 일이 얼마나 중요한 것이었는지를 반증해주는 것이라 할 것이다.109)

이 작품은 위와 같은 한국의 근대 국가 형성 과정의 모순을 압축적으로 보여주고 있다. 선조로부터 물려받은 땅, 자기들 것이라고 믿어오던 땅이 별안간 왜놈의 동척 명의로 둔갑했고, 다시 국회의원, 다음은 하천부지의 매립허가를 얻은 유력자……이런 식으로 소유자가 둔갑되면서 저항할 수 없는 농민들에게 남는 건 허탈과 분노뿐이다. 이렇게 권력에 의해 배제되고 희생되는 농민들은 세상으로부터도 버림받고 있다는 상실감에 더욱 허탈해 한다.

> "하기싸 시인들이니칸에 훌륭하겠지요. 머리도 좋고……선생도 시
> 인아입니꺼. 그런데 와 우리 농삿군이나 뱃놈들의 이바구는 통 안 씨
> 는기요? 추접다꼬? 글 베린다꼬 그라능기요?"110)

---

109) 박명규, 『한국 근대 국가 형성과 농민』, 문학과지성사, 1997, 29~30쪽.
110) 김정한, 「모래톱 이야기」, 앞의 책, 157쪽.

이렇듯 텍스트의 내부 담론은 근대 역사의 중심으로부터 냉혹하게 배제되는 타자로서의 근대 인식이 지배적으로 작동하고 있음을 확인할 수 있게 한다.

이러한 부정한 근대화에 대한 김정한 소설의 부정성은 1930년대에도 그러했던 것처럼 현실을 단순히 고발하는 것에 그치지 않고 거기에 맞서 과감한 저항을 감행하는 실천적 양상으로 발전하는데, 이는 1930년대에 민족의 운명에 대한 '증인 의식'을 근저로 하여 '풍자'를 통한 부정 의식에 충실했던 작가 채만식[111]과 구별되고, 현실을 체념적으로 수용하는 다른 전후 소설과도 근본적으로 구별되는 강한 힘을 갖는다. 가령 「모래톱 이야기」의 '갈밭새 영감'이나, 「평지」의 '허생원', 「뒷기미나루」의 '속득이' 등은 결코 현실을 무비판적으로 수용하는 피동적인 인물들이 아니다. 부정과 저항을 행동으로 실천하는 이러한 인물들의 창조는 시대와 맞물린 작가의 강력한 부정 의식에 기인한다 하겠다.

「모래톱 이야기」에서 조마이섬의 운명을 상징하는 갈밭새 영감이 살인죄로 감옥에 갇히게 된 것은 며칠째 계속되는 홍수 때문이었다. 계속되는 비 때문에 섬 전체가 침수될 위기에 처하자 갈밭새 영감은 부실한 둑을 무너뜨려야 섬사람들을 구할 수 있다는 생각에서 그것을 허물려고 하지만 섬사람들의 생명보다는 둑을 더 중시하는 유력자의 하수인들은 그것을 완강하게 제지한다. 이 승강이 속에서 갈밭새 영감은 마침내 그들 중의 하나를 물 속에 태질하고 살인죄로 구속된다. 홍수로 인해 위기에 처한 조마이섬 사람들의 안위보다도 섬을 차지하기 위한 자신들의 욕심을 중히 여겨 권력의 횡포를 행사하는 모습은 약자에 대한 근대 권력과 제도의 폭력성을 극단적으로 보여준다. 갈밭새 영감은

---

111) 이주형, 『한국근대소설연구』, 창작과비평사, 1995, 267~284쪽 참조.

그러한 폭력에 자신을 희생하며 과감하게 저항하는 강인함을 보여준다. 이 순박하고 우직한 노인의 과감한 행동은 매우 감동적이다. 바로 이러한 인물을 형상화하기 때문에 "김정한 문학은 단지 반민족적일 뿐만 아니라 반인간적이기조차 한 상황에 대한 통렬한 문학적 저항"[112]이 되는 것이다.

그러나 한 개인의 저항은 한계를 지닐 수밖에 없으며 결국 근본적으로 그러한 폭력적 현실을 바꾸어 놓지는 못한다. 이 작품 속에서도 근대의 모순과 폭력 앞에서 인간의 존재 가치 자체가 미미해질 수밖에 없고, 그것을 지키고자 하는 사람은 '살인자'가 되어 즉각 출동한 경찰에 의해 수갑을 찰 수밖에 없는 상황으로 귀결된다.

조마이섬을 군대가 정지하고 있다는 소문을 전하며 끝나는 작품의 마지막 부분에서 현실적 전망을 찾기는 어렵다. 그러나 이 작품은 부정한 근대에 대한 강력한 저항과 부정의 담론을 통해 조마이섬 사람들이 당하는 수난의 실상을 폭로하고 부정한 근대화 과정에서 나타나는 법과 권력자의 비인간적인 처사에 대해 민중들의 인간 정신과 권리를 되찾기 위한 몸부림을 형상화함으로써 1960년대 이후 농민소설에 있어서 현실에 대한 거부와 저항 양상의 실제와 가능성을 보여주고 있는 의미 있는 작품이라 할 수 있다.

「평지」[113]에서도 작가는 근대 권력의 배제에 의해 버림받은 힘없는 농민들이 당하는 억울한 내막을 증언하고, 관권을 등에 업은 유력자의 횡포에 분노하며 근대화 현실의 부조리와 모순에 대해 저항한다.

때마침 둑 위를 신나게 지나가는 진해행 임시 열차가 그들의 이야

---

112) 염무웅, 대담 「김정한 문학의 평가」, 『인간단지』, 한얼문고, 1971, 353쪽.
113) 『창작과비평』, 1968년 여름.

기와 일손을 함께 멎게 했다. 한참 벚꽃철이라고 내는 임시 열차인만
큼, 창마다 내다보는 화려한 차림의 모습과 얼굴들이 한결 아름답고
명랑해 보였다. 그것은 마치 흙두더지 비슷한 이 고장 농삿군들과는
아주 딴 나라 사람들 같기도 했다.

　그러나 지나가는 그들에게는 어쩜 들이 차게 샛노란 평지꽃 속에
서 일을 하는 이쪽 풍경도 어지간히 아름답고 부러웠을는지도 모른
다. 뿐아니라 더러는 영숙이와 태식의 쉐타 차림을 보고 근대화되어
가는 농촌이라고 만족스럽게 생각했을는지도 모른다.114)

위의 인용을 통해 알 수 있듯이 같은 근대화 과정 속에서도 도시인
들과 농민들은 달랐다. 그 외양뿐만이 아니라 인간으로서의 삶의 질에
있어서도 그러했다. 극단적인 배제와 그로 인한 괴리, 그것은 작품의
표현대로 "딴 나라 사람들" 같을 정도였다. 근대화는 오히려 농민들의
삶의 터전을 앗아가고 있었다. 옛날 일인들의 소유로서 '휴면 법인 재
산'인 평지밭들이 갑자기 '농업 근대화'의 명분으로 어떤 유력자에게로
넘어가게 되었던 것이다. 더욱 안타까운 것은 근대가 만들어낸 '소위
유력자란 사람들의 비상한 힘'을 미처 알지 못하고 월남전의 참전용사
인 맏아들만 돌아오면 '참전용사'이기 때문에 모든 문제가 해결될 수
있을 것이라고 여기는 허생원의 생각이다. 그러나 "그가 돌아오면, 엉
큼스런 놈들에게 명줄인 땅도 간대로 빼앗기지 않을 거라고 굳게 믿어"
왔건만 그 아들은 신문에 전사 기사로만 돌아오게 된다. 한국 사회의
잘 살아보자는 근대화 바람 속에서도 허생원은 삶이 한스럽기만 하다.
이는 그만큼 농민들을 비롯한 대부분의 민중들이 당대의 근대화와 동
떨어져 있었고 오히려 희생되고 있었음을 말해준다.

---

114) 김정한, 「평지」, 『창작과비평』, 1968년 여름, 185쪽.(이후 같은 작품 인용은 쪽
　　수만 표시함.)

그에게 죄가 있다면 오직 조상 때부터 물려받은 가난뿐이었다. 그
리고 악착같이 일을 해도 형편이 풀리지 않는 세상이 한스러웠을 뿐
이었다. 물론 그것은 자기만의 일은 아니었다. 어느 흙두더지(그는 농
삿군을 그렇게 불렀다.)의 집을 보나 몇대를 물려오는 듯한 내처 게딱
지 같은 그 모양 그꼴이듯이, 그런 것들을 의지가지로 살아가는 사람
들 역시 가난이 질질 흐르는 옛 몰골 그대로가 아니던가!
　"더러운 세상이다!" (188)

　이렇게 농민들의 가난과 한은 단지 허생원만의 일이 아닌 것이다. 그
리고 그것은 그들이 게을러서도 아니다. 허생원은 "겨우 일고여덟 살
무렵부터 구럭망태에 풀이나 두엄을 담아 지던 것이 환갑 나이를 맞이
한 오늘날까지 줄곧 계속되는" 현실을 아들한테서 주워들은 '시지프스
신화'에 비하며 "인생을 산 것이 아니라, 인생을 머슴살이한 것 같은
느낌"에 허탈해 한다. 이들에게는 앞날을 내다보는 '근대적 농업단지'
보다는 당장 '사는 문제'가 더 절박한 것이었다. 그럼에도 불구하고 '농
업 근대화'는 그 주체인 농민과는 괴리된 채 이루어지고 정작 농민들은
파탄에 빠지고 만다. 작가는 이러한 생존과 관련된 한국 근대화의 모순
을 직시하고 있다. 그리고 그에 대해 개탄하고 고발하며 저항한다. 허
생원은 삶의 터전을 빼앗기지 않기 위해 항거한다. 그러나 당대의 권력
에 의한 '유력 집단'의 힘은 결코 파편화된 개인의 저항에 구애받지 않
는다. 근대적 법률도 힘없는 농민들에게는 오히려 그들의 자유와 권리
마저 합법의 이름으로 박탈하는 유력자들의 도구로 기능할 뿐임을 이
작품은 잘 보여준다.
　「뒷기미 나루」[115]를 통해서는 역사 속에서 근대가 만들어 놓은 타자

---

115) 『창작과비평』, 1969년 가을·겨울호.

들의 비극적인 현실이 생생하게 드러나고 있다. 그들은 역사의 진보와
도, 국가 또는 권력의 보호와도 단절되어 있고, 오히려 그러한 근대화
과정의 기구와 장치들로 인해 희생되고 파괴된다. 그들의 선량함과 성
실함은 '검은 양복을 입은 사람들', '검은색 자동차' 앞에서 무력하기만
하다. 그들은 "허구한 세월 누구의 덕은커녕 몸서리나게 설움만을 받아
온" 사람들이다. "이상한 것은 아무리 어거리 풍년이 들어도 살아가기
가 점점 고되다는" 그런 사람들이다.

배제되고 타자화되어 근대의 거창한 흐름 속에서도 가난과 핍박받는
삶에서 벗어나지 못하던 농민들은 뜻모를 정치적 폭력에 의해서도 참
담하게 무너져내리고 만다. '잠결에 얼떨한 채' '젊은 사람들'을 자신의
나룻배에 태워 건네는 바람에, 그리고 그들이 소위 '당대의 권력과 반
대편에 있는 사람들'이었기 때문에 그 사실조차 끝내 모르는 채로 춘식
이는 다시 돌아오지 못하게 되어버렸다. 그리고 어떻게든 열심히 살아
보려고 발버둥치던 속득이와 박노인은 '검정 지이프 차'로 상징되는 권
력의 폭력에 의해 모두 파탄에 이르고 만다.

무슨 영문인지도 모른 채 그들이 내처 그렇게 살아왔듯이 "그저 끄
는 대로 끌려"가 조사관 앞에 앉아 있는 박노인과 자신에 대한 속득이
의 슬픔은 타자들의 처연한 아픔을 잘 드러내주고 있다.

> 박노인의 차례는 비교적 빨랐다. 속득이는, 훨씬 떨어진 곳에서 조
> 사관을 향해 돌아 서 있는 시아버지의 초라한 뒷모습을 보았을 때 목
> 이 메이는 것 같았다. 후줄근한 입성, 허옇게 이고 있는 백발, 그리고
> 힘없이 늘어져 있는 허연 구레나룻……. 며느리의 눈에는 눈물이 방
> 울방울 맺혔다.116)

---

116) 김정한, 「뒷기미 나루」, 『김정한소설선집』, 284쪽.(이후 같은 작품 인용은 쪽수

그리고 그 곳에서 박노인과 속득이는 짐승처럼 "<인간>이 여지없이" 짓밟혔다.

이 작품은 한국의 근대화 과정은 '보통 국민 이상의 힘을 가진' 사람들을 많이 만들어내었고, 그들은 '보통국민' 위에 폭력적으로 군림했음을 고발한다. 이처럼 1960년대 김정한의 농민소설 속에서는 근대가 만들어 놓은 '유력자'와 근대로 인해 더욱 힘이 없어지는 '무력자'가 공존하면서 무력자는 일방적으로 유력자의 횡포에 휘둘리게 되는 형국을 보여준다. 그러나 그러한 폭력 앞에서도 김정한은 그냥 물러서지 않는다. 그는 그의 작품들 속에 비록 지금 현실을 변화시키지는 못하지만 강인하고 의지적 인물을 창조해냄으로써 민중의 힘과 가능성을 내재시켜놓고 있는 것이다. 속득이 또한 매우 의지적이며 생활력이 강한 인물이다. 조사 과정에서의 치욕과 고통도 이겨내고 파탄 이후에도 결코 삶을 포기하지 않는 강인한 정신력을 보여준다. 그녀는 자신을 겁탈하려는 기관원으로부터 끝까지 자신을 지켜낸다. 비록 그 결과로 살인죄로 몰려 가혹한 형을 받게 되지만 속득이는 민중들이 모두 누르면 꺾어지고 마는 나약하고 무력한 존재가 결코 아님을 보여준다. 이렇게 김정한 소설의 구심점은 대체로 인물들의 행동성에 있다. 그리고 그들의 행동의 근원적 동기가 언제나 개적 자아를 초월한 집단의 연대 의식에서 발원하고 있다는 점이 중요하다. 김정한의 문학이 역사성과 사회성이 농축되었다고 보는 이유도 여기에 있다.

  박노인의 늘어진 시체를 직접 보고 온 사람들의 말에 의하면, 그의
  커다랗게 열린 채 뒤집힌 눈이 나룻터 쪽을 무섭게 내려다보고 있더

만 표시함.)

란 거다. 그래서 사람들은 그가 죽으면서도 필시 그의 엄청난 오막살 이를 그렇게 지켜 보았으리라는 둥, 혹은 벌써 몇 달이 되어도 생사 조차 모르는 아들과, 백 번 사람 구실을 하고서도 죄인이 되어 옥에 서 썩어야 하는 며느리 속득이를 그렇게 기다리며 못 잊었으리란 얘 기들이다.

게다가 또 하나 기적 같은 사실은, 목을 매달아 죽은 사람은 열이 면 열이 다 혀를 빼물고 있는 법인데, 이상스럽게도 박노인은 입을 꽉 다물고 있었다는 것이다. 그래서 동네 사람들은, 약방 노인도 거짓 말이리라는 이 사실을, 그만큼 그가 어쩜 세상을 저주했으리라고들 해석하기도 했다. (293)

「모래톱 이야기」, 「평지」에서와 마찬가지로 박노인이 뒷기미 뒷산 소나무 가지에 목을 매달아 죽고 마는 이 작품의 결말 역시 참담하다. 현실적인 전망이 전혀 보이지 않는다. 그러나 이 작품도 김정한의 다른 작품들과 마찬가지로 부정한 현실을 강렬하게 부각시켜 고발함으로써 독자들로 하여금 그러한 부정한 현실에 대해 강한 부정성을 인식할 수 있게 하는 비판적 리얼리즘의 진수를 보여주고 있다고 하겠다.

3) 휴머니즘을 통한 근대 부정의 서사

1960년대 이후의 김정한의 작품들을 살펴보면서 특히 주목해야 할 점은 김정한의 작가적 관심이 파행적 근대화로 인한 외형상의 문제 이 면에 놓여 있는 한층 본질적인 데까지 확장되어 있었다는 점이다. 그리 고 이것이 한국의 근·현대사와 맞물린 김정한 작품 세계의 일관성과 연속성 속에서도 그의 1930년대 작품들과 1960년대 이후 작품 세계의 차이를 확인하게 해주는 점이기도 하다. 「제3병동」[117)은 김정한 문학의 이러한 양상을 뚜렷하게 보여주는 의미 있는 작품이다. 「제3병동」의 강남옥 처녀의 시선을 통해서 갈파된 근대화 정책은 단적으로 '천하고 안타까운' 것이다. 멀리 보이는 들 끝 초가집들은 게딱지처럼 다닥다닥 땅에 붙어 있는데, 철길 가의 집들은 거의 일률적으로, 그것도 부락에 따라서 시멘트와 기와 혹은 슬레이트로 고쳐 이어졌고, 철길을 향한 벽들은 흰 횟가루로 도배되어 있다. 하지만 어떤 집들은 철길에서 보이는 쪽만 기와나 슬레이트고 나머지는 찌그러져가는 초가 그대로 방치되어 있으며, 벽도 보이는 쪽만 회칠이 되어 있다. 모두 "우리들을 도와줄 수 있는 외국 손님들을 맞이하기" 위한 과시용이고 삶의 실질은 외면한 것이다. 근대화에 대한 이러한 근본적 인식을 바탕으로 작가는 이 작품을 통해 빈궁한 농민(시골사람)이 '3등 인간'(지독한 타자)일 수밖에 없는 현실의 부정함을 여실히 드러내주면서 약자에 대한 배제와 폭력성이라는 잘못된 근대의 속성으로 인해 농민들의 타자화가 더욱 확고하게 고착되어가는 과정을 비극적으로 보여준다.

　가난하고 병든 사람들, 즉 '3등 인간'들이 마지막으로 "죽어도 한이나 없게!" 식으로 찾아오는 곳이 바로 '제3병동'이다. 작품 안에서 제3병동은 타자에 대한 국가와 근대적 문물의 대응 양상을 상징적이고 압축적으로 잘 보여주고 있는 근대의 대표적인 기관의 구실을 한다.

　　제3병동이라 하면, 새로 선 현대식 고층건물인 1, 2병동의 북쪽 뒷구석에 남아 있는 낡은 구식 건물로서, 의사들뿐만 아니라 간호원들까지도 들어가기를 꺼리는 곳이다. 현재 헐려 가고는 있지만 남쪽에 있는 역시 낡은 보일러실과 소독실을 겸한 2층 건물에 가리어, 햇빛조차 제대로 들어오지 않는 아래층은 더욱 그러했다.

---

117) 『신동아』, 1969. 1.

(중략)

또 하나 질색인 것은 귀곡성 같은 인간의 울음소리가 들리게 마련
인 시체 안치소가 가깝다는 거다. 그런데다 전등마저 밝은 걸 달아
주지 않았다.[118]

가난하고 병든 농민들이 '제3병동'이라는 누추하고 음산한 관문을 통
해 근대로 진입해보려 안간힘을 쓰지만 그들은 결국 비참하게 축출되
고 만다. 그들은 근대를 위한 희생양일 수는 있어도 근대 속에서 함께
어우러질 수 있는 존재로는 끝내 받아들여지지 않는 것이다.

본명이 심작은둘인 오롱댁은 늘밭골이라는 농촌에서 "이리저리 그슬
리다가" 마지막에 가서 "죽어도 한이나 없게!" 식으로 찾아 온 "엉망진
창의 상태"인 환자이다. 이 오롱댁은 가난에 찌들고 핍박받으면서 고된
농사일로 몸이 부서지고 망가진 우리 농민의 전형이라 할 수 있다. 그
는 병원에 누워서도 농사일을 걱정하는 농민이다.

근대화가 되면서 오롱댁은 그나마 병원이라는 곳엘 와 볼 수 있었다.
김정한은 이들이 병원에서 경험하게 되는 일들을 통해 민중들의 희생
위에서 뼈대를 만들어 간 한국의 근대가 그들을 어떻게 배척하는가 하
는 것을 상징적으로 고발하고 있다. 제3병동은 인물들이 처음 경험해
보는 도회지에 있다. 그것은 '근대 공간' 안에 있는 것이다.

두더지처럼 노 흙에만 묻혀 살다가 처음으로 도회지란 데 나와 본
강 남옥 처녀는, 자기들은 완전히 딴 나라 사람들 같이 느껴졌다.
실은 기적소리도 들리지 않는 늘밭골에서 기차를 타러 나올 때부
터 차츰차츰 그런 생각이 들기 시작했었다. 우선 사람들의 옷차림부

---

118) 김정한, 「제3병동」, 앞의 책, 168쪽.(이후 같은 작품 인용은 쪽수만 표시함.)

터가 달라져 갔다. 정거장이 가까워질수록 무명이나 베로 지은 옷이
줄어져가는 것이었다. (177~178)

그곳은 돈이 없으면 아무것도 되지 않는, 사람의 마음이 점점 메말라
가기만 하는 그곳은 이들에게는 '다른 세상'이다. 그들은 처음부터 철
저히 근대로부터 배제되어 있었던 것이다.

김종우 의사가 이들의 '근대로의 진입'(병의 치료)을 위해 안간힘을 쓰
는 인물의 역할을 다한다. 그러나 거대한 근대의 힘은 끊임없이 이들을
밀어내고 제3병동은 그러한 실상의 생생한 현장으로 기능한다. 결과적
으로 제3병동에서 타자들의 존재는 '삶과 희망'이 아니라 '죽음과 절망'
쪽으로만 밀려가게 된다.

　휘휘하고 긴 마루를, 딸이 어머니를 부축한다기보다 어머니와 딸이
서로 부축해 가면서 비쓱거리는 모습은, 어쩌면 인생의 형장으로 가
는 듯한 느낌을 주는 것이었다. (176)

또한 작품 속에 깔리는 '몸서리 나는 불도저 소리'는 인간성이 파괴
되고 농민 사회가 허물어짐을 보여주는 상징적인 음향이라 할 수 있다.
그것은 '3등 인간'들에게 불안과 공포로 다가온다. 같은 병실에서 폐앓
이 딸 구완을 하는 시골 사람과 '아직도 시골 사람들에게서는 볼 수 있
는 호의'를 나누지만 그들 역시 근대의 언저리에서 퇴출되고 만다.

오롱댁 심작은둘 노파는 결국 참담하게 죽어가고 간병하던 딸 강남
옥 처녀 또한 같은 병으로 허물어진다. 이들의 죽음과 절망은 곧바로
근대 앞에서의 한국 농민 사회의 파탄을 예견하게 한다.

　　아니, 그보다 우선 자기의 처신이 문제였다. 첫째 어머니의 명단이 5호실에서 지워진 이상 거처할 곳이 없어졌다. 그녀는 입원 수속이 되어 있는 환자가 아니다. 그러니까 이젠 매트 위는커녕 병원 마룻바닥에도 누울 자격이 없었다.

　　(중략)

　　물론 병원에서는 입원 수속이 돼 있지 않은 그녀에게 밥이고 죽이고 또 약이고를 내어 줄 리 만무하였다. 그녀에게 던져진 것은 오직 어머니의 입원 치료비 계산서뿐이었다.

　　그녀는 울었다. 돈이 없어서가 아니다. 자기가 불쌍해서가 아니라 군에 가 죽은 오빠가 생각났다. 그리고 마지막엔 일만 죽도록 하다가 고생만 바가지로 하다가, 하루도 편한 꼴을 보지 못하고 돌아 간 어머니가 불쌍했다. 가엾었다. 분했다. (188)

　　위 인용은 부정한 근대의 타자들에 대한 냉혹함과 이로 인한 농민 사회의 희생, 인간다운 삶의 파탄을 단적으로 보여주고 있다. 강남옥 처녀에게 남는 것은 대상도 모를 울분과 '결국 3등 인간이란 자학'뿐이다.

　　앞에서도 언급했듯이 1960년대 이후의 김정한의 작품들을 살펴보면서 우리가 특히 주목해야 할 점은 이 시기의 근대화 과정에서 김정한의 작가적 관심이 파행적 근대화로 인한 외형상의 문제 이면에 놓여 있는 한층 본질적인 데 있었다는 점이다. 근대화는 민중들의 실제적인 삶을 왜곡했을 뿐만 아니라 오히려 "어쩜 과학 따위에 의해서, 혹은 현대인의 그 약삭빠른 비굴성이랄까, 거짓 이기주의" 등에 의해서 "훨씬 본질적인 그런 무엇"까지도 말살해 가고 있었던 것이다. 이러한 인식을 통해 김정한 농민소설의 부정성이 실제적이고 외형적인 생활과 삶뿐만 아니라 인간의 정신적 가치와 튼실하게 연결되어 있는 것임을 알게 된다. 개화기 이후 식민지화되는 파행적 근대의 시대는 민족에게도 또한 농민들에게도 생존 그 자체가 절박한 문제로 우선되었다면, 1960년대 이후의 파행적 근대의 시대는 인간 내면의 본원적 가치의 위기 문제가 심각해지고 있었고, 김정한은 그것을 간파하고 있었다. 이처럼 근대화의 본질을 간파하고 있었던 김정한의 부정성은 1960년대 이후 작품들을 통해서 인간 본연의 '그 무엇'과 관련된 보다 농밀한 가치와 의미를 담지하게 되는 것이다.

「제3병동」에서 김종우 의사는 부정한 근대와 인간적 삶의 중간 영역에서 근대의 배제 과정을 확인시켜주면서 작품의 의미를 유도하는 매개적 역할을 하게 되는데, 김종우 의사에 의해 진술되는 '그 무엇'은 근대화에 대한 김정한의 예리한 통찰을 잘 보여주는 사례라 할 수 있다. 김종우 의사는 전염을 겁내지 않고 병든 어미를 간병하는 심작은둘 노파 딸의 무식함에 혀를 내두르며 "바보같은 계집애"라고 멸시하지만, 문득 병이나 죽음까지도 두려워하지 않는 그녀에게서 그간 미처 깨닫지 못했던 '그 무엇'을 발견한다. '바보같은' 그녀의 '무식함' 속에는 현대인으로서는 도저히 이해할 수 없는 그 무엇이 숨어 있었던 것이다.

> ─병을 겁내지 않는 애! 죽음까지도! (중략) 사람의 명과 생명을 대상으로 하는 의학…눈깔까지 해 넣고 심장 이식까지 할 수 있게 된 놀라운 현대 의학이론으로써도 그러한 인간 행위만은 진단할 길이 없었다. ─효도니 뭐니 하는 그런 너절한 것이 아니다! 훨씬 본질적인 것, 어쩜 과학 따위에 의해서, 혹은 현대인의 그 약삭빠른 비굴성이랄까, 거짓 이기주의…아무튼 눈에 보이지 않는 그런 것들에 의해서 말살되어 가고 있는, 그런 무엇이 아닐까? (171)

병을 겁내지 않고 죽음까지도 겁내지 않는 '그 무엇'은 김종우의 표현대로 "효도니 뭐니 하는 그런 너절한 것"이 아닌, 훨씬 본질적인 그 무엇이다. 그것이 어떤 것인지 작품 안에서 구체적으로 언급되지는 않지만, 그것은 시속에 물들지 않은 인간 본연의 모습으로 이해할 수 있다. 인간에 대한 진정한 사랑에서 우러난, 합리성과 도구적 가치를 중시하는 근대화된 현실에서 찾기 힘든 인간의 근원적 모습이라 할 수 있는 '그 무엇'인 것이다. 그것은 같은 병실에서 폐앓이 딸 구완을 하고 있는 시골 아주머니에게서, 시체를 다루는 시골출신 인부들에게서나 남아 있어 "3등 인간도 끝내 외롭지는 않"게 하기도 하는 '그 무엇'이다. 김정한 소설이 한국 문학에서 유례를 찾아볼 수 없는 원시적 건강함을 지녔다는 것은, 가장 심한 고통을 받고 있음에도 불구하고 끝끝내 그것을 참고 이겨나가는 강인함을 지녔다는 사실 외에도 바로 이와 같은 본원적 인간성에 대한 지향성을 작품 곳곳에 내장하고 있기 때문이다. 그러나 한국의 근대화는 이러한 소중한 것들을 무참히 희생시켜가고 있었다. 그러므로 김정한으로서는 그러한 근대화의 심각한 부정성을 부정할 수밖에 없는 것이다.

이처럼 김정한은 인간의 본원적 심성을 통해서 왜곡된 현실을 비판하고 근대화의 궁극적 목표가 무엇이어야 하는가를 암시한다. 김정한이 지향하는 삶은 전근대적인 농민의 그것이 아니라 현실의 부정성에 물들지 않은 인간 본연의 모습이라는 점에서 퇴행적이지도 않다. 김정한에게 진정한 근대화란 인간이 야만을 떨친 이후 현실의 불의와 맞서면서 좀더 인간답게 살 수 있는 방향으로 나아가는 것, 바로 그런 것이었다.119) 김정한의 농민소설이 근대에 대한 부정의 양상을 보이는 것은

---

119) "사람답게 살아가라! 비록 고통스러울지라도 불의에 타협한다든가 굴복해서는 안 된다! 그것은 사람이 갈 길이 아니다"(『김정한소설선집』, 402쪽)라는 「산거족」의 한 구절은 김정한 개인의 삶과 작품 전체를 아우르는 말이 될 수 있음

이러한 휴머니즘에 대한 지향의 결과로 보인다. 김정한은 민중들의 실제적인 삶을 향상시키지 못하고 인간성을 파괴해가는 부정한 근대화 문제를 누구보다도 날카롭게 포착하고 총체적인 인간성의 회복을 지향한 근대적 작가였다.

> 이십년이 넘도록 내처 붓을 꺾어 오던 내가 새삼 이런 글을 끼적거리게 된 건 별안간 무슨 기발한 생각이 떠올라서가 아니다. 오랫동안 교원 노릇을 해오던 탓으로 우연히 알게 된 한 소년과, 그의 젊은 홀어머니, 할아버지, 그리고 그들이 살아오던 낙동강 하류의 어떤 외진 모래톱—이들에 관한 그 기막힌 사연들조차 마치 지나가는 남의 땅 이야기나, 아득한 옛날 이야기처럼 세상에서 버려져 있는데 대해서까지는 차마 묵묵할 도리가 없었기 때문이다. (143)

「모래톱 이야기」의 서두에 나오는 위의 내용은 김정한 문학의 핵심과 1960년대에 재등단하게 된 작가의 시대 정신을 대변해주고 있다. 또한 근대 이데올로기에 대한 비판과 저항을 통한 부정 의식의 기반을 보여주고 있다. 부정한 근대의 폭력을 끝까지 그냥 보고 있을 수 없었던 그는 필연적으로 1930년대에 그가 보여주었던 부정한 시대에 대한 응전력을 1960년대에 복원시키는 문학사적 성과를 이루어내며 또다시 부정한 시대에 저항하게 되는 것이다. 이러한 민중의 수난과 저항을 통해서 김정한은 역사가 결코 권력자들에 의해 진행되는 것이 아니라 역사를 엮어가는 저력은 민중에게 있음을 웅변한다.[120] 그러므로 근대는

과 함께 그가 평생 동안 부딪쳐왔던 근대화에 대한 그의 인식과 방향을 짐작할 수 있게 한다.

120) 사실상 세계의 발전과 번영은 일반 민중들의 끝없는 노력과 희생에 의해 구축되었다고 할 것이다. 그들은 근대 구조물의 숨은 기둥인 것이다. 외국의 근대 혁명의 사례를 보아도 그렇거니와 우리의 동학혁명, 3·1운동, 4·19혁명, 5·18민

이들의 삶의 질 또한 함께 인간다운 향상이 있어야 하는 시대임을 김정한은 믿고 있는 것이다. 그럼에도 불구하고 한국의 현실은 그렇지 못하였다. 그래서 그는 끈질기게 권력과 유력자들에 의해 억눌려 더 이상 어쩔 수 없는 한계에서 폭발하고 마는 인물들을 통해 민중의 내재된 힘을 웅변한다. 김정한은 역사의 주체이면서도 끊임없이 역사 밖으로 밀려나고 희생되어 타자화되는 민중들을 역사 안으로 끌어들여 그들에게 인간됨의 주권을 회복시켜주고자 한다. 그리고 그러한 현실적 모순에 맞서는 결의가 결코 일회적이지 않고 지속적이라는 점은 김정한 문학의 남다른 면모라 할 것이다.

그런 점에서 서구의 실존주의와 모더니즘에 사로잡혀 현실과는 유리된 작품이 양산되고 특히 농민 사회에 대해서는 거의 관심을 갖지 않던 1960년대 현실에서, 그런 흐름과는 정반대로 핍박받고 신음하는 농민들을 내세워 민중들의 내재된 힘을 보여줌으로써 시대의 현안을 천착하고 문제를 바로잡으려 했다는 것은 문학사적으로도 매우 의미 있는 일이라 할 수 있다. 특히 극도의 폭압적인 시대에 권력의 횡포에 대해 침묵하지 않았다는 사실은 현실에 대한 수동적이고 체념적인 자세에 의해 패배 의식에 사로잡혀 있거나 순응적 태도를 보이는 다른 작가들의 작품들과는 근본을 달리하는 김정한 문학의 힘이라고 할 수 있다. 김정한의 인물들이 내포한 강직한 개성은 그것이 개인적인 것이면서도 결코 개인의 것으로만 끝나지 않고 집단적 자아의 것으로 정립되어 있는 전형성을 보여준다. 그의 중추적 인물들은 본질적인 의미에서 한 개인의 실재를 뛰어넘는 집단적 정의를 위한 행동성의 표상이요, 역사의 저변을 형성하는 민중의 강인성과 헌신적 정신을 상징하는 존재

주화운동 등의 근간을 이룬 동력의 원천이 바로 민중인 것이다.

인 것이다.

이러한 김정한의 농민소설은 파행적인 1960년대 이후의 한국 근대화의 모순에 의한 후유증이 본격적으로 드러나고 고착화되어가는 1970년대의 농민소설로 그 양상을 달리하여 맥을 이어가게 된다. 1960년대의 근대화의 시작 단계에서는 정책적, 경제적 모순과 문제들이 두드러졌다면, 1970년대로 넘어가면서는 외형적인 모순과 함께 그러한 모순에 의해 필연적으로 누적된 문화적·정신적 파행성, 즉 보다 내면적인 후유증들이 전역에서 심각하게 드러나고 있었던 것이다. 이러한 점이 1970년대에 이르러 1930년대 이후 침체됐던 농민문학에 대한 관심이 다시 고조되게 된 시대적 계기가 되고 있음을 알 수 있다.

그의 작품들이 대부분 작가의 일관된 의식에 따른 실제 삶을 바탕으로 하고 있는 까닭에 이야기의 영역과 배경이 한정되어 있고, 작중 인물들이 더러는 지나치게 소영웅적인 기질을 보이며, 그들의 행위가 작가 의식의 과잉으로 인해 다소 작위적인 면이 드러나는 한계를 지적하지 않을 수 없다. 그러나 권력의 억압으로 인해 움츠리고 숨죽이던 시대에 자신의 소신껏 시대의 암흑과 질곡을 증언하고 비판하고 항거하며, 폭압적 근대화 이데올로기에 대한 적극적이고 능동적인 대응 양상을 보여줌으로써 민족문학의 영역을 확장한 김정한의 농민소설들은 높이 평가되어야 할 것이다. 또한 김정한의 저항과 부정의 문학은 식민지 시대 민족문학을 복원하고 그의 문학이 내장하고 있던 민중적 불씨를 되살려 1970년대 이후의 민중·민족문학을 되살리는 데 매우 중요한 역할을 하게 되는 문학사적 의의를 지닌다고 하겠다.[121]

---

121) 염무웅에 의하면 1960년대에는 전통적이고 한국적인 정서를 내세우는 서정주 식의 문학과, 모더니즘적이고 실험적인 송욱 식의 문학으로 대별되다가 1960년대 후반으로 오면서 그 어느 쪽도 아닌 민중적이면서 민족적인 현실에 바탕

2. 동질적 억압 구조와 저항의 민중성

1970년대는 세계에서 그 유례를 찾기 힘들 정도의 급격한 경제 발전의 시대이면서 동시에 총력안보를 빌미로 한 독재 체제가 지속되는 가운데 가진 자와 가지지 못한 자, 힘있는 자와 힘없는 자가 첨예하게 대립·갈등을 보인 역사적 파행시기로 그 시대 개념이 파악된다. 이러한 1970년대의 성격은 현대문학사 속에도 뚜렷하게 각인되어 나타나고 있다. 1970년대는 1960년대 이래의 권위주의적 산업화 정책이 낳은 모순이 사회 각 부문에서 표출되고 국가의 시민 사회에 대한 억압적 통제가 극심해졌다. 1970년대 한국 문학은 바로 이 같은 사회적·경제적·문화적 배경 위에서 출발하였다. 3선 개헌과 유신 체제, 그리고 급격한 산업화 시대로의 진입이라는 또 다른 상황과 맞부딪치게 된 당대 작가들은 이제 과거의 문학 체계와는 다른, 새로운 인식 틀과 방법론을 갖춰야만 하였다. 한 연구자의 다음과 같은 지적은 1970년대 소설문학을 파악하는 데 시사해주는 바가 크다.

> 70년대 소설은 이러한 시대의 격동을 온몸으로 껴안고 있다. 대다수 인간의 삶이 훼손되지 않을 수 없었던 시대에 창조된 문학으로서 그것은 불가피하게 고통의 언어에 의해 지배되었다. 70년대의 소설은 작가에 따라 다양한 편차를 드러내면서도 화해보다는 불화를, 기쁨보다는 고뇌를, 세련된 아름다움보다는 거친 혼돈의 세계를 이야기한다

을 둔 새로운 기운의 문학이 이문구, 김정한, 이성부, 조태일, 신경림 등에 의해 본격화되었다고 본다. 이후 농민문학론이라든가 민중문학론, 리얼리즘론이라든가 민족문학론으로 이어지는 이론적 발전의 배후에는 김정한 선생 같은 분들의 작품적 실천이 튼튼하게 뒷받침됐기 때문에 가능한 것이었다고 회고한다.(염무웅, 대담 「1960년대와 한국문학」, 『작가연구』제3호, 새미, 1997, 231~240쪽 참조)

는 점에서 대부분의 일치를 보이고 있다…… 그러나 70년대의 소설
이 우리 문학사에서 특히 중차대한 의의를 지닌 것으로 기록될 수 있
는 진정한 이유는 그것이 이처럼 어두운 시대의 고뇌를 진실 그대로
증언해 주면서도 결코 그러한 고통의 피동적인 수납에 머무르지 않
고 그 어느 때보다도 치열한 극복에의 노력을 보여주었다는 점에 있
다. 그러한 적극성의 강화는 실로 70년대의 소설로 하여금 그 전대의
소설들과 스스로 구별되게끔 만드는 가장 뚜렷한 특성을 이룬다.122)

시대의 격동 속에서 '고통의 언어'를 통해 '치열한 극복에의 의지'를
시도한 당대 작가들의 문학적 응전 태도는 분명 이전과는 다른 새로운
모색이 아닐 수 없다.

이러한 1970년대의 특수한 사회적·문학적 상황에서 그간 미미한 응
전력을 보여주었던 농민문학론이나 농민소설이 심각한 시대적 현실과
사회 모순에 대해 치열하게 현실을 극복하고자 하는 노력을 보여주게
된다. 즉 현실 공간에서 농민 사회는 급속도로 해체되어가고 있었으나
서사적 공간에서 그러한 부정한 근대화에 대해 거부하고 저항하는 강
력한 응전력을 보여주고 있었던 것이다. 시대적 억압의 강도가 가중되
면 가중될수록 자유, 민주, 인권, 개선 등의 진정한 근대화에 대한 욕구
가 상승하게 된다. 위로부터의 억압적이고 부정한 근대화에 대해 저항
할 수 있는 근원적 힘은 밑으로부터 나올 수밖에 없는데, 그 힘의 뿌리
가 바로 민중성인 것이다. 이 지점에서 1970년대 작가들의 현실 인식은
민중성과 만나게 되고, 특히 농민소설 작가들은 농민 사회의 위기를 역
사적 발전 단계로서의 한국 근대화 과정에서 매우 심각한 문제로 인식
하고 농민들의 민중성과 그 가능성을 형상화하여 살려내고자 애쓴다.

---

122) 이동하, 「70년대의 소설」, 『한국문학의 현단계』 I, 창작과비평사, 1982, 141쪽.

이러한 노력은 농민문학론의 활성화를 통해 농민 문제에 대한 사회·역사적 구조 속에서의 올바른 현실 인식과 그에 부응하는 농민소설의 지향, 그리고 농민들의 민중성 제고를 강조하게 되고, 이러한 지향성은 1970년대 농민소설 작품들을 통해 구현된다.

특히 1970년대 후반기는 전반기부터 본격적으로 구성된 서사적 응전력이 민중성에 대한 제고와 근대화 이데올로기에 대한 저항으로까지 확장되어 그 부정과 비판의 양상이 매우 강화되어 나타난다. 이 시기는 현실에 대한 강력한 응전력을 드러내는 비중 있는 농민소설 작품이 다수 생성된 역동적 시기로서 1930년대 이후 한국 농민소설이 가장 중요한 시대적, 문학적 의미를 형성하며 주목받은 시기라 할 수 있다.

1) 평등의 근대성과 민중성

(1) 동질적 억압 구조

3·1운동 전후를 기점으로 4·19혁명까지를 배경으로 하여 농민들의 비극적 운명과 그것의 극복 의지를 형상화하고 있는 송기숙의 『자랏골의 비가』[123]는 역사 속에서 항상 소외되고 핍박받았던 민중들에게 역사적 의미를 부여하고 그들의 가능성을 신뢰하고 살려내는 민중문학적 지향을 담고 있다.

역사적으로 민중이 그 주체로 자리를 같이하게 되고 힘을 갖게 되는

---

123) 이 작품은 1974. 2.~1975. 6.까지 『현대문학』에 연재되었다가 1977년 창작과비평사에서 단행본으로 개작 출간된 작품이다. 급변하는 시대적 현실 속에서 2년 만에 상당 부분을 개작하여 발표했다는 사실은 그러한 개작에 작품을 통해 드러내고자 하는 작가의 인식과 의도가 좀더 농밀하게 담겨졌으리라고 짐작할 수 있게 한다. 따라서 본고에서는 1977년 창작과비평사에서 출간된 작품을 텍스트로 삼는다.

일은 단순히 특정 계급과 계급간이나 특정한 사회 또는 국가의 문제가 아니라 '근대'라는 세계 역사적 가치 체계의 중요한 속성으로 볼 수 있다. 세계 역사적으로 볼 때 근대의 속성에는 억압받던 개인이나 집단의 존재 가치가 확인되고 인정되는 일이 매우 중요한 문제로 자리잡고 있기 때문이다. 주체적 각성과 저항에 의한 삶의 변화, 그것이 진정한 근대화 과정의 올바른 방향인 것이다. 따라서 이 작품은 한국 근대화 과정에 있어서의 변화 없는 동질적 억압 구조 속에서 그것을 타파하고자 하는 농민들의 근대적 욕구가 역동적으로 작용하여 파행적 근대 현실에 대한 강력한 부정과 저항의 양상을 보여주고 있는 작품이라 하겠다. 인간이 평등하다는 의식과 그러한 의식의 구현을 위한 노력, 희생, 저항 등은 매우 중요하고 긍정적인 근대적 요소인데, 이 작품이 추구하는 궁극적 지향이 바로 이러한 근대성과 닿아 있음을 확인할 수 있다.

자랏골 한가운데 위치한 이양문의 '묏등'은 자랏골 농민들의 삶을 근본부터 바꿔놓는 엄청난 파괴력을 지닌다. 묏등의 조성으로 말미암아 자랏골의 대다수 농민들은 '위토(位土)'를 벌어먹으며 묘를 지켜주는 산지기가 되어 이양문에게 경제적, 신분적으로 예속되는 처지가 된다. 3·1운동 직전 묏등이 조성된 이래 이양문 일가는 발복하게 되는 반면 자랏골은 우환이 끊이지 않게 된다. 이러한 우환의 연속이 3대에 걸쳐서 재생산되고 그때마다 그 우환의 고리를 끊으려는 자랏골 농민들의 투쟁이 서사적 내용의 중심을 이루고 있다. 또한 이양문은 우리 현대사의 모순을 고스란히 담고 있는 반민족적인 인물의 전형이면서 동시에 반(反)근대적 인물의 전형이기도 하다. 그는 일제강점기에는 친일 행위로 부와 권력을 유지했고, 해방 이후에도 독립운동가를 사칭해서 광복회장에 취임함은 물론, 역시 반근대적 인물인 이승만 독재 정권에서 아

들을 국회의원으로 둘 만큼 호세가로 군림한다. 그런 이양문은 40년 동
안 직·간접적으로 자랏골의 집단적 비극에 관여한 인물로 서사 전개
에서 중요한 역할을 담당한다. 그리고 자랏골의 비극의 원천으로 설정
되어 있는 묏등은 바로 이러한 반민족적이고 반근대적 인물을 상징하
고 있는 것이다.

　이러한 인물들의 삶의 궤적을 통해 작품 속에는 자랏골의 역사뿐 아
니라 뒤틀린 한국의 근대 역사가 함께 드러나고 있다.

> 　세상에 태어나서 사람으로 살아 눈코 뜨고 숨쉰다는, 바로 그것이
> 그놈들 총칼 앞에서는 그대로 죄가 되어 떨고 살던 그 기막힌 세상이
> 끝이 나게 되었다는 것이다. 허기진 배를 졸라매고 뼛골 빠지게 지은
> 농사는, 처음부터 제놈들 것이었던 것같이 긁어가고, 어린 새끼들은
> 풀뿌리 나무껍질에 생살이 부어오르던, 그 피맺힌 원한의 세월, 죄없
> 이 얻어맞고 허물없이 떨고 살던, 그 저주와 통분의 세월이 이제 끝
> 이 나게 되었다는 것이다.
> 　남의 산직답일망정 그것이 이제야 제대로 내가 버는 내 땅 같고,
> 날마다 바라보던 푸른 산과 푸른 하늘이, 이제야 제대로 내 산천, 내
> 하늘이 된 것이며, 이제야 내 인생도 내가 작정하는 내 인생이 된 것
> 이다.[124]

　"이제야 내 인생도 내가 작정하는 내 인생이" 되는 것, 이것이야말로
한국 근대사에서의 진정한 근대화일 것이다. 그러나 해방된 이후에도
자랏골의 사정은 나아지지 않는다. 해방으로 이양문이 힘을 못 쓰게 되
었으리라는 것만으로도 기뻤던 자랏골 사람들은 '주먹맞은 망건' 꼴로

---

124) 송기숙, 『자랏골의 비가』, 창작과비평사, 1977, 203쪽.(이후 같은 작품의 인용은
　　쪽수만 표시함.)

무색해져버리고 만다. 오히려 이양문은 자랏골 사람들의 기대와는 달리
읍내 양조장을 차지하고 악명높던 그 조카가 경찰서장이 되어 더욱 기
세등등하게 된다. 심지어 이양문은 자기가 독립운동 자금을 지원했다는
허위 사실을 유포해 광복회장에 취임한다. 실제로 독립운동을 한 사람
은 "성냥곽만한 판자집"에서 거지처럼 살아가고 있다. 또한 이양문은
아들을 국회의원에 출마시켜 거짓 유세를 하는 등의 온갖 부정한 방법
으로 당선되게 만든다. 친일로 자신의 부와 권력을 소유했던 이양문이
해방된 뒤 더욱더 부와 권력을 증식시키는 왜곡된 근대 역사의 모순
속에서 자랏골의 비극은 더욱 심해진다.

> "허허. 해방이 되면 일본 놈 밑에서 춤추던 양문이 같은 놈은 죽음
> 도 초죽음 자릴 줄 알았등마는, 그런께, 이로크롬 해방이 되아도 그놈
> 상에는 항상 이밥에 잣죽이란 소리여?" (206)

> "허허. 이런 떡을 치다가 꼬꾸라질 놈의 세상, 우리 조선놈덜은 타
> 고나도 먼 웬수진 운수만 타고났간디, 늑대가 물러나고 난께, 이참에
> 는 그 자리에 호랭이가 들어앉단 말인가?" (213)

해방은 진정한 근대화를 가져올 수 있는 역사적 사건이었다. 그러나
그 기회를 잃고 말았기에 이제는 전근대 시대가 아니라 반(反)근대 시대
가 이루어지면서 농촌뿐 아니라 우리 사회 전반의 수난은 오히려 가중
되었다. 작품 속 자랏골의 비극은 몇몇 인물의 운명의 부침에 그치는
것이 아니라 민중들의 수난사의 압축이라 할 수 있다. 또 그 비극의 역
사는 곧 파행적인 우리 근대사의 환부를 예리하게 환기시켜준다. 반민족
적인 인물의 발호가 오히려 정당화되는 역사, 정직한 농민들의 소박한

소망마저 저버린 뼈아픈 역사, 이것이 한국 근대화의 실체였던 것이다.

자랏골의 현재(1950년대)는 여전히 위토를 벌어먹을 만큼 가난을 면치 못하고 있다. 따라서 신분상의 '처량함'도 근본적으로 달라지진 않는다. 이 시기에 이미 농촌의 이농 현상으로 인한 공동화가 시작되었다는 점과 도시를 중심으로 양심을 저버리는 비인간화 현상이 광범위하게 일어나고 있음을 이 작품은 보여준다. 많은 젊은이들이 도회지로 돈벌이를 떠나지만 그 결과는 '써운이'의 삽화가 증명하는 것처럼 참담하다. 써운이는 가난 때문에 서울로 가서 꼬임에 빠져 아이를 낳게 되고, 그 댓가로 받은 돈을 사기꾼한테 빼앗기고 만다. 그리고 식모로 들어갔던 집에서 도둑질을 하게 되어 경찰에 연행되기도 하는 등 파탄에 이르러 실성하고 만다. 그녀는 끝내 고향 마을을 뛰어다니다가 실족하여 한많은 생을 마감하게 된다.

써운이가 서울 식모살이를 하고 있는 집에서 도둑질을 하게 되는 상황의 심리묘사는 선하고 도덕적인 인물이 자신도 모르게 근대의 부도덕함 속으로 변화되는 과정을 탁월한 묘사를 통해 잘 보여주고 있다.

자기 마음 속에서 자꾸 고개를 치켜들고 있는 못된 생각을 그렇게 두들겨버리기라도 하듯 힘차게 방망이를 내두르고 있었다. 눈앞에 아른거리는 패물 위에 방망이를 내둘렀다. (중략)

써운이는 걸레를 주물러 들고 들어왔다. 이번에는 그런 생각들을 그렇게 닦아내기라도 하듯 휘휘 걸레질을 했다. (중략) 캐비넷 곁으로 갔다. 다이얼을 돌렸다. 아까보다 손놀림이 빨랐다. 손이 몹시 떨리고 있었다. 패물갑을 모두 챙겨들고 자기 방으로 왔다. 트렁크를 열고 자기 옷가지 사이에 그것을 끼워 넣었다. 써운이는 되도록 침착하게 옷을 갈아입었다.

전에는 만약 이런 짓을 하면 바로 그 자리에서 깡 벼락이라도 맞는 것으로 생각하고 있었으나, 아무 일도 없었다. 밖에는 햇볕이 쨍쨍 내려쪼이고 있었고, 거리에는 자동차 소리만 요란스러웠다. 방안에 있는 물건들이 자기를 향해 악을 쓰는 것도 아니었고, 무엇이 와서 자기를 덮치는 것도 아니었다. 갑자기 외로움이 엄습해오고 자기 동작들이 생소하게 느껴지기 시작했다. 써운이는 정신없이 뛰어나왔다. (333)

근대화된 서울도 농민에게는 파탄의 공간으로 존재한다. 근대적 제도나 법은 농민들에게는 오히려 또 다른 구속과 피해의 고리일 뿐이었다. '면사무소 수리비, 상이군경 원호비, 나협회비, 치도비, 물읍 뿐만 아니라 심지어 지서주임 송별금'까지 각출해야 되는 등 관청의 수탈이 심했고, 비료를 시기에 맞지 않게 농민들에게 떠맡기기도 하는 등 농정의 폐해도 극심했다. 소위 입도선매(立稻先賣)를 방지하고 상업자본이 농촌에 끼어들어 높은 이자로 농민을 수탈하는 것을 방지해 보자는 취지에서 시행된 '영농 자금'이란 것이 농민들에게는 턱없이 부족하고 분배 과정이나 관리가 소홀해 많은 부작용만 낳게 되어 여러 가지로 농민들만 애를 먹었다. 자랏골도 이 영농 자금 문제로 한바탕 곤욕을 치르게 된다. 이장이던 득철이가 농민들의 연대보증으로 수령한 거금의 영농 자금을 횡령하고 도주한 사건이 발생한다. 마을 사람들은 자기 실속 차리기에 바쁘다. 한편 이 문제를 떠안은 종수가 문제 해결을 위해 사방으로 뛰어다니는 과정에서 이양문 일가와 부딪치게 되고, 40년 동안 지속되었던 자랏골 사람들과 이양문 일가의 대립이 파국을 맞게 된다.

(2) 생동하는 민중성

『자랏골의 비가』에서 남의 동네 한가운데 하룻사이에 주인으로 들어
앉은 양문이의 묏등은 바로 역사의 강권주의 또는 침략주의의 폭력성
을 상징한다고 볼 수 있다. 그러므로 작품 속에서 행해지는 폭력은 전
근대적 의식과 삶의 형태, 그리고 잘못된 근대화의 폭력이다. 따라서
묏등의 폭파는 그러한 부정한 근대의 폭력성에 대한 저항이라 할 수
있다. 자랏골 농민들은 자랏골의 부흥을 위해 결성되었던 '지남회' 회
원들, 즉 3세대들에 의한 집단적인 저항으로 이양문을 정죄하고자 한
다. 이는 자랏골의 수난에 대한 자각과 의식적 각성에 의해 가능했다.
급기야 설날 성묘를 기하여 종수, 선찬이, 문길이, 평식이 등 자랏골 청
년들의 묏등 폭파가 결행되고 이양문은 말을 잃게 된다. 묏등을 파괴할
때 자랏골에 울려 퍼진 다이나마이트의 굉음은 40년 동안 누적되어 온
자랏골 사람들의 분노와 절규의 함성이며 새로운 시대를 예비하는 축
음이었다. 즉 이양문 일가의 몰락은 곧 민중에 대한 억압과 수탈을 일
삼아왔던 봉건적 신분 질서와 이에 연결된 토지 소유 제도 등 구조적
모순의 정치적 실현체인 권력자층의 붕괴를 의미한다. 그것은 작품 말
미에 제시된 4·19혁명의 민중 승리와 맥을 같이하고 있다.

> "허허. 저 무지한 양문이 묏등을 어긋내는 장사가 있등마는 이참에
> 는 이승만이를 몰아내는 장사가 있단 말이여?"
> "세상을 오래 살다 보면 씨엄씨 죽는 날도 있다등마는 이승만이가
> 물러나는 날도 있어?"
> "장마에 호박넌출이 벋어날 적 같아서야, 이 세상 천지를 다 덮을
> 것 같제마는 다 때가 있는 것이라, 늦가을 서리 앞에서사 맥을 추간
> 다?" (487)

위 인용에서 알 수 있듯이 4·19혁명은 민중의 희망이었다. 또한 그것은 시대가 바뀌어도 동질적으로 이어지고 있던 전근대적 억압 구조가 무너지고 한국 땅에 해방 때와 같은(그 때는 기회를 무산시키고 말았지만) 진정한 근대가 형성될 수 있는 기회가 또다시 도래했음을 의미한다. 그러나 이 역시 군부 쿠테타라는 반근대적 역사에 의해 무산되고 마는 비극을 겪게 된다. 일제에 의한 근대화는 한국 땅에 그 외피를 옮겨놓긴 했으나 실제적 근대화의 시대가 아니었고, 그 연장선상에서 한국은 권력의 주체만 바뀐 채 오랫동안 반근대적 시대가 반복된다.

이러한 시대적 현실 속에서 송기숙은 민중들이 자신을 둘러싸고 있는 질곡과 억압을 자각하고 그것을 해결하기 위해 집단적인 저항으로 나아가는 과정을 형상화한다. 묏등으로 일곱 명의 목숨을 빼앗긴 비극의 이면에 동학혁명, 독립운동, 3·1운동의 정신이 흐르게 하고, 농민들이 가난을 숙명적으로 받아들이기보다는 그 극복을 위해 매진하는 열정을 그려놓는다. 자랏골의 부흥을 목표로 자랏골 3세대가 주축이 되어 결성된 '지남회'의 활동이 대표적인 사례다. 그리고 그들의 활동을 통해 단순한 의욕만으로는 당대 농촌이 안고 있던 문제를 전혀 해결할 수 없다는 사실을 확인시키고, 그만큼 농촌의 질곡은 당대 현실 모순의 집약이라는 점, 그리하여 농민 문제는 농민들의 주체적 역량에 의해서 응전이 가능하다는 역사적 교훈을 상기시켜준다. 이러한 의식은 작품 말미에서 농민들의 집단적 저항으로 이어져 구현된다.

나나 당신덜이나 똑같은 사람이라, 당신덜한테 애비가 중하면 나한테도 애비가 중해. 이 세상이나 저 세상이나 권세나 법은 당신덜 권세고 당신덜 법이어서 자랏골 사람들은 당신덜한테 난장박살에 어혈탕국으로 녹아왔제마는, 이렇게 사잣밥을 뒤꼭지에 붙이고 나서는 데

야, 당신덜 몸뚱이도 철판이 아닌 담에는 다이나마이트나 칼에는 찢
기고 찔린다는 사실을 알아두라 이거여. (481~482)

자랏골 농민들의 저항은 분명 '부모의 원수를 갚는다'는 차원을 넘어
서고 있다.[125] 위의 인용문은 농민들이 구체적 현실을 통해 평등 의식
을 각성하고 그러한 세상을 갈망하는 강렬한 근대적 의식과 의지를 압
축하고 있고, 이 작품 전체의 주제와도 밀접한 관련을 맺고 있다. 따라
서 이러한 저항은 현재의 당면한 문제들을 해결하기 위한 필수적인 선
결과제임이 분명하다. 그러므로 이들의 저항은 과거를 청산했을 뿐 현
재와 미래와는 불통한다고 볼 것이 아니라 오히려 과거와는 다른 현재
이후의 새로운 세계와 유관한 의미 있는 실천으로 보아야 할 것이다.

써운이의 처참한 주검을 사고 현장에서 옮기는 다음 장면은 마을 사
람들의 한이 결코 개인적인 것이 아니며 또한 그것이 얼마나 깊은 것
인가를 비장하게 보여준다.

선찬이는 땀을 뻘뻘 흘리며, 무거운 시체를 끌어안고 답답한 잿길
에 한걸음 한걸음 발을 떼어 옮겼다. 가슴에 한아름 뿌듯하게 느껴지
는 이 시체의 부피와 무게는, 단순히 써운이 혼자의 살덩어리 무게가
아니라, 그 부모들을 포함한 선찬이 자신, 그리고 자랏골 사람들 전부

---

125) 그런데 이봉범은 집단적인 저항에 이르기까지의 과정이 지극히 개인적 원한
에 의해서 이루어진다는 점을 문제로 지적하고 있다. 그들의 의식의 반경이
극히 협소하고 그들의 의식을 지배하고 있는 것은 부모의 원수를 갚는다는 차
원을 넘지 못한다는 것이다. 그러면서 이에 대한 증좌가 될 수 있는 예문으로
묏등을 폭파시킨 후 선찬이가 이양문 일가를 향해 일갈(一喝)하는 위의 인용부
분을 들고 있다. 이양문을 정죄하는 것이 과거의 유제를 청산하는 의미를 지
니지만 현재(1950년대) 자랏골이 당면한 문제를 극복하는 것과는 일정한 거리를
지닐 수밖에 없는 한계를 지녔다고 보았다.(이봉범, 「자랏골의 비가론」, 『1970년
대 장편소설의 현장』, 국학자료원, 2002, 72쪽)

의 원한과 통분이 응어리진 부피와 무게로 느껴졌다. 선찬이는 이 시
체에서 느껴지는 그 원한과 통분을 으스러져라 껴안고, 이대로 땅에
대가리라도 처박고 싶은 통곡 같은 충동을 느끼면서 땅바닥에 쩍쩍
엉겨붙는 발을 어거지로 떼어 옮기고 있었다. (341)

종수와 함께 묏등과 풍수적으로 관계가 있어 이양문 일가에겐 매우
소중한 바위를 없애버리고자 하는 문길이와 곰댁, 곰영감의 대화를 통
해서도 이들의 저항이 단순한 보복 차원이 아니며 그 주체 또한 실행
에 옮기는 몇몇 젊은이로 한정되지 않음을 알 수 있다.

풍수에 의해 묏등과 관련되었다는 바위가 있는 종수의 땅을 팔도록
이양문 일가는 끊임없이 압력을 가해오고, 종수는 3대에 걸친 그들의
행패에 대한 저항으로 그 바위를 없애버리려 한다. 그 과정에서 굴하지
않는 종수의 의식과 행동은 종수 등이 당당한 주체로 서 있음을 잘 보
여주고 있다. 결국 마을 사람들에 의해 묏등은 파괴되고 시국적으로는
4·19혁명과 함께 이승만의 장기 독재가 막을 내리게 된다. 물러난 이승
만과 무력화된 이양문이에 대해 얘기를 나누는 마을 사람들의 웃음소
리와 끝심이의 풀피리 소리, 고사리 바구니에 소복히 꽂혀 있는 탐스런
철쭉꽃의 이미지와 함께 작품은 끝이 난다. 작품의 말미에서 작가는 자
랏골 농민들과 함께 모든 민중들의 삶에 새로운 시대에 대한 전망을
띄워주고 있다. 그것은 인간적 순리에 부합하는 진정한 근대화에 대한
전망과 다르지 않다.

그런데 이 작품은 한국 근대사에서 빚어진 농민 사회 문제를 총체적
으로 조망하기엔 벽지에 위치한 30호 남짓한 자랏골이라는 무대 자체
가 공간적으로 지나치게 협소하다는 배경적 한계를 지닌다. 또한 전근
대적 계급 관계를 설정하고 있지만 그것이 묏등을 중심으로 한 신분적

예속 문제로 단순화되다 보니 역사적 배경과 주제 의식에 비해 대립과 갈등의 양상이 지극히 단순하게 나타난다. 농민 사회 수난의 실제적이고 근본적인 주원인은 전근대적 토지 소유 관계 등 온갖 사회적 모순에 있고, 이 작품도 그러한 전근대적 토지 소유 관계가 드러나며 농민을 지배하는 권력 형태나 모순 구조가 시대의 변화에도 불구하고 그 자체의 동질성을 유지하고 있음을 확인시켜준다. 그러나 이 작품은 그러한 토지 소유 관계의 모순보다 묏자리를 중심으로 해서 비극이 전개됨으로 인해 구조적 문제의 본질이 희석되는 결과를 낳고 있다. 묏등으로 인한 마을 사람들의 과거의 수난이 서사적 중심을 이루면서 당대의 부당한 수탈이나 권력과 자본의 횡포라는 근본적 문제가 미약하게 처리되고 있는 것이다. 그리고 농민 사회의 수난을 강조하고 있으면서도 그것을 다른 사회와의 유기적인 관련 속에서 구조적으로 파악하는 데도 미흡하였다.

즉 이 작품은 작가 자신이 술회하고 있듯이 저항과 민중성이라는 주제적 욕심이 지나쳐서 역사적 과정으로서의 근대 현실에 대한 성찰이 바탕을 이루지 못한 채 현실에 대한 강력한 저항이라는 대칭적 담론 구조를 갖게 된다. 따라서 작품의 결말은 좀더 냉철하고 근본적인 인식과 행동을 통하여 하나의 역사적인 사건으로 고양될 수 있어야 했으나 그렇게 되지 못하였고, 결국 작품은 자랏골의 드러난 문제는 해결이 되었지만 농민들의 반복되는 수난의 역사적 고리를 근본적이고 구조적으로 변화시켜 나갈 수 있는 전망을 담아내는 단계까지는 이르지 못하고 마는 한계를 드러내게 된다.

2) 정의적 행동성의 복원

송기숙의 민중 의식과 저항 의식은 1970년대 말『암태도』[126]로 이어진다. 일제의 식민지시대인 1920년대 농민들의 소작 쟁의 가운데서 가장 유명했던 암태도 소작 쟁의를 소설화한 이 작품은 현장 검증과 사실 기록, 그리고 작가의 예술적 상상력으로 엮어져 1920년대 식민지 영세 농민들의 궁핍한 생활 실태와 그들이 감당해야 했던 사회·경제적 폭압과 불의에 치열하게 맞서는 저항의 모습이 생생하게 그려져 있다.

식민지 농민들의 실상은 일제의 수탈 정책으로 인해 실로 참담하였다. 일본 제국주의는 1910년대의 토지 조사 사업을 통하여 한국 농업을 봉건제 농업에서 자본제 농업으로 개편했으나 그것은 한국 농업의 근대화를 위한 선의의 사업이 아니라 어디까지나 자기 나라의 경제적 이익을 목적으로 한 전략적 사업이었다. 일제의 궁극적 목표는 한국 농업을 자기 나라를 위한 식량 공급과 원료 조달, 상품 시장으로서의 식민지적 수탈 대상으로 삼는 데 있었다. 이러한 일제의 식민지 농업 정책은 1920년대를 거쳐 1930년대로 넘어오면서 가일층 강탈의 가혹성을 심화시켰다. 일제에 의한 토지 사유제의 확립은 봉건적 사회 제도 밑에서 지배 계급이었던 수조권자들의 이익에 합치되는 방향으로 이루어졌고, 다른 한편 그것은 대규모의 일본 자본의 토지 투자를 비롯한 토지 집중 매입, 한국 농민 경제 생활의 자본에의 예속화, 조세 및 매매 제도 등 갖은 악조건을 빚어놓아 그 결과로 토지를 잃은 엄청난 빈민층이 형성되었다. 그리하여 한국의 농민 사회는 일본인 소유의 농장과 회사 그리고 일본인 대지주에게 유린당함은 물론, 한국인 자체 안에서 대지주와 소작농민의 두 계급으로 크게 갈라져야 했으며 중간 계층인 자작

---

126)『창작과비평』, 1979년 겨울호부터 이듬해 여름호까지 3회에 걸쳐 분재됨.

농은 소수에 지나지 않았다. 농지를 잃은 농민의 극소수는 도시의 노동자 또는 농업 노동자로 전락되었으나 대다수의 농민들은 봉건 사회로부터 이어받은 영세농적인 생산 양식 밑의 순전한 소작농으로 재편성됨으로써 일제는 이 나라에 반(半)봉건적 소작 관계를 재확장시켜 놓았던 것이다.

이와 같은 반봉건적 토지 제도 밑에서 소작인에 대한 지주의 횡포와 수탈이 극심했는데, 지주는 소작농에게 고율의 소작료 이외에도 토지에 부과되는 지주 부담의 조세 공과까지도 소작인에게 물게 했다. 게다가 지주 집안의 관혼상제가 있으면 소작인은 무상 노동을 바쳐야 했고, 명절 같은 때는 여러 가지의 증여와 진공(進供)이 공식화되고 있었다. 농민들이 봉건적 농노처럼 구태의연하게 삶의 밑바닥을 헤매고 있었던 것은 말할 것도 없고 더 나아가서 채무 농노로부터 새로운 짐을 걸머진 부채 농민으로 전환되었던 바 그것은 지주의 고리대적 성격이 강화된 데서 온 필연적인 결과였다. 맥령춘궁(麥嶺春窮)에 시달린 농촌 현실의 그 같은 현상은 봉건적 고율 소작제를 그대로 놓아둔 일제의 토지 개혁의 착취성에서 유래한 것이다. 따라서 농민들은 그들의 생존권을 사수하기 위해 자위적 수단을 강구하지 않으면 안 되었다. 1922년 서울에서 '소작인 상조회'를 결성한 것을 비롯하여 '조선농민총동맹' 그리고 각 지방에 소작인 조합을 조직하고 그 조직력을 동원하여 쟁의를 펼쳤다. 그런데 소작인들의 항거에 맞서 지주들은 그들대로 지주 조합을 구성하여 소작 계약의 공동 해제, 양곡 대여의 중단 계약 등의 위협 수단을 쓰기도 하고 때로는 일본 관헌과 공모·결탁하여 농민 조합의 내부 분열을 꾀하거나 해산을 획책하기도 했다. 대지주 대 소작인의 계급적 대립이 첨예화되어가는 가운데 굶주림에 지치다 못한 농민의 일

부는 고향산천을 버리고 만주의 광야로 새 삶을 찾아갔고, 나머지 일부
는 일본 노동 시장으로 진출하여 완전한 임금 노동자로 전환되었다. 한
국 민족이 만주로 옮겨간 역사는 옛날에도 없지 않았으나 생활의 터전
을 얻기 위해 만주로 건너간 본격적인 추세는 대체로 1903년부터 1933
년까지의 30여 년간이며 그 수는 1922년 말에 약 70만 명이던 것이
1933년에 이르러 1백만 명을 넘어서게 되었다. 그들은 북간도 일대와
국경 압록강·두만강 유역, 요하의 상류 지방에서 농업노동자로 정착했
다. 농민이 농촌을 떠난 또 하나의 현상은 화전민의 유랑이다. 그들의
대부분은 한반도의 북부에 산재하고 있었으며, 글자 그대로 영세 농경
으로 근근이 살아가고 있을 뿐이었다.127)

　『암태도』는 한국의 뒤틀린 근대 역사로 인한 위와 같은 참담한 상황
속에서 굴종의 태도가 아니라 자신들의 생존권을 지키기 위해 분연히
항거하고 투쟁하는 민중의 힘을 보여준 가장 중심이 되는 쟁의를 문학
적으로 재구성하고 있다. 작가는 당시 여러 지역에서 일어난 소작 쟁의
의 민중적 힘을 3·1운동, 그리고 동학군의 힘과 연결시키고 있는데, 이
는 민중성에 대한 작가의 신뢰와 그 힘의 고양을 위한 의지가 반영된
것이라고 볼 수 있다.

　　"맞네. 모르는 사람들은 동학군을 무슨 역적질이라도 한 사람들로
　알지마는 그게 아니야. 그때 녹두장군 뒤에 백성들이 몰려들어 눈에
　핏발을 세우고 나섰던 일을 생각하면 천도가 그것이구나 싶어. 백성
　들이란 게 그냥 미련하고 순한 것인 줄만 알았더니, 그때 손에 대창
　을 들고 분통을 터뜨리고 나서는 것을 보니 그게 아니더라구. 진짜
　무서운 것은 백성이야. 정말 무서웠네. 양순하기만 하던 소가 하루아

---

127) 김병걸, 「농민과 현장소설」, 신경림 편, 앞의 책, 298~299쪽.

침에 호랑이가 되어 버린 꼴이었어. 백성들이 이렇게 무서운 것인가, 나도 그 속에 끼여 있으면서도 그게 쉽게 믿어지지가 않더라구. 관리 놈들한테 그렇게 눌려 살다가 그러고 나오니, 그때야 비로소 한몫 사람이 된 것 같았어. 그냥 핏줄 속에서는 피가 살아서 펄펄 뛰는 것 같더만. (후략)"128)

위의 인용을 통해서도 민중성의 고양이 이 작품의 주된 의도임을 짐작할 수 있다. 이처럼 이 작품은 전근대적이고 반근대적인 억압과 수탈 구조에 대해 서태석과 농민들이 굴하지 않고 조직적으로 저항하는 당당한 민중상을 잘 그려내고 있다. 악덕 지주 문재철과 맞서서 쟁의의 앞장을 서게 되는 서태석은 이 작품이 쓰어질 당시에도 암태도 사람들뿐만 아니고 신안군의 여러 섬에서는 전설적인 인물로, 심지어는 속담에까지 오르내릴 만큼 영웅화되어 있었다.129) 또한 이 작품은 한두 명의 리더에 의해 수동적으로 이끌리는 농민의 모습이 아니라 농민들의 주체적 각성을 지향하고 그들의 주체적인 인간상을 보여준다.

이 넓은 들판에 이렇게 풍성하게 익어가고 있는 이 많은 곡식이, 그 7,8할이 지주 한 사람 몫이고, 몇천명 소작인들은 겨우 그 나머지 2,3할에다 목줄을 대고 늘어져 창자를 죄고 있다는 데 생각이 미치면, 도대체 어디서부터 어떻게 연유한 것인지 모르는 이 엄청난 배리(背理)가 숨을 꺽꺽 막아왔다. (25)

"(전략) 이런 싸움이니까 소작인들이 자발적으로 나서서 자기들의 의사로 모든 것을 결정하고, 싸우기도 자기들이 싸워서 그 승리도 자

---

128) 송기숙, 『암태도』, 창작과비평사, 1981, 238쪽.(이후 같은 작품 인용은 쪽수만 표시함.)
129) 송기숙, 『암태도』, 창작과비평사, 1981, 발문 중에서.

기들의 승리가 되어야 합니다. 다시 말하면 이런 싸움에서 자발적으로 싸울 수 있는 훈련을 쌓게 하여 그들이 얻은 승리에서 자신들의 힘에 자신을 가지게 해야 한다고 봐요. (후략)" (69)

『암태도』는 조직적인 리더들의 지도가 다소 과장되고 작위적인 느낌을 갖게 하며, 일부에서 작가의 의식이 과도하게 묻어남으로 해서 지식인적 소설일 수밖에 없다는 한계를 보여주기도 한다. 그럼에도 불구하고 민중적인 저항의 힘이 가장 절실했던 1970년대 말 독재의 극한 상황에서 식민지 시대의 가장 강력했던 농민들의 소작 쟁의를 통한 집단적 항거를 끌어옴으로써 민중의 힘에 의한 저항 담론을 형성했다는 점에서 매우 의미 있는 작품이라 하겠다. 즉 역사책에는 기록되어 있지 않지만 일제하의 농민 항쟁에서 가장 치열했던 정의적(正義的) 행동성을 작가의 역사 인식이 바탕이 된 문학적 힘을 통해 다른 시대에 복원함으로써 새로운 시대적 의미를 창출해내고 있는 것이다.

내가 이 사건을 소설화하려고 마음먹은 것은 이 사건 자체의 극적인 발전과정도 흥미롭거니와 반봉건적(反封建的)·반일적(反日的) 순수한 민중운동이 巖泰島라는 작은 단위의 섬에서 또 아주 밀도있게 진행되어 민중의 의지를 관철시킨 것이 통쾌했기 때문이다. 매몰되었던 일상성에서 깨어나 자기의 삶을 찾아 몸부림치는 것은 인간의 가장 본래적인 신선한 모습일 것이다. (314)

1970년대의 말, 한국의 역사상 "매몰되었던 일상성에서 깨어나 자기의 삶을 찾아 몸부림치는 인간의 가장 본래적인 신선한 모습"이 당시처럼 적실하게 필요했던 때도 다시 찾아보기 어려울 것이다. 이러한 시대에 『암태도』는 문학적으로 시·공간을 초월한 확장된 인식으로 당대

의 부정한 근대 현실에 대한 거부와 저항의 양상을 보여준 의미 있는
농민소설 작품이라 하겠다.

3. 주체적 농민상의 새로운 가능성과 한계

1) 농촌 근대화의 실상

『쌈짓골』[130]은 근대화에 따른 변동의 한가운데 있는 농민 사회의 현
실과 농민들의 삶의 모습을 매우 사실적이고 풍요롭게 그려내면서 근
대의 부정성에 저항하는 한 인물의 고투를 통해 부정 담론을 구성하고
있는 농민소설이다. 이 작품은 그들의 가난, 성품, 농사일, 풍속, 그리고
변모의 세태에 이르기까지 농민들의 삶의 모습을 총체적이고 매우 구
체적으로 그리고 있다.[131]

화학 비료가 많이 나오고부터 이전에는 집집마다 다투어 서로 많이
주우려고 경쟁이라도 하던 쇠똥이나 개똥이 그대로 골목을 더럽히고,
그걸 줍는 데 쓰이던 개똥망태란 물건은 구경조차 할 수 없게 되어버
린 변화, 영화가 들어오기 시작하면서 처녀애들과 선머슴애들이 영화관
으로 몰리면서 쌈짓골에는 언제부터인가 '주물렁탕'이란 유행어가 나돌
고 있는 세태 등을 통해 근대화로 인한 변화 양상을 부정적 시각으로
보여준다. 변화 중에서도 특히 심각하게 보고 있는 것은 마을의 풍토와

---

130) 김춘복, 『쌈짓골』, 창작과비평사, 1977.
131) 이 점에 대해서 당시의 농민 홍영표 씨는 다음과 같이 말하고 있다.
    "아뭏든 저같은 농사짓는 사람으로서 『쌈짓골』을 처음부터 끝까지 흥미있게
    읽을 수 있었던 것만으로도 이 작품은 참 좋았었다, 이렇게 말씀드리고 싶고,
    특히 농민들의 생활을 그처럼 자세히 그려주신 데 대해서 커다란 친근감을 느
    꼈습니다." (좌담, 「농촌소설과 농민생활」, 앞의 책, 17쪽)

사람들의 변화이다. 그리고 시대가 변하고 사회가 바뀌어감에도 불구하고 끝없이 이어지고 있는 농민들의 가난과 소외 현상을 작품은 사실적으로 그려내고 있다.

> ─어느 내 아들늠이 농자 천하지대본이락 했노? 손수 농사를 지어본 사람 아가리에서는 절대로 그런 말이 나올 수가 없는 기이라.
> 모를 심고 나면, 이제 주머니끈을 노상 풀어놓고 있어야 한다. 비료대, 농약값……. 망할 놈의 비료값은 봄하늘의 노고지리처럼 날이 갈수록 치솟기만 하고, 사흘이 멀다 하고 농약을 쳐대어도 병충해는 끝이 없고…….
> ─농사를 지을락 해도 자본이 있어야 대는 기이라. 자본만 있으면 손도 안 대고 코를 풀고, 자본이 없으머 죽도록 고생만 했지, 비료값도 안 나오는 이놈우 농사……132)

근대에는 이미 농사가 '천하지대본'일 수 없음을 작품은 잘 보여준다.133) 원초적으로 자본이라는 개념이 있을 수 없었던 농사일에 근대 자본의 논리가 적용되어야 할 상황이 되면서 농사는 도저히 근대와 어울려 공존 가능한 생업이 될 수가 없음이 드러나게 되었다. 그래서 농민들은 농약 중독에 쓰러지면서도 여전히 배를 곯는다. 아무리 배를 곯아도 근대가 아니라면 그들은 고향을 떠나지는 못할 것이다. 그러나 근대는 이러한 생각을 갖는 젊은이들을 고향으로부터 떠날 수 있게 만든다. 그것이 근대가 갖는 이동성이며 환상성이다. 팔기의 사촌 여동생 금분이 역시 쌈짓골을 떠나 도시로 갈 수 있는 여비 마련을 위해 마음

---

132) 김춘복, 앞의 책, 233쪽.(이후 같은 작품의 인용은 쪽수만 표시함.)
133) 1960년대 이후 정부 주도의 산업화·공업화는 도시의 저임금 노동을 활용키 위해 저곡가 정책 등 오히려 농촌에 저소득을 초래케 하여 이농은 농민들의 생존 전략의 일환으로 더욱 급속화되었다.(한국사회사학회 엮음, 앞의 책, 49쪽)

에 없는 영달이의 음흉한 뜻을 들어주는 부도덕한 방법까지 동원하여 고향을 떠나고 만다. 그녀는 "한평생을 망치는 것은 몸을 버리는 쪽에 있는 게 아니라, 이대로 쌈짓골에서 썩는 쪽에 있다"고 판단한 것이다. 이는 농민 사회 구성원들에게 근대화가 가져다준 중대한 의식의 변화이다. 근대가 가져온 사회적 변동 앞에서 농민 사회는 더 이상 희망이 없음을 알게 되었음과 함께 젊은이들은 마법과도 같이 근대의 자력에 이끌리게 된다. 농촌의 젊은이들에게 근대 공간은 '멋'과 '가능성'으로 다가온다. 그러나 그것은 어디까지나 부분적이거나, 근대 공간의 냉혹한 실상을 제대로 알기 이전의 상황일 뿐이다. 길남이가 금분이에게만큼은 쌈짓골을 절대로 떠나서는 안 된다고 말한 데에는 그만한 이유가 있었기 때문이다. 그것은 부산에서 살고 있는 오영기에 의해 여실하게 드러난다. 오영기의 말에 의하면, 영자가 식모 생활을 그만두고 어느 공장에 다닌다고 고향에 나 있는 소문은 거짓말이었다. "쌈짓골을 떠난 거개의 처녀애들이 다 그렇고 그렇게 엉뚱하게 풀려 있다"는 것이다.

쌈짓골에서도 제일 빈농들만 모인 곳이 용솟골 암마 마을이다. 다른 마을들은 그나마 산 중허리까지 전답을 일구어 그런대로 호구나 해 나가지만, 앞뒷산이 가파른 암마는 계곡을 따라 겨우 들어앉은 칠십여 마지기의 논다랑이들에 명줄을 달고 있다. 말이 칠십 여 마지기지 달중이와 영달의 논 쉰 여 마지기를 빼고 나면 한 집에 평균 한 마지기 꼴로 돌아간다는 셈이다. 이렇게 어려움 속에 허덕이던 농민들은 그들의 삶을 조금이라도 낫게 해 줄 근대화를 고대한다.

> 그러나, 산 너머 멀리에서는 바다를 메우고 산허리를 끊으며 걸쭉한 공기를 토해 내고 있다는 <근대화>란 이름의 물결은, 쌈짓골—특히 용솟골 사람들에겐 여름 한철 이 골짜기를 들르지 않고 그냥 하늘

을 갈며 스쳐가는 폭풍과도 같이 도무지 실체를 잡아볼 수조차 없는
것이다. (36)

이들이 바라던 '근대화'는 현재 밀려오고 있는 부정적 근대화가 아니
라 실제로 삶의 양식을 나아질 수 있도록 하는 그런 근대화인 것이다.
그런데 쌈짓골의 근대화 역시 새마을 운동과 함께 밀어닥친다. 농민들
을 잘살게 하겠다는 새마을 운동은 농민들을 통제하고 농민들에게 부
담을 지우는 일이 되고 있었다. 그리고 가진 자들에 의해 악용되어 오
히려 순박한 농민들에게는 피해와 부담만 가중되었다. 작가는 정부의
농촌 근대화 정책이 얼마나 형식적이고 허식적인가를 비판한다. 살아보
면 살아볼수록 그것은 결코 농민들이 진정으로 바라던 근대화가 아니
었던 것이다.

> 달포나 앞당겨진 새마을 사업 평가 대회만 해도 그렇다. 누군지 모
> 르지만 <중앙에서 높은 어른>이 내려오기 때문이란 것인데, 당초에
> 세운 계획대로 착실하게 밀고 나가면서, 중앙에서가 아니라 하늘에서
> 내려온대도 그렇지, 해 나가고 있는 그대로를 보여주면 될 것을…….
> 아니, 오히려 높은 어른이 보고 싶은 건, 얼마만큼 <착실하게, 그리고
> 성실하게 해 나가고 있는가> 하는 점이 아니겠는가. 높은 데서 누가
> 온다면, 사죽을 못쓰고 날뛰는 꼬락서니들이 팔기는 도무지 메스껍다.
> 그렇게 해야 출세를 하는 것인지, 그렇게 하지 않으면 모가지가 달아
> 나는 것인지는 모르지만, 좌우지간 팔기는 <누구에게 보이기 위한
> 새마을 운동>은 딱 질색이다. (248)

이처럼 당대의 농촌 근대화가 실제로 농민들의 삶의 질을 향상시켜
주기보다는 가식적이고 형식적인 면이 강했음을 작품은 강도높게 고발

한다.

2) 자립적이고 저항적인 농민상

주인공 팔기는 윗대에서도 가난한 농민이었고, 지금도 논 한 다랑이, 밭 한 뙈기 없이 황폐한 산을 개간하며 살아가는 가난한 농민이다. 살고 있는 집 또한 "재작년 가을에, 먹고 살 길이 없어 돈벌이를 한답시고 남해안 어느 공사장으로 솔가를 해가면서 자기들에게 공으로 살게 해준" 오영기의 초가이다.

그러나 팔기는 매우 의지적이고 건실하며 다른 농민들과는 달리 사리를 바르게 보는 눈도 가지고 있다. 그는 갖은 고난 속에서도 영달이에게 매이지 않고 주체적으로 서기 위해 개간지를 일구어 성공하고자 힘쓸 뿐만 아니라, 근대화의 부정성과 그에 편승해 사리사욕을 채우려는 영달이와 고투하며 저항의 한가운데 서 있는 의식 있는 인물이다. 당시는 도시나 농촌 할 것 없이 전반적으로 자율성이나 독자성이 매우 위축되어 있는 억압적인 상황이었다. 그런 상황의 개선을 위해서는 주체적 힘과 의지가 모여야만 했다. 특히 농민 사회에서는 더욱 관의 통제와 지도, 그리고 지배자의 억압적 구조로부터 벗어나기 위한 자립적 의식과 힘이 필요한 때였다.134) 이런 점에서 팔기는 근대에 대응하는

---

134) 당시 실제 농민의 다음과 같은 증언은 농민이 배제된 관 주도 근대화 정책의 심각한 폐해를 짐작할 수 있게 한다.
"따라서 농민이 할 것과 정부가 할 수 있는 것은 구별되어야 할 것 같습니다. 그래서 농민자신들이 할 수 있는 것은 우리들에게 맡기고 도와주어야만 그것이 일의 순서인줄로 압니다. 다시말하면 스스로가 들어야 할 밥숟가락을 빼앗아 수족이 멀쩡한 사람에게 밥을 떠먹이고 있으면서 먹기싫은 반찬도 억지로 먹이고, 먹고 싶은 보리밥은 안먹이고, 때로는 식체가 있어서 미음이 먹고 싶은데 깡마른 쌀밥을 주니 자연 불평과 불만이 생길 수밖에 별 수가 없는 것입니다.

농민으로서의 새로운 가능성을 지닌 자주적 농민상을 보여주고 있다는 점에서 각별한 의미를 지닌다. 전근대적 궁핍 구조나 부도덕한 힘에 결코 굴복하지 않고 그것을 극복하기 위해 구체적인 방법과 실천으로 최선을 다하는 팔기의 모습은 격동 속에서 파괴되고 해체되는 당시 한국의 농민 사회에서 반드시 필요한 인간상이라 할 수 있을 것이다.

작품 속에서 팔기가 무모할 정도로 집착하면서 열과 성을 다하는 개간지는 팔기 가족의 꿈과 희망인 동시에 이 작품 속에서는 전체 농민의 꿈과 희망이라는 상징성을 가지고 있다. 그 일은 오랜 세월 동안 억압 구조를 형성하고 있는 영달이의 힘으로부터 벗어나는 일일 뿐만 아니라, 또한 폭압적이고 부정하게 밀어닥친 관 주도의 근대화에서 탈피하여 농민들이 주체적으로 진정한 자신들의 근대화를 이루어가는 가능성을 생성하는 일이었다. 농사짓기와 살아가기의 어려움 속에서 농민들은 팔기의 성공을 염원한다.

> ─우야든동 그늠 하나만꿈은 잘 대어야 댈 기인데……
> 어쩐지 팔기만은 꼭 성공을 하고야 말 것 같다. (234)

다른 사람들은 영달의 비위를 거슬리는 일을 하려 들지 않는다. 그도 그럴 것이 "20여 호의 대부분이 그의 논밭을 도작하거나 그집 농사의 일품을 얻어먹고 지내거나 그 그늘에서 살고" 있는 전근대적 구조가 이어지고 있기 때문이다. 팔기는 이러한 전근대적 상황을 극복하고자

나의 이러한 생각들이 옳은지 그른지는 알 수 없습니다. 다만 분명한 것은 정부에 의해서든 농민 스스로에 의해서든 반드시 어떤 새로운 발전의 계기를 마련하지 않는 한 우리 농민과 농촌은 구제할 길이 없다는 것입니다." (강원도 평창군 도암면 횡계리의 농민, 『민주농민』, 고려대학교 노동문제연구소, 1971, 11쪽)

하는 강한 의지를 보여준다. 구속의 고리를 끊어버리고 자립적인 주체를 확립하고자 하는 근대적 인물상인 것이다.

영달이도 원래는 별수 없는, 봄철이 되면 양식 곤란을 똑같이 겪어야 했던 빈농에 지나지 않았으나 경찰의 끄나풀 노릇을 하면서부터 살림이 눈덩이처럼 불어나기 시작했던 것이다. 전쟁이 끝나고 군에서 돌아온 장정들은 그동안 묵혀 놓았던 논밭들을 일구며 뼈가 으깨지도록 피땀을 흘려 보았지만 한번 기울기 시작한 가계는 해마다 빚만 늘었다. 반면에 영달이는 뒤죽박죽이던 자유당 말기까지 관과 짜고 부정 임산물로 치부하는 데 혈안이 되어 있었다. 빚에 쪼들리다 못한 사람들은 마침내 살길을 찾아 대처로 떠나야만 했고, 그들의 논밭은 갈 데 없이 영달의 수중으로 속속 넘어갔다. 영달의 고모부까지 손을 뻗쳤을 때는 아마 사람들은 "이미 영달의 그늘에서 옴쭉달싹도 할 수 없는 한낱 연약한 풀포기에 지나지 않는" 스스로를 발견하게 되었던 것이다. 이렇게 달중이나 영달이 등의 부정적 인물들은 근대화 과정의 부정성이 산출해낸 인물들임을 알 수 있다. 그들은 그들의 전근대적 기득권을 지키고 확장하기 위해 근대의 부정성과 교활하게 결탁한다.

중심 사건은 오래 묵은 마을 당나무의 제거를 둘러싸고 전개된다. 관에서의 새마을 사업 확인지도 때문에 마을에서는 어쩔 수 없이 지붕개량과 함께 새 길을 만들어야 한다. 그런데 골목길을 넓히는 데서부터 난관에 부딪힌다. 당낭껄과 대밭 사이의 길을 넓히는 데 있어 영달은 절대로 자기 대밭을 조금도 내놓을 수 없다고 나온 것이다. 그러면서 영달은 당나무를 없애자고 주장한다. 그는 6·25전쟁 당시 자신도 병역 기피자이면서 경찰의 끄나풀 노릇을 하며 무수한 양민들을 괴롭힌 존재이고, 오늘날 모은 재산도 모두가 그 당시에 긁어 모았던 돈과 그 당시 관공서와의 알음을 바탕으로 휴전 후에 부정 도벌과 숯장수를 해서 모은 것이다.

이 작품에서 당나무의 의미는 봉건적 미신이나 유습이 아니라 마을의 전통과 역사, 그리고 마을의 화합과 공동체 의식, 정체성의 상징이다. 무엇보다도 이런 당나무가 개인의 사욕을 채우는 데 이용된다는 점에서 팔기는 그 부당함에 저항하는 것이다.

> ─흥! 개 눈엔 똥밲이 안 비인닥 하디이…… 앞산 뒷산 다 잘라
> 팔아다 처묵고, 인자는 손 댈 기이 없어 놓으니꺼내 환장을 다 하는
> 모양이제?
> 팔기는 무슨 수를 써서라도 이 나무만은 지켜야 된다는 다짐을 하
> 면서 웃각단으로 들어선다. (21)

> ─당나무를 비어서는 안대고말고, 절대로 빌 수가 없는 기이라.
> 팔기는 마치 그것이 영달이로부터의 독재를 막는 최후의 보루라도
> 되는 양 부르르 떤다. (91)

영달은 팔기를 회유하기도 하고, 교활한 술수로 협박하기도 하면서 자신의 욕심을 채우고자 한다. 그러나 팔기는 이에 굴하지 않고 영달의 부당한 간계에 맞서기 위해 애쓴다. 그러나 마을 사람들은 팔기에게 힘이 되어주지 못한다. 결국 팔기의 모진 저항에도 불구하고 당나무는 영달의 술수에 의해 베어져 마을 사람들 모르게 영달이에게 큰 이익을 주며 팔리고 만다. 당나무가 베어지는 근대화의 대가로 마을에 세워진 마을 회관과 어린이 놀이터도 형식만 갖춘 부실한 것이었다. 결국 새마을 운동은 "제것만 금덩이같이 소중히 여기고 남의 것은 발싸개보다 못하게 다루는" 영달이 등이 당나무를 팔아 이득을 챙길 수 있는 계기

와 명분을 만들어 주게 된다. 마을에 새 길을 내기 위해서, 동시에 기득
권을 지닌 자, 힘 있는 자들의 더 많은 이익을 위해서 당나무를 없애버
리는 것, 이것이 바로 당대 한국의 근대화였다.

이렇게 부정한 근대화에 대해 팔기는 치열한 저항 의지를 보여준다.
'새마을 운동'이라는 노란 글자가 선명한 모자를 쓰고, 앞가슴에는 '새
마을 운동'이란 아크릴 패를 해 달았고, '새마을 운동'이라는 완장까지
해 두른 '관에서 나온' 사람들이 팔기를 찾아와 스레이트로 바꾸지 못
한 팔기 집 지붕 위에 나 있는 풀을 들어 거칠게 나무란다. 이에 팔기
는 그것이 풀이 아니고 곡식이라고 항변한다. 물론 이것은 억지스러운
이야기지만 실제적인 삶의 질 향상이 아니라 허식적이기만 한 새마을
운동, 전시적 행정과 정책135)에 대한 팔기 식의 강력한 저항의 일환인
셈이다.

---

135) 새마을 운동과 관리 행정의 전시적이고 허식적인 면에 대해 농민 홍영표는 다
음과 같이 증언하고 있다.(앞의 좌담 중에서)
"금년 6월 17일에도 그런 일이 있었어요. 광주 국립박물관 기공식할 때인데,
그때 중앙에서 모 장관이 내려왔어요. 장관이 내려오니 도지사가 동행할 것
아닙니까? 그런데 말단 행정기관에서 저보고 보리를 좀 베달라는 거예요. 보
리가 아직 덜 익었는데 어떻게 베겠느냐고 하니까, 보리베기 작업이 끝난 걸
로 보고가 돼 있는데 이번에 높은 사람이 와서 보면 곤란하다, 그러니 베어달
라, 이런 얘기를 우리 마을 이장한테 찾아와서 하고 또 세 살고 있는 아랫집
사람한테도 그런 얘길 했어요. 결국 보리를 베기는 읍사무소 직원들이 나와서
베고 또 국민학교 학생들이 동원됐어요."
"요즘 마을금고를 행정적으로 권장하고 있는데, 저희 마을에선 정부에서 권장
하기 전에 신용조합을 조직해서 하고 있었습니다. 그런데 신용조합을 새마을
금고인 것처럼 보고해 달라는 거예요. 제가 지금 신용조합 이사장을 하고 있
는데 저 자신은 그런 얘기를 못들었어요. 그런데 이번 새마을 심사를 하면서
신용조합 간판을 새마을금고 간판으로 바꿔 달아놓았더란 말입니다. 들어보니
면서기가 달았다고 그래요. 왜 간판을 바꿔 달았느냐고 물으니까 우리 마을
신용조합이 상급관청에 새마을 금고로 보고돼 있기 때문이라는 거예요."

마을은 그야말로 온통 축제 분위기로 들끓기 시작한다.

문득, 팔기는 토방 위에 쪼그리고 앉아 줄담배만 빨아대고 있는 자신이 서글퍼져 온다.

미친놈이란 소리까지 들어가면서도, 누구든지 노력만 하면 힘차게 일어설 수 있다는 평범한 진리를 몸소 실천해 보이고 싶었던 자신의 종말이 너무나 비참하게 되어버린 느낌이다. 가난한 이웃들을 일깨우고 마침내는 영달이의 그늘에서 완전히 벗어난 진짜 새마을을 만들어, 열두발상모춤을 추이려던 크나큰 소망은 결코 지금 당낭껄에서 울리고 있는 저 소리일 수가 없다. 정말 오랜만에 마을을 들끓게 하는 농악 소리임에도 팔기는 조금도 흥겨워질 수가 없다. (278~279)

위 인용에서의 팔기가 꿈꾸던 '진짜 새마을', 그것이 바로 전근대적인 억압 구조를 극복하고 주체로 굳건히 서 스스로의 삶의 질을 높일 수 있는 진정한 근대화에 대한 열망임을 알 수 있다. 그러나 그것은 "누구든지 노력만 하면 힘차게 일어설 수" 있다는 "평범한 진리"를 믿고 따라서는 결코 이루어질 수 없음을 팔기를 통해 이 작품은 확인시켜준다.

부와 권세를 등에 업은 전근대적 인물들은 근대의 부정성을 교묘히 악용하여 자신들의 사욕을 채우기 위해 혈안이 되어 있다. 그리고 장영달이 먼저 폭력을 행사했음에도 불구하고 결국 팔기가 장영달로부터 고소를 당하여 경찰에 연행되고 마는 이 작품의 결말을 통해서도 팔기가 믿는 '근대 법'이 결코 팔기 편이 아닐 것이라고 짐작하기에 어렵지 않다. 근대의 부정성과 교묘하게 맞물려 있는 전근대적 요소를 타파하고 진정한 근대화를 이루는 데는 아무리 강하고 의지적이라 해도 파편화된 개인의 노력은 불가항력적임을 작품은 보여준다. 이는 팔기의 경우 그의 문제가 모든 사람의 문제로까지 의식의 확대가 이루어지지 못

하고 있는 작가 의식의 한계에서 기인하기도 한다. 이런 점에서 팔기의
의지와 저항, 그리고 결말을 통해 주체적 농민상의 새로운 가능성과 한
계를 동시에 보게 된다. 결과적으로 이 작품은 저항의 방식이 지극히
개별적이며 전체 작품이 단순 대립 구도를 갖게 될 수밖에 없는 한계
를 보여주게 된다. 새로운 전망을 모색하지 못하는 이러한 한계는 근대
에 대한 깊은 성찰이 선행되지 못하여 결국 기존의 근대화 이데올로기
구조를 지속시킬 수밖에 없는 결과를 가져오게 된다. 그래서 작가는 작
품을 마치며 오열할 수밖에 없었는지 모른다.136)

그러나 비록 개인적이긴 하지만 부정에 대해서 끝까지 굽히지 않는
팔기의 의지와 힘은 가치 있는 것으로, 특히 이 작품이 생산된 1970년
대 후반의 민중성이 고양되어가고 있던 한국 사회 상황을 생각할 때
그 의미가 더욱 깊어질 수 있을 것이라 생각된다.

아울러 이 작품의 저변에는 단편적인 농촌의 실상이 아니라 한국의
근·현대사가 흐르고 있음도 간과해서는 안 될 것이다. 해방 직후의 혼
란상과 6·25전쟁, 그리고 이승만 시대가 농촌 사회의 변화와 함께 다루

---

136) 두메산골인 경남 밀양군 산내면 시례골이 고향인 작가는 작품의 서(序)에서 이
작품을 쓰는 목적과 감회를 아래와 같이 적어놓고 있다.
　"나는 이 작품을 통해서, 오랫동안 소외되어 온, 오늘날 우리의 농촌이 근대화
과정에서 어떻게 변모되고 있는가를 그들의 편에 서서 대변하고 싶었다. 그리
고, 그것이 농촌·농민이라는 한정성을 벗어나, 우리 시대의 일반적 象徵性까
지를 부여하고 싶었음을 고백한다.
　이 작품을 마치며 마지막 붓을 놓던 순간, 나는 걷잡을 수 없는 嗚咽이 터졌
다."
　작가의 의도가 완벽하게 성취되었는가는 논란의 여지가 있으나 근대화 과정
속에서의 농민들의 변모와 피해, 그리고 그 안에서의 몸부림이 그들의 삶의
진솔한 형상화를 통해서 잘 드러나고 있는 것만은 부인할 수 없다. 또한 작품
을 마치며 터져나온 작가의 오열은 이 작품의 결말이 보여주듯 근대화의 거대
한 물결 속에서 더 이상 희망을 말하기 어려운 농민 사회에 대한 작가 의식과
무관하지 않을 것이다.

어지고 있다. 그런 과정에서 이데올로기 문제도 작가는 결코 놓치지 않는다. 팔기의 어머니 역시 농민으로서 소를 지키기 위해 몸부림치다 소위 '산사람'들에 의해 비참하게 죽임을 당한다. 즉 한국의 당대 농민 사회는 근대 이데올로기에 의한 무모한 폭력의 장이었던 것이다. 이 작품은 부정한 근대화 담론과 함께 근대 역사의 지배적 이데올로기에 대해서도 비판적 입장에 섬으로써 근대 부정 담론의 양상을 분명히 보여준다.

4. 고향 공간과 근대 공간의 비대칭적 동시성

1) 고향 공간의 상실과 근대 공간의 폭력성

『징소리』[137]는 1970년대 말 장성댐 축조로 인해 수몰지구가 된 방울재라는 마을을 배경으로 '고향 공간'과 '근대 공간'이 혼재하는 이중적인 현실 상황을 통해 농민 사회에 가해지는 근대의 비극성을 담아내고 있다. 이 작품은 연작의 형식, 환상성, 언어적 음향 효과 등의 미적 장치들을 활용해 그러한 비극성을 잘 드러내 보여주면서 또한 이를 비판하고 저항하는 부정 담론의 양상을 취하고 있다. 이 작품이 근대의 폭력성을 좀더 극명하게 보여줄 수 있었던 것은 방울재가 겪게 되는 근대적 체험이 '변화'가 아니라 완전한 '소멸'이었다는 사실에 있다 하겠다. 서로 다른 삶의 공간과 가치의 공간이 동시에 '있음'에도 불구하고 그것들이 결코 조화롭게 공존하거나 섞이지 못하는 상황을 통해 특히 한국의 근대화가 생래적으로 지나치게 이질적이고 도발적이었음을 이

---

137) 1978년 『창작과비평』을 시작으로 1980년 『한국문학』까지 여러 문예지를 통해 발표함.

작품은 잘 보여주고 있다.

수몰지역 사람들에 대한 정신적, 경제적 삶에 대한 대책이 제대로 마련되지 않은 채로 그들은 수백년 동안의 삶의 터전이었던 고향 공간을 버릴 것을 강요받았다. 고향을 잃게 되는 과정도 폭력적이었던 것이다. 그 무렵에 영산강 유역 개발 사업이 시작되면서 영산강의 원류인 황룡강 상류, 방울재 안통에 댐을 막는다고 하였다. 마을이 물에 잠긴다는 말에 방울재 사람들은 "마치 죽음을 통지받은 사람들처럼" 흥분하고 분노했다. 주민들이 이주를 반대하고 나서자 정부에서는 토지수용령이라는 것을 발동하여, 수매에 응하지 않은 방대한 수몰 예정지의 토지를 사들였다. 그들은 토지보상금이 많고 적은 것은 따지지 않았다. 그러나 정부에서 주도하는 근대화를 막기란 계란으로 바위를 치는 일이었다. 이는 뒤를 돌아보지 않고 앞으로만 치닫는 근대의 부정적 속성을 보여주는 것이다. 그렇게 고향을 잃은 이후 어떻게든 근대 공간 속에서 살아보려는 사람도 그 변두리에서 발버둥치다가 대부분이 비참하게 내몰리고 만다. 그들은 근대의 가속성과 변화된 삶의 양상에 도저히 따라가지 못하는 것이다.

'고향 공간'은 뿌리 깊은 '기존의 공간'이다. 그런데 '근대 공간'은 '새로운 공간'이다. 그리고 그 두 공간은 결코 정합적이지 못하여 필연적으로 심각한 갈등에 휩싸이게 된다. 물론 댐의 축조로 인해 실제적인 고향은 사라진다. 그러나 그것으로 승패가 갈린다거나 상황이 종결되지 않는 것이 문제다. 오히려 여기서부터 문제는 시작된다. 고향은 땅 위에서 사라졌지만 '고향 공간'은 사람들의 내면으로 옮겨가 엄연히 존재하게 되는 것이다.

연작의 첫 작품 「징소리」에서 실제 고향은 이미 근대 공간이 되어버

렸음에도 근대에 의해 고향을 잃고 아내도 잃은 칠복이는 계속 내면적
인 고향 공간에 있으면서 근대 공간을 인정하지 않는다. 그러한 그는
근대 공간에서 '미친 사람'일 뿐이다.

> 아무도 기다리는 사람이 없는 고향에 여섯 살 난 딸아이를 업고
> 불쑥 바람처럼 나타난 그는, 물에 잠겨 버린 지 삼 년째가 되는 방울
> 재 뒷동산 각시바위에 댕돌같이 앉아서는, 목이 터져라고 마을 사람
> 들의 이름을 하나하나 불러 대는가 하면, 혼자서 고개를 끄덕거려 가
> 며 오순도순 귀신 씨나락 까먹는 소리를 중얼거리다가도, 불컥 고개
> 를 쳐들어 하늘을 찔러 보고, 창자가 등뼈에 달라붙도록 큰 소리로
> 웃어대고, 느닷없이 징을 두들기며 경중경중 도깨비춤을 추었다.138)

근대는 근대 공간의 법칙을 따르고 그것에 순치되기를 강요한다. 그
렇지 않으면 가차없이 폭력이 행사되고 추방된다. 칠복이 역시 사라진
삶의 터전 위에다 낚시를 던지는 일을 "재미있다는 듯 웃"는 근대인들
에게 미친 사람 취급을 받으며 봉변을 당한다. 근대는 이미 타인의 절
박함에 대해 본능적인 관심과 애정을 갖는다거나 진지하게 사유하는
방식과 멀리 떨어져 있다. 그리고 고향에 대한 마음을 애써 접어버리고
근대로 편입되고자 해 보아도 결코 쉬운 일이 아니다. 칠복이는 실현
가능성이 보여 부풀었던 농촌에서의 꿈과 고향을 허망하게 잃고 "가슴
을 꽉 메운 불덩이 같은 응어리"를 품은 채 어쩔 수 없이 광주시로 옮
겨왔으나, 오래 전부터 도시지향적이던 아내 순덕이와는 달리 좀처럼
적응할 수가 없다. 근대 공간은 고향 공간과는 생존의 방식 자체가 달
라야 했던 것이다.

---

138) 문순태, 『징소리』, 『한국소설문학대계』66, 동아출판사, 1995, 284쪽.(이후 같은
작품의 인용은 쪽수만 표시함.)

광주에서 칠복이와 우연히 마주치게 된 방울재 이장이었던 김덕기는 근대인의 형상을 "열 개도 더 될 꺼여. 뒤꼭지에도 손가락에도 발뒤꿈치에도 눈 안 달린 데가 없어. 눈마다 뻘겋게 불을 쓰고 다니드만, 심장도 말이시, 우리같이 손톱으로만 튕겨도 피가 팍 솟구치는 그런 심장이 아니고, 송곳으로 찔러도 피 한 방울 안 나오는 양철 심장이라야 살겠데야."라고 말한다. 덕기는 고향 방울재에서 나와서 이년 동안 "보상금으로 받은 돈 곶감꼬치 빼먹듯" 다 깨먹고, 발붙일 곳을 찾지 못하고 서울에서 내려온 것이다. 하늘이 내린 업으로 살던 그들은 근대 공간 안에서는 "돈도 기술도 없는 등신들"이 되어버리고 마는 것이다.

손판도는 칠복이에게 머릿속에서 방울재를 깨끗이 씻어버려야만 이 세상을 살아갈 수가 있을 거라고 말한다.

> "방울재 사람들 고향은 이 세상천지 아무 데도 없네. 그러니 구식 사람같이 고향 찾을 생각은 마소. 요새 세상에 그까짓 고향 있으면 뭘 하고 없으면 또 어쩔 거여. 고향 고향 하다가는 출세도 못 하네. 돈이 없으면 적막강산이요, 돈이 있으면 고향 아니라 천당도 살 수가 있네. 친구니께 하는 말이네만, 내 말대로 그눔에 귀신 붙은 징 호수에 풍덩 던져 버리고 아무 데나 정을 붙이고 살게나. 여자나 고향이나 정 붙이기 나름 아닌가. 고향 떠난 방울재 사람들 아무 데나 뿌리 박고 잘 사는 사람들은 코빼기도 안 비치는디, 낱낱이 자리를 못 잡고 빌빌대는 자네 같은 뜨내기 못난이들이 고향 고향 하고 회까닥 돌아 가지고는 찾아와서 귀신 얼음 먹는 소리로 신세타령들이란 마시."
>
> (498~499)

이는 구만이, 칠복이를 비롯해 고향 공간에서 헤어나지 못하는 이들의 보수성에 대한 통렬한 비판과 충고로 받아들여질 수 있다. 얼핏 타당하게도 느껴진다. 그러나 고향을 잃은 사람들이 고향 공간을 벗어나지 못하는 것은 단지 그들의 '주변머리 없음'과 변화를 받아들이지 못하는 보수성 때문만이 아니다. 구만이는 근대 공간에서 나름대로 살아가기 위해 몸부림친다. 그러나 외국산을 수입하는 농정 등 근대의 폭력적 변화 앞에서는 도저히 버텨낼 재간이 없는 것이다. 즉 농민들을 근대 공간에서 견뎌내지 못하게 하는 보다 구조적인 근대 공간의 속성들이 존재하는 것이다. 게다가 이제껏 경험해 보지 못한 비인간적으로 변화되는 근대인들의 내면과 횡포들은 그들을 더욱 버틸 수 없게 만든다. 이는 결국 고향을 향하여 물에 빠져 죽게 되는 순덕이의 경우도 마찬가지이다.

최순필의 경우도 역시 그렇다. 그는 온돌박사라는 별호가 붙을 정도로 방울재 안통에서 구들을 잘 놓았기 때문에 다른 사람은 다 굶어죽어도 그만은 어디에 가도 잘 살 것으로 알았었다. 방울재 사람들이 뜬골로 나가서 먹고 살아갈 걱정에 "코가 열댓 자나 빠져 있을" 때도, 그만은 온돌 놓는 기술 하나만을 믿고 딸 셋에 아들 셋의 일곱 식구들을 "조기두름처럼 줄레줄레 꿰매 차고 의기양양하게" 도회지로 나갔었다. 그러나 도회지 사람들이 한창 온돌을 뜯어내고 보일러로 바꾸는 판이라 구들장을 놓는 기술을 써먹기는커녕, 기껏해야 되레 구들을 뜯어내는 막일을 하자니 "마치 조상의 무덤 상석(床石)을 헐어 내는 것만큼이나 죄스럽고 울적한 마음"에 하던 일을 걷어치우고 말았다. 근대는 이렇듯 이들에게 결코 수용될 수 없는 전혀 상반되는 체험을 강요한다.

봄이 오자 칠복이는 기어이 양동 품팔이 시장에 나가는 것을 포기하고 혼자서 고향인 장성으로 돌아가 수몰이 안 된 가까운 마을에서 모내기 일을 해주면서야 비록 몸은 고되도 편안한 마음을 갖는다. 광주에서는 도회지의 찌꺼기가 된 듯싶어 집 밖에 나가기가 몹시 부끄럽고 무서웠었는데 장성으로 돌아와서는 비록 방울재는 아니지만 산과 들이며 하늘, 나무 한 그루 풀이파리 하나까지도 낯익어 조금도 부끄러운 마음이 없던 것이다. 칠복이의 징을 통해 이어지는 고향 공간에는 혼이 있고 근대 공간에는 물신이 있을 뿐이다. 고향 공간에는 신명과 풀어짐이 있으나 근대 공간에는 막음과 막힘이 있을 뿐이어서 칠복이 같은 인물들은 결코 섞여서 존재할 수가 없다. 다음과 같은 부분은 이러한 상황을 잘 보여준다.

> 칠복이는 징을 들고 무등산 중턱까지 올라가서 신바람나게 메기굿하듯 경중거리며 징을 쳤다고 했다. 징 징 징 징소리가 온통 무등산을 허물어 버릴 듯 하늘 닿게 울렸고, 그 소리를 따라 칠복이의 마음도 둥둥 나는 것 같았다고 했다. 그러자 등산객들이 몰려들고, 미친놈이라거니 간첩이라거니 해쌓다가 결국 등산객들한테 끌려 파출소에까지 가게 되었다. 파출소에서 고향이 어디냐고 묻기에 고향이 없다고 말했는데, 고향 없는 사람이 이 세상천지에 어디 있겠느냐면서, 윽박지르고 놀려 대면서 아무래도 수상쩍다면서 쉽게 놔주지 않았다. 파출소에서는 칠복이의 주민등록과 민방위 수첩을 대조한 다음, 징은 어디서 훔친 거냐고 사뭇 도둑으로 몰아세웠다. 칠복이가 어눌하고 바보스러운 말투로 방울재 이야기를 가까스로 까발린 뒤에야 마지못해 내보내 주더라고 했다. (316~317)

칠복이는 근대 공간에서 아내를 빼앗기고 만다. 식당에서 일하던 아내가 기어이 바람이 나서 달아난다. 이에 칠복이는 아내를 찾기 위해 다시 근대 공간 속으로 들어올 수밖에 없게 되고 거렁뱅이 신세가 되어 떠돌게 된다. 그리곤 '미친 사람'이 되어 또다시 고향으로 돌아온다.

그러나 고향에 남아 있던 사람들은 자신들의 생계를 방해하는 칠복이를 그냥 보아넘기지 않는다. 그들은 회의를 통해 당장 그 밤으로 칠복이를 마을에서 떠나도록 한다. 실제 고향은 이미 근대 공간이 되어 버린 것이다. 고향 사람들은 칠복이와의 정을 아프게 끊음으로써 근대 공간 속으로 편입되는 길을 택하게 된다.

> 이따금씩 고속도로에서 자동차들이 헤드라이트로 눅눅한 어둠의 이 구석 저 구석을 쿡쿡 쑤셔 대며 바람처럼 내달았다. 자동차의 불빛이 길게 어둠을 가를 때마다 칠복이를 앞세우고 걷는 방울재 사람들의 가슴이 마치 총을 맞는 것만큼이나 섬찟섬찟 했다.
> 신작로에 당도해서 조금 기다리자 읍으로 들어가는 헌털뱅이 버스가 왔으며, 그들은 서둘러 차를 세우고 칠복이를 밀어넣었다.
> "징헌 고향 다시는 오지 말어."
> 봉구가 천 원짜리 두 장을 칠복이의 호주머니에 푹 쑤셔넣어 주며 울먹울먹한 목소리로 말했다. (305)

섬찟섬찟하게 내달리는 자동차의 불빛은 이미 고향이 고향 공간이 아님을 잘 말해주고 있다. 이렇게 칠복이는 고향에서마저 쫓겨나고 다시 근대 공간 속으로 밀려들어간다. 생존의 공간 자체를 상실해버리고 만 것이다. 연작의 첫작품인 「징소리」는 이렇게 양 공간을 넘나들다가 끝내 근대 공간에 의해 밀려나버리는 농민들의 당대적 상황을 가장 잘 보여주고 있다. 칠복이는 결국 양쪽 모두에서 정상적으로 생존할 수 있는 자리를 잃어버리고 만 것이다.

「저녁 징소리」에서 남편과 자식을 버린 칠복이의 아내 순덕이는 근대의 허식에 빠져들어 무너져버린 자신의 어리석음을 뒤늦게 깨닫고 후회하며 내면적으로 몹시 고향 공간을 그리워하지만 근대는 결코 그녀를 되돌려놓지 않는다. 근대 공간은 허식과 속임과 배신이 만연된 공간이며 냉혹한 곳이지만 그런 속성을 처음부터 알기란 어려운 공간이다. 오히려 근대 공간은 화려하게 사람들을 매혹한다. 그녀는 "술 잘 먹고, 넉살스럽고, 뭉텅뭉텅 돈 잘 쓰고, 뻐딱한 껌정 나비넥타이에 뻐까번쩍 멋을 부리는 강만식의 뻔드르르한 외모"에 반해서 쉽게 몸과 마음을 송두리째 줘버렸던 자신을 미워하며 후회하지만 이미 돌이킬 수 없다. 순덕이는 자신이 그렇게 된 것은 댐 때문이라고 생각한다. 댐만 생겨나지 않았다면 고향 방울재가 물에 잠기지도 않았을 것이고, 그랬다면 고향 등지고 광주까지 밀려나와 식당에 나가지도 않았을 것이며, 더더구나 강만식이 같은 못된 남자도 만나지 않았을 거라고 생각한다. 그런데 순덕이는 강만식을 따라 나선 것을 후회한 그날부터 밤마다 잠결에 징소리를 듣는다. 그러므로 징소리는 순덕이를 고향 공간으로 이어주는 중요한 통로이면서, 현실적으로는 소멸되어가는 고향 공간을 사람들의 내면에 존속시키며 그 존재와 속성을 세인들에게 일깨우는 구실을 한다.

순덕이가 얼어붙은 떠돌이 노인과 아이의 몸을 자신의 몸으로 녹여내는 일은 고향 공간의 속성이고, 이를 화냥년의 나쁜짓으로 몰아 발길질을 하는 강만식이의 일은 근대 공간의 속성이다. 순덕이는 근대 공간에서 그곳에서는 용인될 수 없는 고향 공간의 속성을 보임으로써 결국 화냥년 소리를 듣고 옆구리를 발로 채이며 참담하게 그곳으로부터 추방되고 만다. 그러나 이 일로 순덕이는 모처럼 웃음을 짓는다. 이는 인간에게 진정으로 소중한 것이 무엇인가 하는 문제, 즉 근대에 대한 작가의 부정 의식을 잘 드러내주는 설정이라 할 수 있다.

「말하는 징소리」 서두에서 작가는 도심의 빌딩 꼭대기에서 징소리가 울리게 함으로써 근대 공간 안에서의 고향 공간, 즉 '비동시적인 것의 동시성'이라는 근대의 속성이 한국 사회와 농민 사회의 구성원들에게 어떻게 작용하고 있는지를 극명하게 보여주면서 징소리의 의미를 부각시키고 있다. 칠복이 개인에게는 근대에 의해 빼앗긴 '마누라를 부르는' '말하는 징소리'이지만 그것은 사람들의 가슴을 여는 소리, 고향 공간을 생각하게 하는 소리, 그래서 그것은 근대의 물질주의와 비인간화를 신명나게 비판하는 소리인 것이다.

　　그 소리는 예고도 없이 울리는 예비군 비상나팔 소리나 시가지를 질주하는 빨간 불자동차의 사이렌 소리도 아니었다.

　　그것은 잊혀진 고향에서 불어오는 한 줄기의 뭉클한 바람이었다. 고향 사람들의 얼굴이 찢겨진 선전 포스터처럼 희미한 모습으로 머릿속에서 펄럭였다. 비로소 잊어버렸던 고향이 떠올랐다. 일 년 내내 금줄에 묶여 있는 마을 어귀의 아름드리 늙은 느티나무며, 느티나무 그늘에 덮여 한여름 삼베 땀등거리만 걸친 어른들의 침대가 되어 준 판판한 당산돌, 대낮에도 그 앞을 지나자면 으스스하게 몸이 떨리고 머리 끝이 쭈볏거리는 후미진 아카시아 숲길의 상엿집, 안산의 잡목 숲 나뭇잎들마저 삐들삐들 시들어 가는 더위에도 한 바가지만 퍼마시면 땀띠가 가라앉는 징검다리 건너 비석거리의 각시샘이며, 여름이면 보라색의 초롱빛 엉겅퀴꽃들이 발에 밟히는 제각 아래 귀 달린 큰 구렁이가 산다는 방죽이며가 하나씩 머리에 떠올랐다.

　　(중략)

　　시민들은 소리가 울려 퍼지는 쪽을 보았다. 하늘은 자동차와 공장 굴뚝에서 내뿜는 매연으로 거무죽죽하게 가라앉아 있었다. 그러나 시민들은 옛날 고향에서 메기굿이나 당산제를 구경할 때처럼 소리나는 쪽만을 찾아보았다. (327~328)

위의 인용 부분은 늘 비상(非常)적이고 위기 의식이 팽배한 근대 도시 공간적 삶의 서늘함과 고향 공간의 따뜻함을 극명하게 대비함으로써 부정한 근대를 비판하고 부정한다. 즉 징소리는 이 작품의 부정한 근대에 대한 비판과 부정성을 상징화하여 생생하게 울려퍼지게 하는 '주제음'인 것이다. 이렇게 옥상에서 들려오는 징소리는 듣는 사람들의 근대 공간 속에서의 답답한 가슴을 녹여 주었고, "철판이 되어 버리다시피한" 그들의 가슴을 거세게 후려치면서 잃어버렸던 고향을 끊임없이 일깨워주었다.

그런데 칠복이가 징을 잃어버리게 되자 박철 사장은 더 이상 쓸모가 없는 사람이라며 냉정하게 칠복이를 내쫓으려 한다. 그런 사장이 칠복이에게는 '방울재의 높고 단단한 댐처럼' 냉혹하게 보인다. 근대 공간에는 이미 곳곳에 고향을 소멸시키는 댐들이 서 있었던 것이다. 또한 칠복이의 징소리가 멎게 되자 근대 공간의 사람들은 너무도 쉽게 자신들의 공간 속으로 걸어 돌아간다.

> "사장님 저는 꼭 징을 찾아야 합니다요. 징이 없으면 마누라도 못 찾고, 고향에도 못 갑니다요."
> 칠복은 슬픔이 복받치는지 게게거리며 허리만 계속 꺾었다.
> "그건 자네 일이여. 그동안 그놈에 징소리 때문에 괜시리 마음만 착잡해졌구만. 하기야 그까짓 고향 있으면 뭐 하나. 고향을 잊고도 돈 잘 벌고 잘 살아왔는데."
> 사장은 희미하게 말하며 쓸쓸하게 웃었다.
> "나는 벌써 징소리를 잊었어, 모두 다 잊었다구. 못 잊는 건 자네 한 사람뿐야." (366~367)

「무서운 징소리」는 맹계장 고향 마을 남창리 이야기를 통해 근대 자본에 의해 농촌이 어떻게 황폐화되고 해체되는가를 잘 보여준다. 남창리에 순채 가공 공장이 들어서고 박천도가 사장이라고 하지만 진짜 사장은 일본사람이라는 소문이다. 농민들은 돈벌이가 좋아지자 농사짓는 것조차 포기하고 순채 뜯는 것에만 마음을 쏟는다. 농사를 지어 봤자 비료대, 농약대, 품삯, 물세를 제하고 나면 인건비도 안 남는지라, 돈 안 들이고 돈 버는 것은 순채 채취보다 더 옹골진 일이 없다는 생각들이었다. 그렇게 삼 년 동안 생각지도 않았던 돈을 번 남창리 사람들은 전기 밥솥, 텔레비전은 옛날 이야기이고, 전축이며 세탁기, 냉장고까지 사들였고, 집집마다 주택개량이다 뭐다 하며 이층으로 새 집들을 짓고 몸사치를 하는 등 도시 사람들 부럽지 않게 문화생활을 하였다. 그러나 농토는 버려졌다. 처음 일 년은 그대로 폐농을 하기 싫었던지 이웃 마을에 뭇갈림을 내놓았었는데, 그 다음 해부터는 아예 씨나락 담그는 것조차 포기하고 논밭을 그대로 묵혀버렸다. 농사를 짓지 않았기 때문에 곡식은 말할 나위도 없거니와 채소, 양념까지도 장에서 사다 먹었다.

　장산군 안에서 소득이 가장 높아 신문에까지 난 남창리는 해마다 이농자가 늘어갔다. 처음에 포기 각서에 도장을 찍지 않아 순채 채취를 못하게 된 사람들은 박천도 사장의 부당성에 여기저기 진정서를 내고 문제를 삼으려 하다가 뜻을 이루지 못하자 눈꼴사나워 못 살겠다며 고향을 떠나버리기도 하였다. 고향을 떠나는 것은 농사를 지을 수 있는 일손이 부족한 탓도 있었다. 본디 농사란 여러 집이 힘을 합해 품앗이로 해야만 수월한데, 모두들 농토는 묵혀 두고 순채 뜯는 일에만 정신이 홀려 있다. 그러니 채취를 하지 않는 집도 함께 농사를 지을 사람이 없는 것이다.[139] 이러한 구조적 변화는 농민 사회의 해체 과정의 단면

---

139) 국가의 농업 정책에서 비롯되는 구조적 압력에 직면하여, 농민은 일차적으로

을 매우 구체적이고 설득력 있게 그려내고 있는 부분이라 하겠다.

이러한 변화는 인간 관계도 뒤틀리게 만든다. 앞뒷집에서 친형제처럼 살아온 사람들이 "생사결단하고" 싸움을 하고, 순채를 뜯고 있다가 고무보트가 뒤집어지면서 물에 빠지자 고무보트를 붙잡을 생각은 않고 순채 자루를 놓치지 않으려다가 사람이 죽고 마는 어이없는 일이 일어나기도 한다. 이런 사연을 들은 칠복이는 마을에 혼이 없다고 말한다. 이렇게 이 작품은 근대 자본의 속성이 어떻게 농민 사회에 침투하여 그들을 이용하고 변화시켜 농민 사회를 피폐하게 만들었는가를 구체적으로 잘 보여주고 있다.

칠복이가 영락없는 농사꾼임을 단번에 알아보는 맹계장 어머니 역시 도시로 모시겠다는 맹계장의 강력한 권유에도 불구하고 농토를 지키며 고향을 떠나지 않으려 하는 고향 공간의 인물이다. 그런 맹계장 어머니는 당대의 근대화를 다음과 같이 인식한다.

> "난리도 보통 난리가 아녀. 육이오 전란 때는 목숨이 다쳤는디, 요새 난리는 마을을 다친다니께. 농사꾼들이 농사를 안 지으면 망하는 법이여."
>
> 하고 한숨을 내쉬었다. (404)

농사가 제대로 이루어지지 않는 상황과 근대화로 인한 변화를 전란에 버금가는 난리로 인식하고 있는 것이다.

생산 수단(토지)으로부터 이탈하거나, 생산 수단과 노동력의 조정과 통제를 통하여 농업 생산을 유지하는 생계 유지적 대응을 시도하게 된다. 사실 한국의 농업 정책은 농민들의 집합 행위의 공간을 폐쇄한 채 산업 노동력의 공급 원천으로서의 이농 정책과 저임금의 유지를 위한 저곡가 정책을 통하여 농민의 토지 이탈과 잔존 농민의 생계 유지적 생존 전략을 강요해 왔다고 할 수 있다. (한국사회사학회 엮음, 앞의 책, 181쪽)

고향 공간을 잊어버리고 근대의 부정성까지도 빠짐없이 수용하여 부정한 근대가 요구하는 속성의 인간으로 개조시킬 수 있는 의지를 가지고 자신을 근대 공간 속으로 던질 때 그 사람은 근대 공간에 편입될 수 있었다. 맹계장은 이미 근대 공간에 편입된 인물이다. 그는 자신의 이해 관계를 위해 그의 어머니를 근대 공간으로 끌어들이려 하나 잘 되지 않고 갈등을 빚게 된다. 그런데 맹계장이 어머니의 농토를, 그것도 박천도에게 팔아버림으로써 고향 공간과 근대 공간의 갈등은 극으로 치닫는다.

일정한 공간에서 같은 언어와 풍습, 가치관과 생활 양식을 공유하는 구성원들 사이의 안정감과 친근감이 '고향'의 정서적 바탕이다. 여기에 민속 사회의 특성인 생활·종교적 체험이 추가된다. 고향 공간에서는 비극과 불행의 체험을 풀이로써 승화시키고 있음을 볼 수 있다. 일년에 수 차례 치러지는 굿판이 그것이다. 정월의 메기굿이나 모내기철의 두레, 중양절의 마을잔치 등 서로의 애환을 달래며 하나가 되어 어우러지는 굿판이 벌어지고 있었다. 이런 굿판을 통해 신명나는 축제를 벌임으로써 개인적인 슬픔이나 한을 삭이고 풀어낼 수 있었던 것이다. 이것은 같은 곳에서 함께 어울리며 살아갈 때 가능한 것이기도 하다. 그런데 근대 공간에서는 이것이 불가능하다. 따라서 비극은 비극으로, 불행은 불행으로 남을 뿐인 것이다. 그들에게 더불어 사는 삶의 아름다움이나 화해, 용서는 없다.

『징소리』 연작에는 한국의 근대 역사가 저변에 흐르고 있다. 그리고 그 역사가 무고한 농민들을 얼마나 억울하게 운명이 찢기는 수난을 당하게 했는가를 보여주고 있다. 6·25전쟁과 여순 반란사건이 정치도, 이데올로기도 알지 못하는 농민들의 삶을 헤집어 놓는다. 근대는 인간들의 삶을 결코 자연적으로 놓아두지 않는다. 칠복이의 부모도, 맹계장의 부모도 모두 이러한 가혹한 시대의 피해자에 해당한다. 그런데 근대의 폭력성은 이미 오래 전부터 역사 속에서 이들에게 가해지고 있었다. 근대 역사 속에서 그들은 비참한 국외자였으면서도 또한 철저한 희생자였다. 이 작품에서 근대화라는 강제성은 단지 삶의 터전을 잃게 하는 것에 그치지 않고 친동기간처럼 가까웠던 친구는 물론 가정의 파괴까지 가져오고 있음을 알 수 있다. 이는 6·25전쟁 때에 빚어졌던 마을의 비극과 더불어 한의 깊이를 더해주고 있다. 고향 상실이란 비극의 밑바탕엔 6·25전쟁으로 인한 역사적 비극이 깔려 있다. 「말하는 징소리」에서 허칠복의 아버지 허쇠의 죽음이 그것을 잘 보여준다. 총소리와 공포에 밀려 징을 칠 수 없었던 징채잡이 허쇠는 '빨간 별을 모자에 붙인' 인민군들이 물러갔다는 기쁨에 할미산에 올라 징을 친다. 그러나 그날 밤 산사람들이 내려와 피난 갔다 돌아온 부면장 집을 습격하여 그 가족을 몰살시키는 일이 발생한다. 이로 인해 허쇠는 오해를 받고, 급기야 잡혀가서 부면장의 유일한 혈족인 막내딸의 죽창에 찔려 죽고 만다.

부모의 참담한 죽음으로 인해 외삼촌 댁에서 고아로 살아온 칠복이지만 원한이나 보복에 대한 생각은 없다. 다만 아버지처럼 징을 치면서 이웃들과 농사짓고 사는 것이 소원이었고 그렇게 살아왔다. 그러나 이런 삶도 근대화의 물결 앞에 무너지고 만다. 마을이 물에 잠겨 고향도 이웃도 없어지게 된 것이다. 이는 단지 당대의 근대화뿐만 아니라 우리나라의 근대 역사가 농민들에게 얼마나 가혹했는가를 잘 보여주는 것이라 하겠다. 이렇게 가혹하게 근대를 체험하게 된 이들에게 근대 공간이란 여전히 가혹한 공간일 뿐이고, 그들은 좀처럼 그곳으로 스며들 수가 없는 것이다.

2) 죽음의 귀향과 근대 부정

『징소리』는 수몰된 방울재가 그 자리에 그대로 이전처럼 존재하는 듯한 환상성을 보여준다. 칠복이와 순덕이 등은 이미 사라져버린 곳에서 마을과 마을 사람들을 본다. 이는 이들이 꿈꾸는 세계의 실현이 현실 세계에서는 더 이상 불가능하다는 인식과 닿아 있다. 이러한 태도는 구체적 현실에 이상을 대립시키고, 현실을 이상과 서로 화해할 수 없는 전혀 다른 차원으로 생각하는 데서 빚어진다. 즉 주체와 대상간의 비억압적이고 화합적인 교감이 불가능하다는 인식에 기초해 있는 것이다. 이때 가능한 결론은 초월주의나 허무주의밖에 없다. 이 소설의 환상적 분위기와 비장미는 바로 이러한 초월주의와 허무주의의 한 표현이다. 이러한 작품은 주체가 현실로부터 소외된 시기에 나타난다. 주체가 객관적 현실로부터 철저하게 소외되어 있는 사회에서 소외된 주체는 현실과 상호 반응할 수 없게 된다. 따라서 주·객의 상호연관성이 그려지지 못하고 현실은 파편화된 내용으로 드러날 수밖에 없게 된다. 이는 이 작품이 연작으로 쓰일 수밖에 없는 이유이기도 하다. 또한 연작 속에서 서술자의 전환 방식은 근대화로 인한 이러한 해체적 현실이 어느 특정인이 아니라 한 사회 구조 전체의 문제임을 말해주는 구실을 하게 된다.

「마지막 징소리」에서 순덕이는 그것이 사라진 곳에서 마을을 보며 "방울재 사람들을 다시 만나기 위해" 물속으로 뛰어든다. 칠복이의 아내이면서 근대 공간에서 모진 체험을 했던 순덕이의 죽음은 곧 근대 공간에서는 공존하기 어려운 고향 공간 농민상의 죽음을 의미한다. 「달빛아래 징소리」에서도 근대 공간으로 들어갔다가 생존하지 못하고 퇴출되어 고향 공간으로 돌아와 비극적으로 생을 마감하는 고향 공간의 사람들을 그려내고 있다. 이 작품은 고향을 잃었으나 고향을 잊지 못하는 이들의 비극적인 최후를 보여줌으로써 연작의 전편을 마무리하는 의미를 갖는다.

김구만은 댐의 관리인이 된 손판도와 앞뒷집에 살았었다. 그는 방울재가 물에 잠기자 보상금을 받아 남도시로 나가서 고추 장사를 하다가 정부에서 인도산 고추를 대량으로 수입해 오는 통에 "망조가 들어 두 손 탈탈 털어버리고 알거지"가 됐다. 장사 밑천을 까먹어 버린 김구만은 아파트 투기꾼들한테 "빌붙어" 살았다. 그는 무주택자들을 찾아내어 입주자 추첨에 응하게 하고, 투기꾼들이 "닭모이 주듯 조금씩 뿌려 주는 낚싯밥을 야금야금 받아먹다가" 들통이 나서 수배를 받고 피해 다니던 중 얼핏 고향에 들렀는데, 결국 중굿날 밤 손판도를 찾아와 시비를 걸고는 아침에 물에 빠져 자살한 시체가 되어 물 위에 떠올랐다.

최순필은 건축공사장이나 취로사업장을 찾아다니며 삶을 지탱해 나갔다. 그러나 사는 것이 사는 것 같지가 않고, 마치 자신이 버러지가 되어 죽지 못해 버르적거리고 있는 것만 같아 울컥 고향 사람들 생각이 났다. 그래서 방울재에서 나올 때 지녔던 꽹과리 하나만을 들고 고향으로 달려왔지만 고향 사람들은 볼 수가 없었고, 댐 관리사무소에 경비원으로 취직을 했다고 뻐기는 손판도를 만나 댐을 허물어버리고 싶은 생각으로 한바탕 통분을 터뜨리고 나서 그대로 물속에 뛰어들어버린 것이다.

맹계장 어머니는 농토를 잃으면서 동시에 고향 공간을 잃어버린다. 그러자 그녀는 근대 역사의 사생아로 불행하게 세상에 태어나 삼십 년을 제정신을 갖지 못하고 살아온 딸 길녀와 함께 집에 불을 놓아 자살하고 만다. 하늘로 치솟는 불길이 칠복의 눈에는 그의 고향 방울재를 순식간 덮어버린 물바다로 보였다. 이러한 결말은 농민 사회의 죽음을 의미하는 것이며 그 불은 바로 고향 공간 위에 타오르는 불길과도 같은 것이다. 이는 더 이상 고향 공간이 지켜질 수 없음을 보여준다. 근대 공간의 속성은 본질적으로 고향 공간과의 공존을 받아들이지 않는 것이다.

마을 앞 방울재가 생기면서 심은 오백 년도 더 된 고목으로, 해마다 이 앞에서 부락제를 올리던 늙은 팽나무를 직접 베어내며 자신의 이해관계에 따라 댐 건설에 적극적으로 호응했던 손판도가, 끝까지 고향을 버리지 않고 방울재의 혼을 지키고자 하는 칠복이와의 대화 과정에서 변화를 보이게 된다. 그러한 손판도는 댐의 수면 위로 천천히 떠내려오는 시신이 칠복이 아내의 시신임을 칠복이에게 알리지 않은 채 시신과 함께 다시 오지 못할 곳으로 간다. 그는 마지막에 칠복이로 하여금 고향 공간과 그 혼을 지키도록 배려한 것이다. 그리고 그 일은 칠복이가 끝까지 아내의 죽음을 모른 채 아내를 찾아다니게 함으로써 먼저 죽어간 고향 사람들과는 달리 칠복이의 죽음만큼은 막아야만 가능한 것임을 알게 되었던 것이다. 그것은 원래의 고향 공간으로 돌아온 손판도 자신의 진실된 마음이기도 하다.

연작의 결말 부분에서 칠복이는 고향의 꿈을 꾼다. 그 고향은 가장 아름다운 고향이며, 그 안에서의 징소리는 가장 순수하고 아름다운 징소리인 것이다.

그날 밤 칠복은 댐 관리사무실에서 철철철 물레방아 돌아가는 소리와도 같은 물소리를 들으며 잠이 들었다.
그리고 물이 빠진 방울재에도 가보았다. 옛날 그대로였다. 빨간 고추가 널린 지붕과 마당에 윤기 있는 가을 햇살이 명주실처럼 빈틈없이 꽂혀 내리고, 추수를 끝낸 들판에서는 검부러기를 태우느라 연기가 솔솔 피어오르고, 고소한 잿불 냄새가 창자 속 깊숙이 스며들어 식욕을 돋우었다.

추수를 끝낸 마을에서는 메기굿이 한창 어우러져 있었다.

(중략)

딸 금순이는 제 어미의 어깨 위에서 오긋오긋 꽃나비춤을 추었다. 아내는 징채를 휘두르는 남편을 향해 찡긋 눈웃음을 쳤으며, 부드러운 햇살이 그녀의 검은 머리에서 되쐬어 날렸다.

마음과 몸이 하늘로 날아갈 듯 흥겨웠다. 칠복은 하늘로 날아간다는 생각을 하면서 징을 쳤다.

그 자신이 징소리가 되어 하늘로 하늘로 날아갔다. (538~540)

이러한 결말 처리는 따뜻하고 인정미 넘치는 고향 공간을 환상적으로 복원함으로써 삭막한 근대의 부정 속에서도 어떻게든 고향 공간은 지켜져야 한다는 메시지를 담아내고 있음을 확인할 수 있게 한다. 이는 근대에 의해 인간적인 것들이 허물어져가고 있는 시대에 대한 강력한 비판과 부정이라고 할 수 있다. 근대화·산업화로 치닫던 당대의 삶에 화해와 용서는 없었다. 공동운명도 없다. 이 작품에서 고향에 대한 집착은 변화 그 자체에 대한 거부가 아니라, 변화가 몰고 오는 공동체의 파괴와 인간 삶의 가치의 심각한 왜곡에 대한 저항과 부정의 몸부림인 것이다.

작품 속에서 저항의 중심에서 울리는 징소리는 칠복이의 존재 이유와 혼(魂)인 동시에 마을 사람들 모두의 혼이다. 사람들은 현재의 삶이 잘못된 것임을 깨닫는 순간 징소리를 듣고 싶어 한다. 즉, 징소리는 훼손된 삶이 아닌 원상회복에의 강한 욕망과 희망을 내포하고 있다. 징소리는 근대 공간과 고향 공간을 이어주는 통로이면서 고향 공간의 속성을 지탱하는 마지막 안간힘이고, 고향 공간을 세인들이 잃지 않도록 닫혀가는 가슴을 다시 열어 일깨우는 구실을 한다. 그것은 또한 부정한 근대에 의한 인간 상실의 문제를 비판하고 그에 저항하는 강렬함으로 "하늘로 하늘로" 울려 퍼지고 있는 것이다.

그런데 이 작품은 민중성의 잠재력과 역동성을 굳게 신뢰하지 못한 채 저항의 실체를 '징소리'로 상징화함과 아울러 작품을 비극적 결말로 귀결시킬 수밖에 없는 허무주의적 요소를 탈피하지 못함으로써 문제 해결을 위한 전망이 내장되지 못하였다.

V. 성찰과 극복을 통한 새로운 근대 지향 의식

1970년대는 한국 근대화의 내적 모순이 심화되어 본격적으로 드러나기 시작한 시기로서 그러한 근대에 대한 반성적 인식이 절실히 요구되던 때였다. 즉 지금까지 무반성적으로 내면화하고 있던 근대화에 대한 환상, 발전의 신화, 근대와 연관된 지배 이데올로기와 계몽주의적·억압적 기획을 심각하게 되돌아보아야 할 때가 온 것이다. 이러한 때에 이문구의 『관촌수필(冠村隨筆)』에서 『우리 동네』로 이어지는 일련의 작품들은 농민들의 삶의 모습과 변화를 통해 잘못된 근대화에 의해 훼손되어가는 한국 사회에 대한 성찰적 근대성140)과 저항 의식이 역동적으로 작용하고 있는 하나의 통일적 텍스트로서의 의미를 갖는 농민소설이라 할 수 있다.

---

140) '성찰적 근대성'에 대한 논의는 앤소니 기든스 외, 임현진·정일준 역, 『성찰적 근대화』, 한울, 1998 참조.

1960년대 후반의 파행적 근대에 대한 김정한의 강력한 문제 제기 이후 『관촌수필』에서 그러한 파행적 근대의 진행에 의해 야기된 갖가지 부정성이 심화되어 표출되는 부정적 근대에 대한 심원한 차원의 성찰[141]이 본격적으로 시작된다. 그리고 이러한 성찰을 바탕으로 하여 『우리 동네』에서는 강력한 부정과 저항의 담론이 형성된다. 이로써 『관촌수필』과 『우리 동네』를 통해 작가는 기존의 근대화 담론에 대한 환멸이나 순응 또는 대립적 수준의 저항을 넘어서 역사적 근대화 과정으로서의 진보된 새로운 근대 지향 담론을 생성해내고 있는 것이다.

페쇠의 이론을 가져오면 이문구에 이르러 비로소 한국의 농민소설은 한국 근대 이데올로기에 대한 비동일화(非同一化, disidentification) 양상을 보여주게 된다. 반동일화(反同一化, counter-identification)의 논리는 동일화(identification)의 논리에 대항하면서도 정확히 동일화의 논리와 적대적 공존관계를 이루면서 동일화의 논리를 재생산하게 하는 구조를 띤다.[142] 반동일화는 근본적으로 기존의 지배 이데올로기에 대한 대칭적 부정과 저항의 양상이어서 개선과 변혁을 통한 새로운 시대상을 창출하기는

---

141) 앤소니 기든스에 따르면, '성찰'이라는 개념은 근대성의 가장 대표적인 특징이다. 기든스는 사회 구성원들이 사회적 합의를 지속적으로 의심하고 평가하며 끊임없이 개선해나가는 원동력으로서의 성찰을 설명하면서, 근대화를 위험스럽고 불안정한 모습의 일면과 제도적, 개인적 성찰로 이러한 위험을 추정하고 사건을 통제할 수 있는 가능성이 존재하는 또 다른 모습이 공존하는 것으로 바라보고 있다. 따라서 '성찰'이란 계몽적 작업과 근대적 경험에 대한 지속적인 자기 비판적 요소를 의미하는 것이라 할 수 있다.(조흡, 「21세기 사회학의 비전을 제시한 앤소니 기든스」, 『인물과 사상』 10호, 개마고원, 1999, 322~343쪽 참조)

142) 반동일화는 어디까지나 거부와 저항일 뿐 동일화와 대칭을 이루며 여전히 지배적 담론의 동일한 구조를 지속시킨다. 알뛰세르와 페쇠는 '복종과 거부', '선한 주체와 악한 주체'를 설명할 때 그것이 모두 이데올로기에 의해서 결정된, 이데올로기가 있음으로써 가능한 이데올로기의 효과라는 점에서 동일한 구조를 지속시키는 것으로 보고 있다.(김수정, 「L. Althusser의 이데올로기론의 성립과 발전 과정에 대한 일고찰」, 서울대학교 석사학위논문, 1991, 121쪽)

어렵다. 반면, 비동일화는 동일화와 반동일화에 대한 제3의 양식으로서 이데올로기 종속의 지배적 실천에 '편승하는 동시에 저항하는' 기제라고 할 수 있다.[143] 다시 말해서 비동일화의 논리는 지배적인 흐름에서 벗어나서 새로운 질서를 세우고자 하는 논리이다. 따라서 비동일화의 논리는 반동일화의 논리가 성숙되어 새로운 차원의 질서를 희구하게 되는 지점에서 생산되는 것이라 할 수 있다. 이른바, 비동일화의 논리에서 구성하는 주체는 성찰적이고 변혁적인 주체인 것이다. 주체의 동일화와 반동일화가 지배적 담론의 동일한 이데올로기적 효과로서 나타나는 것이라면 비동일화는 지배적 담론의 이데올로기적 효과를 벗어나게 하고, 과학과 대중의 정치 실천을 통합하는 주체 형태이다.[144] 이러한 주체 형태도 지배적 담론의 이데올로기를 불가피하게 상정할 수밖에 없지만, 비동일화는 그것의 변형과 전치를 통해서 새로운 주체로서의 담론의 형성을 이루어내는 것이다.

본 장에서는 1970년대 전·후반을 관류하면서 근대화 담론에 대해 성찰과 비판을 통한 변혁의 의지를 보여주고 있는 이문구의 『관촌수필』과 『우리 동네』 연작을 하나의 연속적·통일적 텍스트로 보고 소설적 주체의 근대 인식 및 대응 양상과 그 문학사적 의미를 구명해 보고자 한다.

---

143) 다이안 맥도넬, 앞의 책, 53~54쪽 참조.
144) 페쇠, 앞의 책, 158쪽 참조.

1. 비동일성의 인식과 성찰적 담론

1) 성찰적 담론의 시작—그리움과 새로운 시간 구조의 경험

소설 주체가 반동일화의 양상을 취하는 작품들은 서구를 중심으로 하는 근대에 대한 추상적 동일성의 사유를 기반으로 이미 존재하는 완성된 근대를 전제로 하기 때문에 근대라는 동시대성 내부에 존재하는 차별성을 무화시키는 결과를 초래하고, 그것의 결과는 근대 의식으로의 환원으로 나타난다. 여기에는 '우리의 근대'라는 사유가 들어갈 틈이 없는 것이다. 구체적인 삶을 살아가는 생활 세계에 대한 성찰은 이러한 사유 속에서는 가능할 수 없는 것이다. 그러한 성찰은 근대를 근대화의 관계 속에서 사고할 때에만, 즉 보편성이자 동일성인 서구의 근대가 아닌 한국의 근대상, 보편과 차이를 지니는 비동일적인 근대를 상정할 때에만 이루어질 수 있다. 이를 통해서 근대는 동시대성으로서가 아니라 동질화되기 위하여 차별화될 수밖에 없는 '비동시적인 것의 동시성'을 함축한 시간으로 나타날 수가 있는 것이다. 『관촌수필』[145]에서는 구체적인 삶을 기반으로 하여 보편적 근대와 함께 그와는 비동질적인 근대 세계에 대한 성찰[146]이 시작되고 전개된다. 이를 통해 농민소설에 있어서 새로운 근대 지향 의식을 형성하고 있는 중요한 작품이라 하겠다.

(1) 그리움

· 역사적 근대성이 인류의 바람직한 상태도 인간적 창의성의 발현일

---

145) 『현대문학』, 1972. 5.~『월간중앙』, 1977. 1.

146) 성찰 개념을 통해 인간이 역사를 내다보고, 계획하고, 셸링의 말대로 "가져오고", 마침내 만들어내는 데 필요한 행동 공간이 열렸다.(라인하르트 코젤렉, 앞의 책, 296쪽)

수도 없다는 회의는 근대화가 세계사적 현실로 정착된 이후에도 지속적으로 대두되었다. 일찍이 근대의 게젤샤프트(Gesellschaft)적 특성에 주목한 페르디난트 퇴니스는 근대 사회를 근본적으로 비인간적인 세계로 파악한다. 퇴니스에게 근대화란 인간 본래의 자연적인 본질 의지가 억압되고, 모든 인간적·사회적 관계를 각자의 이익과 목적에 따라 구획하는 선택 의지가 지배적으로 되는 과정으로 이해된다.147) 자본주의 체제의 출현을 프로테스탄트의 직업적 소명 의식에 바탕을 둔 합리적 사고 및 생활 방식으로 규명하려 했던 막스 베버도 근대성이 실현된 '합리적' 현실을 이른바 '철의 우리(iron cage)'에 비유한다. 베버는 자본주의의 윤리적·종교적 동기를 적극적으로 해석하면서도 계몽주의의 장밋빛 분위기는 차츰 빛이 바래고 있으며, 마침내는 스포츠처럼 되어버린 '순수한' 경쟁적 열정만이 남아서 결국 '정신없는 전문가'나 '가슴없는 향락자'들의 공허한 세계가 될지도 모른다는 불길한 예감에 사로잡혔다.148)

근대화에 대한 이러한 암울한 감수성에서 볼 수 있듯이 주체적이었다는 서구의 근대화는 불가피하게 비인간화의 경향을 내재한 것이었다. 그리고 서구의 인문학과 예술은 근대화의 비극에 근본적인 대안이나 치유책은 아니더라도 나름의 주체적인 비판과 극복 의지를 보여주면서 전개된다. 그런데 근대화의 태동 자체가 비주체적인 사회에서는 근대화의 비극이 더욱 기형적으로 나타나게 된다. 다시 말해 "제3세계로 불리는 근대의 실험실에서는 그 역사가 더욱더 억압적인 경향"149)을 보이

---

147) 프린츠 파펜하임, 황문수 옮김, 『현대인의 소외』, 문예출판사, 1978, 68~82쪽 참조.
148) 막스 베버, 박성수 옮김, 『프로테스탄티즘의 윤리와 자본주의 정신』, 문예출판사, 1988, 136~147쪽 참조.
149) 아리프 딜릭, 설준규·정남영 옮김, 『전지구적 자본주의에 눈뜨기』, 창작과비

는 것이다.

근대사의 전개 과정에서 익히 검증되었다시피 서구의 자본주의는 식민주의라는 또 다른 얼굴을 가지고 있으며, 식민주의는 비서구지역에 서구식 근대주의를 강압적으로 이식하게 된다. 그럼으로써 비서구 지역의 예술가는 더욱 역설적인 상황과 경험 속에 놓이게 된다. 그들은 근대성에 대한 동경 내지 환상과 더불어, 그것이 기형적으로 실현된 현실 속에서 이른바 '후진성과 저개발의 고뇌'에 사로잡히는 것이다. 그들은 자신에게 이월된 전통과 가치 체계로는 더 이상 새로운 현실을 파악할 수 없게 되면서 불가피하게 서구적 근대성을 현실과 역사의 보편성으로 수용하여 그 잣대를 통해 자신의 '특수한' 근대화 현실을 측량하게 된다. 이러한 과정은 매우 역설적이며 양가적인 아이러니와 자의식을 발생시킨다. 서구적 근대성의 시각에 비추어 보면 자신의 과거와 현실은 "후진적이고 잔여적인 것, 곧 역사에 채워진 족쇄로 나타나게 마련"150)인 까닭이다. 역사 발전의 서유럽적 서사는 저발전의 현실에 놓인 비서구인에게는 하나의 환상이 되고, 그에 반비례하여 자신이 처한 '잔여적인' 현실은 더욱 절망적으로 보이게 되는 것이다.

그러나 이러한 근대화의 비극성이 오히려 근대를 더욱 예각적으로 성찰하고 자의식적으로 표현하게 만들기도 한다. 『관촌수필』은 바로 이러한 '성찰의 힘'을 내장하고 있는 작품이다. 그리고 그 힘은 근대와 반근대가 아닌 진정한 변혁을 통해 제3의 근대를 모색하는 사유와 실천의 철학적 토대가 된다. 여기에는 서구적 의미의 근대성이 성취한 역동

평사, 1998, 31쪽.(이 언급은 인도의 심리학자 아시스 난디(Ashis Nandy)를 인용하는 방식으로 제시된 것이다.)

150) 아리프 딜릭, 앞의 책, 42쪽.(이 표현은 아리프 딜릭이 중국의 근대화를 고찰하면서 언급한 것으로 한국의 경우도 적용될 수 있다.)

성을 수용하면서도 이와는 차별적인 우리의 주체적 근대성이라는 문제 의식이 깔려 있다. 1960년부터의 '기형적'인 근대화의 연속선상에 놓인 1970년대는 앞서 지적했듯이 개화기 이후의 서구의 근대적 기획과 식민지 근대를 근간으로 한 한국의 '특수한' 근대화의 내적 모순이 심화되어 본격적으로 드러나기 시작한 시기로서 그러한 근대에 대한 반성적 인식이 절실히 요구되던 때였다. 『관촌수필』은 1970년대의 한가운데를 관통하며 이러한 문제 인식을 지닌 진지한 성찰적 근대 담론을 일구어내었던 중요한 농민소설 작품이다.

농민 사회의 삶을 주제로 한 작가의 근대화에 대한 탐색과 성찰의 단초는 이미 「암소」151)에서 드러나기 시작한다. 「암소」에서 성실한 농민 선출이와 황씨를 함께 절망에 빠뜨리고 목놓아 울게 만드는 구체적 사건은 분명 암소의 어이없는 죽음이다. 그러나 두 농민의 절망의 이면에는 근대화라는 당대의 시대적 변화가 결정적으로 작용하고 있음을 작품은 놓치지 않고 있다. "박장군이 영도하는 혁명 정부"에 의해 "세상이 간단히 바뀌"어 버린 후 시행된 '농어촌 고리채 정리' 방침은 얼토당토않게 성실한 농사꾼 선출이의 꿈과 삶을 짓밟아버렸고, 인근 읍내에 '공업단지'라는 것이 생기면서 '눈치'없이 '유행'을 따라가지 못한 황씨는 망해버리고 말았다. 이 두 농민의 비극과 파탄은 여기에서부터 시작된다. 작가는 암소를 전면에 세워 당대 근대화의 농민에 대한 폭력적 모습을 드러내 보이기 시작한 것이다.152) 이어지는 연작 『관촌수필』을 통해서 한국 사회가 급속하게 근대화·도시화·산업화되는 당대 근

---

151) 『월간중앙』, 1970. 10.

152) 1972년에 발표된 「해벽(海壁)」(『세대』2) 역시 어민들의 삶을 통해 1960년대 이후 본격적으로 진행된 근대화 정책이 농어민 사회에 어떠한 영향과 변화를 가져왔으며, 그들의 삶의 터전을 어떻게 파괴했는가를 성실하게 보여주는 주목할 만한 작품이라 할 것이다.

대에 대한 본격적이고 심도 있는 성찰이 시작된다.

제3의 근대 지향의 관점은 현재의 부정적 요소를 혁신하고 개선하여 새로움을 지향하는 가변적인 의미를 함축함으로써 스스로를 갱신[153]하고 시대를 재구성하고자 한다. 이러한 근대 인식과 대응 양상에서는 근대 세계에 대한 근원적 문제 의식에 의한 '성찰'이 필수적이다. 『관촌수필』에서는 '전통에 대한 그리움'을 바탕으로 그러한 성찰이 수행된다. 이 때의 '전통'은 단순히 전근대적 상황을 가리키는 것이 아니라 발전적으로 지양될 수 있는 순수한 전통을 의미한다. 예를 들어 인간애, 공동체 의식, 자연과 평화 등 작가에 의해 그리움의 대상이 되는 전통을 말함이다. 따라서 이 작품의 전반을 통해서 부각되는 '전통'과 '그리움'은 동시대적 삶을 성찰하는 필수불가결한 요소로 기능하면서 부정적 현재를 넘어서려는 미래지향적 가치와 연결된다.

『관촌수필』은 그 작품을 관류하는 기본 정서가 근대화·도시화에 의하여 사라진 풍속과 정서, 인간에 대한 그리움이다. 이러한 그리움이 텍스트 내의 성찰적 근대 담론의 출발점이 되고 있다. 성찰적 근대 담론은 현실에 조성되는 위기 의식에서 비롯된다고 할 수 있다. 그런 위기 의식을 극복하기 위한 전제적인 작용으로서의 정서적 바탕이 바로 그리움이다. 따라서 이 작품 속의 지배적 정서인 그리움은 과거에 고정된 그리움일 수 없으며, 미래와 또 다른 근대를 지향하는 성찰적 근대 담론의 중요한 바탕이 되는 요소라 할 수 있다. 『관촌수필』이 보여주는 그리움의 주제적 대상은 '전통' 속에서도 주로 그 안에 있는 '인간'에

---

153) 근대성은 근대에 대한 비판과 거부까지 포함하고 있다. 즉 스스로에게 문제를 제기하며 또 그에 대한 해결책을 제시하고 있는 셈인데, 이러한 근대성의 자기 전개 과정을 근대의 변증법이라 부를 수 있다.(서영채, 「인문주의, 근대성, 문화」, 『소설의 운명』, 문학동네, 1996, 83쪽 참조)

초점이 맞추어져 있다. 작품 전반에 흐르는 그리움은 '숱한 소음과 매연을 마시다 고사해버린 왕소나무의 운명처럼 퇴락해 버린 고향의 옛 모습'이 아니라 소음과 매연 이전의 사람들의 삶의 모습들이다. 따라서 작가는 근대화의 부정성 중에서도 인간 본성에 미치는 영향과 변화를 가장 심각하게 받아들이고 있으며, 필연적으로 그 성찰의 주제 또한 인간에 초점이 맞추어지고 있음을 알 수 있다. 할아버지와 아버지, 어머니로 시작되는 인간에 대한 그리움과 성찰은 옹점이(「행운유수」), 대복이(「녹수청산」), 석공(「공산토월」), 용모(「여요주서」)로 이어진다. 구원한 인간상과 변모하는 인간을 동시에 그려내면서 작가는 한국 근대화의 한가운데서 부침하는 인간상을 애잔한 그리움을 바탕으로 하여 보여주고 있는 것이다.

그런데 이러한 그리움과 성찰의 양상은 작품 속에서 전근대와 근대라는 내재적 시간의 이중 구도를 통해 그 심미적 가치를 확보하게 된다. 1960~70년대는 한국의 농민 사회가 개화기 이후 다시 한 번 강력한 근대화 담론과 함께 근대로 전환되는 시기라고 할 수 있다. 근대 전환기는 말 그대로 근대 이전 시기에서 근대로의 진입을 의미하는 시기이다. 이러한 새로운 시대 의식의 특질은 스스로의 시대가 종말이나 시작일 뿐 아니라 이행기로 경험되었다는 점이다. 새로운 이행 경험을 특징짓는 두 개의 특수한 시간 규정은 미래에는 다르리라는 기대와 이와 연관된 시간적 경험 리듬의 변화, 즉 가속을 통해 스스로의 시대는 지나간 시대와 구별된다.154) 과거 시대와는 다른 경험을 통해 새로움을 체험한 근대 전환기의 사람들은 폭발적인 문물의 수입과 전통 사회와는 전혀 다른 사상을 접하면서 스스로의 시대를 지나간 시대와 구별한

---

154) 라인하르트 코젤렉, 앞의 책, 365~369쪽 참조.

다. 그러한 다른 시간 구조로의 불가피한 이행 과정에서 그리움은 필연적으로 파생된다.

작품 전체의 전반부는 근대화로 인해 해체되기 전의 공동체의 모습이 잘 드러나고 있는 반면 작품의 후반부로 가면 해체 과정에 대한 묘사와 경계, 그리고 소극적 비판의 양상들을 볼 수 있다. 따라서 작품은 전체적으로 시간의 이중 구도로 이루어져 있음을 알 수 있다. 개별 작품 속에서는 「공산토월」, 「관산추정」 등에서 이러한 이중 구도가 두드러지고 있다. 「공산토월」에서는 근대화 이후가 먼저이고 이전이 나중이며, 「관산추정」에서는 그 반대의 구도로 대비가 뚜렷이 나타나고, 다른 작품들에서는 대체로 이 양자가 뒤섞인 채 대비되고 있는 형국을 보여준다. 이러한 공간적, 시대적 이중 구도 속에서 그리움과 근대적 인식, 욕망과 비판이 보다 선명하게 의미를 부여받게 되는 것이다. 그리고 『관촌수필』의 전편을 관류하는 이러한 구조 자체가 성찰을 통한 잘못된 근대에 대한 대항 담론의 기본 틀을 이루게 된다. 작가는 자신의 삶의 체험을 통해 그 커다란 변화의 물결, 즉 근대화를 직시하고 있는 것이다.

따라서 『관촌수필』을 지배하고 있는 세계관은 결코 "근대화·도시화·산업화를 우울하게 지켜보고 있는 정결한 선비의 세계관"에 머물러 있지 않다. 이문구의 세계관이 "다분히 '반근대'를 지향"155)하고 있

---

155) 권성우는 "……유교 문화의 법도가 삶의 기본적 지표와 원리로 군림하고 있던 시대, 하여 자아와 세계 사이의 근원적인 불일치가 존재할 수 없었고 그에 따라 삶이나 인생에 대한 근원적인 물음이나 회의가 싹틀 수 없었던 시대, 그리하여 대부분의 영혼들이 그들의 삶의 방향성을 유교 문화라는 안전핀 속에서 행복하게 발견하던 시대, 바로 이러한 시대가 이문구가 은연중에 그리워하며 『冠村隨筆』에서 주로 묘사하고 있는 시대이다."라고 하면서 이문구의 세계관이 "다분히 '반근대'를 지향"하고 있다고 말한다.(권성우, 「1991년에 읽은 『관촌수필』」, 이문구, 『관촌수필』, 문학과지성사, 1991, 310쪽)
김종철 또한 "<관촌> 연작의 주조를 이루는 인정의 세계는 매우 감동적이지만 이제는 우리의 의식이나 생활에서 청산되어 마땅한 <봉건적 질서>를 아쉬

는 것은 더욱 아니다. 지주나 양반 계층이 다루어진「이 풍진 세상을」,156)「매화 옛 등걸」,157) 등의 작품을 통해서도 작가 자신이 그러한 계층 몰락의 일종의 당사자였음에도 불구하고 그러한 변화에 대해 시대적 필연성으로 여기며 긍정적 관점을 가지고 있었음을 확인할 수 있다. 또한 이문구의 삶이나 문학 세계에서 전반적으로 나타나는 가치관을 반영해 볼 때 이문구의 의식은 상당히 근대 지향적이었다고 할 수 있다. 이는『관촌수필』과 맥을 같이하며 현실 인식과 문학적 응전력의 심화·확장을 보여주는『우리 동네』를 연결지어 볼 때 더욱 분명해진다. 따라서『관촌수필』속의 그리움은 단절된 감정으로서의 그리움이 아니라 근대전환기라는 독특한 시간 구조 안에서의 이행 경험에 대한 능동적인 정서적 태도로서 작품 전반의 근대 지향적 맥락의 출발 지점에 자리하고 있는 중요한 요소로 파악되어야 한다.

(2) 비동시적인 것의 동시성

잘못된 근대화의 위기 의식에서 출발한 작가의 성찰적 근대 인식은 '비동시적인 것의 동시성'158)이라는 특별한 시간 구조 안에서 그리움으

위하는 듯한 인상을 줌으로써 독자의 반감을 일으킬 수도 있다."고 말하며 나아가 "어떻게 보면 그 체제 아래서보다도 지배자와 피지배자의 갈등이 더욱 심한 현대에, 억압받는 계층의 고통이 그들의 노력에 의해 해결되어야 하는 현대에, <반상적 질서>에 대한 집착은 자칫하면 작가의 역사 의식을 해칠 우려가 있다."고 지적한다.(「작가의 진실성과 문학적 감동—이문구론」, 신경림 편『농민문학론』, 온누리, 1982, 280~281쪽)

156)『신동아』, 1970. 8.
157)『예술계』, 1970. 11.
158) 비동시적인 것의 동시성은 무엇보다도 사회진화론이나 근대화론이 전형적으로 대표하고 있는 직선적인 발전사관 곧 근대적 세계상 자체의 소산이다. 경험 공간과 기대지평 사이의 끊임없는 불일치 속에서 이루어지는 과거와 미래의 분리가 근대를 규정하는 근본적인 시간 의식인 것이다.(라인하르트 코젤렉,

로 시작하여 근대의 양가성과 이중성에 대한 성찰의 양상으로 전개된
다. 오늘날에는 전 세계의 모든 사람들이 함께 하는 생생한 경험-공간
과 시간의 경험, 자아와 타자(他者)의 경험, 삶의 가능성과 모험의 경험
-방식이 존재한다. 근대화된다는 것은 우리에게 모험, 권력, 쾌락, 발
전, 우리 자신의 변화 및 세계의 변화를 보장해 주는 동시에 우리가 가
지고 있는 모든 것, 우리가 알고 있는 모든 것, 지금 우리의 모든 모습
을 파괴하도록 위협하는 환경 속에 자리잡고 있는 우리 자신을 발견하
는 것이다. 근대적인 환경과 경험은 지역과 인종, 계층과 국적, 종교와
이데올로기가 지니고 있는 모든 장벽을 무너뜨려버린다. 이런 의미에서
근대성이란 모든 인류를 통합한다고 말할 수도 있다. 그러나 그것은 역
설적인 통합, 즉 분산된 통합을 의미한다. 그것은 또 영원한 해체와 갱
신, 투쟁과 대립, 애매모호성과 고통이라는 커다란 소용돌이 속에 우리
자신을 밀어넣는다. 근대화된다는 것은, 마르크스가 "견고한 모든 것은
대기 속에 녹아버린다"라고 말한 바 있는 세계의 일부분이 되는 것이
다.159) 그러나 그렇게 많은 것이 녹아버리고 세계의 일부가 되는 근대
화가 그 요란함만큼 인간들 삶의 질을 향상시켜주는 것은 결코 아니었
다. 다만 근대가 갖는 환상성에 매료될 뿐이었다. 이 작품 속에는 이러
한 근대성에 대한 성찰의 사유들이 전통적이고 모범적인 서사 양식이
해체된 가운데 담론화되어 있다.

「일락서산(日落西山)」에서는 전근대와 근대가 역동적으로 공존하면서
서서히 후자 쪽으로 변모해 가는 시대적 흐름을 보여준다. 전근대를 대

앞의 책, 338~415쪽 참조)
159) 마샬 버만, 윤호병·이만식 옮김, 『현대성의 경험-견고한 모든 것은 대기 속
에 녹아버린다』, 1998, 12쪽.(이 책의 옮긴이들은 학문적 근대성 논의에서 보통
'근대성'이라고 번역하는 버만의 'modernity'를 '현대성'으로 번역하여 사용하
고 있음-인용자)

표하는 인물로 할아버지가 그려지고 있고, 그 견고함이 아버지 대에서
부터 무너지는 모습이 나타난다. 서술자는 이러한 '비동시적인 것의 동
시성'이라는 근대적 양상의 한가운데서 유소년기의 정신적 체험의 과
정을 겪게 된다. 여기서 주목해 보아야 할 것이 그러한 근대화 과정 속
에서의 서술자의 의식 상태이다. 「일락서산」은 어떤 작품보다도 서술자
의 의식을 들여다볼 수 있는 중요한 작품이다. 결론적으로 말해서 서술
자는 전근대적 생활 관습에 익숙해 있으나 그 의식과 인식은 전근대에
있는 것이 아니라 근대의 추동력에 의한 변화된 근대에 놓여 있음을
볼 수 있다.

할아버지는 '고색창연한 이조인(李朝人)'으로 묘사된다. 할아버지는 아
직도 반상의 제도적 질서조차 벗어나지 못한 구시대적 인물이다. 할아
버지의 직함은 사액서원인 화암서원(花巖書院)의 도유사이며 보령향교(保
寧鄕校)의 직원(直員)이었다. 할아버지의 존재는 수복(守僕)들에게만 위
엄과 고고의 상징은 아니었다. 서원말 일대의 주민들에게도 추상같은
권위자였으며 향교 안의 대성전이나 동서재를 거들어온 향반 토호의
가문과 유림에서도 함부로 근접할 수 없는 근엄한 선비의 기풍을 유감
없이 발휘하고 있었던 것이다. 그러나 할아버지로 대표되는 구시대성은
아버지 대로 오면서 근본적인 변화를 맞게 된다. 할아버지와는 달리 대
대로 공경대부를 배출한 사대부가의 후예임을 조금도 대견해하지 않았
던 아버지와 할아버지 사이의 대물림 과정에서 매우 크고 중대한 변화
가 일어나고 있음을 다음 인용을 통해 잘 알 수 있다.

　　그러나 해방을 전후해서, 아니 내가 태어나던 그해부터, 아버지는
　　종래 회고조의 가풍이나 실속 없는 사상을 스스로 뒤집어엎는 데에
　　서슴지 않았다. 사농공상의 서열을 망국적 퇴폐 풍조로 지적했고 '무

산 계급의 옹호와 인민 대중의 사회적인 위치를 쟁취한다'는 구호와 함께 그것의 실천을 위해 앞장서서 주도하기 시작한 거였다. 아버지는 장날마다 한내천 모래사장에서, 또는 쇠전이나 싸전 마당에서 강연회를 열었으니 그것은 힘없는 농민과 노동자들의 감동과 지지를 얻는 데에 조금도 부족함이 없는 웅변이었다고 들었다.160)

할아버지와 아버지 사이의 큰 변천, 그리고 그 양자의 공존, 그것이 바로 당대 한국 사회의 근대화의 모습을 압축적으로 보여주고 있다 하겠다. 할아버지는 "아들과 당신 사이에 금이 벌기 시작하고, 그것이 점점 두꺼운 장벽으로 굳어가는 것을 한탄하지 않았다고 한다. 스스로 이 방인임을 자인하며 인간사에서의 은퇴와 함께 변천하는 시대와 세월을 방관하기로 작정"함으로써 근대를 받아들일 수밖에 없었던 것이다.

토지 개혁으로 분배받은 상환 농지 몇 필지로 겨우 식량 걱정이나 안 할 정도의 영세한 농민으로 전락한 아버지와 할아버지 사이에서 근대화는 이루어졌고, 이는 '모순된 사랑방 풍경' 묘사에서도 잘 나타난다.

사랑은 커다란 장지틀을 가운데로 하여 널찍한 방이 둘이었다. 안방은 그 엿단지를 비롯한 온갖 군입거리들이 들어찬 벽장을 뒤로 하고 정좌한 할아버지의 은둔처였다. 그 방은 때를 가리지 않고 검버섯 속에 고색이 찌들어가는 시대의 고아 이조옹(李朝翁)들의 집산장으로서 난세 성토장 겸 소일터였으며, 윗방은 아버지의 응접실이었다. 안방은 이군수 아우, 윤참의 아들, 조진사, 홍참봉, 도총관 조카 등등으로 불리던, 지팡이 없이는 나들이도 못 할 초라한 행색의 상투쟁이들이 늘 단골로 붐볐다. (중략)

---

160) 이문구, 『관촌수필』, 문학과지성사, 1977, 36쪽.(이후 같은 작품 인용은 쪽수만 표시함.)

아버지가 쓰는 윗방 손님들은 안방의 고로들 행색보다 훨씬 더 누추한 사람들이었다. 그리고 그들의 대부분이 할아버지로서는 이름도 기억할 필요조차 없는 농사꾼들이었던 것이다. 그들은 저녁밥만 먹으면 사랑으로 마을을 왔었다. 나무장수 창호, 대장간 풀무쟁이 장지랄, 뱃사공 하다가 장터에서 새우젓 도가를 하는 마씨, 염간(鹽干)으로 늙은 쌍례아버지, 목수 정당나귀, 땜장이 황가, 매갈잇간 말몰이 최, 말 감고 전가…… 그네들은 하루도 거르지 않던 단골 마을꾼이었다. (하략) (37~38)

한 집안에 있는 할아버지 방과 아버지 방의 현저한 차이와 모순, 그리고 양자의 공존을 통해 작가는 그 경계에 서서 근대화 과정의 이중적 시간 구도의 현실을 예리하게 통찰하고 있다. 이처럼 「일락서산」은 한 시대가 저물어 가는 과정에서 체험한 삶의 변화의 모습을 통해 '모든 견고한 것들은 대기 속에 녹아버린다'는 근대성을 잘 보여주고 있는 연작의 상징적 작품이라 할 수 있다.

「공산토월(空山吐月)」은 석공의 인간상과 함께 반상과 유·무산 계급의 거리가 사라지는 긍정적 근대화의 모습을 일관되게 보여주고 있다. 사회·역사적 근대화 속에서 추출할 수 있는 역사철학적 근대성의 본질을 '개선된 변화', '바람직한 인간 삶으로의 전이'라고 볼 때 이 작품 속에서 나타나는 구질서의 붕괴 현상은 진정한 근대성을 지향하는 의식의 반영이라 할 수 있을 것이다. 화자가 마을을 아주 떠나던 날까지도 일가 손윗사람이 아닌 이에게는 무슨 경어나 존칭을 써본 적이 없었다. 할아버지의 지시였고 곁에서 배운 버릇이었다. 즉 전근대적 반상의 유별이 견고하게 영향을 미치고 있었던 것이다. 그런데 화자의 아버지가 가문의 내력 중 처음으로 전에 일갓집 행랑살이 했던 사람네 잔치에 참석한다. 뿐만 아니라 술을 함께 하며 어깨춤을 춤으로써 모든 사람들이 덩달아 함께 어울려 춤을 추게 되는데, 이러한 상황은 오랜 동안 인간과 인간 사이의 자연적 관계와 삶을 완강히 막아서 있던 실로 견고한 벽이 허물어지는 진정한 근대화의 감동적인 모습이 아닐 수 없다. 이후 화자의 어머니를 비롯한 집 식솔들과 석공간의 사연은 그야말로 전근대적 계층간의 차이가 온전히 극복된 진보적 인간 관계를 감동적으로 보여준다.

「여요주서(與謠註序)」에서는 근대적 제도 이전의 인간과 근대적 제도, 법률 등을 공존시킴으로써 근대화가 가져온 제도와 사회 구도라는 큰 틀이 그 이전의 인간 삶에 어떻게 폭력적으로 관여하는가를 잘 보여준다. 거창하고 요란한 근대화가 결코 가난하고 무지한 농민들을 위한 것은 아니었으며, 이들에겐 오히려 소외 의식과 정신적인 황폐함만을 가중시켰을 뿐이라는 것이 작중 인물의 탄식을 통해 잘 드러난다. 이렇게 수난과 천시를 인고하며 살아온 농민들의 처지가 잘살게 하겠다는 근대화 이후에도 전혀 달라지지 않으면서 오히려 근대 권력과 엘리트주의가 만들어낸 근대적 제도에 무지한 농민으로서는 항거불능의 폭력성만 가중되고 있음을 이 작품은 보여주고 있다.

2) 비판적 근대 담론

작가의 근대에 대한 성찰적 인식은 연작의 후반으로 가면서 서서히 비판적 담론으로 확장된다. 작가의 세계관은 유년기부터의 체험과 깊은 성찰을 통해 기본적으로 한국적 근대 역사가 가져온 약자에 대한 억압과 배제, 독재, 그리고 폭압적 근대화가 야기하는 폐해에 대한 반감과 저항이라는 속성을 지니게 되었다고 할 것이다.[161) 따라서 그의 작품들 속에는 작가의 진실성이 강렬하게 느껴진다. 그것은 참된 삶을 살려고 애쓰는 자세와 함께 오랜 세월에 걸쳐 발전시켜 온 역사 의식 및 사회 의식을 바탕으로 작품을 생산하기 때문에 가능한 것이다.

부정한 근대화에 대한 작가의 반감과 근대화 이전의 농촌 사회에 대한 그리움은 『관촌수필』에서 여러 가지 방식으로 드러나지만, 그 중 대표적인 것은 현대 도시 사회에서는 좀처럼 발견할 수 없는 친화적이고 전인적인 인물에 대한 자세하고 성실한 묘사이다. 이를테면 「공산토월」에서 작가는 그가 고향에서 만난 사람들 중에서 가장 바람직한 인간상으로 석공이라는 별명을 지니고 있는 신현석을 들고 있다. 석공은 마을의 공동 관심사를 앞장서 해결하고 적빈(赤貧)에 시달리는 이웃의 일을 도맡아 처리한다. 그는 전근대적이고 억압적인 구조 속에서 신음하면서도 상부상조하던 민초의 한 전형이다. 그 사람은 화자에게 있어서 "자기 자신이 희생되더라도 이웃과 남을 위해 몸을 버릴 수 있었던, 진실

---

161) 6·25전쟁 때 이문구의 부친과 두 형이 사상적 소용돌이 속에서 참혹하게 죽음을 당하고, 중학 2학년 때인 1957년에는 모친마저 숙환으로 사망하자 그는 폐허가 되다시피한 가문에서 소년가장이 되고 만다. 고달픈 '중학생 농투산이'의 생활 속에서도 그는 국가원수 모독죄로 경찰서에 드나들었고, 부친의 과거에 연좌되어 미성년인데도 요시찰인으로 못이 박힌 채 고향을 등졌다. 이후 학업도 계속하지 못한 채 험난한 생활고를 겪으면서도 행상 중에 4·19혁명을 맞게 되는데, 그 때 가장 안타까웠던 것이 학생 신분이 아니라는 점이라고 회고할 정도로 그는 독재와 억압에 대한 반감이 컸으며 정의로운 의식을 지니고 있었음을 알 수 있다. 문인의 길을 걸으면서는 10월유신 이후 가중되는 압박에 대해 저항의 기치를 들고 자유 회복을 위한 민중의 투쟁에 동참하겠다는 의지를 밝힌, 한국의 현대문학사상 획기적 진보 단체인 『자유실천문인협회』의 창립 발기인으로 동참하고, 이 단체의 활동이 가장 활발하던 때에 간사로서 일한다. 이후 민족문학의 구심체였던 『민족문학작가회의』에도 참여하여 1999년에는 이사장이 되고, 2001년 2월 위암 수술로 인해 이사장 직을 물러나게 될 때까지 활발한 활동을 계속한다.(이문구 수상록, 『지금은 꽃이 아니라도 좋아라』, 전예원, 1979 ; 이문구 전집2, 『암소』, 중앙M&B, 2004, 306~310쪽 작가 연보 참조)

로 어질고 갸륵한 하나의 구원한 인간상이 내 정신 속에 굳게 자리잡고 있"는 인물로 묘사되고 있다. 석공은 근대화되고 도시화된 인간상과는 커다란 거리를 지닌 인간형이라고 할 수 있다. 바로 이러한 인물을 통해 작가는 현대 도시 사회의 이기적이며 개인주의적인 인간형을 비판하고 있으며 일련의 근대적 기획이 인간의 심성을 얼마나 황폐하게 만드는가 하는 점을 효과적으로 부각시키고 있다. 또한 주인공의 유년 시절을 지배하고 있는 인물인 「행운유수」의 옹점이, 「녹수청산」의 대복이 등의 인물과 주인공이 맺고 있는 화해롭고 친화적인 관계는 작가가 근대의 부정성을 비판하는 체험적 토대가 되고 있다.

「행운유수(行雲流水)」는 농민들의 실상과 옹점이라는 개인의 몰락상을 그리면서 근대화와 전쟁 등으로 인한 민족적 현실의 문제에까지 인식의 접근을 보여주고 있는 작품이다. 옹점이의 이른바 '주체성'을 말하기 위해 화자는 외세에 의한 왜곡된 근대화가 가져온 이 땅의 질곡된 실상을 여실히 보여준다. 지극히 파행적인 한국 근대 역사의 과정 속에서 미군이 한국 영토에 군림하게 되고 한국민들은 그들에 의해 천대된다. 작가는 옹점이의 입을 통해 이러한 부끄러운 현실을 신랄하게 비판한다. 이 때 전근대적 인물인 옹점이의 비판은 의식적으로 습득된 근대적 지식에 의해서가 아니라 그녀의 일상적 삶 속에서 체득한 전통적 지혜의 발로인 것이다. 이렇게 전통적인 삶과 사유에 대한 작가의 긍정은 『관촌수필』에 등장하는 중요 인물들의 대부분을 대상으로 나타난다. 이는 물론 근대의 합리적이면서도 속물적인 사유와 근성에 대한 비판인 것이다.

근대 역사는 한국으로 하여금 미국에 기지를 공여하고, 한국군 작전 지휘권을 이양하고, 주한 미군의 지위와 편의를 최대한 보장하고, 이것도 모자라서 주한 미군 방위비를 분담하고, 미국을 위해 월남에 파병하는 등 미국을 한국에 묶어놓기 위해 안간힘을 쓰면서도 정작 그들로부터는 천대받는 상황을 만들었던 것이다. 작가의 인식은 이러한 한국의 현실을 결코 간과하지 않는다. 그런데 착하고 여리면서도 당차고 '주체적 의식'까지도 강했던 옹점이의 결혼 생활은 파탄에 이르고 결국 거리의 약장수 패를 따라다니며 유행가를 부르는 신세로 전락하게 된다. 옹점이의 파탄은 근대화로 인한 농민 사회의 파탄, 나아가 인간적 '상실의 현실'을 말해주고 있는 것이다.

「녹수청산(綠水靑山)」에서도 대복이라는 인물의 삶과 변화를 통해 잘못된 근대화가 인간의 삶의 방식과 질을 어떻게 변화시키고 파멸에 이르게 하는지를 잘 드러내 보여줌으로써 한국 근대화에 대한 비판적 담론을 구성하고 있다.

> (전략) 그러면서도 읍내 주민들은 착잡한 표정이었으니, 설치고 덤벙대든가 어정거리고 서성대다가 물러앉으면서 제자리를 잃어버리는, 많이 무질서하고 혼탁한 분위기였던 것으로 기억한다. 쉽게 말하면 윤리적 수구성(守舊性)과 생활적인 실리주의 계산이 엇갈린 갈피 없는 상태가 아니었나 싶은 것이다. (116)

위의 인용을 통해 알 수 있듯이 이 작품은 한국 근대화 과정에서 한국 사회의 구조와 내면이 '제 모습이 변질되던 과정'을 적확하게 성찰하고 비판하고 있다. 그것은 체험을 바탕으로 하기에 더욱 실감과 설득력을 지닌다. 근대화의 실상은 "많이 무질서하고 혼탁한 분위기", "갈피 없는 상태"였다. 그 와중에 많은 것이 '변질'되어 갔는데, 정작 중요한 문제는 문물의 변화가 아니라 사람의 변화인 것이다. 이 작품은 그

러한 근대화의 시류에 휩쓸려 변질되고 결국 파탄에 이르게 된 대복이
의 삶과 어린 시절 화자의 '현실 바라보기'를 통해 "나같이 어린것은
더구나 꿈에도 상상 못 해볼 지극히 추상적인 것"이었던 전쟁이 "내가
여태껏 겪어본 사건들 중에서 가장 구체적이고 실질적인 모습"이 되게
하는 근대 역사의 파행성과 부정성을 비판한다.

「공산토월」은 발단 부분에서부터 비판적 담론이 두드러지게 나타난
다. 따라서 작품 초반의 객담(客談)은 결코 불필요한 한담일 수 없다.162)
그것은 근대화 과정의 부정성에 대한 강력한 비판이며, 이후 석공의 인
간상을 두드러지게 하는 데 효과적으로 기여한다. 작가는 "사회 구성원
의 절대다수로서, 역사를 이끌어가야 할 이 땅의 주역은 당연히 서민
대중"이라고 생각한다. 그리고 오늘의 대중들은 자기의 위치를 앗긴 채
변두리로 밀려나가 구경꾼 노릇밖에 하지 못하는 것이 현실이라며 탄
식한다. 과도로 택시 운전사를 살해하고 피 묻은 돈 1천 8백 원을 빼앗
아 달아나다 붙잡힌 김모라는 16세 소년의 이야기 또한 근대화된 서울
의 삭막함을 잘 드러내준다. 이어 작가는 "그러나 그 소년이 그런 끔찍
한 짓을 하기 전에 시골로 내려갔더라도 차디차고 야박한 인심에 뼈끝
마다 저렸을 줄 안다. 이 나라 어디를 가본들 은근하고 후더분한 인심
이 남아 있을 것인가"라고 하여 한국 근대화에 대한 비판적 시각을 분
명히하고 있다. 작가에게 한국적 근대는 '워낙 거친 세상'인 것이다.

「관산추정(關山芻丁)」에서도 근대화 과정 속에서 다시 만난 두 친구의
대화 속에서 근대화와 시국에 대한 냉소가 적극적으로 드러나고 있음
을 볼 수 있다.

---

162) 김종철은 이 부분이 객담이며 따로 신변잡기나 꽁뜨로 독립시킬 수 있는 것인
    데 왜 이 자리에 있어야 하는지 납득하기 어렵다고 비판하였다.(김종철, 「작가
    의 진실성과 문학적 감동」, 신경림 편, 앞의 책, 290쪽 참조)

"좋은 시절 만나서 자주 근면 협동허니께 신색두 좋구먼."
"일하면서 싸울라니 힘이 넘쳐 그럴밖에."
"농사두 초전박살루 짓지그려."
"그새 뭐 좋은 사껀 좀 없었남?"
"아, 드디어 예비군을 제대했지."
"그럼 민방위대원두 되구 했으니 그 기념으루 장가나 가지그려, 자지에 가지치기 전에……"
"장가 한 번 가나 연애 열두 번 거나 허는 건 비슷허게 헐겨."
"다 있는디 노총각 조치법만 읎구먼." (240)

　오랜만에 가슴을 벅차오르게 하는 도깨비 불은 서울서 온 낚시꾼들의 간드렛불임이 '나'에게 확인되고 '나'는 "무엇에 받혀 하늘 높이 떠올랐다가 거꾸로 떨어진 기분"이 된다. "오랜 꿈결에서 순간적으로 깨어난 것처럼 허망하고 민망했다." 그리고 그것은 "무등타기와 숨바꼭질을 하던 살아 있는 불"이 아니라 "제자리에 죽어 있"는 불로 표현된다. 농촌이 죽어가고 있음을 안타까워하고 있는 것이다. 이 작품에서 복산이는 "동네 들무새로 남의 뒷수쇄로, 남 못할 힘드는 일만 골라 자청해서 치다꺼리해주기 바쁘던 것 한 가지만은 고스란히 대물림이 되어 있던" 사람으로 이 동네에 사는 유일한 본토박이이다. 이는 근대화로 인해 마지막 남아 있는 농민의 순수함과 건강함을 통해 역설적으로 그러한 농민성의 위기를 말하고 있음이라 할 것이다. 이 작품을 통해 부정한 근대에 대한 작가의 비판 의식은 분명히 드러난다.
　「여요주서」에서 용모가 잠복형사에게 적발되기 전 성문이 손에서 꿩을 넘겨받은 것은 병든 아버지를 위해 꿩을 팔러 온 성문이가 물건을 흥정하기에는 너무 어리고, 한푼이라도 더 받아쥐게 도와주기 위한, 그야말로 예찬받아야 할 인간적 발로의 행위였다. 그러나 용모는 이 일로

하여 온갖 수모와 심적 고통, 그리고 끝내 벌금형이라는 법적 제재까지
받게 된다. 자신이 꿩을 잡지 않았다는 진실을 애절하게 호소하지만 근
대는 결코 약자의 '진실'을 받아들이지 않는 현실을 보여준다. 근대는
다분히 진실보다 자본과 권력의 힘에 의해 진행되어가기 때문이다. '나'
는 용모에게 "진실은 언제나 만고부동의 존재이긴 하지만, 시대와 장소
에 따라서 일시적으로 거짓의 횡포에 눌리는 수난을 겪을 수도 있다"
고 말하고, "그가 좀더 용기 있게 사실 그대로를 밝힘으로써 진실이 거
짓의 힘에 은폐되는 사례가 빚어지지 않기"를 바란다. 또한 정의가 질
서를 바로잡을 때 양심에 의해 진실은 공인받는 것, 그리고 그것을 믿
는 행위가 삶의 바탕이 될 것이라고 말한다. 그러나 실제로 용모의 진
실은 근대화에 도사려 있는 거짓의 힘에 눌리고 만다.

용모는 법정에서 뜻밖에도 "지은 죄 없이 고개 조이고 살아온 사람
이 오랜만에 켜보는 기지개와 같은 몸짓"처럼 아무 것도 꿀릴 게 없다
는 투로 당당하게 말하지만 결국 그러한 태도 때문에 오히려 판사의
노여움을 사 정상참작의 여지마저 잃고 만다.

> "예, 그럼믄유. 여기는 바깥허구 달러서 여러 가지 것을 보호허는
> 법정이라 이런 말씀도 드릴 수 있는디 말입니다. 동물에 물격이 있으
> 면 저두 인격이 있으니 말입니다. 저두 야생 동물― 아니 그게 아니
> 라, 야생 인간인디 말입니다…… 야생 인격이 물격보다두 거시기 허
> 면 말입니다…… 그럴 수는 읎기 때문에 말씀드리는 것입니다." (280)

법정에서도 수모를 당하고 마는 용모는 결국 보호받아야 할 곳에서
보호받지 못한다. 근대의 어떤 부분도 용모의 '진실'을 보호해주지 않
는다.

「월곡후야(月谷後夜)」는 김희찬과 '나'의 만남과 마을의 추행사건을 통해 근대화의 어두운 이면과 그 허상들이 구체적이고도 비중있게 비판되고 있다. 연작 1~4까지는 근대화 이전이 주로 나타나고, 5~8까지는 근대화 이전과 이후가 함께 나타나면서 근대화 이후가 중심을 이루고 있는 데 비해 근대화 이후의 공간이 지배적으로 나타나고 있는 「월곡후야」는 근대화가 가져오는 사고와 행동의 변화를 예리하게 적시하면서 이를 비판한다.

근대화 과정의 서울에서는 "일찍이 한국 문학의 중흥과 세계 무대 진출에 이바지할 작가가 되려 했던 애초의 꿈"이 이른바 '세계명작개칠사'로 뒤틀리고 만다. 근대적 도시의 현실은 자동차 면허 시험뿐만 아니라 이미 뒷거래에 의한 부정들이 판을 치게 되어버렸다. 희찬은 "아무것도 되는 일이 없던 서울바닥을 평생 안 들여다볼 사람처럼 딱 분지르고" 낙향한다. 그러나 근대화 과정의 농촌의 삶 또한 뒤틀려 있다. 정보 산업 시대도 부작용을 낳고 있다. 농촌 근대화를 위한다는 농경에 관한 책을 믿고 뭘 해보려 하면 반드시 실패를 하고 마는 것이다. 그것은 무책임하게 직역해 낸 그 서적 속의 모든 실험과 이론이 일본을 기준으로 전개되어 기온과 토양부터 근본적으로 다른 일본 풍토의 사정은 현해탄 이쪽 실정과 전혀 맞지 않았던 것이다. 농약은 아카시아 잎새의 싱그러움을 전 같지 않게 했고, 사람들의 심성 또한 달라지고 있다.

요컨대, 『관촌수필』에서 근대 성찰을 통해 구성하고 있는 담론은 크게 두 가지로 파악된다. 그 하나는 '발전적으로 지양될 수 있는 순수한 전통163)의 살림'이고, 다른 하나는 '긍정적 근대성의 수용'이라 할 수

---

163) 이 때의 전통은 현재의 부정성을 극복하는 계기로 선택되고 재구성된 전통이라 할 수 있는데, 이러한 전통은 근대성의 결핍 부분을 보완하기도 하고, 근대성의 경계를 탈주하는 계기를 마련하기도 한다. 즉 '전통'은 '근대'와 대화적

있다. 이는 전통과 근대를 발전적으로 지양하여 새로운 제3의 근대의 시대를 모색하고자 하는 진보적 근대 지향의 중요한 토대가 되고 있다. 지금까지 이문구의 『관촌수필』에 대한 많은 평가들은 유교 문화에 기반한 작가의 농본주의적인 세계관을 소설로서 본격적으로 개진한 작품이라고 정리하면서 초점을 농본주의적 이상향에 둔다거나 복고적이고 반근대적인 성향에 두는 관점이 지배적이었다. 그러나 이문구의 문학은 작가의 출신164)에 기인한 인식과 사유의 전근대적 제한성을 훌륭하게 지양하여 극복해 낸다. 동시에 세태의 변화를 어김없이 포착하는 날카로운 현실 감각을 결코 잃지 않는다. 따라서 『관촌수필』을 통해 나타나는 이문구의 이상은 복고주의적, 보수적 과거에 있는 것이 아니라 '잘못된 근대'에 대한 비판과 '올바른 근대'를 지향하는 진보적 미래에 있는 것이라 하겠다.

근대는 언제나 새로운 체험을 전제로 진행된다. 그런데 서구에 의한 타자로서의 근대로 시작된 한국의 근대 체험은 개선된 삶을 위한 진보와 향상이 아니라 늘 상실과 비극의 그것으로 다가왔다. 그러한 근대는 분명 극복되어야 했는데, 이문구는 서구에 대한 타자로서의 한국 근대를 정확하게 인식하고 그것의 극복을 위한 '새로운 근대', '올바른 근대' 지향 담론을 문학 작품을 통해 구현해가고 있었다. 이문구의 이러한 인식과 대응 양상은 『우리 동네』로 이어지면서 더욱 심화되고 확장된다.

관계에 놓여 있다고 할 수 있다.(한수영, 「근대문학에서의 '전통' 인식」, 『20세기 한국문학의 반성과 쟁점』, 소명출판, 1999, 172~173쪽 참조)

164) 이미 잘 알려진 바대로 이문구는 '조선조의 마지막 유생'의 후예로 태어나 유교적이고 보수적이며 전근대적인 할아버지로부터 한학을 배우며 성장했다. 그는 '공경대부를 배출한 사대부의 후예'였던 것이다.

2. 부정과 변혁을 통한 진정한 근대의 모색

『우리 동네』165)는 '이문구 식' 글쓰기 미학의 진수를 보여주는 작품이라 할 수 있다. 작가에 의한 걸쭉하면서도 질긴 입담 속에 한국 사회의 지각 변동이 있고, 권력과 이데올로기가 있고, 또한 풍자와 저항 의식이 생동하고 있다.

한국의 현실, 한국의 근대에 대한 새로운 모색은, 한국 현실에 대한 거부와 저항 태도에 의해서가 아니라 한국의 근대가 지닌 '차이'를 인식하는 지점으로부터 시작될 수 있다. 새로운 근대상의 수립은 근대를 이미 주어진 것, 그래서 고정된 것으로서가 아니라 수립해 가는 과정으로서 바라볼 때 가능할 것이다. '과정'이란 경험적 과정을 의미하는 것이다. 이로부터 사회 경제의 체제만이 아니라 개인이 근거하고 있는 생활 세계 전체를 변화시키는 근대화의 과정 전체가 문제로 대두된다. 즉 새로운 근대로 나아가기 위해서는 생활 세계가 근대화되는 과정과 경험을 함축하는 구체적인 현실에 대한 통찰이 있어야 한다. 그럼으로써 스스로를 주변부로 자리매김하는 타자적 존재로서의 주체는 동일성에 의하여 배제되는 비동일성에 착목함으로써 스스로를 새로운 주체로서 수립할 수 있는 가능성을 얻게 될 것이다.

『관촌수필』에서의 과거와 현재 시간을 넘나드는 깊은 성찰 이후, 『우리 동네』를 통해 작가는 잘못된 근대화와 그로 인한 한국 사회의 근대를 좀더 현재적이고 구체적인 일상과 체험의 영역 안에서 성찰한다. 나아가 그 부정성을 드러내 비판하고, 그에 저항하면서 새로운 근대를 모색하는 인식의 심화와 대응력의 확장 양상을 보여준다. 여기에는 당대

---

165) 『한국문학』, 1977. 11.~『세계의 문학』, 1981년 겨울.

적 현실 인식을 뛰어넘는 미래 시간에 대한 깊고 예리한 통찰이 그 바탕을 이루고 있다. 이런 점에서『관촌수필』과『우리 동네』는 근대에 대한 진지한 성찰과 저항의 체험을 거쳐 새로운 근대를 지향하는 근대적 인식과 대응 양상을 구현하고 있는 연속적인 하나의 텍스트라 하겠다.

1) 변동과 해체의 근대성, 해체의 글쓰기

『우리 동네』는 다른 어떤 작품보다도 근대화로 인한 '변동'과 그로 인해 겪게 되는 농민들의 '새로운 경험'을 적실하게 보여주고 있는 농민소설이다. 그런데 당대 농민들이 겪게 되는 '새로운 경험'은 곧 자신들의 희생과 자신들 사회의 '해체의 과정'에 다름 아니었다. 이러한 충격적인 근대화의 모습을 핍진하게 드러내기 위해 작가는 느슨한 구성, 전통적이거나 또는 지리하거나 도발적인 문장의 뒤섞임, 연작의 형식 등을 통해 '해체의 글쓰기'를 실행한다.[166]

---

166) 이문구가 그려내는 농민 실상이 진실되고 감동적으로 다가오는 것은 역시 그의 견실한 삶의 체험이 바탕이 되기 때문이다. 6·25전쟁을 기화로 가문이 폐한 이후로는 어린 나이에 직접 농사를 지어야 했다. 당시를 작가는 다음과 같이 회고한다.
"(전략) 1951년부터 7, 8년 간을 나는 손발이 부르트고 물집 아물 날이 없도록 상머슴이 되어 농사를 짓지 않으면 안되었던 것이다. 그러나 난리 나던 이듬해부터 4, 5년 동안 가을 추수기 한두 달 외엔 점심이라고는 이름도 모른 채 배를 주려 허기지지 않던 날이 없은 탓으로, 같은 또래 아이들의 반만큼밖에 힘을 못 썼던 나로서는, 그 밑도 끝도 없는 육체적인 노동을 견디기가 어려웠다. 나는 쟁기질만 못해 봤을 뿐 안해본 생일이 없었다."(「남의 하늘에 묻어 살며」, 이문구 수상록,『지금은 꽃이 아니라도 좋아라』, 전예원, 1979, 125쪽)
고향을 등진 이후에도 이문구의 의식은 결코 농민 사회를 온전히 벗어날 수 없었다. 그래서 문인 생활을 하던 중 1977년 주소를 경기도 화성군 향남면 행정리로 옮기고 귀향한다. 1980년 5·18광주민주화운동 이후 다시 상경할 때까지 이곳에서 그는 농민의 생활 양식 그대로 옴팡간에서 살면서 닭과 개를 기르고 손수 나무도 하고 보리바심을 거들기도 했다고 한다. 그리고 1988년 그는 다시 충남 보령시 청라면 장산리 731번지로 작업실을 옮기고 간염과 위궤

작품에서 가장 먼저 그려지고 있는 농민 사회 변동의 실제적 모습은
경제적 상황은 나아진 것이 없이 오히려 빚만 감당하기 어려울 만큼
늘어나면서 소비와 향락의 물결이 빠른 속도로 스며드는 생활 양식의
변화이다. 전에 없던 텔레비전도 생겼고 "테레비만 키면 주야장천 크릿
쓰마쓰 타령"이다. 이러한 새로운 문화는 그들의 삶의 현실과 맞지 않
으면서도 그들의 생활과 의식을 변화시켜갔다. 관광계가 생겨나고 망년
회도 반드시 치러야만 하는 것으로 새로 등장했다. 이러한 새로운 변화
들은 가족간의, 또한 현실과의 갈등을 유발시키면서 전통적인 농민 사
회를 구조적으로 뒤흔들었다.

「우리 동네 리씨」에서 리씨는 텔레비전, 전자자, 선풍기, 전기 밥솥
등의 가전 제품을 구입하기 위해 부담스러운 빚을 지고 있다. 변동이라
는 근대의 힘이 이미 그렇게 하지 않을 수 없도록 만들었던 것이다. 집
에 텔레비전이 없으면 남의 집으로 구경을 가게 되어 "아이들 얼굴을
잊지 않기 위해서라도" 그것을 집에 두지 않을 수 없는 것이다. "아내
부터가 저녁상을 더듬거리기 무섭게 남의 집 대청마루로 부살같이 내
닫는 까닭이었다." 작품은 이러한 변화가 단순한 생활과 문화의 변화가
아니라 인성과 사람들 사이의 관계에 중대한 변화를 가져온다는 것을
잘 보여준다. 동네 청년들과 장터 장사꾼들은 "피차 상대방을 물주로
여기고, 서로 꾀를 다하여 등쳐먹으려고" 한다. 장사꾼들은 일 년 동안
갖은 물품에 웃돈을 얹어 농민들에게 바가지를 씌웠고 동네 청년들은
그에 대해 "본전을 빼먹으려 덤비는" 것이다. 리씨는 돈 몇 푼 더 바라

양 치료에 힘썼다.(이문구 전집 2, 『암소』, 중앙M&B, 2004, 306~310쪽 참조)
따라서 사대부 가문의 후예이면서 직접 농사일을 했고, 이후 이향민으로 떠돌
이 도시 노동자 생활을 하기도 한 이문구는 농민 사회의 어느 한 편을 체험한
것이 아니라 누구보다도 한국 근대 역사와 맞물린 농민 사회를 총체적으로 체
험하며 의식을 형성했고 작품 활동을 해 나갔다고 볼 수 있다.

고 비육우로 키운다 하여, 매일같이 거름으로 만들어진 화학 비료를 한 움큼씩 퍼 먹인 일이 마음에 걸린다. 조합에서는 영농 자금을 농민들보다 장터 상인들에게 보다 적극적으로 대부해주고, 영농 자금 대부 형식으로 텔레비전이나 전열 기구를 외상 판매하기도 한다. 리는 세상 풍속이 이미 그쪽으로 기운 이상, 자기 혼자서만 외면하기도 수월한 일이 아니었다. 개인의 양심이 스스로 가책을 받아야 하고, 개인과 개인간에 신뢰가 무너져가고, 개인과 기관 사이에서도 믿음은 파괴된다.

생일잔치 마을 모임의 모습과 인심도 변했고 심지어 음식을 만드는 방식과 맛도 변해갔다. 언제부터인지는 모르나 "무싯날에도 묵은 장과 양념 대신 화학조미료와 왜간장으로 조리를 하는 게 여기 아낙네들의 버릇"이 되었고, "전에는 먹던 김치 짠지에 진늪국만 끓여놓고도 부를 만한 이면 나이 없이 부를 수 있었고, 투가리에 우거지 지져 간장 곁에 놓고, 바래기에 시래기 무쳐 장아찌 앞에 올린 상을 받더라도 허물한 적이 없었으나, 시절도 시절 같잖던 것이 어느새 옛말하게 바뀌어버린" 것이었다.

리는 "여기 인심이 싱겁게 탈난 내력"으로 마을 사람들의 '잦은 나들이'를 첫째로 꼽았다. 새마을 운동을 시작하면서부터 "해방 전에 굵어진 늙은이들"이 뒷짐을 지고 물러나자, 동네는 자연 삼사십대의 장년층이 이끌어나갔다. 그러나 대개 동네에 주저앉아 농사에 손이 잡혔다는 장년들도 거의가 "여기를 떠나 너른 바닥에 붙어보려고 몇 해씩 버둥댄 끝에 힘이 부쳐 제발로 기어 들어온 이들"이었다. 공장에 들어가 쌀한 가마 값도 안 되는 헐값으로 혹사당하다 밀려나거나, 버는 대로 세금 내고 이자 물다 본전 날린 뜨내기 장사치였다. 그들은 도시 사람들의 풍속을 부러워하며 흉내내려 하였다.

농촌 현실과는 맞지 않는 소비·향락의 행태와 역시 자신들의 삶의 방식과는 다른 의식들이 파고들어 그들과 그들의 삶을 변화시키고 있었던 것이다. 상업주의와 소비 문화는 1960년대 후반 이후 갖가지 형태로 쏟아져 들어온 외국 자본을 바탕으로 추진된 이른바 근대화가 그러한 사회적 변화의 물질적 토대를 마련하면서 농민 사회뿐만 아니라 한국 사회 전체의 지배적 원리로 고착화된다. 이렇게 작품이 보여주는 변동은 결코 시골의 한 마을에서 벌어지는 단순한 사건이 아니라 농민 사회의 구조적 지각 변동이며 곧 한국 사회 전체의 변화를 가져오는 일이었다.

「우리 동네 강씨」에서는 특히 자본의 침투로 인한 농민 사회의 경제적 변화와 세태의 변화가 잘 나타난다. 정부의 농촌 정책은 외국산의 수입 등으로 농민들이 농업을 포기할 수밖에 없는 지경으로 변화시키면서 농민 사회의 해체를 촉진한다.[167] 게다가 상업주의와 소비 풍조는 갈수록 만연하게 된다. 단체 관광은 물론 '비밀 땐스홀'이 생기고 온천 목욕이 유행한다. 「우리 동네 장씨」를 통해서는 "사람이 돈을 가진 것이 아니라 돈이 사람을 가지"게 되는 자본주의에 의한 심각한 변화를 경계하고 고발한다. 또한 이 작품에는 근대화에 대한 냉소적 태도가 잘 나타나는데, 이를 통해 작가는 사람들이 농민 사회의 해체와 함께 인간적 삶을 해체시키는 근대화에 대해 얼마나 부정적 인식을 가지고 있었

---

167) 개방 농정의 기본 구도하에서 농업 정책의 방향은 크게 세 가지로 요약할 수 있다. 첫째 물가 안정과 저임금 구조의 유지를 위해 농산물 수입을 자유화하고, 둘째 수입 개방에 따른 농가 경제 압박은 복합 영농 및 농촌 공업화를 통한 농외 소득원의 개발을 통해 보상하며, 셋째 농업 생산은 기존의 소농 경영으로부터 기업농의 육성을 통해 보존한다는 것이었다.
하지만 이 같은 농업 정책은 농민 희생을 명시화한 노골적인 '농민 부재'의 농업 정책이라 할 수 있다.(한국사회사학회, 앞의 글, 179쪽)

는지를 알 수 있게 한다.

「우리 동네 정씨」에서도 변모한 인심과 인간 관계, 그로 인한 부정적 세태가 잘 나타나고 있다. 가난하고 순박한 농민 정씨는 경제적 어려움을 덜기 위해 어렵게 학생봉사대를 배정받아 논일을 하려 하나 학생들은 중요한 순간에 자신들의 편익을 위해 데모를 하는 지경에 이른다. 순수해야 할 학생들의 사고도 이미 이기적이고 타산적으로 변해버린 것이다. 학생들과 교사들은 무성의한 태도로 민폐만 끼치고 염치없는 행패를 부릴 뿐이다. 고속도로나 국도변 경작지와 비교하는 부분에서 가식적인 전시 행정의 세태가 잘 드러난다. 이른바 중앙의 윗사람이나 지방 관리들의 왕래가 잦은 고속도로나 국도변에 농토를 가진 농가는 관공서 공무원이나 학생봉사대가 "제발로 찾아와" 모를 심어준다. 근대화 정책의 실행 과정에서 드러나는 이러한 일들이 한국 사회에 가식과 이기적 술수가 만연되게 하는 주요한 원인이 되고 있는 것이다. 정씨를 더욱 열패감에 빠뜨리는 일은 선거에 말려들어 김형각의 교활함과 비열함에 터무니없이 농락당한 일이었다. 정씨는 이 일로 정신적, 경제적으로 심각한 피해를 입게 된다. 자신의 출세와 축재를 위해 권모술수와 배신과 파렴치가 난무하는 급속히 변화되는 세태에 무방비로 희생되고 마는 것이다.

「우리 동네 류씨」에서는 이른바 복부인이란 투기꾼들에 의해 농민 사회에 근대 자본주의 세태가 직접적으로 유입되는 현상을 보여준다. 그들은 "나중에 돈 될 것이라면 왜정 때 왜놈들이 이 겨레 때려죽인 몽둥이라도 금값으로 사들여 모을" 사람들인 것이다. 농민들도 "무턱대고 치솟을 땅값부터 어림하기에 바빴고, 핑계 한 번 좋을 때 지긋지긋한 농사를 걷어치우고, 계제에 달리 살아보자는 기대로 들뜨지 않을 수"가 없게 되는 것이다. 근대 기획과 자본주의화는 농민 사회를 근본적으로 파괴시켰고, 그것은 한국 사회 전반의 구조적 변동으로 이어지고 있었다.

한국 근대화 과정 속에서의 순박한 농촌 사람들이 어떻게 변해갔는가를 전형적으로 보여주고 있는 인물이 '순이'이다. 그녀는 대도시로 나간 뒤 오다가다 만난 건달과 살림을 차린 이후 부동산 투기로 돈을 벌게 된 인물로서 '검정색 자가용차'를 타고 고향에 다니러 왔다. 순이는 자신과 자기 딸의 출세를 위해 반공영화의 촬영 장소로 고향 마을을 이용하여 소속 영화사에 잘 보이려 하는 속물적 근성에 젖어버린 것이다.

또한 이 작품에서는 공업화 중심의 근대화 과정의 필연적 결과인 농사의 파탄이 가져오는 생활의 변화도 그려낸다. 아낙네들이 해마다 하던 일도 더불어 없어졌다. 움을 파고 배추를 갈무리하던 일도 없어지고, 무를 깍뚝거려 무말랭이도 만들지 않았으며, 단무지를 몇 독씩 담글 필요도 없어졌다. 그러자 아낙네들은 이집 저집 기웃거리며 마을로 해동갑을 하고, 서둘러 저녁상을 거듬거리고 나면 누가 불러가지 않더라도 류씨 아내 집으로 몰려들었다. 이들에게는 새로운 정보와 문화에 대한 욕구가 생성되고 성에 대한 관심도 특별해진다. 류씨의 아내는 돌아다니는 직업상 그들의 욕구를 충족시키는 매개의 역할을 하게 되는 것이다. 그리고 그들은 전통적 농민 사회에서는 매우 새로운 경험이라 할 수 있는 '이쁜이계'에 대해 접하게 되고 그것을 구성하기에 이른다. 물론 '이쁜이계'에도 자본주의의 속성인 금전적 이해 관계가 깔려 있다. 특정 병원과 연계되어 있고 명당(名當) 소개비가 있는 것이다.

「우리 동네 조씨」에서도 근대의 '가속성'에 의해 빠르게 변화되고 해체되어 가는 농민 사회의 모습을 처연하게 드러내 보여준다.

> "이대루 가다가는 얼마 안 가서 큰일 날 세상이라. 세상이 사람을
> 따러오너야 경온디 사람이 세상을 쫓어가기 바쁘니……(후략)"

(334)

조는 내키지 않았지만 마을의 추세에 이기지 못하여 학교에 "칼라
텔레비"를 기부하는 데 동참하게 된다. 그러면서도 조는 "돈으루 가르
치는 세상"이 된 것을 한탄한다. 학교의 운동회 날 기부자들을 호명하
는 상황에서 드러나는 조의 심경은 많은 것을 암시하고 있다.

> 학교에서는 마침 확성기로 그를 거듭 찾고 있었지만, 조는 그 조태
> 갑이가 동명이인일 것이라는 느낌을 떨쳐버릴 수가 없었다.
> "저기서는 대이구 찾어쌓는디 당사자는 워째 이런 디 오너 앉어
> 있다나?"
> 덥뎅이 이장 권이 꼭 저같이 생긴 것 두엇하고 옆자리로 비껴 앉
> 으며 할 만한 소리를 하였다.
> 조는 갈 디가 읎어서…… 하려다가 참고 막걸리를 찾았다.
> 감사패를 읽는 교장의 음성이 한참 시끄럽더니
> "이하 동문……."
> 하는 소리와 함께 정처없는 파리 한 마리가 술잔 옆으로 살며시
> 내려앉고 있었다. (359~360)

위의 인용은 근대로의 변화 과정 속에서 야기되는 '상실'의 모습을
잘 담아내고 있다. 근대 공간에서의 인간은 타의적으로 강요된 자아의
분리를 경험하지 않으면 안 된다. 그래서 원래의 조태갑과 '동명이인'으
로 느껴지는 조태갑이 생겨나게 되는 것이다. 그리고 "이하 동문……"
들로 규격화된다. 가장 심각한 현상은 "정처없는 파리 한 마리"와 같이

사람이 "갈 데가 없어"지는 일이다. 한국의 근대화가 크고 심각한 '상실'을 가져오고 있었음을 작품은 엄중하게 지적하고 있다.

'으악새 우는 사연'이라는 부제가 붙은 「우리 동네 황씨」에서도 근대화의 변화 과정에서 해체되고 개별화되며 파편화되는 농촌 사회의 인간 관계와 삶의 모습을 사실적이면서도 호소력 있게 보여준다.

> 아무리 삶는 날이라도 TV 앞에다 상을 놓았고, 그 바람에 하늘이 덮이기 무섭게 대문부터 걸어닫지 않는 집이 없었다. 안식구따라 사내들마저 그 지경이고 보니 더러 들어볼 말이 있어도 마실 갈 데가 없었다. 내집 뉘집 없이 낮에는 죄다 들에 나가 살고 날만 저물면 빗장 걸고 틀어박히기를 다투니, 추녀를 나란히 하고 한 우물을 길어먹는 이웃 사람도 며칠씩 얼굴 얻어보기가 어려웠다. 그러니 동네에 무슨 일이 생겨도 일삼아 가보기 전에는 얼굴 한 번 내밀지 않던 것이 오히려 당연한 일이었다. (366~367)

텔레비전으로 인해 가족도 예전같지 않고 이웃도 멀어진다. 더구나 텔레비전 안의 풍물들은 "이렇게 사는 사람들", 즉 농민들의 실제 삶과는 무관한 가식과 허상일 뿐이다. 그런데도 농민들은 텔레비전의 허상으로 인해 대부분이 스스로도 인식하지 못한 채 엄청난 부정적 변화를 맞게 된다. 근대의 중요한 속성인 속도와 확산성을 지닌 텔레비전은 단순한 가전 제품으로서의 생활용품이 아니었다. 그것은 바로 이 시기 한국 농촌에 밀어닥친 대표적인 근대의 표상이었다. 농민 사회는 제일 먼저 텔레비전을 통해 외부 세계를 만난다. 그것은 너무도 쉽고 빠르게 농민 사회와 근대의 부정성을 연결시킨다. 이로 인해 농민 사회의 많은 것들이 급속도로 변해갔다.

근대 경제 체계의 근본이라 할 수 있는 자본주의는 농민 사회에 파급되면서 농산물의 상품화를 가져오게 된다. 농민 사회의 전통적인 생산과 경제 구조에도 근본적인 변화를 가져오게 된 것이다. 그런데 그러한 근대적 변화는 오히려 농민 생활의 피폐화는 물론 더욱 심각한 인간성의 황폐화로 이어지고 만다.

> "우리나 서울 것들이나 서루 저기허기는 매일반인겨. 서루 다다 썩여먹잖으면 못살게 마련인 세상인디, 촌사람만 독약 쓰지 말라는 법이 있담? 시방은 사람이 먹구 쓰는 게 죄 약이 아니면 독으루 알구 살어두 저기헌 세상인디, 새꼽빠지게 가로왈 세로왈 헐 게 뭐라나?"
> "허기는 그려. 뭐 한 가지 맘놓구 쓸 게 웂으니께. 근래 근대화 바람에 일어난 공장에서 맨든 것이면 싸구려루 내던지는 수출품은 안 그래두, 내국인헌티 팔아먹는 건 공해 아닌 게 웂거든. 특히 농촌으루 흘러오는 게면 열에 일고여덟이 불량제품이구 가짜란 말여." (399)

위의 인용을 보면 그나마 양심을 지키고자 고뇌하는 농민들에게조차 양심을 털어내야만 생업을 유지할 수 있게 되는 변화 현상이 근대화 과정을 통해 이미 구조화되어 가고 있음을 작품을 통해 알 수 있다. 면에서 사람이 나와 성화대는 바람에 하게 되는 "송충이잡이고 애벌레따기고 치러보면 고작 군에 보고하려고 면직원이 들고 나온 카메라에 사진이나 찍혀주는 행사로 그칠 뿐"인데 이러한 관 주도의 근대화 체험을 통해 농민들은 허위와 위선을 경험하게 된다. 작가는 잘못된 근대화로 인해 현대 사회가 실제로 겪고 있고, 그리고 미래로 악화되며 이어질 온갖 모순과 부조리, 비인간화된 위기 사회의 출발을 엄중히 경고하고 있는 것이다.

『우리 동네』가 보여주는 변동은 결코 단순한 지역적 현상이나 문제가 아니라 농민 사회 전반의 구조적 지각 변동이며 그것은 곧 한국 사회 전체의 거대한 변화를 가져오는 것이었다. 근대화가 불러일으키는 변화는 실제로 그 주체여야 하는 사람들의 현실이 적절하게 바탕을 이루지 못한 상태에서 진행되어가고 있었다. 그럴 때 근대화가 갖는 지배적 담론은 '속도'라는 근대성과 결합해 폭력화되고 그 속력에 의한 괴리가 커질수록 폭력성도 증대된다. 『우리 동네』는 부정한 근대의 폭력성과 이로 인한 해체와 상실의 중대성을 심미적으로 고발하고 비판함으로써 정세하면서도 강력한 저항 담론을 구성한다. 일상적 체험을 바탕으로 한 '변동'이라는 근대성에 대한 엄밀한 성찰과 비판은 기존의 근대를 넘어서 새로운 단계의 근대를 지향하는 담론에 있어서 핵심적 과정이라 할 것이다.

2) 담론 속 권력과 이데올로기

근대성을 살피는 데 있어서는 그 양가성을 놓치지 않는 시각이 필요하다. 철학적 계몽주의와 부르주아의 사회적·정치적 근대성 뒤에는 인간에 대한 새로운 억압의 가능성이 내장되어 있었다. 해방과 자유 뒤에는 지배 세력과의 갈등이, 진보에 대한 믿음 뒤에는 위기 의식이 숨어 있었던 것이다. 이러한 시각은 근대성이란 무엇이며 현실의 근대성 아래 규정되는 인간의 운명이 어떠한가에 대해 질문하고, 나아가 그것을 넘어서 새로운 근대성을 모색하려는 역동성을 생성시킨다.

『우리 동네』는 1960~70년대 한국 근대화 과정 속에서 권력의 이데올로기와 자본주의라는 근대적 속성이 한국 사회 구성원들의 삶, 특히 농민들의 삶과 언어 속에 어떻게 구체적으로 설치되고, 은폐되고, 작동하는가를 드러내 보여주는 작품이다. 이를 통해 근대성이란 무엇이며 현실의 근대성 아래 규정되는 인간의 운명이 어떠한가에 대해 질문하고, 나아가 그것을 넘어서 새로운 근대성을 모색하려는 역동적 과정을 문학적으로 구현하고 있다.

(1) 반공 이데올로기와 발전주의 담론[168]

『우리 동네』에서 당대 농민 사회에 대한 권력의 침투와 그 작용의 양태는 연작의 시작인 「우리 동네 김씨」에서부터 드러나기 시작한다. 김씨는 가뭄 속에 어렵사리 양수기를 빌어 다른 곳으로 흐르는 물을 끌어들여 갈라지는 논을 적시게 된다. 이런 과정에서 한전 출장소 직원이 나타나 김씨가 양수기를 돌리기 위해 끌어다 쓰는 전기를 도전(盜電)이라며 트집잡는다. 이 때 김씨가 쉽게 숙여들지 않자 직원은 '안보'를 끌어들여 '공갈'하고 '협박'을 하기에 이른다. 말단 공무원에 의한 위와 같은 인식과 언행은 당시 권력의 안보 논리에 의한 이데올로기적 지배 담론이 외진 농촌 구석까지 얼마나 팽배하게 스며들어 있었는지를 잘 말해주고 있다.[169] 어떤 일에 대해서건 고분고분하게 말을 들을 수 있

---

168) 스튜어트 홀은 푸코의 논의에 기대어 권력과 관련된 담론의 의미를 다음과 같이 정리하고 있다.
    "담론은 어떤 특수한 주제를 말하고 생각하며 혹은 재현하는 방식이다. 담론들은 그 주제에 대한 의미 있는 지식을 생산한다. 이 지식은 사회적 실천에 영향을 미치고 실질적인 효과와 결과를 지닌다. 담론은 계급이해로 환원될 수 없고 항상 권력과의 관련 속에서 작동한다. 담론은 권력이 순환하고 겨루는 방식의 일부이다. 어떤 담론이 진리인지 허위인지의 문제는 그것이 실제로 효력이 있는지의 문제보다 더 중요한 것은 아니다. 그 담론이 효과적일 때 그것은 '진리체계'로 불리운다." (스튜어트 홀, 「서양과 그외의 사회들, 담론과 권력」, 『현대성과 현대문화』, 현실문화연구, 2001, 433쪽)
169) 한국은 해방과 분단의 역사적 소용돌이를 겪으면서 주체적 열망이 미흡한 국내 세력의 갈등을 격화시킨 외세와 이로 인하여 나타난 분단 국가의 이념적

도록 하는 방법은 안보를 들먹이고 이적 행위를 들먹이면 틀림없다고 대화 주체들 모두가 인식하고 있는 실정을 보여주는 것이다. 이러한 안보 논리의 권력은 "번개를 끌어 써서래두 물을 댈 판"인 '농사꾼 심정'과는 너무도 거리가 먼 것이었다.

이에 김씨와 물 때문에 실랑이를 벌이던 농사꾼인 '유'가 끌어다 쓴 전기보다는 식량을 생산하는 농사일이 더 중요함을 항변해 보지만, 권력의 하수인이라 할 수 있는 한전 출장소 직원을 통한 안보 이데올로기 담론은 당당하기만 하다. 그런데 좀처럼 끝이 보이지 않던 이 모든 실랑이를 일시에 중단시킬 수 있는 것이 역시 안보 논리를 기저로 하고 있는 제도적 장치인 민방위 훈련인 것이다. 농민들은 가뭄으로 인해 온갖 곤욕을 치르고 있는 바쁘고 절박한 상황에서도 민방위 훈련은 빠질 수 없다. 모든 상황을 중단한 채 참석해야만 한다. 당대 반공 이데올로기는 지배 질서 유지를 위한 만병통치약으로 작용한다. 반공 이데올로기는 2차대전 이후 냉전 논리가 분단 구조와 결합하여 발생하였으며 이것이 전쟁이라는 가장 극단적인 형태로 관철되어 전 사회 구성원의 이데올로기적 자원의 창출처가 되었다. 반공 이데올로기 자체가 통치의 정당성을 부여하고 권력 형성의 기반이 되는 것이다.[170] 안보 논리 또

배경인 친미 · 반공 이데올로기를 수단으로 권력에 의해 '비정상적인 것을 정상적인 것처럼' 꾸미는 정치, 경제, 사회적 구조화를 겪게 되는데, 한국의 근대화가 그 중요한 구체적 실천 과정이었다. 이는 극도로 위축된 운동의 장과 제한된 이념의 지평만을 제공하게 되고 시민 사회 스스로의 근대 추진력은 구속 · 제한될 수밖에 없는 것이다. 이러한 현상은 농민 사회에서 더 철저하게 나타나게 된다. 즉 식민지 유제와 지주-소작관계의 청산이라는 반제 반봉건 과제는 좌절되고 농민 이익은 국가 권력의 예속성과 계급성에 의하여 노골적으로 억압 · 은폐되었고, 농민은 국가 안보와 경제 성장이라는 미명하에 침묵과 굴종을 강요받았던 것이다. 또한 농촌에서는 여전히 지역유지 · 관료들이 지배력을 행사하고 있었다.(한국농어촌사회연구소 편, 『한국농업 · 농민 문제 연구』II, 연구사, 1989, 14쪽 참조)

한 이 반공 이데올로기를 기저로 하고 있는 것이다. 안보 논리에 의한 농촌의 민방위 훈련은 권력의 지배를 위한 순치 방식으로 기능하고 있었음을 이 작품을 통해 알 수 있다. 그 민방위 훈련이란 것의 실상과 내용이 참으로 시간때우기 식의 허식일 뿐이었기 때문이다.

> 부면장이 얼굴을 가다듬으며 말했다.
> "사실은 이 시간이 교육시간입니다마는, 가만히 앉아서 자리 흐트지 말구 담배들이나 피셔유. 지 자신이 교육에 대비하여 학습해 둔게 있는 것두 아니구 해서 베랑 헐 말두 읎습니다. 또 솔직히 말해서 지가 예서 뭐라구 떠들어봤자 머릿속에 담구 기억허실 분두 읎을 줄로 알구 있습니다. 그냥 앉아서 죄용히 담배나 피시며 시간을 채우시도록 허서유. 그런디 퇴비들을 쌓으실 때는 몇 가지 유의를 해주시라 이겁니다. 위에서 누가 원제 와서 보자구 헐는지 알 수 읎으닝께, 퇴비장 앞에는 반드시 패찰과 척봉(尺棒)을 꽂으시구, 지붕 개량허구 남은 썩은새나 그타 여러 가지 찌끄레기루 쌓신 분들은 흔해터진 풀 좀 벼다가 이쁘구 날씬허게 미장을 해주셔유. (후략)" (33)

이렇게 민방위 교육장은 그 본질과는 전혀 무관한 채 농민들을 모아 놓고 정부 시책에 부응하기 위한 획일적 지도가 이루어지는 장(場)의 역할을 하고 있었다.

「우리 동네 리씨」는 "오늘도 대한 추위에 물두덩 얼어터지는 소리로

---

170) 해방 이후 미국은 한국에 대해서 친미반공의 이데올로기적 지형을 강요하여 국가의 무제한적 권력 집중 및 강제력 행사를 용인시키는 계기를 만들어 시민 자유 유보의 '정당성'을 제공하는 역할을 하고 있다. 미국이 외형적으로 강요하였던 체제(자유민주주의)마저도 그 함의(Connotation)는 상실되고 외피만 완제품으로 수입되어 비탄력적 우익 이데올로기로서만 의미를 지니게 되었다. 대외적으로는 그 이념은 북한에 대한 반공 정책의 이념적 지주였고, 대내적으로는 친일보수연합세력을 정당화하는 기능을 수행하였다.(한국농어촌사회연구소 편, 앞의 책, 23쪽)

남의 고막을 맞창내"는 이장네 사랑의 새마을 방송으로 시작된다. 새마을 방송은 농민에 대한 권력의 획일적 통제 현실을 상징한다. 이장네 확성기에서 매일 아침 "구붓구붓한 논두렁을 타고 퍼져나가는 새마을 방송"은 그 자체가 이전과는 다른 변화의 양상이면서 1960~70년대 한국식 근대화로 인한 농민 생활의 광범위하고 지속적인 변동의 상징적 소리라고 볼 수 있다. 그 방송은 농민들의 변동을 예고하고, 유도하고, 진행시키며 강제하기도 하는 권력 최일선의 직접적 통제 방식인 것이다. "우물가에 물을 긷는 순이 얼굴이 하하, 소를 모는 목동들의 웃는 얼굴이 하하……"하는 「좋아졌네」를 비롯하여 「근대화의 일꾼」, 「우리 마을」, 「새마을 아가씨」, 「농민의 노래」, 「사랑의 손길」 따위, '대한 노래 부르기 중앙회'라는 데서 열 네 곡을 이어 만든 새마을 합창판이 그것이다. 그리고 '그 지겨운 노래', '잡음' 등으로 표현되고 있는 이 방송에 대한 마을 사람들의 부정적인 반응과 '오늘도'라는 표현은 농민들의 지속적인 시달림을 말해주고 있다. 이는 관 주도의 근대화에 대한 비판 의식이 작품 전반에 깔려 있음을 알 수 있게 한다.

　분단 상황은 국가 안보라는 명분하에 국가의 강권력을 정당화하는 고갈되지 않는 자원을 제공하며 한국에 있어서 '발전주의'를 더욱 가능하게 한다. '발전주의'도 지배 자원의 하나로서 사용되고 있는데, 이는 계급 대립을 부차적인 것으로 은폐시키고 '민족주의 이념'171)에 호소하

---

171) 이 시기 교과서의 민족 담론에서 가장 많이 등장하는 수사는 민족의 단결, 동포애(친형제), 단일민족, 조상의 얼, 동고동락의 운명, 민족의 수난과 국난극복, 한마음 한뜻으로, 민족 문화, 빈곤의 악순환, 빈곤의 추방, 근대화의 시련과 극복, 내 나라 내 조국과 같은 것이었다. 이는 이 시기의 민족 담론이 주로 수난의 역사에 대한 기억, 단일민족성, 근대화에 대한 기획으로 이루어졌음을 보여주고 있다.(이지명, 「담론이론의 시각에서 본 도덕과 민족 담론의 양상」, 『국민윤리연구 제51호』, 2002, 386~387쪽)

여 권위주의 체제 유지에 공헌한다. 그러한 발전주의의 대표적 형태가 '새마을 운동'이었다. 요컨대 새마을 운동은 농민 통제의 메커니즘으로 태동되었고, 독점 자본의 침투를 보장하는 이데올로기적, 강제적 보상적 지배자원이었다.[172] 이러한 새마을 운동은 농민들을 잘살게 한 것이 아니라 빚만 만들어 놓는 형국이 되고 말았다. 리씨 역시 "빚가림을 하려 해도 워낙 터무니가 없어 내동 사돈네 초상에 외갓집 제사 잊듯 해 온 지가 오래"라고 탄식한다. 갚아야 할 단위조합 빚이 이천이백만 원이나 되는 것이다. "제발 이 불우이웃 좀 도와주셔. 허라걸랑 허라는 대루 좀 해주셔."라는 이장의 말은 발전주의에 의한 관 주도의 농민 통제 상황이 얼마나 심각한 정도인가를 잘 보여주고 있다.

영농교육장 강사의 설득조의 장황한 말 중에도 "이제는 관청에서 허라는 대로 허는 게 애국인 겁니다", "농촌지도소에서 허시라는 것만 허셔. 그게 애국입니다유"라든가 "두말허면 사상이 의심스러운 새끼여" 등의 말을 통해 당시 권력의 억압적 통제 양상과 일상의 구석구석에 침투해 있는 반공 이데올로기의 폭력성을 실감할 수 있다. 그러나 관에서 시키는 대로 하는 것이 얼마나 어리석은 일인가가 다음과 같이 드

---

172) 새마을 운동은 농민 소득 증대와는 무관하게 최단시일 내에 외국인과 상부에 전시 효과를 나타낼 수 있는 환경 미화사업 위주로 이루어졌다. 농민들은 게 으르고 미신적이며 악습에 젖어 있다고 생각한 정부 지도자들은 완전히 강제적인 방법으로 사업을 시행하였다. 1970년 대통령의 제안으로 시작된 새마을 운동은 이것을 추진시키는 직속기구를 청와대 내에 설치하였고 이것을 뒷받침하기 위하여 중앙 정부의 차관들로 구성된 중앙위원회가 조직되었다. 그 결과 새마을 운동은 "지역사회의 주도권과 의사 결정의 원리는 전면적으로 부정하고 수행사업의 양과 형태는 마을 외부의 행정가들에 의하여 작성되었고 뒤이어 마을회의에 당국의 요원이 파견되어" 정부 추진의 강제적인 사업의 성격을 지녔던 것이다. 특히 지붕개조사업은 북한의 농촌근대화 성공에 대한 체제 경쟁으로 급조된 계획이라고 당시 AID 관계자가 증언하고 있고 이것은 시멘트, 철근업계에 엄청난 이익을 가져다주었다고 한다.(한국농어촌사회연구소 편, 앞의 책, 49쪽)

러난다.

> "그러구 농사는 농민이 짓는 겐디, 실지루는 관에서 마름을 보는
> 심이라. 이래라저래라 몰아대는 양을 볼 것 같으면 농업농산지 관광
> 농산지 당최 분간을 못 허겄더라 이게여. 분명 누구 보기 좋으라구
> 농사짓는 게 아닌 중 알련마는, 뭐 시키는 걸 보면 관청 취미대루라.
> 그런다구 혹 제대루 된 게나 있으면 그러니라나 허지. 뽕나무 심으슈
> 심으슈 했던 게 불과 몇 해 전여? 인저는 그늠으 것 캐내 버리느라구
> 조합 돈까장 읃어댔으니……." (69)

농촌지도소에서 나온 강사들이 강연을 하는 '영농교육장' 역시 농민
들의 생업의 발전과 그로 인한 경제적 향상을 도와주는 본질적 기능과
달리 정부의 광범위한 농민 통제를 위한 기구로 기능한다. 이곳에서는
정부 주도의 영농, 즉 "통일계나 유신계통으로 볍씨를 바꾸라는 말밖에
들을 것이 없"는 것이다. 그러나 통일벼는 역시 여러 가지 이유로 농민
들을 위해서는 도움이 되지 못했다.

「우리 동네 최씨」에서는 부당하게 해고되어 최씨의 딸 종진이와 최
씨 집에서 함께 지내게 된 명순이에 대해 "뿕겡이 끄나풀", "사상이 불
순헌 게", "수상헌 년" 등으로 의심하며 끊임없이 우려하는 최씨 처의
태도를 통해서, 「우리 동네 류씨」에서는 "동지 전에 팥죽만 쒀 먹어두
붉은 것 좋아하는 수상헌 집이 있다구 신고가 들어가는" 세태를 지적
하며 권력에 의해 왜곡되어 강제된 당대의 반공 이데올로기가 어떻게
한국 사회 구석구석에 스며들어 농민과 노동자들을 억압하고 순치시키
는 데 이용되었는가를 잘 보여준다.

이처럼 『우리 동네』를 통해 작가는 농민 사회의 근대화 담론 속에서

당대 사회 전반을 지배하던 권력과 이데올로기 담론을 재구성하여 들
춰낸다. 이로써 당대가 얼마나 억압적이었는가를, 그리고 그 안에서 농
민들의 실상이 어떠했는가를 돌아볼 수 있게 함과 아울러 지배 이데올
로기가 담론 속에 틈입하여 작동하는 방식과 양상을 보여주고, 이에 대
한 비판적 담론을 구성하고 있는 것이다.

(2) 근대 권력의 배제에 의한 타자화

『우리 동네』에는 농민으로서는 결코 인식하기 어려운 근대 권력과
자본의 시스템을 통한 농민들에 대한 억압 양상도 드러난다. 먼저 힘과
조직력을 통하여 농민들을 착취하는 자본주의의 독점화 기구라 할 수
있는 농협의 실태를 드러내고 그러한 부정을 직접 체험한 작중 인물들
을 통해 그 실태를 신랄하게 비판한다. 한국의 농협은 본래 농민의 자
기이익 옹호를 위해 결성된 자주적 이익 단체이다. 그러나 당대의 농협
은 국가에 의해 직접 통제되어 결과적으로 이익 단체가 아닌 정부의
농민 통제 기관으로 작용하였으며, 농협의 지도자들도 국가가 요구하는
정책을 시행하는 데만 관심을 지녀 '농민을 위한 농협'이 아니라 '농협
을 위한 농민'이라는 기현상을 초래하였다.[173]

또한 이 작품에서는 권력과 독점 자본주의에 의한 근대화 과정에서
의 농민 사회 배제 구조[174]로 인한 농민들의 소외 의식과 박탈감이 잘

---

173) 한국농어촌사회연구소 편, 앞의 책, 45쪽.
174) 1960년대 중반 이후 한국 경제 성장의 파행적 양상은 행정 구역별 불균등 성
　　장의 양상뿐만 아니라 도시/농촌간의 성장 격차에서 더욱 잘 나타난다. (중략)
　　우리 나라 전체 도시/농촌 지역의 경제력의 격차는 매년 크게 증대되었고, 특
　　히 도시 지역 경제 성장의 정도는 인구 증가율을 훨씬 능가할 정도로 대단한
　　것이었다.(한국사회사연구회, 『한국의 지역문제와 노동계급』, 문학과지성사,
　　1992, 34쪽)

드러나고 있다.

「우리 동네 최씨」에서도 정부는 농촌 근대화를 외치고 있지만 가난한 농사꾼의 형편은 식민지 시대와도 별반 다르지 않고, 게다가 관 통제에 의한 폐해는 농민을 더욱 어려운 상황으로 몰아가고 있는 당대 현실이 잘 나타난다. 오토바이를 휘몰고 다니는 젊은 사냥 놀이패들과의 실랑이를 통해 도시인(서울)들에 의해 함부로 파괴되는 농촌과 함부로 취급되는 농민의 실상도 드러내 보여주고 있다. 그런데 이 작품은 농민과 권력이라는 울타리를 넘어서 노동자와 권력이라는 문제로 시각이 확대된다. 그러면서 당대 하층 노동자 문제가 결국 농민 문제와 직결됨을 잘 보여주고 있다. 동시에 당대 권력과 노동자의 부조리한 관계를 매우 사실적으로 밝혀주고 있다. 악조건 속에서 노동과 착취에 시달리는 노동자들의 대부분이 농민 생활의 힘겨움과 차별에서 벗어나고자 하는 동인으로 인해 형성된다. 작품은 명순이와 같은 어려운 상황의 사람들을 올바로 이해하고자 하는 태도를 통해 노동자에 대한 당시의 착취와 비인격적 취급의 구도를 비판적으로 잘 드러내 보여주고 있다.[175]

「우리 동네 류씨」에서는 권력 당국에 의한 근대화 기획과 그것이 강제되고 대상을 통제하게 되면서 농민들에게 얼마나 큰 피해를 가져왔는가를 보여준다. 류씨는 마음에도 없는 노풍을 억지로 심었다가 농약 중독으로 인해 폐인이 되었고, 류씨의 아내는 "정떨어지고 경제성도 없

---

175) 1960년대부터 시작된 국가 주도의 산업화는 불과 30여 년만에 한국을 본격적인 공업 국가로 바꾸어 놓았다. 전체 인구 구성에서 농민이 차지하는 비중은 15% 내외로 줄고, 반면 노동자를 비롯한 비농업인이 인구의 대부분을 차지하게 되었다.
그리고 산업화는 지주-농민의 축을 중심으로 전개되던 불평등 구조를 자본가-노동자가 축이 되는 자본주의적 불평등 구조로 바꾸어놓았을 뿐만 아니라, 신분 제도의 전면적 해체와 계급 구조의 정착을 가져왔다.(한국사회사학회, 앞의 책, 13~14쪽)

는" 논에 불을 지르고 만다. 그리하여 결국 농민이 농업을 마감하게 되
고 류의 아내는 유산균 음료수 배달원이 된다. 이런 상황들이 곧 농민
들이 끝내 농업을 포기하게 되고, 농촌을 떠나게 되는 중요한 요인인
것이다.

> 류가가 논배미마다 노풍만을 꽂은 것도 다들 억지로 그랬듯이 마
> 음엔 없던 것이었다. (중략) 작업복 차림의 면직원을 서넛이나 달고
> 나온 산업계장은, 재래종을 담가놓고 싹 틔우던 두멍 속에 싹이 트지
> 않도록 마세트 입제를 들어붓고 휘젓는 북새를 피운 다음, 나중에 재
> 래종 볍씨를 안방이나 부엌에 숨겨 틔워 다시 뺍는다 해도, 결국은
> 면장이 나와서 장화발로 직접 못자리를 짓밟고 말리라고 눈을 허옇
> 게 희번득이며 대구 윽박지르던 것이다. 게다가 이장까지 묻어와서
> 제발 자기 좀 살려달라며 겯고 들었다. 농사꾼은 마음에 있는 종자를
> 고를 권한마저 빼앗긴 셈이었다. (165)

쌀 한 가마니의 수매가는 생산비에도 미치지 못하고 고추 농사 배추
농사도 농민들의 "울화를 끓이지 않을 수 없게" 한다. 아름드리 배추 한
포기가 작년 그 무렵의 시래기 한 제기 값을 하기에도 어렵던 것이다.
이렇게 한국의 근대화 과정에서 농민 사회는 끊임없이 권력에 의해
배제되고 소외된다. 이러한 현실은 농민들의 참담한 경제적 실상과 함
께 「우리 동네 강씨」를 통해서도 잘 나타난다. 강씨의 아내는 냉장고를
갖고 싶어 한다. 이 작품에서 냉장고는 삶의 질 향상이라는 본질적인
근대성의 상징적 의미를 지니고 있다고 볼 수 있다. 그런 냉장고를 갖
게 되는 것이 강씨 집으로서는 진정한 근대화의 출발인 것이다. 그러나
오히려 농촌 근대화와 권력의 배제에 의해 강씨 집안의 '진정한 근대
화'는 좀처럼 이루어지지 않는다. 그녀는 냉장고를 사기 위해 마늘 농

사를 지었으나 절망하고 만다. 심을 무렵만 해도 '귀물'이었던 마늘이 막상 거둘 때에 이르러는 "숫제 값이 없어진 꼴"이 되어버리고 말았던 것이다. 그래서 그녀는 마늘 수확을 아예 포기하고 만다. "놉을 사면 품 삯도 안 나올 금새"였기 때문이다. 이런 결과는 정부에서 외국 마늘을 수십억 원에 달할 정도로 수입을 해 왔기 때문이었다.

> 그동안은 공업이 발전되어야 산다며 농사꾼을 눌러왔으니, 이제는 농사꾼도 사람으로 치고 생산비만은 보호해 주어야 옳다던 것이 그 녀의 주장이었다.
> "농사꾼은 호적 파갖구 물 근너온 의붓 국민인감. 다른 물건은 죄 다 맹그는 늠이 기분대루 값을 매기는디 워째서 농사꾼만 남이 긋어 준 금에 밑돌어야 혀? 마늘 한 접이 금가면 버리는 푸라스띡 바가지 만두 못허니 이래두 갱기찮은겨? 드런 늠덜. 암만 초식장사 제 손 끝 에 먹구산다지만 해두 너무헌다구. 꼭 이래야 발전한다는겨?" (243)

위의 인용에는 1960년대 산업화 이후 줄곧 이어지고 있는 배제와 소 외의 설움이 잘 드러나고 있다. 마늘 농사로 '근대화의 꿈'을 이루지 못 한 강씨의 아내는 이번에는 그 기대를 보리 수매에 두려고 한다. 그러 나 이번에도 그녀의 '근대화'는 이루어지지 않는다. 보리 수매가 절망 적이었기 때문이다. 이는 물론 정부의 저곡가 정책에 따른 결과이다. 강씨는 "백성이 죽기를 두려워 않음은 살기가 어려운 까닭이란 옛말" 을 입에 올리며 "누가 농사지을 마음이 가신다고 했는지 몰라도 살고 싶은 마음이 사위어갈" 정도로 절망에 빠지게 된다. 실제로 당시 정부 의 농정 관계자의 다음과 같은 글을 보면 1960년대 중반 이후 농정이 얼마나 한국 사회 전반의 산업화·공업화를 위한 농민 사회의 희생을 담보로 한 것이었는지를 짐작할 수 있게 한다.

그렇다면 農業政策이 개별농가의 所得增大를 그 政策目標로 했을 때 成功의 가능성은 가장 클 것이라고 함에 과오는 없을 것이다.

그러나 문제는 그렇게 간단하지는 못한 것 같다. 「工業化 卽 農業으로부터 工業에로의 人口의 移動」이라 이해되고 있는 經濟開發過程에 있어서 農業이 맡은 바 使命 또는 役割은

첫째로 食量의 自給度를 향상시킴으로써 開發資源을 食糧輸入에 使用하는 일이 없게끔 할 뿐 아니라 工業化로 인한 都市人口集中과 소득증대에 따른 食糧需要의 增大를 감당할 수 있어야 한다는 것.

둘째로 工業原料農産物의 增産으로 輸入原料의 代替, 外貨의 節約을 기할 수 있어야 한다는 것.

셋째로 新生都市工業生産品에 대한 안정된 市場을 조성하여 國內工業의 보호자가 되어야 한다는 것.

넷째로 都市工業이 일정한 수준으로 발전할 때까지 過剩人口를 包容할 뿐 아니라 新生都市工業에 저렴한 勞動力의 供給源이 되어야 한다는 것 등으로 요약될 수 있을 것이다.[176]

1970년대 중반 이후의 국가의 정책 또한 농민들을 위기 상황으로 몰아갔고, 결과적으로 농민들은 정부를 불신하게 되고 불만이 쌓이게 된다. 고추 농사도 수입 고추로 인해 형편없게 되어버리고 심지어는 남의 농사를 얻어 짓지 않으면 양식도 못하던 영세 농민들이 이제는 오히려 대농에게 배메기로 땅뙈기를 내주는 기현상까지 일어나게 된다. 없는 집이 있는 집에 땅을 빌려주고 반타작을 하면 그만큼 이로움이 있기 때문이다. 그것은 영세한 농민일수록 그러하였다. 영농비 뒷갈망이 없

---

176) 이득룡(당시 농림부 농정국장), 「농업정책의 작금과 방향」, 『지방행정』15권 154호, 대한지방행정공제회, 1966, 4~5쪽.

는 데다 간신히 수확을 하더라도 생산비가 안 나오는 탓이었다. 그러므로 그런 사람들은 스스로 농사지을 만큼 마련이 있는 집에 땅을 맡기고 자기네가 의지할 곳은 나가서 달리 찾으려고 하였다. "아무 끄나풀 없이 한데로 떠돌며 막일을 하더라도, 주저앉아 농토나 지키기보다는 낫다"고 치던 것이다.[177] 관 주도의 한국 농촌 근대화는 농촌 환경의 파괴와 농민들의 정신적 피폐함을 가져왔을 뿐만 아니라 생업의 기반마저 근본적으로 뒤흔들어 놓았던 것이다. 농민들은 절망하지 않을 수 없었다.

　　"말으나마나 그게 뭣인디? 이런 디서 집을 지어두, 가시사 중깃에 설외, 누물외 엮어서 안벽, 밭떡 치구 새 벽 허면, 겨울에 우풍 옲구 여름에 션헌 중 알면서 안 허는 거 도섭 아버지두 알잖여? 알면서 눈만 흘겨두 부스러지는 비싼 부로꾸를 운임 들여가며 사다 바람벽 허구, 여름에 쩌서 헐떡대구 겨울에 얼어 요강 터지는 게 뭣이여? 지푸래기루 구럭 뒤트레 삼태미 틀어 쓰면 짱짱허구 돈 안 들구, 비바람

177) 1970년대 중반까지의 농업 정책이 외견상으로는 중농 정책을 표방하며 농민에 대한 정당화 작업과 동시에 이루어졌다면, 그 이후의 농업 정책은 농민에 대한 정책이 부재한 산업으로서의 농업 정책만이 존재한 시기였다고 파악할 수 있다. 이 같은 농업 정책의 전개는 이 당시의 경제적 상황과 무관하지 않지만, 부분적으로는 사회 세력으로서의 농민과의 연대가 그리 효과적이지 않게 되었다는 사실에서도 기인한다. 즉 산업화에 따른 농촌의 해체와 도시의 성장은 1970년대 중반을 기점으로 농업이 국민 경제에서 차지하는 주도권을 제2·3차 산업에 내어주게 되고 농촌 주민의 숫자가 도시 주민의 그것에 못 미치게 되면서, 농업적 이익이 한국 정치에서 발휘하던 영향력은 급격히 감소하게 된다. 이는 이제껏 농민 희생적 산업화 속에서 농민에 대한 이데올로기적 정치를 통해 정당화했던 은폐적 농업 정책에서 한 발 더 나아가, 농민 없는 산업으로서의 노골적인 농업 희생적 산업 정책의 강행을 가능하게 했고, 이것이 바로 '개방 농정'이라는 모습으로 구체화된다.
'농산물 수입 자유화'를 근간으로 하는 개방 농정은 농업 정책이라기보다는 당시의 경제 위기를 탈피하기 위한 수출 주도적 산업 전략에 다름 아니었다. (한국사회사학회 엮음, 앞의 책, 177~178쪽)

에 반만 삭어두 골동품으로 사가는 중 뻔히 알면서, 쓰다 깨지면 내
버릴 디두 읎는 푸라스틱제를 사다 쓰는 건 뭐여? 논밭에 기음이 짙
으면 호미루 맬 생각 않구 제초제 사다 찌었는 것은?" (259~260)

위의 인용은 근대화의 허구와 부정성을 사실적으로 잘 드러내 보여
주고 있다. "전보담 낫게 살자"는 '엉터리'였던 것이다. 따라서 근대화
에 대한 강씨의 결론은 "살 만해져"야 하는 세상이 오히려 "살 맛이 줄
어"버렸다는 것이다.

이처럼 독점 자본의 전 경제에 대한 지배력 행사와 농촌의 파행적
자본주의화 과정으로 인한 이중적 수탈은 농민을 계속적으로 하강 분
해시켰다. 국가는 대내외적인 독점 자본의 직접적·간접적 지배 수탈로
인하여 농민들의 노동 결과의 공정한 실현을 방해하는 독점 자본 및
독점 자본의 지배를 보장하는 권력의 기능을 했던 것이다.

「우리 동네 황씨」에서도 권력의 일선 도구인 관(官)과 농민들의 주종
적인 관계가 잘 나타나고 있다. 이는 여전히 관이 농민들을 위해서가
아니라 그들 위에 군림하는 억압적 사회 구조의 양상을 보여주는 것이
라 하겠다.

산업계장은 송충이 잡기를 지도 감독하기 위해서 나오는 말단 공무
원이다. 그런데 농민들에게 그는 복종해야 하고 어떻게든 잘 보이고 모
셔야 하는 존재로 인식되어 있다. 농민들의 삶의 질을 향상시키는 첨병
의 역할을 해야 할 권력의 심부름꾼인 일선 관리들의 지도와 통제로
인해 농민들은 생업적으로나 부수적으로나 더 힘들고 고단해졌으며 부
담스럽기만 했다.

"어제는 농수산부 무엇이라나 허는 것이 피서허러 지나간다구 새

벽버텀 어찌나 볶아대는지, 시 부락 사람들이 죄 분무기를 지구 나와
설랑 해전내 논배미에 들어가 후덩거렸더랴. 공동방제허는 시늉을 내
라니 벨수 있남. 분무기에 맹물만 한 짐씩 지구 나와설랑 신작로 가
생이 냄으 논에 들어가 애매헌 베포기만 짓밟었다는 얘기여. 위서 허
라는 것은 세상 옰어두 못 배기니께." (383~384)

　이처럼 농민 사회는 행정 기관과의 접촉이 과거보다 훨씬 더 증대되
어 가는 추세에서 면 행정의 지시와 감독을 받는 행정 단위로서의 성
격이 강화되었다. 농민들도 말단 관료들을 개별적으로 접촉하면서 개별
적 이익과 사적 목적을 위해 청탁, 수뢰하는 경우가 빈번했다. 이는 농
촌이 친족이나 이웃 관계의 친밀성이나 문화적 동질성이 파괴되고 제
도화된 관계로 변모되었음을 의미한다. 또한 농업 생산 과정에서의 공
동체적 협력에 의존했던 것을 기계나 임노동 등 타산적인 노동 교환에
의지하는 것으로 변모한 것이기도 하다. 또 한편으로는 한국에서의 농
촌 개발 사업이 중앙집권화된 행정 체계와 관련되어 상부에서 수립한
계획을 일방적으로 수용, 시행하는 양상을 보이고, 실적을 중시하여 형
식적인 면에 치중하면서, 개발 사업을 수행함에 있어서도 지역의 조직
을 동원 체계로 운영함에 따라 농촌은 더욱 행정 체계의 말단 조직화
하는 추세였다.178)

　"위에서 시키는 일은" 어떤 일이 있어도 할 수밖에 없고, 그들의 시
각적 만족을 위해서 거짓으로 꾸며서라도 무엇인가를 해야 한다. 그것
이 농민들에 대한 정부 당국, 소위 관(官)의 농촌 근대화였고, 그러한 근
대화의 체험 과정을 통해 선량하기만 했던 농민들도 허위와 가식, 뇌물,
청탁, 권력유착, 사기, 소외, 불신이라는 근대화의 온갖 부정성을 체득

---

178) 한국농어촌사회연구소 편, 앞의 책, 46쪽.

하며 서서히 변화하게 되는 것이다.

> "그러믄유. 되는 동네는 이렇다구유. 워떤 사람은 말 많은 걸 질색
> 허구, 가급적이면 쉬쉬허려구 허는디, 그것은 워디까지나 독째……
> 하여간 다시 말허면, 말이 많은 동넬수록이 일을 끝내면 죄용허더라
> 이거유. 이거 미안헙니다. 여기 사람두 아닌디 말이 많어서……." (410)

위의 인용은 그 시대가 '독재'라는 용어 자체를 쉽게 사용할 수 없는
극히 억압적인 시대임을 짐작할 수 있게 한다. 『우리 동네』 연작의 전
편을 통해서 '독재'라는 용어는 이 부분에서만 나타난다. 그럼에도 불
구하고 이 부분은 농촌 근대화의 저변에는 바로 '독재'가 깔려 있었고,
『우리 동네』 연작의 저변에 이 독재에 대한 저항과 극복 의식이 작용
하고 있음을 말하고 있는 중요한 부분이라 할 수 있다.

한편 당시 텔레비전이 권력의 지배이데올로기를 침투시키는 매우 중
요한 매체로 기능하고 있었음을 이 작품은 짐작할 수 있게 한다.

> 아직 무슨 소리가 없나 싶어 가끔 텔레비전 좀 보느라고 보면, 대
> 개 공업단지나 유흥지만 골라 다닌 같잖은 것이 나와서, 철 만난 사
> 람들이 국도변에 치장해 놓은 별장들을 이른바 개량 농가로 알고 아
> 첨하듯, 화물차로 쓰는 경운기를 보고 농업이 기계화되었다고 우기던
> 자도 드물지 않게 구경할 수가 있었다. 우습지도 않아 다들 들은 숭
> 만 숭 한다지만, 상여 소리에 엉덩춤도 눈치가 있어야 그럴듯할 것이
> 었다. (247)

> "잘살기 운동은 편히살기 운동이 아닝께…… 능률을 극대화해서
> 소득증대와 직결된 일이 아니면 손을 대지 말으야지."

믿는 데라도 있는 사람처럼 안은 사뭇 홀닦으려 들었다.
　"말으나마나 주로 테레비 문장만 뱉는 걸 봉께 연습허느라고 먹을
것두 즉잖게 놓쳤겄네 그려. 안됐네. 안됐어……." (262)

대중 정보기구(영화, 텔레비전, 신문 등)는 원격 조정에 의하여 통제되기
때문에 지배 사실을 위장하며, 교화 자체도 내밀적, 비가시적, 은폐적인
방식으로 이루어진다. 그래서 이들은 독립적·자율적 기관으로 전체 이
익을 위하여 봉사하는 중립적 기구인 것처럼 보이는 사회 통제 메커니
즘이다. 특히 텔레비전의 시청각적 구상성, 자연성, 즉시성, 동시성, 접
근용이성, 감각성은 우리가 직접 현실 자체를 인식하는 것과 매우 밀접
한 부호를 사용하여 수용자에게 사실같은 거짓말을 창출하고, 텔레비전
의 선택적 의미화 과정과 지배 질서 유지 기능을 은폐한다. 특히 텔레
비전 뉴스의 대중화 경향은 더욱 확대되었고, 인쇄 매체를 통한 정보
주입보다 더욱 완전하고 강하고 크게 실체를 대중에 전달하는 것이다.
실제로 농촌에서 당시 텔레비전 보유의 증가가 빠르게 진행되었고, 텔
레비전에 대한 신뢰도 또한 상당히 높은 편이었다.179)
　이렇게 당대의 권력에 의한 근대화 담론에 의해 농민 사회는 배제되
고 타자화되면서 끝내 해체된다. 그리고 그러한 근대화 담론의 총체적
인 가식과 부정은 사회 전반의 구석구석에 스며들어 우리 사회의 도덕
적 바탕을 이루어가고 있었던 것이다. 작가의 예리한 현실 인식은 이러
한 불행을 결코 방치하지 않고 작품을 통해 성찰하고 고발하면서 진정
한 삶의 방향을 모색하고 있다. 『우리 동네』의 문제 의식은 서구적 근
대 이데올로기에 의해 야기되는 농민 사회의 변동 문제에 국한되지 않
고 당대 권력과 지배 이데올로기에 대한 극복과 변혁의 문제로 심화·

179) 한국농어촌사회연구소 편, 앞의 책, 62쪽.

확장되어 있다. 이런 점에서 『우리 동네』는 미래지향적인 농민소설이라 할 수 있다.

3) 비판과 저항의 언어

『우리 동네』 연작은 독점 자본의 지배 밑에 있는 농민 사회의 실상을 보여줄 뿐만 아니라 그 지배에 도전하는 농민상을 보여줌으로써 부정과 저항의 담론180)을 구성하고 있다. 「우리 동네 김씨」의 김씨는 곧고 강인한 농민상을 지닌 인물이다. 그리고 잘못된 현실에 대한 올바른 인식과 그에 대한 부정성을 보여준다. 그는 "제구실하는 농군이라면 하늘이건 관청이건 일찍이 아무 것도 믿을 만한 게 없었음을 터득하여, 자기 농토는 자기 요량으로 다스려보겠다는 정신부터" 길러야 함을 깨닫는다.

「우리 동네 리씨」에서 리씨 역시 강인하고 저항적인 인물이라 할 수 있다. 매일 이장집 확성기를 통해 행해지는 '새마을 방송'은 리씨에게 "대한 추위에 물두덩 얼어터지는 소리로 남의 고막을 맞창내"는 소리이고 "지겨운 노래"이다. 새마을 운동은 권력 주도 농촌 근대화의 핵심

---

180) 근대의 전개 과정에서는 자기 시대를 끊임없이 새롭게 의식하려는 다양한 역사철학적 근대성 담론이 출현해왔다. 흔히 근대를 의식한다는 것은 자기 시대를 가장 새로운 시대로 규정하려는 태도로, 다시 말해 자신을 기존의 모든 규범(전통)으로부터 단절시키며 자신의 규범을 스스로 창조하고 확정하려는 시도로 나타난다. 근대 의식의 이러한 자기 갱신의 특성은 계몽주의의 근대 기획에도 이미 내장되어 있는 경향이다. 애초 계몽주의의 근대 기획에는 이른바 '기술의 근대성'과 '해방의 근대성'이 서로 협력과 갈등을 일으키는 이중적 성격이 담지되어 있는 것이다. 부르주아의 승리 이후 근대는 특히 전자에 맞서 끊임없이 유토피아적인 미래를 상상했다고 볼 수 있다. 이처럼 근대의 시대 의식에는 과거와의 단절을 통해 지속적인 혁신을 수행하려는 의욕과, 미래가 더 나은 세계가 될 수 있을 것이라는 기대가 잠재되어 있다.

적인 사업이고, 새마을 방송은 그 선전과 통제의 최일선 행위라 할 수 있다.181) 따라서 새마을 방송에 대한 리씨의 반응은 당시 농촌 근대화의 전반에 대한 농민들의 반응이요 곧 근대의 부정성에 대한 작가의 저항적 의식과 개선의 의지가 반영된 것이라 할 수 있다. 물론 극도의 억압적인 시대에 가난하고 힘없는 농민으로서 그 저항이 집단적이거나 실천적이지 못하고 개별적이고 간접적이라는 한계를 지닐 수밖에 없다. 그러나 1970년대 농민들의 이러한 각성의 모습은 다른 사회 분야의 주체적 노동 계층과 함께 1970년대 후반 이후 강력해진 한국 민중운동의 밑거름이 되는 중요한 의미를 지닌다. 특히 리씨는 근대적 주체로 형성되어가는, 개별적이지만 근대적 농민의 모습을 보여준다. 리씨는 큰 빚을 지고 있는 상황임에도 불구하고 소비와 향락 쪽으로 변모하고 있는 현실과 변해가는 인심을 개탄한다. "서로 꾀를 다하여 등쳐먹으려고만" 하는 마을 세태의 변화도 못마땅하다. 리씨는 가능한 자신만이라도 그

---

181) 농촌에 대한 경제적 유인 작용뿐만 아니라 이데올로기적 동원의 수단으로 진행된 것이 '새마을 운동'이었다. 새마을 운동은 환경 개선 사업에서 출발하여 생산 기반 조성 및 유통 구조 개선 그리고 소득 증대 사업으로까지 이어졌고, 농촌에서 도시, 공장으로까지 확산시킨 국민 운동이었지만, 그 축은 근면·자조·협동을 강조하는 일종의 정신 운동이었다고 할 수 있다. 새마을 운동이 일면 농민들의 성장 욕구를 자극하여 농민 사회의 외형적 모습을 변모시킨 것은 사실이나 새마을 운동의 정책 사업화의 이면에는 당시의 정치·경제·사회 문화적 상황을 반영하고 있는 것으로 보인다. 우선 정치·사회적으로 당시는 노동 세력의 성장과 함께 저임금 구조에 대한 불만이 누적되며 '전태일 분신 자살 사건'으로 이어져 성장 이데올로기의 한계를 드러내고 있었다. 이러한 한계적 상황하에서 그간 개발 전략에서 배제된 농촌 개발의 기치를 건 새마을 운동은 농민적 정치 연합의 해체를 막는 주요한 수단이었을 것으로 평가된다. 문화적으로는 새마을 운동의 '근면·자조·협동'의 구호가 의미하듯이, 농민의 빈곤과 농촌의 낙후 원인을 자본 축적 과정에서의 농업 수탈과 농업 경시 정책에서 찾는 것이 아니라 농민의 태만, 자립심과 협동심의 부족 탓으로 돌림으로써 정부 책임을 은폐하려는 것이었다.(한국사회사학회 엮음, 앞의 글, 175~176쪽 참조)

러한 잘못된 풍속에 빠져들지 않기 위해 노력하는 건강한 농민상을 보여준다. 그리고 그러한 노력의 실천을 위한 상징적 행위로 자기의 이씨 성을 리씨로 고친다. 리씨는 외부 세계에 대하여 자기의 주체성을 갖기 위해 노력하며 또한 주체를 형성하는 과정을 보여주게 된다. 그는 자신의 삶의 체험을 통해 조합의 부조리함에 대한 인식 또한 분명하게 가지고 있다. 그리고 신랄하게 비판을 가한다.

> "그려? 그러면 특정 회사 제품만 파는 것두 우리 같은 논두렁을 위해서 그런다고 칩시다. 그런디 왜 장난을 허는겨? 병충해 방제약 허면 논에 찌었다가 남으면 고추나 배추에 찌었구, 열무 밭이나 원두밭에 찌었다가 남으면 논에두 찌었구 허게, 전답에 두루 쓰게 된 약을 갖다 놔야지, 왜 꼭 쓰다 남으면 내버리게 논약 따루, 밭약 따루, 벌레약 따루, 병약 따루, 한 군데뱂이 못 쓸 약만 갖다 놓느냐 이게여."
> "그야 여기서 워치기 알어유. 여기서는 위서 시키는 대루만 허면 구만인걸유."
> "그 위서 시키는 대루만 허면 구만이라는 생각이 문젠겨."
> "우리두 월급 받구 살자니 벨 수 웂지유."
> "끙― 얼른 뒤집어져야지……." (66~67)

위에서 시키는 대로만 하면 그만이라는 생각이 문제라는 인식은 당시 사회 현실과 근대화 과정의 핵심적인 문제를 제대로 간파하고 있다는 사실을 보여준다. 그리고 "얼른 뒤집어져야지…"라는 의식의 표현은 현실에 대한 강력한 부정과 변혁의 의지와 새로운 근대에 대한 갈망을 잘 드러내고 있는 부분이라 할 수 있다. 리씨는 시키는 대로 따르기만 했던 자신의 무능력한 됨됨이에 대해 깊이 성찰하고 부끄러움을 느낀다. 그동안은 누구든 지도받고 따르기만 했던 영농지도소 강사에게 농민들의 현실과 정책에 대한 불만을 강하게 토로하면서 이후로는 당하고만 살지는 않겠다는 의지가 담겨 있는 작품의 마지막 부분은 주체적이지 못했던 자신을 반성하고 주체를 형성해 가는 과정을 잘 보여주고 있다. 또한 리씨는 문패를 다시 원래대로 바꿔 닮으로써 자신에 대한 반성과 함께 내면적으로 진정한 주체로 완성되어간다.

「우리 동네 최씨」에서 사냥놀이를 나와 까치까지 쏘아 죽인 '가진자'들에게 당당하게 맞서는 최씨 또한 순박하고 건강하며 올곧은 농민이다. 최씨는 그들이 딸 종진이가 근무하는 미한방직 사람들이고, '연습삼아 쏘고 달아난' 파렴치한 운전사가 자신의 딸 종진이와 가까이 지내는 이가라는 사실을 직감하고 자기 딸이 '연습삼아' 농락당하고 있음을 우려하여 딸에게 이가와의 관계를 정리하거나 공장을 그만둘 것을 설득할 의지를 갖게 된다. 즉 그의 행위는 마치 '연습삼아'처럼 함부로 자행되는 시대의 비인간화와 폭력성에 대한 단호한 거부의 의미를 지니는 것이다.

「우리 동네 류씨」를 통해서는 농민에 대한 권력의 횡포와 수출 정책의 허상이 적나라하게 비판되고 있다.

> "수출 대기업주덜헌티는 대우를 워치기 해주는지 알기나 허남? 신문을 보니께 은행돈 오십억 이상 쓴 회사가 백예순하나구, 제 자본의 삼 배까장 대출받은 회사가 쉰아홉 개나 된다는겨. 드러. 그런디 그런 회사헌티는 수출액 일 달러, 그렇게 사백팔십 원짜리 일 달러당 구십오 원을 보조해 주구, 사백이십 원에 대해서는 연리 팔, 구부로 융자를 해준다는겨. 그래서 백억불 수출헐 때까장 기업체에 무상으로 준 돈이 몽땅 월맨고 허니 무려 구천오백억 원이라……." (168~169)

그런데도 추곡 수매값은 한 가마니에 3만 원으로 분명 생산비에도 미치지 못하는 금액이었다. 또 이 작품에서는 도시인들의 잘못된 문화 의식과 차별 의식이 비판적으로 드러나는데, 류씨가 말하는 '죽은 땅'은 바로 농민의 죽음을 상징한다고 볼 수 있다. 농민은 죽어가고 있는데 가식과 위선은 판을 치는 것이다. 그런데도 그곳에서 촬영이 강행되자 와병 중임에도 불구하고 류씨는 온몸으로 저항한다. 이는 심각하게 잘못되어가고 있는 권력에 의한 농촌 근대화에 대한 농민의 강력한 저항 의식을 반영하고 있는 것이다.

「우리 동네 황씨」는 연작의 마지막 작품으로서 앞의 작품들을 통해 하부 층위에서 작동해 오던 근대화의 부정성에 대한 작가의 성찰적 담론과 저항적 담론이 가장 강한 힘을 지닌 채 표층으로 드러나고 있다는 점에서 특별한 의미를 지닌다.

이 작품에서 마을 회관 옆 밭고랑에 "허수아비 꾸미듯 바지랑대로 말뚝을 박고 걸어둔 황선주의 팬츠"는 자본주의화하는 근대화 과정에서 위선과 속임수에 물들고 물질과 자신의 이익만을 추구하는 비양심적이고 부도덕한 인간의 상징이며, 동시에 아직도 건강하고 선량한 농민의 마음을 잃지 않고 있는 마을 사람들의 힘과 저항 의식의 상징이기도 하다. 황선주는 "느티울에선 버림치로 치부하여 진작 젖혀둔 인간이었지만 이재에 밝고 돈푼이나 만지기로는 면내에서도 엄지손가락에 꼽힌다는 작자"이다. 그는 내놓고 불려가는 돈만 해도 2천만 원이 넘으리라고 했지만 억대를 웃도는 농토로 하여 지주로도 으뜸이었다. 그런데도 탐욕스럽고 이기적이며 몰인정하여 온갖 부도덕한 방법으로 자신의 이익을 취하려 하여 마을 사람들로부터 외면을 당한다. 심지어 수재민을 돕기 위해 반상회를 통해 육백 원 이상 씩 내기로 한 의연금을 가

당치 않은 논리를 내세우며 사십 원을 깎는가 하면, 구호 물자로 입던 팬티 하나를 내놓는다. 이에 분노한 마을 사람들이 그것을 장대에 걸어 놓게 되는 웃지 못할 일이 일어나게 된 것이다. 황씨는 매점매석을 하고 단위조합 및 면직원들과 부정하게 유착되어 농민들을 상대로 부도 덕한 상행위를 하기도 한다.

그런데 이 작품에서 농민들은 부당하게 당하고만 있지 않는다. 즉 잘 못된 근대화를 체험하면서 그러한 억압과 배제가 오히려 민중적인 주 체의 자각을 촉발시키게 되는 역사성을 보여주고 있는 것이다. 황씨와 산업계장의 농민들 "등쳐"먹는 유착과 부도덕함을 간파하고 있는 이장은 조합장 선거에 대해서 "워치게 허는 게 슨건지 몰라도 내년에는 싹 갈아 쳐야 되여. 위엣늠이구 밑잇늠이구 내년에는 몽땅 내쫓고 말 텡게—"라고 말한다. 이장의 이러한 토로는 중요한 의미를 지닌다. 우선 근대화 과 정 속에서 농민들이 얼마나 조합이나 관 등의 상부 기관에 의해서 어 려움을 겪어왔는가를 잘 말해준다. 더구나 이장은 농민이면서도 당시에 는 사실상 관의 최말단 하수인 구실을 해온 직위임에도 불구하고 관과 농정에 대해 심각한 불만을 갖게 된다는 것은 관에 의한 폐해의 심각 성을 짐작하게 한다. 이는 현대의 한국 사회 전반의 매우 중요한 기틀 을 형성하는 과정이었던 이른바 '농촌 근대화'가 근본적으로 농민을 주 체로 한 농민을 위한 근대화가 아니었다는 사실을 잘 말해준다.

김씨는 "세상이 아무리 뭣같이 되었더래두 헐 말은 허구 살아야겠더 라구"라고 하면서 잘못된 농촌 근대화에 대해 적극적인 저항 의지를 드러낸다.

"그렇구먼그려. 워떤 것은 짜게만 먹었어두 아무 탈 읋는디, 옆댕

이 있는 늠은 공중 맹물만 켜구두 편찮당께. 춘자 아버지 들으슈. 앞
으루는 단위조합 끼구 우리네헌티 장사혈 생각일랑 아예 마슈. 우리
가 한두 늠 배지 불리자구 출자헌 게 아녀. 앞으루는 단위조합 것들
버덤 더 높은 웃대가리가 와서 벨소리루 저기해두 속지 않겠다, 이게
여. (후략)" (408)

김씨는 관과 결탁한 황씨의 비리 행각에 대해 직접적으로 저항하고
있다. 면의 산업계장과 서기 등이 타고 다니는 오토바이는 여기서 근대
물질과 기계, 그리고 관과 권력의 상징이라 할 수 있다. 작가는 김씨를
통해 진정한 근대에 대한 지향성을 드러내면서 작품을 마무리한다.

"내가 헐라는 말은 저기여. 벨 것이 아니라, 하늘을 쳐다보구 땅만
믿구 사는 우리찌리는 여전히 경우가 있구, 이웃두 있구, 우정두 있구
이런 것 저런 것 다 분별이 있는디, 직업이 사람을 상대루 허는 직업
은 우리가 마소나 들풀이나 돌멩이 같은 다른 저기들과 다름읎이 뵈
는 모양여. 우리가 있음으루 해서 각기 직업두 생긴 겐디, 그 직업을
한 번 붙잡었다 허면 우선 인심부터 내버리구 저기허더란 말여. 직업
을 권세루 알구루 말헐 것 같으면 하늘을 입구 흙을 먹는 우리네 위
로 올러슬 것이 읎을 텐디두…… 그러나 우리를 업신여긴 것치구 오
래 안 가데. 나는 배움이 읎어서 지난 역사를 저기헐 수는 읎지만 아
마 사람 위에 올러스려구 버둥댄 것치구 저기헌 적이 읎을겨. 그랬으
니께 오늘날에 우리가 있는 게구, 우리는 또 자식들이 사는 것 저기
하면서 저기허는 게구……." (412)

「우리 동네 황씨」의 마지막 장면인 위의 인용 부분은 많은 의미를
함축하고 있다. 그 함축성은 '저기하다'라는 방언적 문체로 인해 더욱
의미심장해진다. 잘못된 권력과 그 권력에 의한 부정한 근대화와 농민

사회의 배제에 대한 신랄한 비판, 그리고 민중의 가능성이 담겨 있음과 동시에 농민을 존중하고 인간을 존중하며 인성을 회복하고자 하는 진전된 단계로의 근대화에 대한 강렬한 의지를 보여주고 있는 것이다.

4) 새로운 근대 지향 담론의 미학적 강화 형식─희극성과 풍자 정신

웃음이란 실제적이거나 또는 상상적이거나 웃는 다른 사람들과의 일치, 다시 말해 일종의 공범 의식 같은 것을 숨기고 있다. 그러나 희극적 효과를 지닌 많은 것들이 한 언어에서 다른 언어로 옮겨질 수 없으며, 일정한 사회의 관습·관념과 상호 관계가 있다는 사실을 제쳐놓는다면 왜 우스운 것이 우리를 웃기는가에 대해 아무런 설명도 제시하지 못할 것이다. 결국 웃음을 이해하기 위해서는 '웃음'을 사회라고 하는 그 본래적인 영역에 놓아두어야 한다. 웃음이 지니고 있는 기능은 바로 사회적 기능이며 따라서 사회적 의미를 갖는 것이다.[182] 따라서 웃음을 주요 무기로 하는 사회 비판적 풍자가 가능하게 되는 것이다.

한편 풍자는 현실에 대한 부정적·비판적 태도에 근거를 두고 성립되며, 현실의 모순과 불합리를 정면으로 비판할 수 없을 경우 측면 또는 간접적으로 공격하는 한 방법이다.[183] 풍자는 사회가 이중의 구조를

---

182) 앙리 베르그송에 의하면, 웃음은 '일종의 사회적 제스처'로, 넓은 의미에서 '개선'의 목적을 지니고 있으면서 '징벌'의 효과도 가지고 있다. 또한 웃음은 '서로 관계를 유지하게 하여 결국 사회 집단의 표층에 기계적인 경직성으로서 남아 있을 수 있는 모든 것을 유순하게 하는' 기능을 하기도 한다.(앙리 베르그송, 정연복 옮김, 『웃음─희극성의 의미에 관한 시론』, 세계사, 1999, 25~26쪽 참조)

183) 그것은 우습되 공격성을 띤다는 점에서 해학 또는 희극성과 구별되며, 삶을 백안시하거나 냉소해 버리지 않는 점과 야유, 조소로만 끝나지 않고 개선·시정의 의도를 지니는 점에서 시니시즘(cynicism)과 구별된다.(김영택, 「우리시대 풍자소설 읽기」, 『목원대학교 논문집』제34집, 2001, 5~7쪽 참조)

이루고 있을 때 하부 구조가 상부 구조를 공격하기 위한 수단으로 사용된다. 당대와 같이 사회가 극도로 양극화된 양상을 보이고, 그 상부 구조의 힘이 날로 거세어져 가며 억압적 입장을 취할 때 풍자는 그 시대의 요청으로 성립된다. 따라서 풍자는 투철한 현실 인식과 비판 정신, 그리고 미래에 대한 변화와 개선의 의지가 바탕이 되어 성립된다고 할 수 있다.

풍자소설의 목표는 교정과 개선에 있다. 풍자소설은 단순히 제한된 상황에서 방위적·소극적으로 취해지는 문학이 아니라 왜곡된 상황을 정상으로 회복하도록 교정하고 개선하는 적극적·공격적인 문학이다. 주관과 객관의 대립·갈등을 타협이나 추종이 아닌 대결과 저항과 비판 정신으로 대상의 약점 내지는 결함을 공격하여 희극적인 효과를 냄으로써 타자를 자기의 가치관에 동화시키려는 것이 풍자소설의 궁극적인 목표인 것이다. 이러한 목표를 달성하기 위해 작가는 지적이거나 정서적인 책략을 써서 독자에게 복잡한 감정을 갖도록 한다. 그리하여 진실이 없는 세계(작중에 표현된 현실)에 대한 독자의 불일치감을 극대화시킴으로써 독자로 하여금 옹호되어야 할 진실이 무엇이며 그러한 진실이 왜 필요한가를 탐구할 수 있는 기회를 갖게 하는 것이다.184) 따라서 풍자소설은 저항 담론의 소설이며 다수 인간의 삶에 도움이 되는 바람직한 방향으로의 개선과 변화라는 비동일화에 의한 진정한 근대성을 추구하는 문학적 한 방식이라 할 수 있다.

작가 이문구는 격변하는 시대, 억압적인 시대의 풍객이었다. 그리고 『우리 동네』는 웃음을 통한 리얼리즘적 풍자의 결정체라고 할 수 있을 것이다. 1970년대는 한국 사회 전반에 걸쳐 부당한 권력에 의한 억압적

---

184) 김영택, 앞의 글, 11쪽.

인 상황이 전개되었는데, 특히 농민 사회는 정책적 배제와 소외의 현장, 황폐화와 오염의 현장으로 변했고, 이로 인해 농본 사회의 기틀이 무너져내리고 있었다. 권위란 탁월한 능력을 가진 인물이나 계층에 대해서 자발적인 존경심과 복종심을 품게 하는 심리적인 성향을 가리킨다. 그런데 그 권위가 내포된 모순과 불합리의 증대로 자발성이 아닌 강압성을 띠게 되어 권위주의로 군림하는 것이 역사적인 필연성이고 보면, 풍자는 역사 발전의 흐름을 둔화시키고 인간의 생명력과 본성을 억압하는 권위주의를 부정·비판하고, 그 근거를 파괴하려고 하는 탁월하고도 날카로운 정신의 작업인 것이다.[185] 당대는 이러한 '탁월하고도 날카로운' 현실 인식의 정신이 절실한 시대였고, 이문구 소설의 풍자성은 이러한 토대 위에서 형성된다.

「우리 동네 김씨」의 경우 '김씨'와 '유'가 물 때문에 벌이는 실랑이는 매우 희극적이고, 그러한 희극적인 표현들을 통해 농사일의 고단함이 풍자된다. 이어지는 한전 출장소 직원과 유씨 등의 실랑이는 그야말로 '물과 불이 다투는' 형국을 만들어감으로써 그 희극성과 풍자 의식이 잘 드러난다.

> "내가 원제 불법적으루 썼유. 물법적으루 썼지. 농민이 논에 물을 대는 건 당연히 물법적인 거유." (24)

시간 때우기 식의 민방위 훈련장에서 부면장의 정책 홍보 교육에 대한 농민들의 불만이 터져나오는 작품의 마무리 부분에서도 정부 정책과 관 주도 근대화의 폐단과 모순을 익살스럽게 비판한다.

---

185) 박진태, 『한국가면극연구』, 새문사, 1985, 165쪽.

"알면 지랄헌다구 물으유? 평두 있구 마지기두 있구 배미두 있는
디, 해필이면 알어듣기 그북허게 헥타르라구 헐 건 뭐냐 이게유."
(중략)
"도대체 당신 워디 사는 누구여? 뭣 허는 사람여?"
그러자 누군가가 뒤에서 큰 소리로 대답했다.
"그 사람두 높어유."
그 말이 떨어지기 전에 또 다른 목소리가 곁들여졌다.
"놀미부락 개발위원이구, 마을문고 후원회원이구……"
그러자 여기저기서 우르르 하고 아무나 한마디씩 됩들이를 했다.
"부랄 조심(가족 계획) 추진위원이구……"
"부녀회 회원 남편이여."
"연료림 조성 대책위원이유."
"야산 개발 추진위원이구."
"단위조합 회원이여."
"이장허구 친구여." (34~35)

「우리 동네 리씨」의 발단 부분에서는 벗어나지 못한 가난과 그럼에
도 불구하고 근대화의 부정적 영향으로 소비 향락 쪽으로 변화되는 세
태를 농민 가족의 대화를 통해 희극적으로 풍자하고 있다.

"즤에미 승이 과가던 게다. 미친년덜…… 제 손목쟁이루 재봉틀
나사 하나 못 만지는 주제에 뭐? 공업단지? 애 만근아 내다봐라, 동네
개 웃는 소리 난다…… 그새 냄새나게 썩었구나. 촌년덜이 전에는 고
쟁이 밑이서만 고린내가 슬슬 나더니, 인저 오장육부는 저리 가구 대
갈빼기까장 곪어 츠지는구먼……" (46)

익살스러움과 투박한 고유 방언, 음설과 비유, 언어 유희 등으로 웃

음을 자아내면서 세태를 풍자하고 있는 부분이다.

이처럼 『우리 동네』 연작은 탈춤 등 전통 가면극의 수사 기법과 풍자 정신을 계승하고 있음을 뚜렷하게 확인할 수 있는 작품이다. 탈춤과 『우리 동네』 모두 부당한 당대 사회에 대한 부정적 인식을 바탕으로 다양한 수사와 기법의 구사에서 오는 재미와 비판을 통하여 전근대적인 상황(탈춤의 경우) 또는 잘못된 근대(이문구의 경우)라는 부당한 현실의 극복을 지향하는 미학적 현실 대응 방식을 보여주고 있는 것이다.

12세기부터 대두한 사대부 계층에 의한 주자학적 지배 체제가 붕괴되고 근대 시민 계급이 형성되던 18, 19세기는 사회·경제적 변동과 함께 실학의 실사구시 정신과 민중 의식의 성장으로 인한 의식사·정신사적인 전환기로서 판소리, 소설, 사설시조, 가면극 등 풍자 내지는 풍자 문학을 필연적으로 발생시킨다.[186] 1970년대 후반 역시 부당한 권력에 의한 철권 통치가 더 이상 용납되지 않는 사회적 변화와 함께 민중 의식이 새롭게 성장하면서 급기야 부마항쟁 등 전 국민적 저항이 불붙기 시작하는 때인 것이다. 이런 점에서 『우리 동네』는 그 정신사적으로도 조선 후기의 풍자문학의 계승 발전적인 요소가 강하다.

「우리 동네 정씨」의 정씨는 가난하고 순박한 농민의 전형이다. 그는 근대화 과정의 세태의 변동에 적절하게 대응하지 못한 채 휘말려 많은 피해를 입게 된다. 선거에 이용되어 경제적, 정신적으로 큰 피해를 입게 되고, 농사에 있어서도 학생봉사대에 의해 피해를 보게 된다. 그런데 이 작품의 말미에서는 농민을 힘겹게 하는 세태와 그러한 근대화 과정에서 겪게 되는 수난을 아직 남아 있는 공동체적 유대로 극복해 내는 모습을 풍자적 수법으로 잘 보여주고 있다. 음식을 요구하며 데모

---

186) 박진태, 앞의 책, 164~165쪽 참조.

를 하고 있는 학생봉사대가 일을 하도록 하기 위해서는 자장면을 먹여
주어야 하는데, 집안에 현금을 두고 있을 리 없는 정씨는 그 비용을 조
달하는 데 큰 어려움을 겪는다. 급기야 귀숙 어매를 성적으로 만족시켜
주고서야 이 문제를 해결하게 되는데, 다음과 같은 대화에서도 전통 가
면극 대사의 걸쭉한 음담과 언어 유희의 표현 방식을 잘 보여준다.

> "급헌 건 미숙 아버지 사정이구, 이자두 못 받는 돈, 거시기두 옰
> 이 주기 싫은 건 귀숙 어매 사정이여."
> "이 날 가무는디 시방 거시기 헐 새가 워디 있나, 이 철옰는 사람
> 아."
> "날이 가물면 그 물두 마르간디."
> (중략)
> "이 더위에 안 그래두 푹푹 찌는디 워치기 대낮버텀 군불을 때자
> 는겨. 선풍기두 옰이."
> "배 위에 물수건을 착 깔구 수풍기(부채)를 슬슬 부쳐가며 때 봐.
> 젠장 유부남이 과부헌티 비우네."
> "별수옰지, 시비 걸구 씨비 붙는 여편네를 만났으니."
> "뭐여? 우리두 짜장 두 그릇 시켜 먹자구?"
> "이 날 가무는디 대낮에 통돼지 잡는 늠은 나뿼이 옰을 게다 이게
> 여." (162)

이렇게 가까스로 자장면을 배달시킨 후 그 값을 치르고 논으로 가
보았으나 엉뚱하게도 마을 사람들이 모여 자장면 잔치를 벌이고 있었
다. 학생들은 모춤을 풀어 팽개치고 심었던 모까지 반나마 짓밟고 자장
면이 막 도착하기 전에 이미 가버린 후였다. 이에 마을 사람들은 선거
와 관련하여 피해를 입은 정씨에게 그 일과 관련된 짓궂은 농까지 섞

어가며 즐겁게 자장면 잔치를 벌이고 있었던 것이다. 정씨는 하늘을 쳐
다보며 껄껄 웃고 만다. 마을 사람들 모두가 어렵고 힘든 상황을 공동체
적 안온함과 유대에서 나올 수 있는 웃음으로 풀어넘기고 있는 것이다.

「우리 동네 류씨」에서는 근대 자본주의화에 따른 변화된 농촌의 세
태가 '이쁜이계'라는 독특한 소재 설정에 의해 음설, 비유적 표현과 함
께 작품의 많은 부분에서 은밀한 웃음이 펼쳐지는 풍자적 기법에 의해
그려진다. 여기에 사이비 종교와 관련된 희극성이 가세하여 혼란스러운
세태에 대한 풍자 효과를 더해준다.

> "아따 제미, 그렇게 영험허구 용헌 교를 믿음서 이쁜이계는 뭣 땜
> 이 허는겨. 시물시물 묵은 홍어 밑구녕두 식초 한 방울만 떨어뜨리면
> 오동오동허듯이, 나무호랭이 나무호랭이허구 드립다 기도나 해제끼
> 지…… 그러면 거기두 저절루 꼬매질 거 아녀?" (182)

'이쁜이계'를 두고 농촌 여자들의 입담을 통해 펼쳐지는 걸쭉한 음담
은 절묘한 비유를 통해 살짝 가려진 채 과감하게 드러나는 성적인 감
응으로 인해 묘한 해방감과 함께 변해가는 세태에 대한 각성을 동시에
제공한다. 하회탈춤의 양반·선비마당에서 정력에 좋다는 우랑을 두고
다투는 양반과 선비, 그리고 할미의 대사[187] 역시 전체적인 성적 감응
과 함께 불알이라는 단어를 교묘하게 얽어 대사의 재미를 크게 하는
유사성을 보인다. 또한 하회탈춤에서 백정이 소불알을 팔러 와서 양기

---

187) 할미 : 이 소불알 하나 가지고 양반은 지불알이라 카고, 저 선비도 지불알이라
카고, 저자 저 백정놈도 지불알이라 카이 대체 이 소불알은 뉘 불알이로 뉘불
알. 내 육십 평생 살았다마는 이 소불알 가지고 싸우는 꼬라지는 처음 봤다.
처음 봤어 이놈들아.(김재석, 「하회탈춤 대사의 기능과 구현원리」, 『하회탈과
하회탈춤의 미학』Vol.8 Vo.1, 1999, 196쪽)

에 좋다고 말하자 서로 사려고 다투면서 양반은 "어허, 아까 야가 내보고 먼첨 사라했으이께네 이 불알은 내 불알일세"라며 주장한다. 어떤 물건을 자신이 가지기 위해 내놓는 근거치고는 어이없어 보이지만, 자신의 논리에 마음대로 꿰어 맞추면서 세상을 살아가는 양반들의 성격을 이보다 잘 보여줄 수는 없을 것 같다. 이처럼 하회탈춤의 곳곳에 숨어 있는 빛나는 대사들이 연극을 보는 재미를 한층 높여주는 것이다.[188] 『우리 동네』 또한 인물들의 대화를 통해 교묘하게 민중을 억압하는 권력 기제로 결정적 기능을 하고 있었던 '국가안보와 총화단결'을 유약하고 고단한 사람들을 교묘하게 얽어 기만하고 비현실적 몽환에 젖게 하는 사이비 종교와 결부시켜 희극적으로 대화를 표현함으로써 작품을 대하는 재미와 함께 당시의 억압 구조를 우회적으로 비판하는 빛나는 수사 기법이 생동하고 있다.

> "야튼 서양화는 꾀 까드러. 페아니 스레이트니 비닐 하우스니. 비닐 하우스라네, 게 무슨 하우스랬지?"
> "풀 하우스."
> 남이 대답했다.
> "풀 하우스는 퇴비장이 풀 하우스여."
> 최도 덩달아 이죽거렸다. 정은 생각을 접어둘 수밖에 없었다.
> 그는 속이 갑갑하여 혼자나 아는 소리로 투덜거렸다.
> "이러닝께 농촌문화가 더딘겨. 며칠을 두구 내 돈 써가며 강습을 했어두 못 알아들으니, 근대화의 꽃이 피려면 앞으루두 몇 십 년이 더 걸릴지 모른다 이 얘기라. 스트레이트는 쪼르래기라구 몇십 번이나 얘기허다? 그런디 뭐여? 스레이트? 왜, 지붕개량허려구? 다 구만두구 술이나 불러라." (190)

---

188) 김재석, 앞의 글, 190쪽.

위의 대화는 당대의 화두인 근대화와 그 대표적인 실천 사업인 새마을 운동(지붕개량)을 한껏 희화화함으로써 미학적 재미와 함께 그 대상들을 비판의 대상으로 부각시키고 있는 풍자적 표현이다.

이 작품에서 소위 '정승화 사건'은 농민들의 좌절과 타락해가는 농민사회의 모습을 풍자한다. 농민이 배제된 관 주도의 잘못된 근대화는 갈수록 농민들의 삶을 어렵게 만들었다. 일 년 농사를 지어 추곡수매한 결과 농민들에게 돌아오는 것은 심한 패배감뿐이었다. 그래서 그들은 술로 허탈감을 달래고 접대부들과 여관으로 가게 되는데 정승화는 그 여관에서 평소 정부 관계라 할 수 있는 과부 귀숙 어매와 "바로 벽 하나 사이로 방을 이웃한 채, 제각기 새로 생긴 상대를 품에 넣고" 있게 된 것이다. 그리고는 끝내 싸움이 붙어 경찰서까지 가게 된다. 이러한 일이 펼쳐지는 과정이 매우 희극적이고 풍자적이다. 역시 전통 가면극의 대사를 연상케 하는 익살과 재담이 질펀하게 펼쳐진다. 투박스럽고 거친 농민들의 모습이 익살스럽게 표현되기도 하는데, 농민들의 이러한 흐트러진 모습들은 농사로 인한 깊은 삶의 절망감이 원인이고, 그것은 결국 권력의 불순한 기획에 의한 부정한 근대화에 그 원인이 있다는 것을 작가는 풍자적으로 비판하고 있다.

경찰서에서의 실랑이 또한 풍성하게 웃음을 자아내는 가관이 펼쳐진다.

"아주머니, 이 여자 하여간…… 당신은 핵교 댕기는 딸 보기두 우세스럽지 않수? 씨 피 엑스가 걸려서 임검 나가보면 여관서 안 만나는 적이 읎는디, 아니 워치기 생겼간디 그걸 그렇게 그러는 거유?"

"나 원 참, 별꼴이 내년까지 간다더니 진짜 사람 웃기는 순사두 다 있네."

"어라, 내가 원제 웃겼어?"

"그럼 순사는 냄의 사생활까장 시비 걸게 되어 있슈?"

(중략)

"시비는 당신들이 천일여관서 했지 내라 했어? 여보, 아무리 남자에 세서 남편허구 갈라섰기루니, 그래두 남의 이목은 가려야 허잖소. 수치가 싫으면 염치라두 가져보라 이 말여 내 말은."

"누구는 삼천만 동포 위해 살던가베. 그러면 나 땜이 냄의 농사가 들 된다는 거여, 장사가 들 된다는 거여. 냄이사 연애를 걸건 애인을 갈건, 그게 부가가치세를 무는 거유 방위세를 내는 거유? 암만 생각해 봐두 아저씨가 좌향 앞으룻 가, 우향 앞으룻 가, 헐 일이 아닌디 소리가 큰소릴세." (199)

그런데 류씨 아내의 입을 통해 의도적으로 퍼져나간 이 사건, 즉 "다섯이나 떼지어 다니며 일 년 농사를 마무린 돈으로 외도까지 했다"는 일로 마을 여자들은 흥분하고, '이쁜이계' 구성이 뜻밖에 순조롭게 이루어지게 된다. 이러한 설정 역시 매우 희극적인 요소를 지닌다고 볼 수 있다. 동시에 자본주의에 따른 금전만능주의와 이기심 등의 인간성 상실을 비판한다.

『우리 동네』 연작의 다른 작품들이 '풍자적 요소가 강한' 작품이라고 한다면 「우리 동네 황씨」의 경우는 '풍자소설'[189]이라고 할 만하다. 「우리 동네 황씨」에 오면 작품의 희극성과 당대 부정한 현실에 대한 풍자

---

189) 풍자소설은 작품의 전체 질서로서 독자에게 환기시켜주는 독특한 정서적 반응, 곧 도덕적 판단에 근거한 미움, 부정한 사실의 폭로에서 오는 통쾌한 웃음, 바보의 우행에 대한 조롱, 위선자의 비열함에 대한 경멸 등을 주는 작품이라 할 수 있다. 그것은 풍자소설의 구조와 기법을 통해 드러나게 되는데 풍자소설의 최종적 목적이 악화된 상황의 개선에 있기 때문에 부정된 세계, 곧 작중 현실에 독자들로 하여금 정서적 안주를 하지 못하도록 상황을 왜곡시키는 다양한 장치물을 통해 표현된다.(김영택, 앞의 글, 10쪽)

성이 정점에 이른다. 이 작품은 크게 두 개의 이야기가 전체적인 축을 이루고 있다. 그 하나는 작품이 시작되면서부터 끝까지 걸려 있는 황씨의 팬티와 그 내력에 관계된 이야기이고, 다른 하나는 송충이잡이와 관계된 이야기의 전개이다. 전자는 풍자의 층위라면 후자는 현실적 층위의 담론을 구성한다. 그리고 웃음을 요소로 하는 희극성이 양자를 연결시켜 주는 매개의 역할을 하고 있다. 이렇게 「우리 동네 황씨」는 풍자적 담론과 현실적 담론이 길항하며 역동적으로 작품을 구성하고 있는 양상을 압축적으로 보여주는 독특한 기법의 작품이다. 작가가 인물을 통해 현실적이고 직접적인 비판도 하지만, 그 의미와 효과는 이러한 풍자적 층위와 그 기교에 의해 크게 강화된다.

"회관 앞마당 옆 진근네 밭고랑에 허수아비 꾸미듯 바지랑대로 말뚝을 박고 걸어둔 황선주의 팬츠"는 그 상황 자체가 대단히 희극적이다. 황선주는 근대화 과정 속에서 잘못된 근대화의 속성을 그대로 지니고 살게 되는 근대화 속물의 상징적 인물이다. 따라서 이러한 희극적 상황은 그 자체로 당대의 부정한 근대화 담론을 강력하게 비판하고 있는 풍자적 상황인 것이다.

"아니, 수재민은 빤쓰두 안 입는단 말유?"라고 하며 마을에서 가장 '가진 자'에 속하는 황선주가 이재민 구호물품이랍시고 자신이 입던 '남대문표' 팬티를 내놓았고, 이후 이를 둘러싼 웃지 못할 상황과 대화가 희극적으로 전개된다.

> "남댑문이구 앞댑문이구간에 수재민 고쟁이 걱정허는 사람은 팔도 강산에 느티울 춘자 아버지(황씨─필자) 뿐일規. 확실히 우리게는 꽃동네 새동네여." (374)

이렇게 마을 사람들의 신랄한 조롱이 이어지고, 이는 희극적인 효과와 함께 뒤틀려가는 인간상을 드러내 보임으로써 당대의 부정한 근대화 세태를 풍자하고 있는 것이다.

> 김은 손수 밭이랑에 바지랑대를 꽂고 남대문표를 바람 안 탈 만하게 단단히 비끄러매었다. 그러고 나니 그는 모처럼 남의 제사에 생일 차려 먹은 듯한 풍덩한 기분을 주체하기 어려웠다.
>
> 그는 남대문표를 내걸자는 홍의 의견이 나왔을 때부터 대뜸 효수라고 하던, 언젠가 TV 영화에서 본 적이 있는, 모가지를 끊어 장대에 높직하게 꿰달던 장면을 떠올렸던 것이다. (중략)
>
> 김은 황의 됨됨이와 심보와 체면 따위를 한 가지로 섞어 자기 스스로 효수형을 집행한 마음이었다. 그것은 여간해서는 만나기 어려운 푸짐한 경사를 치른 기분과 다르지 않았다. (378~379)

위의 내용은 희극적인 상황을 통해 잘살아보자는 근대화의 거창한 포장 속에서 실제로는 소외되고 당하기만 하는 농민들의 쌓인 울분과 '효수의 욕망'을 잘 담아내고 있다. 황선주의 팬티를 통한 풍자성은 작품의 말미까지 이어진다.

이렇게 황선주의 팬티가 마을에 공개적으로 매달려 있는 희극적 상황을 전체적 배경으로 하여 송충이잡이를 통한 마을 사람들의 이야기가 전개된다. 송충이잡기를 하기 위해 나가는 김과 텔레비전 드라마에 정신을 쏟아 안주거리인 김치를 챙겨줄 생각을 않는 처와의 갈등을 통해 근대적 물질들에 의해 인간적 관계가 소원해지고 소통이 어려워지는 상황을 비판한다. 그리고 "송충이잡이, 애벌레따기고 치러보면 고작 군에 보고하려고 면직원이 들고 나온 카메라에 사진이나 찍혀주는 행사로 그칠 뿐이었다."라고 하여 관 주도 근대화의 허구성을 비판한다.

오기로 되어 있는 관리들을 기다리며 오나마나 "째지면 술이구 맥히면 공산 껍데기지"라고 하여 으레 관의 지도 감독이 요식에 치우침을 풍자하고, 농사의 고됨과 실패에 대해서는 "서방 해간 초년 과부 뒷물헐새 옳다더니", "네미 뽕 따다가 뽕 빠지게 생겼으니……"라는 탄식을 통해 풍자한다. 이러한 풍요로운 풍자성은 작가의 근대화에 대한 비판과 개선의 의지를 더욱 효과적으로 드러내고 그 의미를 강화시켜주는 구실을 하게 된다.

근대화의 부정성에 대한 직접적인 저항 담론도 강력하게 표출되는데, 그 과정에도 역시 풍자적 요소는 지속적으로 저변에 깔린다.

> "모르는 소리두 되게 해쌓네. 있으면 옳는 것버덤 낫지 무슨 초상에 개잡는 소리라나? 텔레비가 하루만 옳어보게, 지미 카터가 원제쯤 미군 철수를 해가며, 밴스가 천안문에 들어가 화국봉이허구 무슨 호이담을 헸는지, 이런 촌간에서 워치기 알겄나."
> "빤스가 남댑문에 들어가 좃봉이허구 무슨 회담을 허는지, 짐치 한 가지루 건건이 허는 우리네가, 모른다구 세금 물리지 않는 담에야 젓담을 거여?" (400)

「우리 동네 황씨」는 송충이잡기를 계기로 불가에 모여 앉은 농민들을 통해 갈 데까지 간 농민 살이의 힘겨움과 불만, 독기 등이 최고조에 이르게 된다. 이는 탈춤에서 민중들이 낯설지 않은 생활 공간의 가까운 곳에 모여 지배 계급을 풍자하고 한풀이를 하는 공간적 성격과 유사한 공간성이 『우리 동네』에서도 형성되고 있음을 알 수 있다. 탈춤은 관객들이 미처 모르고 있는 양반들의 새로운 비리를 폭로함으로써 비판적 소임을 다하는 연극이 아니라, 익히 알고는 있으되 공개된 자리에서 차마 이야기하지 못하는 사실을 드러내어 함께 즐김으로써 해방감을 느끼고 비판 의식을 고양시키는 그러한 연극이다.[190] 『우리 동네』에서 펼쳐지는 풍성한 재담과 풍자성 또한 그런 성격을 지니고 있다 하겠다.

농민의 지배 권력에 대한 반응과 대응은 권력의 변동을 야기하는 촉매이기도 했다. 농민은 권력의 일방적 행사를 반대하고 자신의 영역을 고수하기 위해, 때로는 농민 사회의 내적인 원리들을 파괴하는 외부적 힘에 대항하여 거대한 항쟁의 주체가 되었다.[191] 「우리 동네 황씨」는 연작이라는 기법을 통해 농민들의 '거대한 항쟁의 힘'이 축적되어 가고 있음을 확인시켜주는 농민소설 작품이라 할 수 있다.

5) '다른 근대 기획'에 의한 연속적 텍스트

위에서 살펴보았듯이 『관촌수필』에서 『우리 동네』로 이어지는 주제적 연계성과 연작의 형식은 새로운 근대를 지향하는 문학적 텍스트 내부에서 그 추동력을 구성해 내는 매우 중요한 미학적 기능을 수행하고 있음을 확인할 수 있다. 이런 관점에서 볼 때 『관촌수필』과 『우리 동네』에서 나타나는 구성의 느슨함은 결코 이문구 소설의 한계로 폄하되고 말 성질의 것이 아니다. 이문구가 경험하고 당면했던 시대는 관습적 인식 작용이 무력화되고 새로운 인식 대응을 필요로 하였다. 이러한 문화적 환경에서 그의 글쓰기는 근대 이성과 자본에 의한 농민 사회 해체의 시대를 담론화하기에 적절하고 유효한 글쓰기 방식이라 할 수 있다. 서구적 의미의 소설 양식에 대한 이문구의 미학적 해체는 그 자체로

---

190) 김재석, 앞의 글, 190쪽.
191) T. Shanin, "Peasantry as a Political Factor", *Sociological Review*, Vol.14, 1966.(박명규, 앞의 책, 22쪽에서 재인용)

서구적 근대화로 인한 부정성에 대한 폭로와 저항, 그리고 새로운 근대를 지향하는 담론의 역할을 하게 되는 것이다. 또한 이러한 글쓰기는 농민들의 삶을 자신의 양식대로 통합하고 동일화하려는 근대의 지배이데올로기의 균열 또는 분열을 의도하고 있다고 할 수 있다. 이렇게 이문구의 소설은 전통적 서사 양식192)과 근대 서사 양식의 긴장을 통해 주체적인 미적 근대성을 획득하고 있다.

그런데 『우리 동네』는 지식인에 의한 농민문학이라는 한계에서 자유롭지 못했다. 그로 인해 농민들의 상황 인식이나 의식의 성장이 당대 농민의 사실적 수준을 벗어나는 경향과 함께, 특히 「우리 동네 황씨」와 같은 작품에서 드러나듯이 여러 가지 상황이 다분히 작위적인 면을 보여주기도 한다. 또한 작품 속에서 문체적 독특함이 차지하는 힘이 그 긍정적 기능인 비판 의식을 강화하기 위한 풍자성이나 해체적 상징성을 넘어서는 면을 부인하기 어려워, 이런 점이 자칫 주제 의식이나 작품 전반의 미학적 성과를 해칠 수도 있다는 우려가 한계로 남는다.

그럼에도 불구하고 『관촌수필』에 이어지는 『우리 동네』는 부정한 권력에 의한 억압과 강제적 변동에 대한 농민들의, 나아가 민중의 저항 의식의 저장고와 같은 작품이라 할 수 있다.193) 따라서 『우리 동네』는 1970년대 후반 민중 의식의 성장과 그러한 성장에 의해 실천된 민중적

---

192) 수필 형식의 전용, 전(傳) 형식의 차용, 설화적 요소의 활용, 판소리 사설 또는 전통 가면극 대사의 계승 등 전통적 서사 양식은 근대적 서사 양식과의 긴장 관계를 통해 지양됨으로써 이문구의 새로운 공동체로서의 근대를 지향하는 담론을 구성하는 매우 요긴한 기능을 하게 된다.

193) 특히 근대로의 이행 과정이 기본적으로 농업 및 농민의 존재 형태에 가장 근본적인 변화를 초래한 것이었기 때문에 이 과정에서 농민의 정치적 저항은 중대한 의미를 갖는다. 혁명가와 지식인이 없는 사회 혁명도 불가능했지만 농민의 지지가 없는 사회 혁명도 역사상 성공할 수 없었던 것이다.(박명규, 앞의 책, 22쪽)

힘의 영역으로 그동안 소외되었던 농민 계층을 합류시킴과 아울러, 한국의 근대화 과정을 예리하고 적확하게 통찰하고 형상화하여 미래 시간과 연결시키고 있는 근대적 농민소설이라 할 수 있다.

근대성은 한 시대의 특징을 이루는 한편으로 그 시대를 사는 이들에게 다양한 '태도'를 갖게 한다. 즉 근대성은 동시대인에게 자신의 존재 양식이나 사유하고 느끼는 방식, 나아가 행동 및 행위의 특정한 방식을 형성시키는 것이다. 이러한 '태도'들이 근대성에 내장된 자기 갱신의 정신 내지 해방의 지향성과 결합될 때, 서구적·보편적 근대성 담론에 맞서는 근대성의 '다른' 철학적 담론들이 등장하게 된다. 그것들은 기존의 근대성과 상호 작용하고 길항하면서 자신이 추구하는 새로운 시대를 지향한다. 새로운 근대의 추구에 있어서는 근대 세계에 대한 근원적 문제 의식에 의한 '성찰'이 필수적이다. 『관촌수필』에서는 '전통에 대한 그리움'을 바탕으로 그러한 성찰이 수행된다. '전통'은 동시대적 삶을 성찰하는 필수불가결한 요소로 기능하면서 부정적 현재를 넘어서려는 미래지향적 가치와 연결된다. 『우리 동네』로 오면 근대가 갖는 개선과 진보194)라는 진정한 근대적 추동력에 그리움의 대상으로서의 '전통'이 접목되고 여기에 풍자와 민중성이라는 미학적 힘과 사회·역사적 에너지가 결합하여 새로운 시대를 열어가기 위한 역동적 경험을 수행하게 된다.

요컨대, 『관촌수필』에서 『우리 동네』로 이어지는 연작 농민소설은 부정한 한국 근대화에 대한 통찰과 저항을 통해 진정한 근대를 지향했던 이문구의 '다른 근대 기획'에 의해서 정교하게 짜여진 통일적 텍스

---

194) 이는 서구적 발전주의 담론으로서의 개선과 진보가 아니라 바람직한 인간 삶으로의 전이를 뜻하는 진정한 근대성으로서의 개선과 진보를 의미한다.

트라 할 것이다. 즉 이들 작품은 근대성의 요체인 변증법적 자기 갱신의 건강한 힘을 인식하고 수용하여 작동시킴으로써 농민소설에 있어서의 새로운 진보적 근대 지향의 양상을 전개해 나가는 역동적인 과정을 보여주는 근대적 농민소설이라 할 수 있다.

VI. 결 론

본고는 농민 사회의 급속한 변동과 해체 과정이라는 새로운 근대 경험에 대한 작가들의 현실 인식과 문학적 대응 양상을 역사적 변화 과정으로서의 근대와 근대성의 성찰을 바탕으로 구명함으로써 당대 농민소설의 문학적 성과와 의미를 도출해보고자 하였다.

1960~70년대 한국의 근대는 개화기 이후 진행된 파행적 근대화의 연속선상에서 창출된 부정한 권력에 의한 지배 이데올로기로서의 근대성들이 지극히 부정적으로 작동하였는데, 특히 농민 사회에 가해진 그 부정성의 양상이 심각하였다. 그것은 농민소설 텍스트 속에 가속성에 의한 급속하고 전면적인 변동과 상실, 비동시적인 것의 동시성에 의한 충돌과 폭력성, 권력에 의한 배제와 타자화, 자본주의에 의한 사치와 인간성의 황폐화, 제도적 구속과 이데올로기적 지배 등의 다양하고 복합적인 근대성의 양상으로 드러나고 있다. 그리고 그러한 근대에 대한 소설 주체의 인식과 대응 양상이 1960~70년대 농민소설의 실체와 의미가 되는 것이다.

1960년대 농민소설의 가장 현저한 양상은 리얼리즘 작가로서의 인식적 정체성의 균열과 무기력한 현실 대응력이라고 할 수 있을 것이다.

박경수, 오유권, 유승규 등에 의한 농민소설 작품들에서는 역사적 현실 구조 안에서의 농민 사회가 다루어지게 되는데, 이들 모두 방기되고 있는 절박한 시대적 문제를 결코 외면하지 않고 형상화하고자 노력했다는 점에서 문학적 의미를 지닌다. 그들의 문학은 당대 문단의 주류를 이룬 도시적, 관념적 소설들과 차별성을 지니고 있고, 시대적 현실과 먼 거리에 있던 오영수, 천승세, 이동희 등의 농민소설과도 차이를 지닌다. 그러나 이들은 현실을 직시하기는 하였으나 그 현실을 분석하고 비판하는 사상적 관점을 확보하지는 못하였다. 따라서 현실 대응력 또한 지극히 소극적일 수밖에 없는 결과를 보여주고 있다. 더욱이 주체적 근대성 획득의 좌절과 뒤이은 폭압적 시대 현실, 그리고 농민 사회의 상대적 박탈감은 이들 작가들로 하여금 근대적 작가로서의 정체성을 정립하지 못한 채 현실 인식 체계의 균열 양상이 나타나게 한다. 그리고 그러한 균열 양상은 지배 권력에 의해 이데올로기화되는 근대화 담론에 순응하는 양상으로 전이된다.

박경수의 『동토』는 세계에 대한 환멸과 자신에 대한 열패감이 작품 속에 분열적 모습으로 변용되어 드러남으로써 결국 당대 권력에 의한 폭력적 근대화 담론의 동일화 논리에 순치되고 마는 결과를 낳게 된다. 유승규의 『흙은 살아 있다』는 정부 시책에 호응하며 공허한 전망을 만들어냄으로써 부정한 지배 권력을 은연중에 두둔하는 형국이 돼버린 어용적 작품이라는 혹평을 감수할 수밖에 없다. 또한 오유권의 『방앗골 혁명』은 전근대적이고 봉건적인 모순들을 개혁하고자 하는 의지가 나타났지만, 작품 속의 '근대적 개혁'이 당대 지배 권력에 의해 그 권력의 부정함을 은폐하기 위해 기획되고 진행된 지배 이데올로기를 반영한 의지였기에 결국 체제 순응적인 기능을 할 수밖에 없는 한계에 봉착하고 만다. 오유권의 『황토의 아침』은 순구와 선자 등 당대 부정한 근대화를 몰아붙였던 지배 권력이 원하는 '시국적 귀농 인물상'을 내세워 권력의 정책 실현을 뒷받침해줌으로써 지배 이데올로기를 재생산하고 강화시켜주는 결과를 낳게 된다. 그런데 유승규, 오유권의 경우 1970년대로 넘어서면서 부정한 근대 현실에 대한 극복의 가능성을 보여주게 된다. 유승규의 경우 원숙해진 농민 체험을 바탕으로 농민 사회 현실에 대한 성찰의 양상을 보여주게 되고, 오유권의 경우에는 자신과 세계에 대한 인식력의 심화와 수준 높은 형상력을 통해 현실에 대한 비판적 대응 양상의 가능성을 보여주고 있다.

1960년대 농민소설사에서 가장 주목받아야 할 작가는 김정한이다. 1960년대 후반 김정한이 재등단함으로써 한국 근대의 부정한 현실은 문학에서 절박한 문제로 표면화되고, 1930년대에 보여주었던 농민소설의 응전력이 복원되면서 현실에 대한 부정과 거부를 통한 강력한 저항 담론이 생성되기 시작한다. 김정한의 농민소설 속의 담론의 주체는 지배 담론의 결정을 거부하고 저항한다. 김정한의 부정과 저항의 문학은 식민지 시대 민족문학을 복원하고 김정한 문학이 내장하고 있던 민중적 불씨를 되살려 1970년대 이후의 민중·민족문학을 되살리는 데 매우 중요한 역할을 하게 되는 문학사적 의의를 지니게 된다.

1960년대가 식민지 근대의 연장선상에서 파행적인 근대화가 시작되고 진행된 시기였다면, 1970년대는 그러한 파행적 근대화로 인한 숱한 모순과 상실과 폭력성이 본질적으로 농민 사회와 한국 전체 사회를 뒤바꾸어 개선과 진보의 근대성에 의한 현재와 미래 시간의 기대지평이 무너지고 대다수 인간의 삶이 훼손되지 않을 수 없었던 부정한 근대화의 시대였다고 할 수 있다.

이러한 1970년대의 특수한 상황에서 그간 무기력한 응전력을 보여주었던 농민문학론이나 농민소설이 심각한 시대적 현실과 사회 모순에 대해 치열하게 현실을 극복하고자 하는 노력을 보여주게 된다. 1970년대 작가들의 현실 인식은 민중성과 만나게 되고, 특히 농민소설 작가들은 농민 사회의 위기를 역사적 발전 단계로서의 한국 근대화 과정에서 매우 심각한 문제로 인식하고 농민들의 민중성과 미래 시간에 대한 가능성을 형상화하여 살려내고자 애쓴다. 이는 1960년대 김정한의 농민소설들과 함께 1930년대 한국 농민소설의 맥을 잇는 중요한 소설사적 의미를 지니게 되는 일이다.

1970년대 농민소설은 전반기부터 본격적으로 모색되고 구성되기 시작한 서사적 응전력이 후반기로 오면서 민중성에 대한 제고와 근대화 이데올로기에 대한 저항으로 확장되면서 부정과 저항 양상이 매우 강화되어 나타난다. 이 시기는 현실에 대한 강력한 응전력을 드러내는 비중 있는 농민소설 작품이 다수 생성된 역동적 시기로서, 1930년대 이후 한국 농민소설이 가장 중요한 시대적, 문학적 의미를 형성하며 주목받은 시기라 할 수 있다.

송기숙의 『자랏골의 비가』는 역사 속에서 항상 소외되고 핍박받았던 민중들에게 역사적 의미를 부여하고 그들의 가능성을 신뢰하고 살려내는 민중문학적 지향을 담고 있다. 이 작품은 한국 근대화 과정에 있어서의 변함없는 동질적 억압 구조 속에서 그것을 탈피하고자 하는 농민들의 근대적 욕구가 역동적으로 작용하여 파행적 근대 현실에 대한 강력한 저항의 양상을 띠고 있는 작품이라 하겠다. 그러나 이 작품은 근대 현실에 대한 성찰이 바탕을 이루지 못한 채 대칭적 담론 구조를 취하게 됨으로써 농민들의 수난을 구조적으로 해결하기 위한 전망을 보여주지 못하는 한계를 갖게 된다. 『암태도』는 시·공간을 초월한 확장된 인식으로 민중의 힘에 의한 한 시대의 정의적 행동성을 다른 시대에 복원함으로써 당대의 부정한 근대 현실에 대한 부정 담론이라는 새로운 시대적 의미를 창출해내고 있다.

김춘복의 『쌈짓골』은 근대화에 따른 변동의 한가운데 있는 농민 사회의 현실과 농민들의 삶의 모습을 매우 사실적이고 풍요롭게 그려내면서 근대의 부정성에 저항하며 자립적 농민상을 실현하고자 하는 한 인물의 고투를 심도 있게 담아내고 있는 작품이다. 그러나 이 작품은 저항의 방식이 지극히 개별적이고, 단순 대립 구도를 보여줌으로써 문제 해결의 전망을 모색하는 단계에까지 이르지 못한다.

문순태의 『징소리』는 '고향 공간'과 '근대 공간'이 혼재하는 이중적인 시간 구조의 비대칭성을 통해 농민 사회에 가해지는 근대의 비극성을 연작의 형식, 환상성, 언어적 음향 효과 등의 심미적 장치들을 활용해 잘 드러내 보여주면서 이를 비판하고 저항하는 양상을 취하고 있는 작품이다. 그런데 이 작품은 민중성의 잠재력과 역동성을 굳게 신뢰하지 못한 채 저항의 실체를 '징소리'로 상징화함과 아울러 작품을 비극적 결말로 귀결시킬 수밖에 없는 허무주의적 요소를 끝내 탈피하지 못하였다. 이로써 『자랏골의 비가』, 『암태도』, 『쌈짓골』과 함께 『징소리』는 그것을 거부하고 저항하면서도 지배적 담론의 동일한 구조를 지속시킬 수밖에 없는 한계를 극복하지 못하고 있다.

이문구에 이르러 한국의 농민소설은 균열적 현실 인식에 의한 순응이나 부정적 현실에 대한 대항적 저항의 단계를 넘어서 새로운 근대를 지향하는 진보된 근대 의식을 보여준다. 페쇠의 이론을 빌리자면 이문구에 이르러 한국의 농민소설은 비로소 한국 근대 이데올로기에 대한

비동일화 양상을 보여주게 된다. 비동일화의 관점은 현재의 부정적 요
소를 혁신하고 개선하여 새로움을 지향하는 가변적인 의미를 함축함으
로써 스스로를 갱신하고 시대를 재구성하고자 한다. 이러한 비동일화의
양상에서는 근대 세계에 대한 근원적 문제 의식에 의한 '성찰'이 필수
적이다. 이문구의 『관촌수필』에서 부정적 근대에 대한 심원한 차원의
성찰이 본격적으로 시작된다. 『관촌수필』에서 근대 성찰을 통해 구성하
고 있는 담론은 크게 두 가지로 파악된다. 그 하나는 '발전적으로 지양
될 수 있는 순수한 전통의 살림'이고, 다른 하나는 '긍정적 근대성의 수
용'이라 할 수 있다. 이는 전통과 근대를 발전적으로 지양하여 새로운
제3의 근대의 시대를 모색하고자 하는 근대적 의식을 바탕으로 한 발
전적 현실 인식과 대응 양상이라 할 수 있다. 『우리 동네』를 통해 작가
는 한국 사회의 근대를 좀더 현재적이고 구체적인 일상과 체험의 영역
안에서 성찰한다. 나아가 그 부정성을 드러내 비판하고, 그에 저항하면
서 새로운 근대를 모색하는 발전적 현실 인식의 심화와 대응력의 확장
양상을 보여준다. 여기에는 당대적 현실 인식을 뛰어넘는 미래 시간에
대한 깊고 예리한 통찰이 그 바탕을 이루고 있다.

　요컨대 『관촌수필』에서 깊은 성찰의 담론을 통해 '긍정적 전통의 살
림'과 '긍정적 근대성의 수용'이라는 새로운 근대를 향한 인식적(철학적)
토대가 만들어지고, 그 위에 『우리 동네』의 민중성과 풍자의 힘이 접목
되어 강력한 변혁의 담론이 구성된다. 따라서 『관촌수필』과 『우리 동네』
연작은 작가가 근대성의 요체인 변증법적 자기 갱신의 건강한 힘을 인
식하고 수용하여 텍스트 내부에 작동시킴으로써 농민소설에 있어서의
새로운 진보적 근대 지향의 양상을 구현해 나가는 역동적인 과정을 보
여주는 근대적 농민소설이라 할 수 있다.

 1960~70년대 한국 근대화는 적어도 농민 사회에 있어서는 지극히 부정적 현실이었고 파행적 역사의 과정이었음이 농민소설 작품들을 통해서도 분명히 확인되었다. 일부 작가들의 작품들은 그러한 시대 현실에 대해 애써 무관심하거나 무기력하기도 하였으나, 부정한 근대화 문제를 날카롭게 포착하고, 고뇌하고, 성찰하며, 저항하는 문학적 실천의 과정을 통해 총체적인 인간성의 회복과 진보적 근대를 지향했던 1960~70년대 농민소설들은 진정한 근대 정신의 문학적 실천과 성과라고 할 수 있을 것이다.

[제2부]

■ 1950년대 농민소설의 민족문학적 가능성과 한계
유승규와 이무영을 중심으로

■ 방영웅 작 『분례기』의 양가적 공간성과 근대 담론

■ 1930년대 후반 농민소설의 근대 인식

1950년대 농민소설의 민족문학적 가능성과 한계
유승규와 이무영을 중심으로

1. 머리말

민족문학[1]으로서의 농민소설은 일제강점기부터 1970년대에 이르기까지 진보적 문예 담론으로서의 본질을 공유하면서 치열하게 전개되어 왔는데, 민족문학과 농민소설이 공유하고 있는 문예 담론적 핵심이자 출발점은 역사적 현실에 대한 인식적 바탕, 즉 시대 정신이었다. 따라서 특별히 민족적인 위기의 시기에 농민소설은 민족문학의 실천 양상으로 더욱 활발히 창작되었음을 알 수 있다.

그런데 이러한 민족문학적 농민소설의 흐름 속에서 가장 큰 공백기로 남아 있는 부분이 바로 1950년대이다. 지금까지 1950년대에 있어서

---

[1] 한국의 근대 문학이 전개된 이후 민족문학의 개념과 성격, 범위에 대해서는 여러 집단간, 혹은 논자간에 많은 이견이 있어왔는데, 본고에서 논의의 대상으로 하는 민족문학론은 관주도의 관념적 민족주의나 복고적 민족문학론, 문화주의적 관점의 민족문학론과 구별하여, 역사적이고 객관적인 민족 현실에 대한 문학적 성찰과 저항의 일환으로 전개되어 1970년대 염무웅, 백낙청, 김병걸, 임헌영 등에 의해 정립된 진보적 민족문학 담론을 말한다.

는 진보적 민족문학에 대한 논의와 함께 그러한 관점에서의 농민소설에 대한 논의 자체가 없는 것이 이를 방증해주고 있다. 이데올로기의 대립이 빚어낸 거대 폭력에 의한 현재적 실존의 위기 체험은 1950년대의 문단 전반을 인간 존재의 불구 의식, 서구적 관념의 세계, 또는 이미 익숙한 과거의 전통적 토속성에 매몰되게 하였다. 이러한 상황 속에서 당시 사회적 관심은 물론, 문단의 비평적 논의와 관심도 농민 사회의 시대적 문제나 농민소설에 대해서는 지극히 미미한 정도였고, 1950년대 농민소설에 대한 이후의 문학적 관심 또한 그러했다.

한국의 농민 사회는 민족의 근·현대사와 직접적으로 맞물려 그 맥을 이어왔고, 필연적으로 한국의 농민소설 또한 그러하다. 1960년대 후반부터 한국 농민 사회는 다시 한번 역사적인 대변혁을 겪게 되는데,[2] 1950년대의 농민 사회는 전쟁의 폐허와 함께 1960년대 이후 도래하는 엄청난 변화에 직면한 균열적 상황이라 할 수 있다. 이러한 시기에 당대 농민소설들이 위기적 시대 현실과 맞물려 진지하게 농민 사회 현실을 문제 삼는다면, 그것은 폐허 위에서 다시 일어서 새로운 근대를 지향해 나아가야 하는 민족적 현실에 부응하는 의미 있는 실천적 문예 담론이라 하겠다. 동시에 사회적·역사적으로 무기력했던 1950년대 문단의 전반적 흐름과도 구별되면서 민족문학적 연속성과 발전적 변화의 한 과정으로서의 중요한 문학사적 의미를 지닐 수 있을 것이다. 따라서 1950년대의 농민소설들을 살펴 민족문학적 농민소설의 역사적 흐름 속에서 갖는 의미와 한계를 올바로 규명하는 일은 의미 있는 일이라 할

---

2) 1960년대 초반까지도 약 60%였던 농민층은 1960~70년대를 거치면서 1980년에는 농민층의 인구 비율이 약 30%로 떨어졌고, 1960년에 245만 명이던 서울의 인구는 1970년에 이미 543만 명으로 2배 이상 급증했다.(홍두승·안치민, 「산업화와 계층 구조의 변화」, 한국사회사학회 엮음, 『한국 현대사와 사회 변동』, 문학과지성사, 1997 참조)

수 있다.

　민족문학론의 이론적 정립은 1970년대에 이루어졌다고 볼 수 있지만 그 논의와 담론의 형성은 단절적일 수 없다. 민족문학론의 이론적, 실천적 출발과 발전 과정의 사적 흐름은 일제강점기로 거슬러 올라간다. 그리고 1950년대 역시 그러한 사적 흐름과 발전 과정 위에 놓여 있다. 이에 본고는 치열한 역사적 흐름을 거치면서 1970년대에 이르러 정립된 한국의 진보적 민족문학론의 핵심적 논지와 지향점을 바탕으로 1950년대 농민소설의 민족문학적 가능성과 한계를 살펴봄으로써 당대 농민소설의 성격과 양상을 규명해 보고자 한다. 아울러 민족문학적 농민소설사에 있어서의 1950년대의 공백 또한 일정 부분 메워질 수 있기를 기대해 본다. 이를 위해 1950년대를 대표하는 농민소설 작가라고 할 수 있는 유승규와 이무영의 작품들을 본 연구의 대상으로 하고자 한다.3)

2. 시대와의 소통 담론

　1950년대는 서구 중심적 근대 기획에 의해 진행되었던 개화기 이후 한국의 뒤틀린 사회·역사적 근대화 과정의 연속선상에 놓여 있는 폐

---

3) 1950년대에는 김동리, 김송, 박연희, 안수길, 염상섭, 오영수, 오유권, 천승세, 최태응, 한흑구, 황순원 등 많은 작가들이 농촌과 농민을 배경이나 인물로 하는 작품들을 몇 편씩 남겼는데, 이들 작품의 대부분이 진지한 현실적 문제 의식보다는 시대와는 무관하게 토속적이고 자연적인 삶의 모습을 그리고 있다. 이에 비해 유승규와 이무영은 농민에 대한 남다른 관심과 집중적인 문학적 실천을 통해 농민 사회의 현실적 문제를 다루고 있어 1950년대의 대표적인 농민소설 작가로 꼽을 수 있다.

허와 파탄의 시대였다. 동시에 잘못된 근대의 폐허를 딛고, 진정한 근대를 이룩하기 위해 다시 일어서야 하는 민족적 위기의 시대이기도 하였다. 그러나 한국의 전후 시대는 진정한 근대로 나아가기 위한 동력을 키워나가지 못하였고, 잘못된 근대의 산물인 이념이나 파탄적 감상, 또는 관념적 감수성의 시대로 침잠하고 말았다. 오랜 식민화를 거치는 질곡의 근대화 과정 속에서 한국은 이미 위기적 상황을 극복해낼 수 있는 자생적 힘의 원천이 심하게 약화되어 있었던 것이다.

문단의 기성 세대들은 대부분 정치적 이데올로기에 부응하는 어용문학, 또는 토속적 인정취미에 전쟁의 휴머니즘적 단면을 섞어가는 정도의 문학적 경향을 보여주었다. 그리고 기성 세대를 부정하고 새로운 정신을 주장하며 등장한 신세대 대부분 작가들이 민족적 현실 문제와는 괴리된 서구적 문예 사조와 인간의 문제에 몰입하면서 그들 자신의 전후 민족문학에 대한 다양한 가능성을 열어놓지 못하였다. 요컨대 1950년대 문학에는 개인적 사유와 인간의 문제는 있어도 역사나 현실이 들어 있지 못함으로써 그 사회적·역사적 기능에 무력하였고, 전반적 문학 지형 자체가 새로운 근대를 향한 진보적 동력을 지니지 못하였다.

존재론적 불구 의식, 윤리적 파탄과 역사적 수난 의식이라는 1950년대적인 피해 의식[4]에 휩싸인 폐허와 관념의 시대에, 근대 역사의 최대 피해 계층이면서 전후의 황폐함과 다가올 급속한 산업화의 위기 앞에 놓여 신음하고 있는 농민 사회 현실에 주목하여 시대적인 관심과 애정으로 그들의 문제를 담아내고자 한 일부 농민소설들은 민족문학적 관점에서 매우 중요한 의미를 갖는다.

민족문학은 '민족적 상황'에 대한 고민에서부터 시작하여 민족의 '본

---

4) 이재선, 『현대 한국소설사 1945~1990』, 민음사, 1991, 86쪽 참조.

질적 모순'에 대한 시대적 성찰을 통해 이를 극복하고자 하는 문학이다.[5] 따라서 민족문학론의 담론적 기저는 역사적 과정으로서의 삶의 현실인 '시대'와의 소통이다. 즉 민족문학은 인간이 살아온 내력이라는 역사적 현실로서의 시대적 모순에 대해 성찰하고 대응하는 문예 담론인 것이다. 이러한 민족문학론은 먼저 민족이 처한 객관 현실에 대한 사회 · 역사적 인식의 심화를 바탕으로 한 문학적 실천을 지향한다. 그리고 역사 변혁의 주체로서의 '민중'을 인식하고, 문학을 통해 '민중성'을 제고하고자 한다. 나아가 근대 역사적 객관 현실의 제 모순을 극복하여 새로운 근대를 지향해 나가고자 한다.[6]

민족문학론의 여러 논자들이 제기한 농민 사회에 대한 사회 · 역사적 인식의 심화는 곧 한국의 근대 또는 근대화에 대한 인식의 심화를 통해 농민 사회를 바라보고 이해하는 것을 의미한다. 그런데 1950년대 농촌과 농민을 등장시킨 대부분의 작품들이 이러한 사회 · 역사적 현실 인식이 매우 미약한 단계에 머물러 있거나, 시대와는 절연된 토속적 세계에 갇혀 있었음을 알 수 있다. 그런 가운데 유승규는 오랜 농촌 생활

---

5) 백낙청은 민족문학이 '민족적 위기 의식의 소산'이라고 보았고, 민족문학이 근본적으로 위기적 현실을 극복하여 대다수 구성원이 인간다운 삶을 살 수 있는 새로운 시대적 현실을 지향하고 있음을 알 수 있게 한다.(「민족문학 개념의 정립을 위해」(원제는 「민족문학개념의 신전개」, 『월간중앙』, 1974. 7.), 『민족문학과 세계문학 I』, 창작과비평사, 1978 참조) 염무웅 역시 "참된 근대적 민족문학을 수립"하기 위해서는 제반 현실에 대한 성찰적 인식과 함께 제기되는 민족적 난제들을 극복하려는 "끈질긴 노력"이 수반되어야 함을 말한다.(「민족문학, 이 어둠속의 행진」, 『월간중앙』, 1972년 3월호, 110쪽 참조)

6) 민족문학론의 이러한 인식틀과 지향점은 농민소설에 있어서 1960년대 후반에는 김정한의 농민소설들, 1970년대 전반기에 오유권, 유승규, 이문구 등의 농민소설을 통해서, 그리고 1970년대 후반기에는 송기숙, 문순태, 김춘복, 이문구 등의 농민소설을 통해서 구현되고 있다.(박재범, 『1960~70년대 한국 농민소설의 현실 인식 연구』, 경북대 박사 논문, 2005 ; 「김정한 소설의 진보담론 연구」, 『현대소설연구』제36호, 2007. 12 참조)

의 체험을 바탕으로 하여 농촌의 어려운 현실을 직시하고 그들의 고난
과 절망을 사실적으로 그려내고자 노력한 농민소설 작가였다. 민족문학
적 관점에서 유승규의 농민소설들을 재조명해 볼 때 그의 1950년대 작
품들은 이후의 문학적 성취에 이르는 도정으로서 결코 간과할 수 없는
의미를 지닌다.

유승규는 먼저 「빈농」[7]에서 가난한 농민 삶에 대한 객관적 현실을
사실적으로 그려냄으로써 단순한 소재적 차원이나 배경으로서의 농촌
이 아닌, 농민 사회에 대한 진지한 문제적 인식을 보여준다. 작가는 이
작품에서 "허구한날 겨 기울, 나물따위"로만 연명해야 하는 지독한 가
난 때문에 자식을 남의 집에 머슴으로, 양자로 보내고 괴로워해야 하는
현실을 현장감 있는 문체와 사실감 넘치는 농민상의 제시와 함께 생생
하게 그려내고 있다.

　　(전략) 섣달 금음께 제영(큰아들)이가 새경쌀 두말을 마지막 받아왔
　을때 밥구경을 하고는 이월이 다 가도 허구한날 겨 기울, 나물따위만
　우겨댔다. 본시 농사할 것도 없는 터이지만 작년 한재로 시절이 빗나
　는 바람에 초가을 양식도 모자랐다.
　　그래서 할 수 없이 이제 열다섯살 먹은 제영이를 쌀 열닷말 받기
　고 남의집 머슴 살이를 보냈고, 둘쨌놈 제윤이도 그냥 밥만 얻어먹기
　로 남을 주었든 것이다.
　　"체ー길할 이판에 한놈 뒈졌으면 참ー."[8]

이 작품은 농민 현실 문제와는 무관하게 농촌을 배경으로 남녀 관계
를 다루고 있는 「예순이」[9] 등 그의 이전 작품이나 여타의 다른 작가들

---

　7) 『자유문학』, 1957. 10.
　8) 「빈농」, 앞의 책, 95쪽.

의 농촌소설들과는 달리 농민 현실을 문제적 차원에서 사실적으로 바라보고 그것 자체를 주제화했다는 점에서 1950년대 농민소설의 민족문학적 가능성을 보여주고 있는 작품이라 하겠다.

「만세」[10]는 유승규의 작품 세계가 이제 역사적 현실로서의 시대와 소통하고자 하는 의지와 그 가능성을 분명하게 보여주는 작품이라 할 수 있다. 이 작품은 빈농의 참담한 생활상과 희생을 부유한 마을 유지들의 비인도적 삶과 대비시키는 미학적 장치를 통해 탁월하게 형상화함으로써 역사적 과정 속에서 만들어진 모순적 현실을 강하게 부정(否定)하고 있는 주목할 만한 농민소설이다. 민족문학은 궁극적으로 현실 모순의 극복을 지향하는 문학인데, 이를 위해서는 먼저 그러한 모순을 직시하고 그것을 부정할 수 있는 인식적 힘이 필요하다.

마을의 유지로 떵떵거리며 살고 있는 전(前) 면장과 '부장'("왜정 때 경찰서에서 무슨 부장"을 지낸 이력을 가지고 있음)이라 불리는 인물은 일제강점기에 각각 시대에 편승하여 한 자리씩 꿰 찼던 인물들인데 매일 장기를 두며 소일한다. 이에 반해 전 면장의 옆집에 살고 있는 주인공 만세는 단 세 식구가 하루하루 연명하기가 어려운 참담한 생활을 하고 있다. 만세는 나라 생각을 하며 희생한 아버지를 둔 자신은 농사지을 땅도 없고 살아갈 방도가 없어 배가 고파 울부짖는 어린 자식을 굶기고 있는데, 자신의 안위와 치부를 위한 반민족적인 친일 전력이 있음에도 불구하고 매일 옆집 대청에서 장기만 두면서도 풍족하게 떵떵거리며 살아가고 있는 유지들이 있는 삶의 현실에 대해 비애를 느끼며 분개한다. 그들은 땅을 가지고 가난한 농민들을 수탈하고, 그 희생으로

---

9) 『자유문학』, 1956. 8.
10) 『자유문학』, 1958. 12.

인해 자신들의 뱃속을 불리면서도 가난한 농민들의 참담한 현실에는 철저하게 무관심하다. 그들은 가난한 농민들을 더 큰 말을 잡기 위해서는 언제든지 일부러 희생시킬 수 있는 장기판의 '졸' 정도로 여기는 것이다.

만세의 아내는 '부장' 집 밭일을 하다가 병에 걸려서도 굶지 않기 위해 계속 일을 나갈 수밖에 없다. 결국 병이 악화되어 비참한 몰골로 누워 죽 한 그릇 먹지 못하고, 약 한 번 쓰지 못한 채 죽어가지만, 가진자들은 장기를 두며 이러한 참상마저 철저하게 무시하는 태도로 일관한다. 이러한 현실 앞에서 끝내 만세는 그들을 향해 '졸'도 목숨이 있는 중요한 존재라고 울부짖으며 모순된 현실에 대해 저항한다.

> "장기 두는 놈들만 세상이냐, 으흥 장기두는 놈만 세상여. 이놈들아, 지금 어느땐데 매일같이 그늘에 앉아 장기쪽만 놓는거냐. 응 이놈들, 이 죽일놈들아, 그래 졸 죽는단 말이 해로우냐 해로워―. 졸 졸은 왜 거저 죽이느냔게 해로워. (중략) 거저, 거저, 네 놈들 죽이고야 죽을께다. 동네 망치는 네놈들―. 네놈들이 동네서 유지여 유지여 에 퉤―이 멀쩡한 놈들."
> 만세는 난을 피해 엉금엉금 기고 있는 두사람을 장기판으로 사정없이 제기며, 발길로 차며 가래침을 탁 뱉었다.[11]

이처럼 이 작품은 근대 역사적 과정으로서의 시대적 현실과 그러한 현실의 모순에 대한 부정과 저항 의식을 강렬하게 담아냄으로써 민족문학으로서의 담론적 가능성을 크게 열어주고 있는 작품이라 하겠다.

그러나 「만세」의 경우 그러한 현실적 모순의 변화를 위한 동력이나

---

11) 「만세」, 앞의 책, 227쪽.

전망을 담아내지는 못하고 있다. 민족문학이 시대적 현실의 모순을 부정하고 그에 대해 저항할 때의 저항적 본질은 개인적 저항을 넘어선 각성된 주체적 민중성에 의한 저항을 지향한다. 그런데 이 작품은 그러한 동력을 생성하지 못한 채 시대적 현실의 모순 속에서 핍박받은 가련한 농민의 죽음과 통곡의 눈물이라는 비극적 결말로 끝나고 만다.

「지주」[12]에서는 농민 사회의 현실 인식에 있어서 좀 더 진전된 작가의식을 보여준다. 몰락 지주인 '영도씨'의 회한과 각성을 통해 농민 사회의 계층적 모순을 시대적 인식을 바탕으로 그려내고 있고, 지주—소작이라는 제도적 문제의 변화를 지주 계층의 관점에서 긍정적으로 그려냄으로써 진정한 근대를 지향하는 발전적 인식을 보여주고 있다.

> "(전략) 자식을 귀여워 할 줄 몰르고 길를줄모르는 사람이 부모될 자격 없는 것과 같이 나는 오늘에 지주의 자격이 없다는 것을 몇몇해 동안 뼈저리게 느껴왔오. 삼남이는 진정 토지를 귀여워 할줄도 기를 줄도 아는 오늘날에 진정한 땅임자요. (후략)"[13]

몰락 지주인 영도 씨가 자신의 딸과 관계를 가진 머슴 삼남이를 사위로 받아들이기로 하면서 계층적인 변화와 각성이 이루어지고 있는 결말 부분이다. 농민 사회의 뿌리 깊은 모순과 질곡의 근원인 신분·소작제도에 대해 땅의 주인은 땅을 귀하게 여기고 직접 애정어린 농사를 짓는 사람의 것이어야 한다는 발전적 변혁 의식이 강하게 담겨 있다. 그러나 이 작품은 농민의 입장이 아닌 지주의 입장에서의 계층간의 인도주의적 화해가 부각되고 있고, 현실 문제를 극복하고자 하는 민중으로

---

12) 『자유문학』, 1959. 6.
13) 「지주」, 앞의 책, 126쪽.

서의 의지적 농민상을 보여주지 못한다는 점에서 역시 한계를 지닌다.

민족문학적 관점에서 1950년대에 가장 주목받아야 할 농민소설 작품이라 할 수 있는 「경칩」[14]에서 이러한 한계들은 상당 부분 극복되고 있다. 이 작품은 당대 농민 사회의 가장 중요한 현안이었던 토지 개혁의 시행을 두고 지주 계층과 농민 계층의 필연적인 대립 문제를 그려냄으로써, 농민 사회 모순의 근간을 이룬 뿌리 깊은 토지 제도의 문제가 심도 있게 다루어지고 있다.

소작 농토를 빌미로 농민들 위에 군림하며 온갖 착취를 일삼던 송마름은 토지 개혁을 앞두고 소작농들에 대한 회유와 협박을 통해 자신의 재물을 보전하고자 한다. 어려서부터 소작농의 설움을 절절히 체험하며 자란 농군의 아들 동철을 중심으로 한 몇몇 젊은이들은 이러한 송마름 일파의 횡포에 맞서 농민으로서의 진정한 주권을 찾고자 한다. 이 과정에서 오랫동안 농민들이 지주들에게 경제적, 인격적으로 얼마나 혹독하고 부당하게 당해왔는지가 사실적으로 명료하게 드러난다. 소작농들은 온갖 경제적 착취의 대상일 뿐만 아니라, "제논에 쓰레를 박아 놓고도, 구구장이 와서 일을 해달라면, 떼지를 못하고 끌려가는 그런 사람들"인 것이다. 당연히 그들의 삶은 피폐할 수밖에 없고 농촌은 농민들 자신에게조차 "사람사는 사회 이하"로 간주되게 되어버렸다.

민족문학론은 역사 변혁의 주체로서의 '민중'을 인식하고, 문학적 실천을 통해 '민중성'을 제고한다.[15] 역사적으로 민중이 그 주체로 자리를 같이하게 되고 힘을 갖게 되는 일은 단순히 특정 계급과 계급간이

---

14) 『자유문학』, 1959. 11~12.
15) "여기에서 우리는 근대적인 의미의 民族개념이 民主 및 民衆개념과 결합되어야 할 강력한 필요성을 깨닫게 되는 것이다."(염무웅, 「민족문학, 이 어둠속의 행진」, 앞의 책, 109쪽)

나 특정한 사회 또는 국가의 문제가 아니라 '근대'라는 세계 역사적 가치 체계의 중요한 속성으로 볼 수 있다. 세계 역사적으로 볼 때 근대의 속성에는 억압받던 개인이나 집단의 존재 가치가 확인되고 인정되는 일이 매우 중요한 문제로 자리잡고 있기 때문이다. 「경칩」은 민중에 대한 관심이 거의 없던 1950년대에 민중성에 대한 가능성을 열고 있다는 점에서 또한 의미 있는 작품이다. 이 작품에서는 단순한 소재 차원이나 개인적 저항의 인물로서의 농민이 아니라, 역사적 주체로서의 민중을 형상화하고자 하는 노력이 돋보인다. 역사적 주체는 역사의 변화 과정 속에서 자신의 현재적 삶의 문제를 각성하고 그 모순의 극복을 위해 실천을 할 수 있어야 진정한 주체로 정립될 수 있는 것이다.

동철은 체험적 삶을 통해 시대적 현실의 질곡을 인식하고 있는 자생적이면서도 매우 의지적 인물이다. 그는 협조만 하면 논마지기를 떼 주겠다는 송마름의 회유도 단호하게 거절하고 소작인들의 이익과 주권을 위한 투쟁의 중심에서 온갖 난관을 의지적으로 부딪쳐 나간다. 동철은 송마름, 구구장 등 지주 쪽 사람들과 직접 투쟁해 나가는 한편, 소작인들을 설득하기에 힘쓴다. 농민들의 현실 인식에 대한 무지와 강자에 대한 용기 없음에 '절망과 비애'를 느끼다가도 끊임없이 자신을 채찍질하며 그들의 각성을 촉구하는 강인한 민중적 성격을 보여주고 있다.

> (전략) 아직 수십년 지주앞에 살아온 그들의 개성마저 팔아버리고, 우마와같이 움직이는 비참 이하의 사실에 다시한번 눈을 크게 뜨지 않을 수 없었다. (중략) 분명 소작인들은 여러해의 소작생활에, 자기라는 존재 마저 잊었던 것이다. (중략) (사람이 하는 것이 일이라면—) 동철이는 생각하며 마음의 몸둥이에다 회초리를 들었다 따라서 구구장과 송마름에 향한 분화구가 다시 불을 뿜기 시작했다.16)

아울러 동철은 뜻을 같이하는 소수의 파편적 저항의 한계를 극복하기 위한 민중의 힘을 지향하는 의식을 보여준다. 자신들의 토지에서 농사지을 수 있기 위한 노력이 반동적인 대세에 의해 결국 실패로 돌아가자 동철이 등은 "四五인의 젊은 그들의 노력만으로 감당할 수" 없음을 확인한다. 그리고 "부락민 전체가 스스로 깨달아" 함께해야 함을 절감하면서 '경칩'의 상징성과 함께 앞날에 대한 희망에 젖는다. 이는 파편화된 개인이나 일부가 아닌 '민중'의 역량이 매우 중요하고, 그러한 힘이 목표에 대한 가능성을 담보할 수 있음을 말해주고 있는 것이다.

한편 민족문학론은 현실의 극복과 변화를 필요로 하는 시대에 대두되어 시대에 대응한 실천적이고 진보적인 미래지향적 담론이라 할 수 있는데[17], 이 작품에서 동철은 잘못된 토지 제도의 모순과 비극을 잘 깨닫고 있는 인물로서 그러한 현실의 극복을 통한 인간적 삶을 추구하는 진보적 인식의 면모를 보여주고 있다. 그는 농민들의 정신까지도 마비시켜 "자기맘을 자기 마음대로 하지 못하는" 전근대적 현실을 극복하여 인간이 적어도 "자기맘을 자기 마음대로" 하며 살아갈 수 있는 "보다 낳은" 삶의 현실로 만들기 위해 치열하게 투쟁하고 또 끝까지 희망을 잃지 않는다.

> "우리가 이 문제를 떠나서 항상 모여 앉으면 얘기지만, 우리동네를 보다 낳은 이상촌으로 만들자면 무엇보다도, 꾸준한 노력, 모르니까 알도록 일러 줘야 되거든. (중략) 끝까지 해보자고ㅡ. 설마 안되겠나. 난 해서 안되는 일은 없다고 보네."[18]

---

16) 「경칩」, 『자유문학』, 1959년 12월호, 48쪽.
17) 우리의 근·현대 역사의 과정을 돌아보면 민족의 해방, 자주 국가 수립, 그리고 민주 체제의 확립 등이 절실한 민족적·정치적 과제가 되어 갈등하는 상황에서 민족문학론이 제기되었음을 확인할 수 있다.

이처럼 유승규의 「경칩」은 시대와의 소통 담론을 통해 민족문학적 본질과 맞닿은 여러 가능성을 담지함으로써, 당대의 리얼리즘적 성취를 이루어냄은 물론, 1950년대의 민족문학적 농민소설로서 한국의 진보적 민족문학사의 연속성을 확인시켜주고 있다는 점에서 중요한 의의를 지니는 작품이다.

3. 천부 의식과 순응 담론

유승규와 함께 1950년대 농민소설 논의에서 중요하게 다루어져야 할 또 한 사람의 작가는 이무영이다. 이무영은 1920년대 후반부터 다양한 제재로 작품 활동을 펼쳐왔는데, 농민과 농민소설에 대한 그의 관심과 애정은 특별하여 그가 다룬 제재들 중에서도 가장 많은 비중을 차지하는 것이 농민들의 삶을 다룬 이야기이다.[19] 이무영은 자신의 농민소설 작품들을 통해 흙 또는 대지가 모든 생명의 원천이요, 인간에게 흙은 생명의 본질이라고 생각하는 신념을 분명하게 드러낸다. 그래서 그는 흙과 함께하는 일인 농사를 하늘의 뜻에 의한 인간의 가장 본질적이고 소중한 업이라 여기고, 작품 속에서 그런 하늘의 뜻을 받들며 살고자 하는 지선(至善)의 농민상을 그려낸다.

농업과 농민에 대한 작가의 이러한 각별한 의식은 그의 작품 속 인

---

18) 「경칩」, 앞의 책, 51쪽.
19) 1940년 전후 「제1과 제1장」, 『흙의 노예』, 「문서방」, 「향가」 등의 농민소설을 발표한 이무영은 1950년대에도 「농부전초」, 「며느리」, 「아침」, 「어떤 아들」, 「기우제」, 「맥령」, 「두더지」 등의 농민소설들을 발표했는데, 그는 몸소 농촌으로 가 농민으로 생활하면서 대하 농민소설 3부작 「농민」, 「농군」, 「노농」을 역시 1950년대에 발표하기도 하였다.

물들이 농업을 버리고 농촌을 떠나 농민이 아닌 다른 삶을 모색하다가도 언젠가는 반드시 귀향하여 '천명'인 농업을 이어가도록 만든다. 그래서 그는 도시적 삶과 근대적 삶의 형태들을 비판하고 하늘의 뜻을 받들고 있는 농민들이 수난을 당하는 것에 대해 분노하기도 한다. 요컨대 이무영의 농민에 대한 관심과 농업에 대한 인식은 이데올로기화한 천부 의식에 그 기반을 두고 있다고 할 수 있다.

이러한 농민과 농업에 대한 작가의 의식은 농민소설에 있어서 그의 대표작이라 할 수 있는 「제1과 제1장」[20]에서부터, 농민들의 삶에 대한 관찰과 묘사가 더욱 사실적이고 생생해진 1950년대 작품들에서도 일관되게 나타난다. 그의 작품들에서 거의 동일하게 설정되고 있는 지선의 농민상이 1950년대 작품들에도 변함없이 그려지고 있는데, 이들은 모두 농사를 인간 삶의 본업이라 여기고 하늘이 내려준 인도적 소명이라 여긴다. 그래서 그들은 하늘과 땅만을 생각하며 자신들의 모든 고난에 순응한다. 또한 흙으로 돌아와 이것을 지키고 사는 것이 지고지선(至高至善)의 일로서 누구든 반드시 농촌으로 돌아와야 한다는 귀농 모티프 역시 1950년대 그의 대부분 농민소설들에서 동일하게 나타난다.

흙에 대한 예찬과 귀농이라는 틀에서 벗어나지 못하고 있는 1950년대 작품으로 먼저 「농부전초」[21] 를 들 수 있다. 작품 속의 농촌 현실은 "말이 좋아서 농군이지 제 땅이라고는 기둥 한 개 꽃을 땅도 없는 소작인 집"에 자식을 낳아도 이미 "작년 쌀은 볍씨까지 찧어먹"어 버려 "흰무리라도 한 조각 쪄줄래야 쌀 한 됫박이 없"는 그런 참담한 상황이다. 그럼에도 불구하고 윤서방은 "자기의 직업만이 가장 성스러운 천직"이

---

20) 『인문평론』, 1939. 10.
21) 『현대공론』, 1954. 9.

라 생각하며 모든 것에 순응하는 충직한 농민이다. 일곱 살부터 꼴지게를 진 아버지가 환갑이 되도록 그 일에서 벗어나지 못하는 현실을 목도하며 어릴 때부터 농민으로서의 삶에 회의를 가져 새로운 삶을 찾아 고향을 떠났던 그의 아들 훈 역시 종국에는 순응적 농부로 각성되어 농촌으로 다시 들어오고야 만다.

> 차는 오십 마일 가까운 속도로 고향에의 길을 달리고 있었다.
> 차보다도 고향으로 달리는 훈의 마음이 더 빨랐었다. 훈은 지금 가난한 농부의 일생에 흐뭇하니 잠겨보는 것이다. 아버지를 생각할 때 자기의 생이 얼마나 무가치한가를 새삼스러이 생각하는 것이었다. 개천에서 용이 난 것이 아니라 옥토에서 질경이가 난 격이라 했다.
> 차도 그의 마음을 알아주는 듯 스피드를 높이고 있다.22)

이처럼 이 작품은 당대 농민 사회의 참담한 현실이 그려져 있음에도 불구하고 그것까지를 천부적 숙명으로 받아들임은 물론, 그러한 현실을 벗어나기 위한 다른 삶의 지향마저도 부정하는 맹목적인 농본 의식을 보여주고 있다.

중편 「맥령(麥嶺)」23)은 구한말부터 1950년대 전쟁 직후까지의 한국 농민 사회를 배경으로 하여 극한적인 빈궁상과 함께 행정 조직의 부정과 전쟁의 참혹함, 그리고 지주들의 횡포가 사실적으로 그려지고 있는 작품이다. 또한 이 작품은 농민들의 삶을 피폐하게 하는 외부적 현실의 모순과 부조리에 눈을 돌리고 있어 작가의 전작들에 비해 현실적인 문제에 좀더 진지하고 사실적으로 접근하는 양상을 보여준다.

---

22) 「농부전초」, 『이무영 문학전집』1, 국학자료원, 2000, 122쪽.
23) 『사상계』, 1957. 8~10.

춘보의 아버지는 지주집 생일에 진상을 하지 못했다고 "자갈밭이다 시피 했던 것을 외손주놈 다루듯이 하여 이제 겨우 볏섬이나 얻어먹게 된 논"을 사정없이 떼인다. 살기가 어렵게 되자 어린 시절 춘보는 남의 집 드난살이를 하게 되고, 머슴으로 고생하면서 성장하게 되는데, 세월 이 지나 아버지가 죽자 장릿벼로 살던 아버지의 "태산 같"은 빚을 짊어 지며 가난은 대물림되었다. 당장 살아남기 위해 채 익기 전에 보리를 베어 먹어야 하고, 자식만큼이나 귀히 여기던 소도 팔아야만 했고, 군 대 보낸 큰아들을 잃은 후 불안하던 며느리도 손주들만 남겨 두고 끝 내 집을 나가고 말았다.

이렇듯 작품 안에 당대의 가난한 농민의 실상과 절망이 실감나게 드 러나 있다. 그러나 문제는 그러한 절망을 반전시키는 결말이 현실적 전 망이나 대안과는 전혀 거리가 먼 '하늘의 힘'이라는 사실이다.

> 그러나 곧 그의 지각 신경에는 커다란 변화가 생기었다. 분명히 새 까매진 하늘이 그한테는 더없이 밝아보였던 것이다. 그것은 절망이 아니라 희망이었고 어둠이 아니라 빛이었다. 찬비가 그의 머리를 식 혀주었던 것이다.
> "비다! 비가 온다!"
> 그것은 그대로 환희였다.[24]

농민들이 하늘에 의존하여 자신의 삶을 대처할 때 참담한 현실을 변 화시키기 위해 그들이 할 수 있는 일은 없다. 무기력한 순응뿐이다. 이 작품은 하늘에서 내리는 비가 모든 것을 해결해줄 수 있는 것처럼 보 여줌으로써 결과적으로는 농민들로 하여금 잘못된 제도나 지배층의 억

---

24) 「맥령」, 『이무영 문학전집』1, 170쪽.

압이 야기시키는 현실의 온갖 고난에 대해 순응적인 의식을 갖게 하고 올바른 현실 인식의 가능성이나 역사적 주체로서의 각성을 차단하게 되는 심각한 잘못을 낳게 된다.[25]

이렇듯 그의 농민소설 작품들 속에 일관되게 담겨 있는 농민적 삶에 대한 작가의 천부 의식적 신념은 그의 농민소설 작품들이 극빈이나 신분, 토지 제도의 문제 등 현실적 모순을 직시하는 경우에도 결코 역사적 과정으로서의 당대적 현실(시대)과 소통이 이루어지지 못하고 오히려 순응적 삶의 방식이 미화되는 결정적인 한계를 낳는다. 이것이 한국의 농민소설이 민족문학적 본질과 맞닿아 있다는 사실로부터 이무영의 농민소설들을 분리시키는 근본적 요인으로 작용하고 있다. 즉, 농민 사회에 대한 이무영의 현실 인식은 투철한 역사 의식이나 시대 정신에 바탕을 둔 것이 아니라 인도주의와 천부 의식에 바탕을 둔 것이었다. 이로 인해 농민에 대한 각별한 애정은 진정성이 있지만, 농민 사회에 대한 인식은 다분히 반근대적이고 피상적이다. 그렇기 때문에 작품들 속에 반영되고 있는 농민들의 어려운 현실에 대한 작가의 상심이나 분노는 역사적 주체로서의 인간적 삶이 피폐해지는 것에 대한 것이라기보다는 천직을 수행하고 있는 농민을 받들라는 하늘의 뜻을 받들지 않는

---

25) 1950년대 이무영의 농민소설들을 이해하기 위해서는 농민 사회에 대한 그의 인식적 바탕이 잘 드러나 있는 1940년 전후 「제1과 제1장」, 「문서방」(『국민문학』, 1942. 3.) 등의 작품들을 살펴볼 필요가 있다. 이무영은 이들 작품을 통해 식민지 농민 사회의 당대 현실과 괴리된 채 맹목적인 흙에 대한 애착과 귀농에 대한 긍정을 보여주고 있다. 특히 「문서방」에서는 심지어 "그에게 있어서 하느님은 반드시 하늘에만 있는 것은 아니었다. 면서기도, 주재소 순사도 그에게는 하늘이었다.", "생각하면 지금 세상은 고마우니라", "나라 공을 알어야지. 고마운 줄 알어야지."라고 말함으로써 일제 말기의 극단적 수탈과 고통 속에 허덕이고 있는 농민 현실에 대한 올바른 인식이 결여된 채로 자신이 처한 모든 수난이 하늘의 섭리라 여기고, 어떠한 일이 있어도 하늘을 신뢰하며 현실의 모든 제도나 체제에 순응하는 무기력한 인간상을 긍정적으로 그려내고 있다.

사실에 대한, 반근대적이고 공허한 분노일 수밖에 없다. 이러한 인식하
에서는 현실에 대한 사회 구조적 성찰이나 현실을 극복하기 위한 저항
적 힘, 그리고 변화를 위한 미래지향적 전망에 대한 문학적 형상화가
이루어지기 어렵다.

　이무영 농민소설의 이와 같은 본질적 양상은 1950년대 「농민」, 「농
군」, 「노농」 3부작을 살펴보면 더욱 분명해진다. 갑오농민 운동기에서
부터 삼일운동까지의 미륵동을 배경으로 하여 소작농의 아들 장쇠를
중심으로 이야기가 펼쳐지는 3부작 장편 「농민」, 「농군」, 「노농」은 원래
5부까지 계획되었던 1950년대 이무영의 야심찬 농민소설이라 할 수 있
다. 이 작품에서는 신분 제도와 토지 제도의 모순이 이전의 어떤 작품
보다 치열하게 제시되고 있어 현실의 구조적 문제가 비중있게 다루어지
고 있다는 점에서 이무영의 이전 농민소설들과는 사뭇 다르게 읽힌다.

　연작의 첫 작품인 「농민」26)에서 지주인 김승지는 재물욕이 많을 뿐
아니라 양반의 세도로 끊임없이 소작인들을 착취하고 그들의 아내와
딸까지 농락하는 등의 횡포를 부리는 전형적인 악덕 양반 지주인 인물
이고, 이에 대해 장쇠는 자신의 아내가 유린당한 일을 계기로 동학군이
되어 김승지를 응징하고자 하는 강인하고 저항적인 인물이다. 이무영의
작품에서 지배자에 대한 저항적 인물을 설정한다는 것 자체가 의미 있
는 변화라 할 수 있다. 그리고 "이 세상 죄란 죄는 모두가 양반이 지은
죄지 지게가 저지른 것두 아니구 농군한테 잘못이 있는 것두 아니오"
라고 말하는 탑골 박의관의 아들 일양이와, 아홉 살 때에 "도지를 못
내어 잡혀온 작인한테 행패를 하는 하인의 머리통을 방망이로 때렸다
던" 김승지의 딸 미연이라는 양반집 자제들을 통해 끊임없이 신분 제

---

26) 한성일보, 1950. 1. 1.~5. 21.

도에 대한 부정과 그 혁파의 의식을 담아낸다.

그러나 작품을 좀더 면밀히 살펴보면 이 작품이 양가적인 이중적 담론 구조를 이루고 있음을 알 수 있다. 즉 작품에 나타나는 신분 제도에 대한 부정과 저항은 어디까지나 텍스트의 외부 담론으로서의 구실을 다할 뿐이다. 작가의 근본적인 역사 의식이나 시대 정신이 투철하지 못할 때 이러한 저항 담론은 결코 작가 의식으로서의 당대적 의미를 지니지 못한다. 정작 이 작품의 텍스트가 생성하는 내부 담론은 여전히 화해적 인도주의와 순응적 천부 의식이다.

농민들은 지주와 양반들에게 지독하게 천대받고 수탈당하는 현실에 대해 "어떻게 되든간에 한번 뒤집어엎기나 해봤으면 좋겠"다고 생각하며 장쇠와 동학군에 대해 기대를 갖는다.

> "정말여. 어떻게 되든간에 한번 뒤집어엎기나 해봤으면 좋겠어. 어찌되든간에―상놈 된 죄로 양처럼 고분고분히 농사지어 바치겠다. 질쌈 짜서 바치겠다. 술 담구어다 전상하겠다. 그뿐인가 계집까지 대령하겠다―뭣이 부족해서 그 지랄야."[27]

그러나 정작 동학군이 되어 돌아온 중심 인물 장쇠가 김 승지를 응징하여 오랜 민중의 숙원을 풀고 신분 제도 혁파의 의미를 상징적으로나마 실현할 수 있는 중대한 상황에서 작품이 드러내는 본질적 의식은 승지의 딸 미연의 사죄와 애원에 마음이 동요된 장쇠가 민중 운동의 시대적 국면을 "원수를 갚는" 비인도적 사건의 차원으로 인식하며 오히려 김 승지를 살려줄 것을 민중들에게 청하게 만듦으로써 화해와 용서의 보편적 인도주의로 귀결되고 만다.

---

27) 「농민」, 『이무영 문학전집』1, 237쪽.

"김승지를 죽이자는 여러분의 뜻은 잘 압니다. 그리고 승지는 죽어
야 마땅한 인간입니다. 그러나 우리의 목적은 원수를 갚는 데 있지
않습니다. 사람을 죽이는 것만이 우리의 목적이 아닙니다. 우리는 어
지러운 세상을 바로잡아 모든 사람이—."[28]

이는 애초부터 장쇠의 응징 의지가 현실의 개혁을 위한 민중 운동으
로서의 대의적 차원의 저항이라고 볼 수 없다는 점과, 작품에 담겨 있
는 작가 의식의 본질이 민중성에 대한 각성에 의한 진보적 극복 의지
와는 거리가 먼 것임을 확인할 수 있게 한다.

이어지는 「농군」[29] 편에서는 목숨을 구한 김 승지가 또다시 아무런
변화 없이 장쇠와 대치하며 지주의 권세를 누리게 된다. 즉, 농민들의
비천한 현실과 억압적 상황이 전혀 달라지지 않았다는 것이다. 이러한
상황에서 역시 인도주의자로 그려지고 있는 일양과, 김 승지의 아름다
운 딸 미연, 그리고 장쇠가 서로 맞물려 전개되는 애정 문제가 1부에
이어 본격적으로 전면화됨으로써 작품은 급속히 남녀 사이의 연애담으
로 통속화되는 양상을 드러낸다. 계속해서 「노농」[30] 편에 이르러서는
유부녀가 된 미연이와 유부남이 된 일양이가 은밀하게 안타까운 연정
을 이어가고, 여기에 여전히 장쇠가 관계되는 삼각 애정 구도가 서사의
중심축으로 구조화되면서 작품의 전반적 성격은 외부 담론에서조차 점
점 더 시대와 멀어져간다. 반상 제도에 대해 회의하며 평등 의식을 펼
치고 있는 미연과 일양의 감정의 흐름이나 행위들은 다분히 사실성이
떨어지고 작위적인 허점을 드러내고 있으며, 김 승지가 살아 있음으로

---

28) 「농민」, 앞의 책, 313~314쪽.
29) 서울신문, 1953. 10.~12.
30) 대구일보, 1954.

해서 신분 제도나 지주제의 모순이 여전히 나타나고는 있으나 이미 통속적인 연애담을 위한 보조 장치 이상의 시대적 의미를 갖지 못한다.

「노농」의 후반부로 가면서 수명을 다하고 죽은 김 승지를 대신해 서울에서 내려온 그의 일가가 일본 순사를 등에 업고 농민들을 더욱 가혹하게 수탈하고 그들에게 횡포를 부리는 새 지주로 등장하면서 작품의 리얼리즘적 가능성에 새로운 전환을 가져오지 않을까 하는 기대를 가지게 하기도 하였다. 그러나 끝내 더욱 가혹해진 새로운 지배자에 대한 직접적인 저항이나 현실의 변화를 위한 주동 인물들의 극복 의지의 양상은 보이지 않는다. 미연은 현실 도피적인 자살을 시도하고, 장쇠와 일양은 힘을 합쳐 마을의 농사를 잘 짓기 위한 보를 만드는 일에 전념할 뿐이다. 게다가 자신들의 삶을 지배하는 마을의 구조적 문제들은 전혀 해결되지 않은 채 느닷없이 나타난 장쇠의 옛 동지로 인한 독립만세운동의 가담 여부가 새로운 갈등으로 부각됨으로써 작품의 중심은 또다시 흐트러져 버린다. 작품의 배경이 되는 동학농민 운동이나 의병운동, 그리고 삼일만세운동 등의 역사적 사건들이 그 역사적 의미로서 농민들의 삶과 유기적인 연관을 갖지 못한 채 긴 이야기의 흐름을 연결시키기 위한 소설적 구조물이나 부분적 배경의 역할 이상이 되지 못하고 있다.

농촌을 벗어나고자 떠났다가 다시 돌아와 농사를 짓게 되는 이무영 농민소설의 전형적인 귀향 모티프 역시 장쇠 동생 장길이를 통해 이 작품에서도 구현되고, 농사에 대한 천부 의식과 인도주의 또한 이전의 작품들과 문맥까지도 거의 유사하게 직접적으로 반복되어 나타난다.

"자넨 이 세상에서 모르는 것이 없게 다 잘 알지만 우리 농사 이치

만은 잘 모르구 하는 소리니. 우리네 농군들이 농살 짓는다는 건 이
해타산만 가지구는 못 짓거든. 그야 이해 타산이 없으면 곰처럼 발바
닥만 핥구 살겠느냐 이렇게 말을 하겠지만서두 농사란 하느님이 시
키는 노릇이란 말야. (후략)"31)

　"장쇠 아버지의 그 한마디에 나도 농군이 될 결심을 했소! 그 얼마
나 장한 뜻이고 아름다운 생각이겠소! 하느님이 내신 법을 지킨다는
생각! 저 한몸만을 생각한다면 장사치가 된다는 생각! 이렇게나 장한
뜻에 사는 사람들을 상사람이라 넘보고 농군이라고 천대를 한다는
것은 무서운 일이지요! 장쇠 아버지! 나도 농군이 되겠소! 농군이! 땅
은 있으니 내 선생님이 되어주오!"32)

　이러한 의식으로는 현실의 모순을 볼 수는 있어도 그 모순의 원인과
실체를 통찰하고 극복의 전망을 모색하기 위한 진보적 동력이 생겨날
수 없다. 역사적 사실은 그려져 있으되 작품은 역사와의 소통이 단절되
어 있는 채로 하늘과의 소통만 지향하고 있는 형국이다. 위의 인용을
통해 알 수 있듯이 작가는 도의적이고 원론적인 차원에서 신분 제도의
모순을 바라보고 있을 뿐, 당대의 농민 현실에 대한 사회·역사적 성찰
의 냉철함이 결여되어 있다. 이와 같은 인식하에서 그려지는 농민 현실
은 천대받고 수탈당해 하루하루 연명해 나가기도 힘든 당대 농민들의
참담한 실상과는 거리가 먼 것이다. 작품 전반에 걸쳐 장쇠, 일양 등 여
러 중요 인물들의 생각과 행동, 대화를 통해 농민 사회의 역사적 현실과
는 괴리된 작가의 천부 의식이 드러나고 있는데, 이러한 작품들은 결과
적으로 현실에 대한 순응 담론을 구성하게 되는 한계를 피하기 어렵다.

---

31) 「농민」, 앞의 책, 235쪽.
32) 「농군」, 『이무영 문학전집』1, 411~412쪽.

요컨대 이무영은 진정한 주체로서의 민중의 동력을 생각하지 못했으며, 현실의 제도적 모순을 직시하면서도 이를 변화시키고자 하는 미래지향적 진보 담론을 구성하지 못하였다. 그는 하늘이 내려주는 자연적 이상향을 추구하였으며, 이를 방해하는 제도나 횡포에 대해 분노하고, 또 화해하고 용서하는 인도주의자였다. 결국 농업과 농민에 대한 그의 애정은 각별하고 진정한 것이었으나 시대와의 진정한 소통이 이루어지지 못한 채 순응적 담론을 구성하고 있는 그의 농민소설들은 민족문학론적 진보 담론과는 그 철학적 바탕에서부터 근본적으로 거리를 가지고 있었다.

4. 맺음말

한국의 농민소설은 위기의 시대마다 민족문학으로서의 사회·역사적, 그리고 문학적 역할을 다하며 전개되어 왔다. 그러한 민족문학론과 농민소설의 문예 담론적 기저는 근대 역사적 과정으로서의 현실, 즉 '시대'와의 소통이다. 1950년대 유승규는 농민 사회에 대한 진지한 문제적 인식을 바탕으로 역사적 현실로서의 시대와 소통하고자 하는 의지를 분명하게 보여준다. 그는 농민소설 작품들을 통해 역사적 과정 속에서 만들어진 모순적 현실을 강하게 부정하고, 민중의 힘을 지향하는 의식과 새로운 근대를 지향하는 진보적 인식의 가능성을 보여준다. 따라서 1950년대의 농민소설에 있어서는 유승규의 농민소설 작품들이 시대와의 소통 담론을 통해 민족문학적 본질을 담지함으로써 진보적 민족문학의 연속성을 확인시켜주는 소설사적 의미를 갖는다.

한편 1950년대 이무영의 농민소설들은 농촌에 대한 작가의 남다른 관심과 애착으로 농민 현실의 모순에 대해 사실적으로 접근하고 있음에도 불구하고, 작품들 안에 일관되게 나타나는 반근대적 천부 의식으로 인해 민족문학론적 진보 담론과는 본질적인 차이를 지니고 있었다. 그의 작품들은 현실적 모순에 대한 역사적 성찰이 이루어지지 못하여 시대와는 소통이 단절된 채 하늘이 내려주는 자연적 이상향을 추구하였다. 따라서 이무영의 농민소설들은 결과적으로 현실 순응 담론을 구성하게 됨으로써 민족문학적 가능성의 영역으로 들어오지 못하였다.

역사적 과정으로서의 한 시대와 삶에 대한 작가의 철학적 인식과 관점은 시대와의 소통 양상과 실천적 삶의 양상을 결정짓게 하는데, 이는 또한 문학적 실천의 내재적 동력으로서 민족문학론의 이념적 구심점이기도 하다. 그러한 정신과 동력의 문예적 실천으로서 일제강점기와 해방기, 그리고 1960~70년대의 격동을 치열하게 대응하면서 시대적, 문예적 소명을 다한 농민소설은 폐허의 1950년대에도 진정한 근대를 지향하는 진보적 문예 담론으로서의 모색과 대응을 멈추지 않았음을 알 수 있다.

―『현대소설연구』제39호, 2008. 12.

방영웅 작 『분례기』의 양가적 공간성과 근대 담론

1. 머리말

서사 텍스트는 작가의 발화가 일방적이고 정합적으로 실현되는 장 (場)이 아니다. 그러므로 발화 내용의 의미만으로 텍스트 전체가 함의하고 있는 의미를 다 알 수 있다고 보기 어렵다. 텍스트의 총체적 의미는 직접적 언술이나 발화 내용뿐만 아니라 숨어 있는 언술이나 서사 장치들의 독특한 작용을 통해 생성되는 것이다. 즉, 하나의 텍스트는 중층적 의미 구조를 갖게 되고, 각각의 층위는 자신의 층위 안에서 횡적으로 독자적인 의미를 생산함과 동시에 다른 층위와의 소통을 통해 또 다른 의미를 생산한다. 따라서 하나의 문학 텍스트의 의미를 온전히 파악하고 이해하기 위해서는 발화 층위의 내용과 구조에 의한 의미뿐만 아니라, 발화 외적 담론 구성 방식[1]에 의해 생성되는 의미를 살펴 작가

---

[1] 본고에서는 '발화 외적 담론 구성 방식'을 화법, 시점, 거리, 어조, 문체 등의 언술 외적 서사 장치들의 작용과, 텍스트가 독자적으로 마주치게 되는 시대적·사회적·문화적 개연성을 아우르는 개념의 용어로 사용하고자 한다.

의 '암시'를 넘어선 텍스트의 '암시'를 보고, 지각할 수 있어야 한다.[2]

그럼에도 불구하고 문학 연구, 특히 리얼리즘 소설의 연구는 '작가가 무엇을 어떻게 말하고 있는가'라는 외적 발화와 형식에 의한 의미에 대부분의 관심이 집중됨으로써 중층적 의미 구조가 갖는 서사 장치들의 작동과 상호 소통을 통해 텍스트가 궁극적으로 담지하게 되는 작품의 진정한 의미에 접근하지 못하고 마는 위험을 안고 있다.

방영웅의 『분례기(糞禮記)』[3]에 대한 기존의 평가가 이러한 한계에 머물러 있다고 할 수 있다. 『분례기』는 발표 당시 문단에서 대단한 관심과 화제를 불러일으킨 작품이다. 이 작품은 삶의 현장을 적확하고 밀도 있는 필치로 잘 살려내는 작가의 언어적 미의식을 들어 극찬을 받으며 소개되었으면서도 한편, 사회적 주제 의식이 전혀 내재되어 있지 못한 채 역사적 공간에서 철저하게 고립되어 있음이 심각한 한계로 지적되며 그 문학적 의미가 폄하되기도 하였다.[4] 이러한 엇갈린 평가 속에서

---

2) 예술은 지식과 어떤 특수 관계를 유지하고 있지만, 우리에게 지식을 제공하여 알게 하지는 않는다. 예술의 특수성이란 현실을 '암시'하고 있는 어떤 것을 '우리로 하여금 보게 하는 것', '느끼게 하는 것', '지각하게 하는 것'이다.(루이 알 뛰세, 이진수 옮김, 「예술론─앙드레 다스프르 André Daspre에 답함」, 『레닌과 철학』, 백의, 1991, 226쪽. 참조)

3) 『창작과비평』, 1967년 여름호~겨울호.

4) 창비의 편집자 백낙청은 이 작품을 "우리 문학에서 드물게 보는 훌륭한 농촌소설"로 높이 평가하면서, "「분례기」에 역사적 시간이 없는 것"을 "작품 「분례기」의 한계라 부를 수 있으나 예술적 결함이랄 수는 없다"고 하였고(백낙청, 「「창작과 비평」 2년 반」, 『창작과비평』, 1968년 여름호, 368~375쪽 참조), 임헌영은 『분례기』가 "1940년대 말기를 배경삼고 있으면서도 식민지적 착취나 억압의 흔적은 전혀 반영되어 있지 않을 뿐만 아니라 오히려 우리의 토착정서가 고스란히 보호받고 있지 않나 하는 착각이 들 정도여서 그 형상성의 우수함에도 불구하고 시대적인 배경의 애매성이 항상 지적되어야 한다."고 평가하면서, 또한 "그 시대적 배경의 소홀이 우리 농촌 정서의 한 전형으로서 이 작품을 돋보이게 해준 장점도 지적되어야만 한다."고 하였다.(「방영웅의 작품세계」, 『분례기』, 흔겨레, 1991, 353쪽.) 홍기삼은 역사적·사회적 상황과는 거리가 멀다는 점을 들어 이 작품이 의미 있는 농촌소설이기는 커녕 "야담수준"이라고 혹평하였다.(홍기

『분례기』는 그 외연적 반향과 관심에 비해 아직도 작품의 의미가 온당
하게 평가되지 못한 채 한국 현대소설사에서 매우 모호한 성격과 지위
에 놓여 있다. 이는 작품에 대한 그간의 평가가 해설과 서평 정도에 머
물러 있을 뿐 본격적인 논문 수준의 연구가 이루어지지 못하였고, 그나
마 평면적 발화 층위에서 작품을 바라보는 비평적 시각에서 벗어나지
못한 때문으로 생각된다.

　『분례기』가 발표된 1960년대 후반은 농촌이 또다시 심각한 사회적・
문학적 문제의 차원에서 관찰되기 시작함으로써 한국의 농민문학사에
있어서도 매우 중요한 의미를 지니는 시기였다. 이는 당대 농민 사회가
농민문학적 관심과 성과가 두드러졌던 1920, 30년대 못지않은 중대한
시대적 상황에 놓이게 되었음을 의미한다.5) 이러한 시기에 창작되어

　삼, 「농촌문학론」, 동대신문, 1973. 6. 19, 신경림 편, 『농민문학론』, 온누리,
　　1983, 78쪽 참조)

5) 1960년대의 출발과 함께 한국은 또다시 억압적이고 파행적인 근대화가 시작되
　었고, 1970년대 말까지 농촌이 소외되는 비균형적 근대화로 인한 모순과 폭력
　성에 의해 농민 사회는 사실상의 해체 과정을 겪게 된다. 1960년대 후반은 이러
　한 역사적 변동의 과정에서 파행적 근대화의 모순이 심화되어 농민 사회가 해
　체 위기에 처하게 되고, 그러한 농민 사회 현실이 지식인과 농촌 현실에 관심을
　지닌 작가들에게 심각하게 인식되기 시작한 시기였다. 이 시기에 재등단한 김
　정한을 비롯하여 박경수, 유승규, 오유권 등이 농민 사회 현실에 대해 남다른
　관심과 애정을 가지고 창작 활동을 함으로써 문단의 도시적 관심을 소외되어가
　는 농민 사회로 돌리는 노력과 성과를 보여주었고, 이후 한국의 농민소설은
　1970년대 송기숙, 김춘복, 문순태, 이문구 등에 의한 주목할 만한 작품들을 통
　해 1930년대를 이은 농민문학사상의 의미 있는 번성기를 이루게 된다. 1970년
　을 전후해 진지하게 제기되기 시작한 민족문학론, 농민문학론과 1970년대의 농
　민소설들은 심화된 역사 의식과 사회 의식을 바탕으로 부정한 시대에 치열하게
　대응하는 실천적 문예 담론을 구성하게 되는데, 이러한 실천적 대응 담론의 초
　기 형성 과정에 있어서 1960년대 후반 김정한의 농민소설을 비롯한 창작 활동
　들이 중대한 작품적 기반이 되었다는 사실은 1960년대 후반의 농민소설들이 갖
　는 의미 있는 문학사적 성과로 조명되어야 할 것이다.(박재범, 「1970년대 농민
　문학론과 농민소설의 소통 양상 연구」, 『현대소설연구』제31호, 2006, 219~241
　쪽 참조)

1940년대 후반 농민들의 삶을 다루고 있는 『분례기』는 '시대적 문제와는 절연된 특정한 농촌 공간의 개인적이고 구체적인 삶의 모습들을 정치한 언어와 뛰어난 표현력으로 생생하게 잘 살려내고 있는 작품'이라는 기존의 평가를 넘어, 발화 외적 심층 구조의 의미를 구명하여 농민 삶의 현실과 유관한 역사적 맥락과 의미, 그리고 농민문학으로서의 위상을 드러내어 평가했을 때 정당한 문학적 가치가 정립될 수 있을 것이다.

이에 본고는 『분례기』의 발화 외적 담론 구성 방식에 초점을 맞추어 작가에 의해 고정된 발화적 언술의 의미만으로는 분명히 드러나지 않는 텍스트의 양가적(兩價的) 공간성과, 텍스트가 생성하는 근대 담론의 실체를 구명함으로써 작품의 진정한 의미를 이해하고 그 소설사적 위상을 정립하는 데에 일조하고자 한다.

2. 발화 외적 담론 구조와 양가적 공간성

루카치는 소설의 형상화된 현실에서 보여지는 것은, 객관적 세계의 관습과 주관적 세계의 과도한 내면성을 강조하는 추상적 체계가 구체적인 삶에 대해 갖는 간격일 뿐이라고 생각하며, 소설의 요소는 헤겔적인 의미에서 완전히 추상적이고 소설적 형상화의 의도 또한 추상적이라고 말한다.[6] 따라서 소설 텍스트의 추상적 요소들이 생성하는 의미의 본질에 접근하기 위해서는 이미 주어진 발화 내용만으로는 한계에 부딪칠 수밖에 없다. 텍스트의 진정한 의미는 중심에 고착된 발화 내용

---

6) 루카치, 반성완 옮김, 『소설의 이론』, 심설당, 1985, 90쪽 참조.

으로 주어지는 것이 아니라 독자가 그 이면으로 들어가 '보고 지각하게 되는 것'을 재구성함으로써 획득된다.

직접적 발화와 드러난 형식의 관점으로 『분례기』를 고찰하게 되면 이 작품의 공간성은 시대적 역사성이나 전체 사회와의 유기적 관련성과 멀리 떨어져 있어 매우 고립적이며, 그 공간은 '이야기의 재미'[7]와 정치한 언어미, 뛰어난 표현력이라는 문예 미학적 요소들로 채워져 있음을 알 수 있게 된다. 여러 논자들이 지적하였듯이 방영웅은 자신이 그리고자 하는 대상을 객관적이고도 정확한 필치로 묘사하면서 이야기를 이끌어간다. 그가 창조하는 개개의 인물들은 마치 살아 있는 듯한 생동감을 지니고 있다. 작가는 적확하고 밀도 있는 언어로 이야기의 현장을 곧바로 살려낸다. 이는 방영웅에 대해 누구나 인정하는 작가로서의 뛰어난 자질로서, 이러한 특별한 형상력이 발화적 층위에서의 『분례기』의 예술적 성취를 부여하는 핵심적 요소로 부각된다. 즉 작품의 발화 층위에서는 역사 의식이나 당대 현실에 대한 문제 의식을 지각할 수 없는 이유로 하여 작품의 공간은 역사와 사회로부터 단절된다. 그리고 시대와 단절된 공간 속에서의 이 작품의 지배적 담론은 '삶의 비극성과 운명론'이다.

"(전략) '똥예'란 똥처럼 천한 인간이고 운명적으로 그렇게 되어버린 인간인데 그런 인간들은 이땅에 너무나 많기 때문에 '똥예'란 이름을 가진 여인이 있다는 말을 연전에 들었을 때 나에게 무엇인가 꽉 들어오는 것이 있었다. '똥예'란 이름 두 자를 두고 작품 하나는 충분

---

7) 한남철은 방영웅의 작품들을 논하며 '민중의 문학'이 '方씨의 소설에서 보는 것과 같은 「이야기의 재미」가 없어서도 안되는 동시에' 결코 '재미'에만 치우쳐서도 안 됨을 경계하고 있다.(「이야기 재미와 민중의 진실」, 『창작과비평』, 1974년 가을호, 영인본 제12권, 749~753쪽 참조)

히 만들 수 있다는 자신이 생겼다."[8]

　"(전략) 말하자면 '하늘의 뜻'을 알게 된 셈인데, 그후부터는 체념
하는 버릇과 함께 '운명'이란 말을 비교적 자주 사용했던 듯하다.
　그러니까 이 소설은 역사나 사회 의식보다 운명의식을 가지고 썼
다는 편이 옳을 듯하다. (후략)"[9]

　작가의 말처럼 실제 작품의 직접 언술을 통해서 사회 의식이나 시대
적 문제 의식은 드러나지 않는다. 그리고 작품 속에서 비천하면서도 그
비천함조차 깨닫지 못하고 살아가는 인생들과 그들을 에워싸고 있는
가난, 삶에 대한 무기력과 허무 의식 등의 원인은 시대와 절연된 토속
적 공간 속에서 전부가 '운명'으로 귀결될 수밖에 없다. 작중 인물들이
잘못된 시대 현실 속에서도 자신의 삶에 대한 기본적 인식이 결여된
채 운명론적 정서에 지배될 때, 원천적으로 지니고 있던 토속적 삶의
생동감은 무력화되고 극단적 허무와 절망, 또는 방탕에 빠지게 되는데,
똥예와 영철을 비롯한 대부분 작중 인물들이 그러한 상황을 잘 보여주
고 있다. "가난은 하더라도 마음 착한 새신랑에게 시집을 가겠다"는 꿈
이 참담하게 무너지고 끝내는 실성하여 옥화의 뒤를 따라 "해뜨는 나
라"로 떠나가게 되는 중심 인물 똥예의 생의 파탄은 작품의 핵심이 되
는 이야기 구조이면서 매우 비극적이지만, 어디까지나 운명에 의한 것
일 뿐이다. 기이한 인물 '콩조지'의 뒤틀린 삶, 노랑녀와 조병주, 그리
고 채영감의 비정상적으로 뒤얽힌 삶, 노름꾼 영철이, 소개꾼과 개평꾼
인 석서방과 승원의 무의미한 삶 등 작품 속의 병적인 환경과 정서, 그

---

8) 방영웅, 「『분례기』초판 후기」, 『분례기』, 창작과비평사, 1997, 8쪽.
9) 방영웅, 「창비판『분례기』를 펴내며」, 『분례기』, 창작과비평사, 1997, 6쪽.

리고 삶의 양태는 작품이 시대와 단절된 폐쇄적 공간성에서 벗어나지 못할 때 인간 정신의 존엄성이나 창조적 역사성과는 무관하게 모두가 운명에 구속될 뿐이다.

그런데 『분례기』의 본질적 의미와 가치는 위와 같이 겉으로 드러나는 발화 내용이나 발화 방식에 따른 해석만으로 온전히 파악되기 어렵다. 텍스트 내부에는 겉으로 드러나는 담론 구성 방식과 함께 겉으로 드러나지 않는 담론 구성 방식이 존재하며 이것들은 텍스트 전체의 미학적 성과나 담론 형성에 크게 영향을 미치게 된다.[10] 『분례기』는 작가의 뛰어난 형상력으로 인해 작품 속 인물들이 작가의 관념의 산물이라는 느낌보다는 마치 작가로부터 놓여나 제 나름대로 삶을 살아가고 있는 인물들처럼 느껴진다. 그리고 이러한 뛰어난 필치와 생생한 형상력은 다른 작품에서는 쉽게 느끼기 어려운 작가와 텍스트 간의 특별한 거리를 확인할 수 있게 하는데, 이런 점에서 이 작품은 더욱 발화 외적 층위의 여러 요소들의 작용에 의한 텍스트 자체의 독자적 생명력으로 심층적 의미가 생성될 수 있는 가능성이 열려 있게 되는 것이다.

아울러 작가의 작품 회고에서 알 수 있는 현실 인식 양상과 문학적 태도를 통해서도 『분례기』를 발화적 층위에서만 평가해서는 안 되는 단서를 확인하게 된다.

　작품을 발표하고 나서 가장 많이 들었던 얘기는 왜 역사 의식이나
　사회 의식이 없느냐, 그런 뜻의 질문이었다. 부끄러운 얘기지만 이 작

---

10) 텍스트의 발화 내용에서 한 걸음만 비켜서면 텍스트의 의미는 오히려 더욱 명료하게 드러날 수 있다. 그리하여 그것을 발화 내용의 의미와 연계하여 재구성하면 텍스트의 발화 층위의 의미는 물론 텍스트가 여러 가지 방식을 통해 독자적으로 생성하게 되는 창조적 의미까지를 보고 지각할 수 있어 작품의 총체적 의미에 근접할 수 있게 된다.

품을 쓸 때까지만 하더라도 역사가 뭔지 사회가 뭔지 몰랐다. 다만 내가 태어난 이 삶의 터전이 무언가 잘못되었지 하는 낌새를 강하게 느끼고 있었던 듯하다. '똥례'라는 말을 처음 들었을 때 무엇이 나를 강타했던 것도 그런 까닭이 아니었을까.[11]

이러한 술회는 작가가 작품의 직접적 언술에 사회 의식이나 역사 의식이 반영되도록 의도하지는 않았음을 분명히 알 수 있게 해 준다. 그러나 또한 작가에게 현실에 대한 문제 상황이 인식되고 있었고, 그러한 작가의 내면이 어떤 방식으로건 이 작품에 녹아있지 않을 수 없음을 방증해주기도 한다. 즉 작가는 엄밀하게 당대 농민 사회 현실이나 역사적 현실을 인식한 채 사회적 주제 의식하에 작품을 구성한 것이 아니지만, 작가가 지니고 있는 현실에 대한 감각적인 문제 의식은 작품의 언술 외적인 창조적 의미망을 생성하는 토대가 될 수 있는 것이다.[12]

이러한 관점하에 작품을 그 발화 외적 층위까지 면밀히 들여다보면 『분례기』가 결코 역사적 과정 속의 농민 사회와 단절되어 있지 않음을 확인하게 된다. 비록 발화적 층위에서의 역사 의식은 거세되어 있는 형국이지만 농민들의 삶에 대한 작가의 집요한 시선과 '무언가 잘못됐다'는 부정적 인식의 기저는 작품 속 인물들의 삶의 모습을 특별히 구체

---

11) 방영웅, 「창비판 『분례기』를 펴내며」, 앞의 책, 5쪽.
12) 이 작품을 호평하며 소개한 백낙청의 다음과 같은 분석도 본 텍스트가 발화 외적 층위에서 암시적인 의미를 생성하고 있음을 뒷받침해준다.
　　"몇 개의 외떨어진 예도 아니고 5백 페이지 가까운 장편을 꽉 채우고 있는 이 치열한 정확성은 어디서 오는 것일까? 시골 사는 어느 입심 좋고 뚝심 좋은 청년의 소박한 기록이 아님은 앞서도 지적한 바 있지만, 著者後記에서도 『똥예는 똥처럼 천한 人間이고 運命的으로 그렇게 되어버린 人間』(466면)이라고 말함으로써 이 작품이 기록의 정확성을 노렸다기보다 상징적 의도를 지녔음을 시사하고 있다."(「「창작과 비평」 2년 반」, 『창작과비평』, 1968년 여름호, 영인본 제3권, 371쪽)

적이고 생생하게 살려놓았고, 그것이 작품의 발화 외적 의미 영역에 사회·역사적 의미가 자리할 수 있는 개연성을 마련해놓고 있다. 그리고 단지 발화적 의미망에 작가의 역사적 관점이나 문제 의식 또는 사회 의식이 비춰지지 않는다고 하여 해방 후의 농민 사회에 관한 문학적 형상화가 결코 한국의 근대 역사와 무관할 수는 없다.13) 더욱이『분례기』처럼 그 실상의 묘사가 사실적이고 구체적이며 생생할수록 작가의 의도나 작품의 발화적 의미의 직접성이 아니더라도 텍스트는 독자적으로 한국의 파행적 근대 과정이라는 역사성과 긴밀한 관계를 맺게 된다. 작가는 "'똥예'란 똥처럼 천한 인간이고 운명적으로 그렇게 되어버린 인간인데 그런 인간들은 이 땅에 너무나 많기 때문에 '똥예'란 이름을 가진 여인이 있다는 말을 연전에 들었을 때 나에게 무엇인가 꽉 들어오는 것"이 있어 이 작품을 쓰게 되었다고 했는데,14) 그런 인간들이 이 땅에 너무나 많아지게 된 원인이 바로 한국의 근대 역사의 과정과 맞물려 있는 것이다.

따라서『분례기』는 발화 외적 의미 층위까지를 살펴 텍스트를 거시적으로 조망할 때 분명 근대 역사적 공간 안에 놓이게 된다. 그리고 그 공간은 식민지 과정을 거치며 부정적 근대성들이 작동하여 뒤틀려버린 한국의 파행적 근대 역사가 낳은 비극적 삶의 현장인 것이다.

---

13) 야우스는 "문학사의 과제는 문학적 산물(産物)이 단지 공시적 및 통시적으로 그 조직들의 연속에서 서술되지 않고, 일반사에 대한 그것 자체의 관계에서도 특수한 역사로서 관찰될 때 비로소 완성된다."(야우스, 장영태 역,『도전으로서의 문학사』, 문학과지성사, 1983, 209쪽)고 말하기도 하였는데, 특히 현실이 다루어지고 있는 문학은 본질적으로 어느 정도건 그 사회·역사적 맥락과 맞물릴 수밖에 없다.

14) 방영웅, 「『분례기』초판 후기」, 앞의 책, 8쪽.

3. 정치한 언어로 드러나는 난폭한 근대

『분례기』는 발표 당시 "투고된 원고 중에서 이 작품을 발견한 것을 큰 수확으로 여겨 장편 게재에 따른 많은 난관을 무릅쓰고 全篇을 소개하기로 하였다."는 창작과 비평 편집자의 말과 함께,[15] 그 해 동아일보에서는 "올해 문단의 최대의 수확", "우리말로 씌어진 가장 훌륭한 작품"[16]으로 꼽힐 정도로 화제가 되었던 작품이다. 이후 홍익출판사판 단행본(1968)과 흔겨레출판사판 단행본(1991), 그리고 1997년 창작과비평사판 단행본이 간행되기까지 지속적인 관심과 주목을 받아왔다.

그러한 관심과 애정에 걸맞게 『분례기』는 토속적 언어의 선택과 그 사용, 인물들의 감정 포착과 표현이 매우 정치하여 그들의 삶의 양상이 사실적이고 구체적으로 생생히 살아나 예술적 긴장과 미감에 빠져들게 하는 흔치 않은 작품임이 분명하다. 동짓날 전불(典佛)에서 수철리(水鐵里)를 넘어가는 계곡을 따라 이어진 똥예와 용팔의 산행 과정이라는 이야기의 들머리에서부터 민요적 문체를 가미한 토속적 서정성과 함께, 자연을 배경으로 펼쳐지는 섬세하면서도 생동감 넘치는 표현은 인물의 질박한 아름다움의 본성을 티없이 살려내고 있다.

흰 바지저고리에 작업복을 걸쳐 입은 용팔은 입가에 야릇한 미소를 띠우며 일어난다. 작대기를 양손에 받쳐 들고 머리에 맨 수건꼬리를 꿈틀거리며 덩실 덩실 춤추는 것이 아닌가.

달래야 달래야 진달래야/ 바위야 바위야 가새바위/ 구름 같은 말을

---

15) 『창작과비평』, 1967년 여름호, 영인본 제2권, 155쪽.
16) 동아일보, 「작단시감(作壇時感)」, 1967. 12. 19.

타고/ 수철리고개를 넘어가서/ 곱사대야 문 열어라/ 춘향이 얼굴 다시
보자

　산 위에서 퍼지는 고운 목소리는 맑은 아침 공기를 뚫고 산속으로
잦아든다. 그 소리엔 무엇보다 신명이 넘쳐 있다. 이쁜 항아리처럼 깨
끗한 용팔의 얼굴은 번들번들 아침 햇살에 빛나며 장대같이 큰 키는
하늘을 찌를듯이 껑충 껑충 뛰고 있다. (후략)[17]

　이후 작품의 전반을 통해 다양한 인물들의 삶의 양상이 사실적이고
밀도 있는 언어와 탁월한 표현력으로 구체적이고 생생하게 그려진다.
　그런데 텍스트의 발화 외적 담론 층위로 들어가면, 특별히 밀도 있게
잘 살려지는 그들의 삶의 양상 이면에 근대 역사의 시대적 문제들이
냉엄하고 진지하게 드리워져 있음을 확인하게 된다. 징용 나가 돌아오
지 않는 남편을 생각하는 젊은 과부들의 '한숨', "쥐구멍에도 볕 들 날
있구, 세살 먹은 놈 돈 쓸 날 있구, 벌거벗은 놈 옷 입을 날 있구, 메밀
두 굴러가다 설 때가 있는 법"이라며 세상이나 삶이 뒤바뀌기를 바라
는 똥예 어머니의 한의 정서, "짐승의 우리에서 일어나는 일"처럼 살아
가고 있는 철봉네의 반문명성, "밀기울과 풀떼기, 간장과 무짠지 외에
는 아무것도 없는" 먹을 것으로 하루하루 연명해야 하는 똥예네의 지
독한 가난, 그리고 작품 속 대부분 인물들의 비루한 처지와 그 삶의 모
습이 집요하리만큼 구체적이고 생생하게 살려져 있는 상황은 결코 이
작품의 의미를 역사적 시간이 배제된 진공의 공간 속에 가두어 둘 수
없게 만든다. 그리고 그러한 비극적 농민 사회 현실의 배경에는 일제강
점기와 해방기의 가혹한 억압과 수탈이라는 파행적 근대 역사의 문제

17) 방영웅, 『분례기』, 『창작과비평』, 1967년 여름호~겨울호, 영인본 제2권, 156~
　　157쪽.(이후 같은 작품의 인용은 쪽수만 표시함.)

가 엄존하고 있음을 지각하게 한다.

식민적 근대화의 과정은 식민지 주민들의 희생을 토대로, 그리고 그 희생을 체계화하면서 이루어졌다. 동시에 그 식민지 주민들은 근대화를 작동시킬 수 있는 위치로부터 배제되었다.[18) 그러므로 한국의 근대화 과정의 본질적 성격은 바로 외세에 대한 '타자'로서의 근대화였다고 할 수 있다. 당시 전체 인구의 70~80%를 차지하고 있던 농민 계층은 이러한 비정상적인 근대 역사의 최대 희생 계층으로서 복잡하고 심각한 질곡의 과정을 겪게 된다.

근대성은 언제나 새로운 모순을 잉태하며 또한 새로운 발전을 거듭하는 열린 과정으로서의 성격을 지니고 있음을 보여주고자 한다.[19) 그러나 식민지 조선의 근대화는 결코 삶의 전망으로 열려 있을 수 없었다. 파행적인 근대화에 의한 식민지 농민의 수탈상은 1930년대 이후 악화되어 이러한 상황하의 당시 한국의 농촌 사정은 실로 참혹할 정도였다. 그렇게 수난 속에서 수탈당해 온 농촌은 해방이 되어도 변함없이 그 삶이 궁핍하고 구차할 수밖에 없었다. 『분례기』는 그러한 시대의 농민 사회를 다루고 있는 작품이다. 황폐해질 대로 황폐해진 당시의 농민 사회는 한국의 근대 역사를 반영하는 현실적인 실체였다. 즉 『분례기』의 공간은 결코 시대와 단절되어 있는 가상의 공간일 수 없으며, 작품은 한국의 잘못된 근대화기와 직접적으로 연계되어 있는 농민 사회의 현실을 보여주고 있는 것이다. 따라서 근대 역사적 공간 위에 놓인 『분례기』에서 치밀하게 재현되는 궁핍과 그로 인한 삶의 질곡은 결코 운

---

18) 릴라 간디, 이영욱 옮김, 『포스트식민주의란 무엇인가』, 현실문화연구, 2000, 213~247쪽 참조.
19) 마샬 버먼, 윤호병·이만식 옮김, 『현대성의 경험』, 현대미학사, 1994, 159~211쪽 참조.

명적인 것일 수 없다. 그것들은 그대로 시대 현실의 문제로 생생하게 살아난다. 단순히 가난과 비천한 삶의 현실이 '그려져' 있는 것이 아니라 적확하고 밀도 있는 언어로 '살려져' 있음은 문예미학적 성취와 아울러 그 자체가 역사적 울림과 메시지를 갖는 일이다. 그의 작품이 성취하고 있는 '생동감 있는 엄숙함'에서 엄숙함, '참담함(캄캄함) 속의 경건함'에서 경건함은 이러한 역사적 근대 담론의 힘으로부터 생성되는 것이다.

> (전략) 엊저녁을 하고 남은 밀기울이 한 되박 쯤 남아 있다. (중략) 다 떨어진 이불 위에 내민 여섯개의 초라한 몰골들은 제각기 먹을 것을 연상하는지 눈을 껌뻑거리며 천정을 향하고 있다.
>
> (168)

> 똥예는 걸레같은 옷을 모아 놓고 먼저 이를 잡아야 했다. 해진 것도 해진 것이지만 보리만한 이가 엉금 엉금 기어다니는가 하면 하얀 서캐가 군데 군데 실려 있다.
> "야 고기 먹구 싶다, 히히……."
> 서캐를 등잔불에 그슬리자 고기 냄새가 난다. 고기 냄새가 나자 명철이 소리친 것이다. (349)

　　주인공 똥예의 파탄적 인생의 원인은 바로 위와 같이 참담한 가난의 현실이다. 무엇이건 "새것"이 좋아 신랑도 그렇기를 바라면서 행복한 결혼을 꿈꾸었지만, 똥예는 결국 현실적인 가난 때문에 "수없이 여자가 바뀐" 영철에게로 시집을 가게 되고 인생은 파국으로 치닫게 된다. 똥예뿐 아니라 작품 속에서 구체적이고 사실적인 언어를 통해 '살려지고' 있는 비루한 농민들의 가난하고 뒤틀린 삶의 현실은 실로 혹독하다. 경제적 불평등은 곧 정치적 불평등으로 바뀌며 경제적 종속의 덫은 단지 경제 생활의 빈곤을 넘어 삶의 부자유를 낳는다. 근대의 정상적 주체화 과정을 체험하지 못한 그들에게 구조적인 가난과 파행적 근대의 폭력성은 공동체적 유대는 물론 농민 고유의 원초적 건강성과 질긴 생명력마저 뒤틀리게 하고 무력화시켰다. 이러한 당대 농민 사회 현실은 가히 '기형적(畸形的)'[20]이라 할 수 있는 상황인 것이다.

철봉의 출생 과정과 키워질 때의 삽화는 사람 사는 세상의 이야기라기보다 거의 '짐승의 그것'이라 여겨질 만한 비정상적이고 반문명적인 삶의 모습이라 할 수 있다.

> (전략) 시어머니가 젖을 주라고 소리치면 무섭게 달려들어 어린애의 배를 발로 쿡 눌러 죽이려 했다. 제가 죽을 뻔한 것을 생각하면 어린애만 보아도 치가 떨리는 모양이다. 벙어리의 젖은 언제나 퉁퉁 불어 있다. 벙어리는 이것을 새끼에게 주는 대신 서방한테 줘버리는 것이다. (173)

> 날 때부터 젖을 조금도 얻어 먹지 못한 어린애는 얼굴에 노랑꽃이 피어 있고 회초리같은 두다리는 배배 틀려 있다. 여름철같은 때에 어린애가 울다 울다 제풀에 지쳐 잠이 들면 엉기덩기 붙어 있던 파리들이 코와 입으로 들어가서 똥을 눌 때면 그것들도 섞여 나왔다. (후략)
> (173)

문제는 이러한 비정상적인 삶의 양태가 비단 철봉 가족의 특수한 상황이 아니라는 것이다. 그 정도와 외형은 다를지라도 정상적이지 못한 삶이라는 점에서는 중심 인물인 똥예와 용팔이를 포함한 작품 속의 인

---

20) 백낙청, 앞의 글, 375쪽.

물들 거개가 크게 다를 바가 없다.

콩조지는 "지랄병"을 앓고 있으면서 마을 아이들에게 늘 놀림을 당하는데, 그는 용팔의 아내 병춘을 겁탈하려다 실패하고 떠돌이 정신병자인 옥화를 겁탈하여 낳은 자기 아이를 몰래 병춘의 방 앞에 가져다 놓아 기르게 하는 기이한 인물이다. 노랑녀와 조서방(조병주), 그리고 채영감의 관계도 예사롭지 않다. "노랑녀의 똥구멍을 고쳐주고 나서 그 이웃 구멍을 건드렸던" 채영감이 이후 조서방의 여자인 노랑녀의 남편 구실을 하고 실제 남편인 조서방은 머슴 취급을 받는 비정상적인 상황이 계속된다. 그런데도 조서방이 별다른 반응을 보이지 않게 된 것 또한 일찍부터 말은 데릴사위지만 실제로는 머슴이나 다름없는 신세로 노랑녀의 집으로 들어갈 수밖에 없었던 지독한 가난 때문이었다. 영철은 노름꾼이고, 석서방이나 승원은 노름을 붙여주고 얼마를 받아쓰는 소개꾼, 개평꾼이다. 그러니까 석서방이나 승원은 노름꾼에 붙어사는 인간들이다. 이렇게 이 작품 안의 인물들은 모두가 비정상적으로 뒤틀린 삶을 살아가고 있다.

작품의 발화적 층위, 즉 시대와 단절되고 폐쇄된 공간 속에서 중심 인물 똥예를 비롯한 주변 인물들의 이러한 생의 뒤틀림과 파탄은 모두가 운명에 의한 것일 뿐이다. 그러나 발화 외적 층위의 의미 구조를 통해 획득되는 역사적 공간성을 부여하여 이들의 비정상적으로 뒤틀린 삶을 바라보면, 그 파탄의 원인은 파행적 근대 과정의 난폭함으로 인한 궁핍과 내면적 피폐함인 것이다.[21] 따라서 『분례기』는 정치한 언어를 통한 문학적 형상화를 통해 농민 사회에 가해진 한국의 잘못된 근대

---

21) 프란츠 파농은 식민지적 세계는 마니교적으로 이원화된 세계이며 식민지민들에게 다양한 콤플렉스와 비정상적인 심리 구조를 양산시키는 환경을 조성하는 세계라고 말한다.(이석호 옮김, 『검은 피부 하얀 가면』, 인간사랑, 1999, 40쪽 참조)

과정의 난폭함과 그 비극적 현실을 잘 드러내 보여주고 있는 작품이라 할 수 있다.

4. 소통의 단절과 부정(否定) 담론

변화의 역동성은 정상적인 근대화 과정에서 생성되어 작동하는 근대성의 핵심적 요소이다. 그러한 근대성으로 인해 근대인들은 이전에 없었던 '새로운 경험'을 하게 된다. 그러한 경험들을 통해서 불안이 형성되기도 하지만 개선되었다는 의미의 진보를 경험하게 되는 것이다. 그러나 『분례기』의 근대와 연관된 역사적 공간 속에서 개선이나 진보를 위한 '새로운 경험'은 전혀 없다. 앞에서 살펴보았듯이 한국은 식민지를 거치는 지극히 파행적인 근대 과정을 통해 오히려 존재하던 원초적 건강미나 생명력마저 소진하여 대부분의 농민들의 삶은 경제적으로나 정신적으로 심각하게 뒤틀려버릴 수밖에 없었던 것이다.

『분례기』는 파행적 근대화 과정의 배제적 정책과 억압, 그리고 계속되는 수탈 등으로 인한 궁핍과 정신적 피폐함이 급기야 농민들의 삶에 있어서 인간이 살아가기 위한 정상적인 소통을 단절시킴으로써 농민 사회의 구조적 와해 구도를 형성하고 있는 상황을 보여주고 있다.[22] 즉, 수천 년 간 지속되어 온 한국 농민 사회의 구조적 붕괴 직전의 파탄적 모습을 문학적 형상화를 통해 밝혀 보여주고 있다고 할 수 있는

---

22) 소통(communication)한다는 것은 함께 공동체(community)를 형성할 수 있다는 뜻이다. 서구어에서 두 단어의 어원이 같은 이유는 커뮤니케이션이 곧 커뮤니티의 가능성을 열어준다는 데에 있다.

데, 실제로 한국 전쟁과 1960~70년대의 개발 독재에 의한 강압적이고 비균형적인 근대화 정책으로 인해 한국의 농민 사회는 사실상의 해체 과정을 겪게 된다.

작품의 주요 인물 용팔이는 원초적 건강미와 생명력을 지닌 인물이다. 그러나 산에서 춤이 끝나자마자 "얼굴엔 웃음기가 싹 사라"지고 "언제 춤을 추고 노래를 불렀더냐"는 정도로 "그저 무표정한 평소의 모습"으로 돌아가고 만다. 즉 산 위에서 춤추고 노래할 때의 용팔이와 세상으로 돌아간 용팔이가 전혀 다른 것이다. 용팔이는 세상을 향해서 웃음을 잃었고 말도 잃었다. 용팔이의 이러한 태도는 그가 지니고 있는 원초적 건강미와 인간적 아름다움이 한국 농민 사회의 세상살이에서 그 소통의 길이 막혀가고 있음을 의미한다. 용팔이의 '남성(男性)'에 대한 마을 사람들의 비상식적인 오해로 인해 세상이 모르는 곳에서 똥예가 용팔이에 의해 순결을 잃게 되는 상황 또한, 이미 공동체적 유대와 상호 이해가 심각하게 무너져 있는 현실을 잘 보여준다.

> 용팔의 물건에 대해 사람들은 말한다. 호두 두개는 말짱한데 그놈의 무우가 없다는 것이다. 어떤 사람은 무우가 완전히 없어 여자처럼 앉아야 된다는 것이다. 그러면 무우가 있을 자리에 뚫린 송곳만한 구멍에서 오줌이 쫄쫄 나온다는 것이다. 또 어떤 사람은 용팔이 서서 누는 것을 내 눈으로 똑똑히 보았다고 우기면서 호두는 꺼풀만 있고 속은 빈 쭉정이인데 갓난애 고추만한 그것이 달렸다는 것이다. 이것과 조금 다르게 얘기하는 사람도 있다. 겉으로 보기엔 말짱한데 속이 차지 않아 물건이 도무지 힘을 못 쓴다는 것이다. 아니라, 호두 속엔 콩알만한 것이 들어 있고 무우는 완전하다. 심한 것은 호두와 무우가 달린 곳은 새하얀 절벽이고 오줌도 똥구멍으로 함께 눈다는 것이다. (158)

이러한 구설에 싸여있는 용팔이는 그러나 실제로는 똥예와의 산행 장면을 통해 우리 민족 고유의 원초적 아름다움과 정기를 지니고 있는 인물로 묘사된다. 똥예를 상대로 건장한 남성의 육체적 힘을 보이는 인물이고, 그 알몸뚱이도 "산신령의 아들 같은 아름다움과 싱싱한 정기가 어려" 있는 인물이다. 그럼에도 불구하고 용팔이와 그의 아내 병춘이 사이에서 아이를 갖지 못하는 상황은 정상적이고 원초적인 생산의 단절, 즉 농민 고유의 정기의 단절 위기라는 매우 심각한 소통 불능의 상황을 말해주는 것이라 할 수 있다. 그래서 정상적인 소통을 갈망하는 '의식(儀式)'이 구성되는데, 그것이 용팔이와 병춘의 특이한 방사이다.

> 그러나 캄캄한 방안엔 부스럭대는 소리가 잠간 들렸을 뿐 쥐소리 하나 들리지 않는다. 찬바람을 안은 고요가 쌩, 스친다. 용팔은 「물명주 석자」를 기다리며 병춘의 배 위에서 가만히 엎어져 있다. 그는 방사(房事)할 때마다 이 노래를 고집하는 것이다.
>
> (중략)
>
> 이때서야 비로소 병춘과 용팔은 서로 어울리며 관계를 시작한다. 둘의 노랫소리는 관계하는 잡음과 함께 컴컴한 방안을 돌고 또 돈다. 병춘쪽에선 흐느낌이 섞인 신음소리가 간간히 흘러나온다. 그러나 안간힘을 쓰는 몸부림이 있다. 노래의 장단에 맞추어 계집의 배위에서 춤을 추는 서방을 따라 병춘도 일이 끝날때까지 노래를 맞춰간다.
>
> ―잘했구운 잘해앴구운 잘했어. 잘해앴구운 자알했구운 잘해애써어. 자알해앴구운 자알해애앴구운 자알했어. 자아알해애앴구우운 자아알… 흐으음…. (195~196)

특별하게 전개되고 묘사되는 이들의 방사는 '의식'으로서의 의미를 갖게 되고, 이들이 방사를 할 때 함께 부르는 '물명주 석자' 노래는 심하게 뒤틀려 점점 더 막히고 단절되어가고 있는 현실에서 정상적인 소통이 이루어지기를 갈망하는 애절한 주문(呪文)과도 같은 것이다.

노랑녀의 아들이며 뒤에 똥예의 남편이 된 영철은 십오 년 가까이 화투짝을 주물러 온 노름꾼이다. 그의 삶 속에는 술과 여자와 노름밖에 다른 것은 없다. 영철은 큰소리친 대로 노름판에서 크게 돈을 따 똥예에게 돈더미를 맡긴 후 실제로 '그 짓'을 그만두려고 해 본다. 그러나 잘 되지 않는다. 그는 이미 다른 삶을 위한 세상과의 정상적인 소통 방식이 끊어져버리고 말았다. 그래서 술과 여자로 공허한 마음을 달래보려 하지만 그 또한 허사다. 황폐한 현실에서 주체화되지 못한 개인들은 만성화된 허무 의식 속에서 메마른 욕망에 탐닉하거나 절망에 중독된다. 그리고 정상적인 삶을 위한 세상과의 소통은 단절되고 만다. 영철은 결국 다시 노름판으로 돌아가게 되고, 자신의 신세뿐만 아니라 똥예의 삶을 돌이킬 수 없는 파탄에 이르게 하고 만다.

현재의 주체적 삶과 미래에 대한 전망은 근대성의 중요한 요소이다. 그러나 건강한 삶이 부재하고 미래에 대한 전망도 가질 수 없는 당대 한국 농민 사회의 실상은 근대 과정에서 혹독하게 계속된 배제와 타자화에 의한 몰락의 공간일 뿐이다.

> 그들은 뒷길을 올라와 하얗게 눈이 덮인 읍내를 내려다본다. 북쪽에 우뚝 선 것은 금오산이고 군청, 금융조합, 국민학교가 그 아래에 있다. 거기서 조금 서쪽으로 경찰서, 읍사무소, 세무서, 은행이 한데 붙어 있고 뾰죽한 두개의 집은 성당과 교회. 포푸라나무와 은행나무가 많이 서 있는 곳은 농업학교, 보이지는 않으나 역전으로 나가는 신작로 따라가면 실과학교, 제사회사, 전매지청이 있을 것이다. (387)

위의 인용은 텍스트가 역사적 공간과 단절되어 있지 않으며 근대 담론의 자장 안에 있음을 발화 층위에서 확인시켜주는 중요한 단서가 되고 있는 부분이다. 위의 내용을 통해 읍에만 해도 소위 '근대 기관'들이 빠짐없이 세워져 있음을 알 수 있다. 그러나 농민들의 삶은 이러한 근대 기관들과 전혀 무관하게 굴러가고 있고, 오히려 더 심각하게 황폐화되어가고 있음을 대비적으로 지각하게 함으로써 한국의 농민 사회가 정상적인 근대성의 요소들과도 소통이 단절되어 있음을 알 수 있게 한다. 한국의 근대화는 민중의 시민 사회 구성은 요원한 채 오히려 그들을 파탄으로 몰아갔고, 일부 부유층과 특권층에만 '국제화 시대의 구가'라는 화려한 근대로 기능함으로써 갈등과 불평등을 조장, 심화시키는 등 지극히 파행적으로 진행되었던 것이다.23)

이제 주인공 똥예의 경우를 살펴보자. 똥예의 아버지는 "진짜 노름꾼"도 못 되고 "노름꾼에 붙어사는 인간"이다. 근대 과정을 통해 이미 농민의 신분을 잃고 비루하게 살아가게 된 실업 농민의 전형을 보여주고 있는 인물이다.24) 이러한 몰락 농가에서 똥예는 지독한 가난을 등에 지고 하루하루 어렵게 살아가면서도 원초적 생명력과 낙천성을 잃지 않고 행복한 미래와 인간다운 삶을 갈망하는 의지적이고 미래지향적인 인물로 그려진다. 산중에서 용팔이에게 정조를 잃은 똥예는 심각한 고뇌에 빠지게 되지만, 친구 봉순이가 불의에 정조를 잃었다는 이유로 목을 매 자살해버린 것과는 달리 삶에 대한 천성적 건강성과 미래지향적

---

23) 박재범, 「1960~70년대 한국 농민소설의 현실 인식」, 경북대 박사논문, 2005, 제 2장 참조.

24) 1910년에 시작되어 1919년에 끝난 일제의 토지 조사 사업 등의 수탈 정책은 한국의 원시적 농업 경제를 해체시켰고, 많은 농민이 땅을 잃고 생활의 기반을 빼앗았으며, 그 결과로 막대한 농촌 인구가 실업하게 되었다.(신경림, 「농촌현실과 농민문학」, 『창작과비평』, 1972년 여름호, 영인본 제7권, 271~275쪽 참조)

의지를 통해 정조에 대한 봉건적 옹벽을 과감하게 허물어버린다. 그리고 소박하고 행복한 삶을 향한 생명력을 되찾는다.

　　―봉순이 죽었다구 내가 왜 죽는디야, 남이 장에 간다니까 무릎에 망건 쓰는 꼴이지.
　　똥예는 작대기를 들고 숲속에서 어정어정 걸어나온다. 쓰러져 있는 지게에 작대기를 받쳐 주고 따가운 봄볕이 내려 쏟고 있는 사방을 둘러본다. 똥예의 눈에 들어오는 나무며 풀들은 지난 겨울에도 살아 있었다. 그러나 모진 추위에 죽었다 새봄에 다시 살아난 것이다. 그런데 왜 나만 죽을까.
　　―왜 나만 죽는디야. 나두 악착같이 살아볼 것이여. (224)

　　그러나 세상은 이미 똥예라는 한 개인의 그러한 건강함과 인간다움의 욕망이 펼쳐지기에는 너무도 피폐해져 있었다.

　　똥예는 방바닥에 벌렁 자빠진다. 숨을 훅훅 몰아쉰다. 이 방안은 다시 새우젓독으로 된 똥독 같고 자신은 그속에 든 쥐처럼 생각된다. 똥독 속에서 온몸에 똥을 뒤집어 쓰고 있던 그놈의 쥐가 불쌍하다. 똥예는 저도 그 쥐처럼 온몸에 똥을 뒤집어쓰고 있는 것 같다. (542)

　　사람들이 사람답게 살아가야 할 세상이 이미 똥으로 뒤덮여 있고 똥예는 그 속에서 발버둥치는 신세가 되어버린 것이다. 똥예가 아무리 원초적 건강미와 생명력으로 삶에 대한 의지를 가져보아도 가장 가까워야 할 남편과의 소통마저 단절됨은 물론, 세상은 이미 그들이 인식하지 못하는 파행적 근대의 난폭한 흐름으로 인해 "똥독"같은 곳으로 변해버리고 말았다.

무언가, 누군가 정상적이고 인간적인 삶을 지향할 수 있는 소통의 대
상이 절실하게 필요했던 똥예는 결국 자신의 처지와 유사하다고 여겨
진 쥐 한 마리를 몰래 숨겨 기르며 소통의 대상으로 삼는다. '쥐와의
소통'이라는 극단적인 인간적 소통의 단절 양상을 작품은 보여주고 있
다. 정상적 소통의 단절에서 연유한 이러한 은밀하고 비정상적인 상황
은 똥예의 천박한 부도덕으로 왜곡되어 그녀에게 또다시 폭력으로 가
해지고, 가해자와 피해자, 사실과 거짓이 전도되는 가치의 해체 현상을
가져오게 된다. 급기야 똥예의 삶은 참담하게 무너지고, 맑고 건강했던
그녀의 정신은 해체되고 만다.

자신을 파멸로 몰아간 집을 한밤중에 쫓겨 나오며 똥예에게 영철의
집은 '지옥'처럼 묘사된다. 그러나 영철의 집 바깥도 크게 다르지 않았
다. 그것은 이러한 파탄적 현실의 문제가 단순히 몇몇 개인의 잘못에
기인한 현실적 문제가 아니기 때문이다. 그것은 그들 개개인은 자각하
지 못하는 거대한 이데올로기와 권력에 의한 구조적인 문제인 것이다.
똥예는 개인적으로 그 힘과 저항할 수 없는 존재이다. 따라서 개인은
현실에 흡수되거나 현실에서 추방될 수밖에 없는데, 똥예는 후자의 경
우가 될 수밖에 없는 것이다.

난폭해진 세상은 마지막까지 똥예를 철저하게 파괴하려 한다. 영철
의 집에서 나온 직후 '두 놈'에게 강간을 당하게 된다. 그런데 세상은
똥예를 강간하지만 똥예는 그런 세상에 대해 마지막 도발을 감행한다.
똥예는 마지막으로 마음 속 깊숙이 담겨 있던 이름과 자신을 사랑해준
이의 이름을 불러 보고 역시 이 현실에서는 그들과의 좋은 어우러짐이
불가능함을 다시 한번 확인한 후, 자신을 강간하는 두 놈의 "사내맛"을
즐김으로써 자신은 도저히 인식할 수 없는 어떤 거대한 폭력으로 인해

모든 것이 단절되어버리고 황폐해진 세상을 비웃는다. 그리고는 실성을 함으로써 지독한 세상과 완전히 결별하고, 실성을 하고 나서야 새로운 세상으로 떠나게 된다.

> (전략) 똥예는 으응 눈을 뜨고 제 배 위에 엎어진 놈을 뚫어져라 쳐다본다. 잠에서 덜 깬 목소리로 무어라고 중얼대더니 똥예는 밑에서 흔들리며 사내의 목을 꼭 끌어안는다.
> "용팔 아저씨."
> "……."
> "철봉아."
> "……."
> 똥예는 사내 밑에 깔린 채 용팔과 철봉을 가만히 불러본다. 그러나 아무 말이 없는 것이다. 이놈은 용팔이나 철봉일 수가 없다. 제가 좋아하던 길남이도 아니다. 제 서방 영철인 더욱 아니다. 똥예는 잘 안다. 사내를 쏘아보는 똥예의 입가엔 흐뭇한 미소가 지나간다. 그러나 이것도 금방이다. 사내의 숨소리가 거칠어져가자 똥예의 입에서도 그런 소리가 난다. 똥예는 몸을 뒤틀며 사내맛을 보고 있다. 한꺼번에 두 놈의 맛을 보고 있다. (617)

> 똥예는 방금 만든 보퉁이를 옆구리에 끼고 일어나며 깔깔깔 웃음을 터트린다. 세상을 이긴듯한 통쾌한 기분인지 모른다. (618)

똥예가 옆구리에 낀 걸레 보퉁이 안에는 죽은 처녀쥐의 시체가 싸여 있다. 그것은 똥예의 분신과도 같은 것이며 이제 '이쪽 세상'을 결별하는 똥예의 꿈이며 희망이다. 백정들이 그들이 잡은 짐승들에게 '수혼탑'이라는 글자로는 다하지 못한 것, 그것처럼 용팔이 스스로 무언가 아쉬워하고 있는, 자신과 똥예가 서로에게 다하지 못한 그 무엇. 그것은 좋은 세상을 향한 자신들의 인간답고 아름다운 소통이었을 것이다. 그러나 용팔이도 이 세상에서는 마음 속에 똥예를 위해 '수혼탑'을 하나 세워준 것으로 그녀를 '다른 세상'으로 보내고 만다.

> 용팔은 말뚝처럼 서서 똥예를 바라본다. 「獸魂塔」이란 세 글자 외엔 아무것도 쓰여 있지 않은 싱거운 물건이 떠오른다. 그것은 장황한 비문도, 왜 세운다는 이유도 언제 세웠다는 날자도 「이놈아 너희들을 왜 잡아먹는지 아니?」 소나 돼지에 대한 저들의 변명도 없다. 그러나 그것을 가만히 보면 무엇인가 써 주려고 애 쓴 백정들의 흔적은 보인다. 그것은 보면 볼수록 더 뚜렷하게 보인다. 그러나 나오는 것은 웃음 뿐이다. 「獸魂塔」이란 글자 외엔 더 못쓰지 않았던가. 용팔도 마찬가지다. 아무리 생각해도 할말이 없는 것이다. 다만 잘 가라는 말은 할 수 있다. 용팔은 까마아득하게 사라져가는 똥예를 마지막으로 쳐다보며 양손을 입에 가져간다. 이것은 똥예에게 세워주는 용팔의 獸魂塔인지도 모른다.
> "똥예야 잘 가라."
> 용팔의 음성은 넓은 벌판에 울린다. 그러나 똥예는 벌써 보이지 않고 있다. 용팔은 수철리를 향하여 흥얼거리며 걸어간다. (630~631)

용팔이와 똥예의 만남과 '어우러짐'으로 시작한 이 작품의 이야기는 용팔이와 똥예의 만남과 서로 다른 세상으로의 '돌아섬'으로 끝난다. 용팔이와 똥예의 돌아섬과 농촌 현실에서의 똥예에 대한 완벽한 축출은 이제 당시의 농민 사회가 고유한 정기와 생명력이 소진하여 외부의 충격이나 물리적 힘이 작용했을 때 쉽게 해체될 수밖에 없는 위기적 상황에 이르렀음을 짐작할 수 있게 한다.

처음 함께 나무를 하러 다니던 수철리 산중에서 있었던 똥예와 용팔이의 몸과 마음의 어우러짐은 자연적이고 인간적인 아름다운 소통을 보여주는 유일한 서사적 실제 체험이면서, 텍스트의 지향을 담지한 상징적 체험이기도 하다. 이후 두 사람 사이의 이루어지지 못하는 소통에 대한 무언의 갈망이 작품의 저변에서 애잔하게 이어지게 되는데, 이는 근대 역사의 폭력성에 의해 황폐화된 현실 속에서도 애절하게 인간다운 삶을 지향하는 텍스트의 발화 외적 담론으로 읽을 수 있다. 또 작품은 옥화와 똥예를 통해 부단히 질곡의 현실을 벗어난 '새로운 세상'에 대한 지향성을 보여주고 있는데, 텍스트가 지향하는 세상은 마을의 축제처럼 인간다움이 살아 있고 모두가 서로 아름답게 소통되어 신명나는 그런 세상이다. 그곳은 작품 속에서 "곧게 뻗은 길 끝으로 해가 빨갛게 빛을 발하고 있는 곳"으로 표상된다.

이처럼 작품이 피폐한 삶의 현장을 생생하게 살려내어 근대의 난폭성을 드러냄에 그치지 않고 잘못된 현실에서 벗어나기 위한 개선과 변화를 지향하는 발화 외적 담론을 생성하고 있다는 점은 텍스트의 진정한 의미가 파행적 근대 현실에 대한 강한 부정(否定)에 있음을 인식하게 한다. 작품 속에서 길게, 그리고 구체적으로 묘사되어 농민 사회의 진정한 공동체적 신명과 어우러짐의 모습을 보여주고 있는 마을의 상여잔치 모습과, 용팔이와 병춘의 특이한 방사 장면 또한 텍스트의 이러한 부정 담론의 구성에 크게 기여하고 있는 부분이라 할 수 있다.

문제는 텍스트가 부정하고 있는 현실의 모순을 극복할 수 있는 통로가 현실에서 실성하지 않고는 바라는 세상으로 갈 수 없을 만큼 너무도 폐쇄적이라는 점이다. 이 지점에서 해방 직후의 농민 사회를 다루는 작가의 사회·역사적 인식의 부족은 곧바로 작품의 한계로 연결되고 있다. 민족과 농민 사회의 역사적 현실을 객관적이고 정확하게 깊이 인식하여 그 모순의 변혁을 모색하고자 하는 투철한 작가 의식의 결핍으로 인해 작품 안에 농민의 근대 역사적 주체로서의 가능성은 끝내 보이지 않는다. 필연적으로 부정하고 있는 현실 극복을 위한 건강한 의지나 전망이 모색되지 못하였고, 텍스트의 당대 현실과의 미적 긴장이 미래지향적 힘을 얻지 못하였다.[25]

그럼에도 불구하고 『분례기』는 한국의 파행적 근대 과정에서 철저하게 배제되고 타자화되어 해체 직전의 위기에 놓여 있는 농민 사회의 비극적 현실을 뛰어난 미의식을 바탕으로 생생하게 살려내면서 '새로운 세상'에 대한 지향성을 보여줌으로써, 농민 사회의 잘못된 근대 현실에 대한 강한 부정의 담론을 생성하고 있는 주목할 만한 농민소설[26] 이라 하겠다.

---

25) 『분례기』의 이러한 한계는 1960년대에 문단을 비롯한 한국 사회 전반에 드리워져 있던 지적 허무주의와도 무관하지 않을 것이다. 4·19가 촉발시킨 진보와 이상에 대한 자부심과 새로운 현실 인식의 안목을 통해 1960년대 문학은 주체적·미학적 형상화의 새로운 가능성을 회복할 계기를 마련하게 된다. 그러나 5·16이라는 반동적 상황의 형성과 이후 전개된 위로부터의 억압적이고 파행적인 근대화의 과정은 지배 권력층을 제외한 대부분의 사회 구성원들에게 커다란 패배감과 좌절감을 안겨주었고, 이는 당대의 문학에 깊은 심연으로 자리잡게 된다.
서경석은 1960년대 문학을 "역사의 본질이라 생각했던 것들에 대한 집중적인 탐구와 그 좌절, 잃어버린 환상과 적응할 수 없는 현실 사이의 험난한 갈등과 허무 의식, 그로부터 오는 현란한 자학성 감수성, 다시 그 환상을, 본질을, 부여잡고 영원히 자유롭고 싶은 욕망의 지적 표출, 한편으로 현실 속에서 다시 「새로운 지성」이 되어 산업화 사회의 부정적 측면의 고발과 폭로로 현실을 다시 감싸 안으려는 노력의 시작 등"으로 요약하고 있다.(서경석, 「60년대 소설 개관」, 문학사와 비평 연구회 편, 『1960년대 문학연구』, 예하, 1993, 45쪽)
26) 강력한 저항 담론을 생성했던 당대 김정한의 작품들을 비롯하여 1930년대와 1970년대 대부분의 농민소설들이 주로 작품의 발화 층위에서 현실에 대한 문제 의식과 시대 의식이 직·간접적으로 나타나는 것에 비해, 『분례기』는 주로 발화 외적 층위에서 시대적 담론이 구성되어 텍스트의 총체적 의미를 생성하고 있다는 점에서 차이가 있다 하겠다.

5. 맺음말

『분례기』는 시대적 문제와는 절연된 특정한 농촌 공간의 개인적이고 구체적인 삶의 모습들을 정치한 언어와 뛰어난 표현력으로 생생하게 잘 살려내고 있는 성공적 작품이라는 기존의 평가를 넘어, 발화 외적 담론 구성 방식에 의해 생성되는 의미를 구명하여 농민 삶의 현실과 유관한 역사적 과정으로서의 근대 담론까지를 드러내어 평가했을 때 정당한 문학적 지위를 얻게 된다.

하나의 문학텍스트는 중층적 의미 구조를 갖게 되는데, 발화적 층위 만으로의『분례기』는 시대와 단절된 공간성을 갖게 되고, 그 지배적 담론은 '삶의 비극성과 운명론'이다. 그러나 발화 외적 의미 층위에서 텍스트가 생성하게 되는 의미를 발화 내용과 연계하여 이 작품을 분석해 보면,『분례기』는 분명 근대 역사적 공간 안에 놓이게 된다. 비록 발화적 층위에서의 역사 의식은 거세되어 있는 형국이지만 농민 사회 현실에 대한 작가의 집요한 시선과 관심은 농민들의 삶의 실태를 특별히 구체적이고 생생하게 살려놓았고, 이 작품의 발화 외적 의미 영역에 역사적 근대 담론이 자리할 수 있는 개연성을 마련해놓는다.

역사적 공간 속의『분례기』에서 재연되는 지독한 궁핍과 그로 인한 삶의 질곡은 결코 운명적인 것이 아니다. 작가의 직접적인 의도와 무관하게 텍스트의 발화 외적 담론은 식민지 근대의 가혹한 폭압과 수탈, 배제와 타자화라는 파행적 근대의 비극적 실상을 정치한 언어로 드러냄으로써 텍스트 내부에 시대와 역사를 살려놓고 있다.

파행적 근대화 과정의 수탈과 제도적 억압으로 인한 궁핍과 정신적 피폐함은 급기야 작품 속 인물들이 인간답게 살아가기 위한 정상적인

소통을 단절시킴으로써 농민 사회의 구조적 와해 상황을 가져오게 된
다. 즉,『분례기』는 한국 농민 사회의 구조적 붕괴 직전의 파탄적 모습
을 진지하고 엄숙하게 보여주고 있다고 할 수 있다.

　이러한 위기적 상황 속에서 텍스트는 용팔이와 똥예의 은밀한 그리
움과 갈망을 통해 애절하게 인간다운 공동체적 삶을 지향하는 진지한
노력을 보여준다. 또한 옥화와 똥예의 교감은 부단히 질곡의 현실을 벗
어난 '새로운 세상'에 대한 지향성을 보여주는데, 텍스트가 지향하는
세상은 마을의 축제처럼 인간다움이 살아 있고 모두가 서로 아름답게
소통되어 신명나는 그런 세상이다. 정치한 언어를 통한 난폭한 근대의
생생한 드러냄과 함께, 비인간적 현실을 벗어나고자 하는 지향성은 텍
스트의 진정한 의미가 잘못된 근대 현실에 대한 강한 부정성(否定性)임
을 인식하게 한다.

　요컨대『분례기』는 한국의 파행적 근대 과정에서 철저하게 배제되고
타자화되어 해체 직전의 위기에 놓여 있는 농민 사회 현실을 뛰어난
언어적 미의식을 바탕으로 생생하게 살려내면서 '새로운 세상'에 대한
지향성을 보여줌으로써, 궁극적으로 파행적 근대 현실에 대한 강한 부
정 담론을 생성하고 있는 주목할 만한 농민소설이라 하겠다.

1930년대 후반 농민소설의 근대 인식

1. 머리말

농민문학은 1920년대 중반 이후 지속적으로 창작되고 논의됨으로써 한국 근대 문학사의 중요한 흐름을 이루어 왔다. 특히 1930년대 전반기는 '농민문학의 시대'로 불릴 정도로 창작과 이론 양면에서 유례없이 치열하고 활발한 양상을 보이기도 한다. 이러한 사정은 궁극적으로 우리 나라가 전통적인 농업국이라는 사실과 함께 일제하 왜곡된 근대라는 사회·역사적 구조의 제반 모순이 농민 사회에서 집중적으로 드러난다는 점에 기인한다. 그리고 그 시대 우리 나라 인구의 80% 이상을 차지하며 일제의 식민 정책으로 인해 가장 혹독한 희생을 치러야 했던 농민의 실상은 바로 제국주의에 의해 강압적으로 진행된 파행적 근대 조선, 우리 민족의 실상이었다.

이런 점에서 당대 농민 문제는 곧 민족의 대표적 문제이자 민족 생존의 문제로 인식되었으며, 농민소설이 당시의 문학 유형 가운데 가장 치열한 현실의 문학, 그리고 민족 저항적인 문학으로 인식되었다. 이러한 농민문학은 우리 근대사와 문학사의 특수성, 그리고 문학과 사회와의 긴밀한 대응 양상을 가장 선명하게 드러내 보여준다 할 것이다. 그러므로 일제하 농민문학에 대한 체계적 연구는 우리 근대 문학사의 맥락적 실체의 파악을 위해서 필수적으로 요청되는 작업이 아닐 수 없다.

이와 같은 배경으로 인해 지금까지 많은 연구자들이 일제강점기의 농민소설을 연구하여 그 성과를 축적해오고 있다. 그런데 연구는 주로 농민소설이 주류를 이루었던 1930년대 전반 이전으로 집중되어 있는 현상을 보이고 있고, 1930년대 후반의 농민문학에 대해서는 그 성과가 매우 미미한 편이다. 1930년대 후반의 우리 문학은 1939년 이후의 소위 '암흑기'의 문학과 함께 지금까지 그 정체성을 획득하지 못하고 있다. 이는 극에 달한 일제의 탄압에 의해 방향성을 상실한 작가들이 자유롭고 진지하게 작품 활동을 할 수 없었던 시대적 이유가 물론 가장 큰 원인이다. 그리고 분단 이후 적대적 이데올로기에 의한 우리 문학사의 질곡 또한 주요한 원인으로 지적하지 않을 수 없다. 그러나 이제는 우리 문학사의 맥락을 온전하게 복원하기 위해서 가능한 여러 각도의 정치한 연구 작업을 통해 이 시기 한국 문학의 정체성을 찾아내는 일이 매우 중요하다.

따라서 본고에서는 일제강점기 중에서도 1930년대 후반의, 그리고 당대의 여러 문학 유형 중에서도 농민소설의 연구를 통하여 완전한 어용·국책 문학으로 넘어가기 전 가장 어려운 시기에 보여준 작가들의 현실 인식 태도와 그 대응 양상을 살펴보고자 한다. 특히 한국 사회는 세계사와 한국사의 전개 과정 속에서 크게 훼손된 근대화를 겪어야 했으며, 그 과정에서 대다수의 인구에 해당했던 농민들의 희생이 가장 컸

다는 점에서 당대 농민 사회에 대한 작가들의 현실 인식에 대한 탐구
는 곧 당대의 파행적 근대 현실에 대한 인식과 그 문학적 대응 양상에
대한 조망이 될 것이다.

　1930년대 후반의 농민소설에서 그 문학적인 형상화를 통해 나타나는
현실에 대한 작가들의 인식 태도는 사뭇 다르게 드러난다. 일부는 부정
한 근대 현실에 대한 적극적이고 비판적인 인식하에 현실을 적극적으
로 작품 속에 담아내려 애쓴다거나, 의지적이고 저항적인 문제적 인물
을 설정하여 그러한 현실에 과감하게 응전하는 태도를 보여준다. 그러
나 또 일부 작가들은 현실 문제를 방관 또는 회피한다거나, 더 나아가
현실을 미화·왜곡하는 태도를 보여주기도 한다.

　이 글에서는 농민들의 삶을 질곡에 빠뜨리는 파행적인 근대에 대한
작가들의 적극적이고 비판적인 현실 인식에 의한 대응 양상이 나타나
는 작품들을 집중적으로 살펴봄으로써 1930년대 전반기까지의 당대 주
류 문학으로서의 농민소설의 맥락을 잇는 1930년대 후반 농민소설 작
품들의 시대적·문학적 의미와 그 가능성을 구명해보고자 한다.

2. 적극적인 현실 반영 양상

　1930년대를 넘어서면서 한국의 농민 사회는 지주가 증가되었고, 중
농층(中農層)은 빈농화되었다. 이렇게 몰락한 중농층의 일부와 일반 빈
농층은 소작 관계에서 일제로부터 비인간적 착취를 당해야 했고, 농작
물 가격의 폭락과 늘어만가는 부채에 의하여 생활은 더욱 도탄에 빠지
게 된다. 소작농이 몰락하게 되자, 일본은 한국 농촌에 근대 자본주의

적 색채를 유입시키면서 그것을 조장하는 정책을 펼쳤다. 소위 산미증 식(産米增殖) 등이 모두 그들의 착취 행위를 합리화하는 술수에 지나지 않았다. 그 외에 농촌진흥책이니 소작조정령 같은 것도 농민을 기만하여 착취를 용이하게 하기 위한 정책이었다. 그리고 금융조합, 동척(東拓) 등을 통한 각종의 교묘한 술책에 의해 한국의 농민 사회는 급격하게 피폐해져가고 있었다.

1930년대 후반의 농민소설은 바로 이러한 정치·사회·경제적 환경을 배경으로 하고 있는데, 소설적인 형상화를 통한 농민 사회 현실에 대한 작가들의 인식 태도는 사뭇 다른 양상으로 나타난다. 본 장에서는 작가들의 적극적이고 비판적인 현실 인식하에 그러한 현실을 적극적으로 작품 속에 담아내려 한 작품들을 살펴보고자 한다.

먼저 1930년대 후반의 농민소설들 중 강경애의 「지하촌」, 이용우의 「평범한농촌풍경」, 김유정의 「만무방」, 김동리의 「산화」, 박노갑의 「마을의 이동」, 계용묵의 「심원」, 한인택의 「과세」, 백신애의 「빈곤」 등의 작품에는 당대 현실 문제들이 적극적으로 반영되어 있다. 이러한 작품들은 일제강점기 농민에 대한 착취와 빈곤, 그로 인한 가정의 몰락과 공동체의 파괴, 나아가 인간 본성과 정신의 해체상 등을 주된 문제로 다루며, 농민의 식민적 현실을 결코 개인적인 비극으로 놓아두지 않고 사회적 문제로 부각시킨다. 이를 통해 당대 농민들을 포함한 독자들로 하여금 자신들의 현실 문제에 대해 바르게 인식할 수 있는 계기를 만들어줌으로써 작가들은 시대를 고뇌하는 지식인으로서의 일정한 기능을 수행하게 된다.

이 무렵에 창작된 강경애의 대표적 단편 「지하촌」[1]은 가난한 농촌에

---

1) 조선일보, 1936. 3. 12.~4. 3.

서 장애의 몸으로 이웃 동네에 동냥을 다녀 어머니와 동생들을 먹여 살리는 칠성이와 칠성이가 애정을 품고 있는 이웃의 장님 큰년이 가족의 삶을 통해 당대 농가의 참담한 궁핍상을 형상화하고 있는 작품이다.

'지하촌'은 지상과 대립되는 인간 존재의 영역으로 빛이 없는 어둠과 절망의 영역이며, 인간은 그 안에서는 죽음이라는 형태로 존재할 수밖에 없는 것이다. 따라서 제목이 상징하는 이 무덤과 같은 곳의 궁핍과 인간 존재에 대한 묘사는 참담하다.

> 아기의 조 머리엔 종기가 지질하게 낫고, 거기에는 언제나 진물이 마를 사이 없다. 그 위에 가늘고 노란 머리카락이 이기어 달라붙었고, 또 파리가 안타깝게 달라붙어 떨어지지 않는다. 아기는 자꾸 그 가는 손까락으로 머리를 뉘어당기고, 종기 딱지를 떼어 오물오물 먹고 있다.[2]

> 그는 슬그머니 다가 앉아 술을 들고 보를 들치었다. 국에는 파리가 빠져 둥둥 떠다니고, 밥바리에 붙었던 수없는 바퀴 떼는 기급을 해서 달아난다. 그는 파리를 건져내고 밥을 푹 떠서 입에 넣었다. 밥이란 도토리뿐으로 밥알은 어쩌다가 씹히군 했다. (30)

> 영애를 낳아놓고 그 다음 날로 보리 마당질하던 그 지긋지긋 하던 때가 떠오른다. 하늘이 노랗고 핑핑 돌고 보리 이삭이 작았다 커보이고, 도리깨를 들 때 내릴 때 아래서는 무엇이 뭉클뭉클 나오다가 나중엔 무엇이 묵직하게 매어 달리는듯 해서 좀 만져 보았으나, 사이도 없고 또 남들이 볼가 꺼리어 그냥참고 있다가, 소변보면서 보니 허벅다리에 피가 흔전했고, 또 주먹같이 살덩이가 축 늘어져 있었다. 겁이

---

2) 강경애, 「지하촌」, 권영민·이주형·정호웅 편, 『한국근대단편소설대계』2, 태학사, 1988, 29쪽.(이후 같은 작품의 인용은 쪽수만 표기함)

더럭 났지만, 누구 보고 물어보기도 부끄럽고 해서, 그냥 내버려두엇
더니, 그 살덩이가 오늘까지 늘어져서 들어갈 줄 모르고 또 무슨 물
을 줄줄 흘리고 있다. (42)

칠성이의 신체 장애는 돈이 없다고 의사가 치료를 하지 않아서 온
것이었고 큰년이 또한 태어날 때부터 장님은 아니었으며, 칠성이가 길
에서 헤매다 도움을 받은 걸인 남자 역시 공장에서 다리를 꺾여 병신
이 되었다. 즉 이들을 정상적인 존재로 살 수 없는 참담한 상황으로 만
든 것은 잘못된 한국 근대 상황인 식민지 현실 때문이다. 이러한 인물
들의 가혹한 삶은 당시 빈농층 전체의 현실과 크게 다르지 않았고, 작
가는 그러한 현실을 '지하촌'이라는 상징적 공간을 통해 뚜렷하게 형상
화시키고 있다.

이 작품은 당시의 식민지 조선의 현실에서는 유산 계급과 무산 계급
의 대립이 기본적인 문제이며, 무엇보다도 절대적 궁핍에 시달리던 식
민지 조선의 대다수 민중의 현실에서는 제일 중요한 것이 궁핍의 문제
라고 본 강경애의 이념적 태도가 바탕이 된 작품이다. 하지만, 인물의
현실에 대한 각성이나 모순적 현실에 대한 극복 의지 등은 문제가 되
지 않고 단지 궁핍 그 자체에 대한 강렬한 묘사만 나타난다. 따라서 이
작품은 증오와 분노가 있을 뿐, 현실에 대한 전망을 보여주지는 못하고
있다. 리얼리즘 문학이 현실의 자연주의적 재현에 있는 것이 아니라,
작가의 관점, 역사의 방향성을 전제로 성립되는 문학 양식이라고 볼 때
이 작품은 한계를 지닐 수밖에 없다.

프로문학의 이념적 입장에서 작품을 창작하며 『인간문제』에서 식민
지 사회를 전체적으로 조망하고 진보적 전망까지 제시했던 강경애는
1935년을 고비로 악화된 정세, 그리고 전반적으로 혼란한 지적 분위기

에서 어쩔 수 없이 식민지적 현실을 전체적으로 조망하고 진보적 세계관을 예술적으로 형상화하는 프로문학 본래의 수준이 흔들리는 현상을 보여주게 되었다.

이용우의 「평범한농촌풍경」[3] 역시 참담한 고통 속에서 허덕이는 당대 농민 사회의 현실이 직접적으로 잘 드러나고 있는 농민소설이다. 소작농인 칠돌이를 비롯한 마을 사람들은 하나같이 홍수와 가뭄, 그리고 씨래기죽으로 때를 이어오는 지독한 가난에 지치고 절망해 있다. 절박한 생활고는 이들에게서 웃음조차 빼앗아갔다. 그런 중에도 칠돌이는 서울에서 첩살림까지 하고 있는 악덕 지주가 자기 땅의 개간 비용을 도탄에 빠져 있는 소작인에게 반이나 부담지우는 비인간적 횡포를 부리는 데 대해 의연히 대처하며 그 땅의 개간을 포기하지 않는 의지적이고 강인한 인물로 그려진다.

그러나 지주 일가의 횡포와 극심한 가뭄, 또한 계속되는 굶주림에 시달리는 현실 속에서도 칠돌이를 비롯한 농민들은 현실의 굴레 안에서 희망 없는 몸부림과 안간힘을 보여줄 뿐이다. 천제(天祭)도 아무 소용이 없고, 마을 사람들은 "앞뒷집에 살고 있는 것도 잊어버리고 마치 환장한 것같이 물싸움"을 한다. 칠돌이 자신도 난폭해져 더욱 악화되기만 하는 상황에 대한 화풀이를 가족들에게 난폭한 행위로 하게 되고, 가난을 벗어나 사랑하는 사람을 만나기 위해 서울로 도망하려던 칠돌이의 딸 옥이가 집 뒤 감나무에 목을 매어 죽는 것으로 이 소설은 끝나고 만다.

이 작품에서는 절망적인 상황에서도 칠돌이가 매우 강인한 인물로 그려지고 있으면서도 문제의 근원을 인식하지 못하는 한계로 인해 현실을 극복할 수 있는 대안에 접근할 수 있는 힘으로 연결되지 못한다.

---

3) 『조선문학』, 1939. 1.

필연적으로 결말은 그들 자신의 파멸로 귀결될 수밖에 없는 것이다. 전혀 평범하지 않은 현실을 '평범한 풍경'으로 표현하는 언어적 역설에 의한 외침은 공허해지고 만다. 이 역시 현실에 대해 부정적이고 비판적인 인식은 지니고 있으면서도 아무런 전망을 갖지 못하는 작가의 현실 인식과 대응 양상의 한계에서 기인하는 결과이다.

김유정의 「만무방」[4]은 궁핍함으로 인한 당대 농민들의 참담한 현실을 전면화시키지 않는 그의 다른 작품들의 성격과는 사뭇 다르게 그러한 현실을 사실적이고도 적극적으로 고발하고 있는 작품이다. 응칠이는 원래 정상적인 가정을 꾸려가던 농민이었으나 아무리 열심히 농사를 지어도 빚만 늘어나는 현실 때문에 야반도주하여 걸인이 되고, 끝내 가정까지 파괴된 후 전과자로 떠돌다가 지금은 아우 집에 얹혀살고 있는 인물이다. 그의 아우 응오는 '진실한 농군'이었다. 그러나 앓는 아내를 의원에게 한 번 보여볼 수 없을 정도로 가난하기만 한 그는 지어놓은 벼를 베지 않는다. 지주에게 도지를 제하고, 장리쌀을 제하고 나면 거의 남는 것이 없는데다, 벼를 거뒀다고 말만 나면 빚쟁이들이 몰려들기 때문이다. 응칠이는 아우의 딱한 사정을 두고볼 수 없어 지주를 찾아가 도지를 감해줄 것을 의논하였으나 성사되지 않자 지주에게 폭력을 행사한다. 그런데 아우가 베지 않고 있던 벼가 없어지고, 그 도둑은 바로 아우 응오였음이 드러난다. 자신이 땀흘려 지어놓은 벼를 훔쳐먹을 수밖에 없는 당대 농민 사회의 참담한 현실이 '한껏 동전 네 닢에 수수 일곱 되'를 빼앗기 위하여 농군이 산중에서 농군을 낫으로 찔러 죽이는 참상, '제 계집'을 팔고 '일 년 품을 판 피묻은 새경'까지 날리며 노름판으로 빨려드는 농군들의 타락상, 가난 때문에 또다시 도둑질을 마음

---
4) 조선일보, 1935. 7. 17.~7. 31.

먹게 되는 절박한 세태 등과 함께 생생하게 그려지고 있는 것이다.

그러면서도 작가는 인물을 통해 '삼십여 년 전'의 그런대로 풍요롭고 기쁨이 넘치던 농촌의 가을과 점점 살기 힘들어져 가는 참담한 현재를 대비시킴으로써 식민지 현실을 비판하는 날카로운 의식을 보여주고, 호탕하고 힘있는 소영웅적 인물인 응칠이라는 상궤를 벗어난 인물을 통하여 악덕 지주에 대한 분노를 주먹질로 풀어보기도 한다. 또한 응칠이에게 아리랑 민요를 흥얼거리게도 하고, "강릉이 그리웠다. 펄펄 뛰는 생선이 좋고, 아침 햇살이 비끼어 힘차게 출렁거리는 그 물결이 좋"다고 하여 억압받지 않는 건강하고 활기찬 삶에 대한 갈망을 표출하기도 한다.

한편 이 작품에도 많은 부분에서 김유정 특유의 '웃음과 가벼움'의 요소가 나타난다. 빚 때문에 도주를 하면서 "독이 세 개, 호미가 둘, 낫이 하나로부터 밥사발, 젓가락, 짚이 석 단까지"인 세간을 빚쟁이들이 의논하여 나누어 가지도록 '성명서'를 벽에 남기고 울타리 밑구멍으로 빠져나온다든가, 이를 두고 '팔자를 고치던 첫날'이라고 표현한다든가, 살아남기 위해 아내가 헤어지자고 하자 "마지막으로 아내와 같이 땅바닥에서 나란히 누워 하룻밤을 새고 나서 날이 훤해지자 그는 툭툭 털고" 일어서서 '선뜻' 헤어지고 마는 일 등이 그러하다. 빈궁한 상황의 농민 유형을 그리면서 나타나는 이러한 웃음과 가벼움의 요소들은 많은 논자들에 의해 주제와 인물의 의미를 약화시키는 부정적인 요소로 논해지기도 하였으나, 그의 작품 속 웃음의 요소는 결코 웃음을 위한 웃음이 아니고, 상황이나 인물에 의한 가벼움의 요소는 결코 가볍지 않다. 적극적인 현실 반영이 나타나는 「만무방」같은 작품에서는 특히 이러한 요소들이 당대 현실에 대한 작가 특유의 대응 방식으로 수용되어야 한다. 이러한 웃음과 가벼움의 요소들은 작품 속에서 오히려 역설적인 절박함을 자아내는 매우 유효한 기능을 하고 있기 때문이다.

그러나 응칠이는 체념과 한스러움에 갇혀 있으면서 "논 맬 걱정도, 호포 바칠 걱정도, 빚 갚을 걱정, 아내 걱정, 또는 굶는 걱정도, 호동그라니 털고 나서"는 개인적 해방에 젖어 있는 인물일 뿐 궁핍한 삶에 대한 각성의 의지를 갖지 못한다. 지주에 대한 화풀이도 결국 순간적인 화풀이로 끝날 뿐 집단을 위한 문제 해결을 향한 의지적 행동으로 발전하지 못하는 한계를 지닌 인물로 정리되고 만다.

김동리의 「산화」5)는 가을이면 윤참봉에게 벼를 갖다 바치고, 겨울 한철 동안은 숯을 구워 바쳐야 하는 사람들 중의 하나인 한쇠네를 중심으로 당시 농민들의 궁핍한 실상을 매우 잘 드러내고 있는 작품이다. "풍년이 들면 벼 열 두어 섬 나는 논마지기 주고는, 지주 앞으로 여덟 섬을 매니, 나머지 서너너덧 섬으로 농비 덜고 지세 치르면 쭉지 벼 한 두 섬 남는 것이 고작이요, 흉년엔 물론 남는 거래야 빚 뿐"인 것이 이들의 삶이다. 한쇠의 어머니는 기근으로 혼수 상태에 빠져 누워 있고, 한쇠 아버지의 저녁상은 도토리 가루에다 서속을 넣고, 거기다 여러 가지 풀뿌리를 얼버무려 죽을 쑨 것이다. 한쇠네가 윤참봉네의 빚을 갚아 나가는 방법으로 모조리 윤참봉에게 내어야 하는 숯을 한쇠가 두어 번 장에 내다 팔았다는 이유로 한쇠네는 그 일마저 못하게 된다. '송아지'라는 별명을 가진 마을 사람은 윤참봉의 방탕한 둘째 아들에게 아내를 빼앗기게 된다. 윤참봉 집에서 병들어 죽은 소를 군청 축산계 직원의 눈을 피하기 위해 땅 속에까지 묻었다가 다시 파내어 굶주린 마을 사람들에게 자선이라도 하듯 헐값에 처분한 상한 소고기를 먹고 한쇠 어

---

5) 동아일보, 1936. 1.

머니는 끝내 비통하게 숨을 거두고 만다.

때를 같이하여 산의 숯굴마다 불이 났다. 절로 불이 났을 거라고 하는 사람도 있었고, 일부러 누가 질렀을 거라고 하는 사람도 있었다. 불은 삽시간에 뻗어, 합하고 합친 불은 다시 골을 건너고 산등을 넘었다. 마을 사람들은 산불은 난리가 아니면 큰 병을 몰고 온다는 말들을 하며 한곳으로 모여들어 먼 산의 "하늘 한 쪽을 아주 녹여 낼 듯한 벌건 먼 산불"을 바라보고 있다. "미친 날개를 떨치고 산에서 산으로 뻗어나가"는 이 불은 그들이 살아내야 하는 식민지의 혹독한 시련의 삶을 의미한다고 볼 수 있다. '미친 불'은 곧 '미친 세상'인 것이다.

이 작품은 억압된 우리 민족, 농민의 참담한 삶을 산불이라는 강렬한 이미지로 그려내고 있는 작품이다. 그러나 가난한 현실을 하늘에 대한 원망으로 돌린다거나 마을의 재앙을 당산제를 올리지 않은 것 때문이라고 생각하는 등 문제의 근본 원인과 그 해결에 대한 인물들의 올바른 각성이나 의지가 나타나지 않고 있는 한계를 지니고 있다. 마을 사람들은 자신들에게 밀어닥칠 재앙을 상징하고 있는 그 불을 체념적으로 바라볼 뿐 막기 위한 아무런 조치도 취하지 못하고 있는 것이다. 현실에 대한 적극적인 관심은 있으나 문제 해결을 위한 고뇌의 치열함이 나타나지 않을 때 그것은 자칫 이 작품의 마지막 장면에서처럼 사회 문제라는 주제를 벗어나 전설과 제의(祭儀)가 있는 김동리 특유의 신비감과 토속적 세계로 함몰해버리고 마는 위험을 수반하게 된다.

박노갑의 중편 「마을의 이동」6)은 그의 초기 농민 소설의 집대성적인 작품이다. 박노갑은 이 소설에서 농민들의 자기 소모적인 대립 과정을 통하여 1930년대의 농민 사회 현실을 총체적으로 제시하고 있다. 이 작

---

6) 조선중앙일보, 1936. 1. 31.~4. 10.

품은 인물들의 삶이 현실 전체적 문제와 긴밀하게 관련되지 못하고 개인적이고 일상적인 현실에 머물고 마는 박노갑의 여타 작품에서의 현실 인식 태도와는 사뭇 다른 면모를 보이고 있다.

이른 봄부터 가을까지의 농민들의 대립 과정을 '갈리기 전'―'갈림'―'합한 후'의 3부로 나누어 제시하고 있는 이 작품은 한 마을 친구들 6명이 펼치는 대립의 과정을 '방(房)'이라는 상징적인 공간의 이동을 통해 제시하고 있다.[7] 이 마을은 공동체적인 공간인 사랑방 하나 변변히 없는 궁핍한 마을이다. 따라서 친소 관계에 따라 저마다의 방에 모여서 서로 담소하고 휴식하는 것이 이 마을의 형편인데, 이 소설의 주인공인 성삼, 상순, 춘명, 중천, 동명, 덕천은 처음에는 성삼의 방에 모두 함께 모였으나, 서로의 이해 관계에 의하여 갈라지는 이합집산의 과정을 되풀이하게 되는데, 이러한 이합집산의 과정이 '방'이라는 상징적 공간의 이동을 통해 구조화되고 있는 것이다. 그리고 이 작품의 서술 방법에서 또 하나 특기할 만한 것은 6명의 친구들이 펼치는 만남과 갈라섬의 이야기가 이른 봄부터 초가을까지의 시간적인 순서와 그때 그때의 농민 생활의 리듬과도 밀접한 관련 속에서 펼쳐지고 있다는 점이다. 또한 소작지의 확보를 비롯한 가장 중심적인 갈등에서부터 닭이나 품삯 등의 사소한 이해 대립을 중심으로 한 갈등 관계를 통해 1930년대의 현실 속에서의 농민의 삶이 전체적으로 조망되고 있다.

그러나 이 작품 역시 공동체적인 유대를 상실한 채 생존을 위하여 가장 기본적인 윤리 감각마저 파괴된 현실의 전체적인 제시에 머물고 있을 뿐, 그러한 현실 극복의 의지나 방향은 제시되어 있지 않다. 따라

---

7) 최학의 논문에서도 이 작품의 '중심적인 의미축'으로서 '방(房)'을 들고 있다.(「도촌 박노갑의 생애와 문학」, 『호서문학』12집, 1986, 190쪽.

서 이 작품의 결말 부분에서 홍수로 모든 농사를 쓸려 보낸 뒤 6명의 친구들이 자신들의 대립과 갈등의 헛됨을 깨닫고 서로 화해하게 되지만, 그 때의 화해나 자각도 변혁을 위한 의지적인 전환이나 깨달음이 아닌 씁쓸한 자조와 절망의 재인식에 머무르고 만다. 그들은 이 작품의 결말대로 삶의 최소한의 가능성마저 상실한 채 고향을 떠날 수밖에 없게 되는 것이다.

계용묵의 「심원」[8]은 성재라는 인물을 통해 부유했던 농가의 경제적 몰락상과 양심적이던 한 인간의 정신적인 해체 과정을 밀도 있게 그려냄으로써 작가의 적극적인 현실 인식 태도가 잘 나타나는 작품이다.

제목[9]에서도 알 수 있듯이 이 소설의 서술 방식은 변화의 과정을 겪고 있는 성재라는 인물의 심리 묘사에 초점이 맞추어져 있다. 성재는 땅과 재산을 지니고 있을 때 '법이 없어도 살 사람', '원래 어리석은 위인' 등의 평을 받으며 매우 양심적이고 곧게 살아온 인물이다.

> 모을래서 모았던 돈이 아니었고, 또 알뜰히 돈에 목을 매고 살지도 않았다. 한결같이 사랑문을 열어놓고 오고가는 손님 접대를 잊지 않았고 공공사업에 기부 같은 것도 기회만 있으며 아낀 적이 없었다. 그리고 만 원에 가까운 채권을 포기하여 인근 수백여 빈농으로 하여금 북만주 길을 잊게 한 적도 있다.[10]

위 인용문을 보면 성재는 매우 유덕하고 양심적이며 남을 위할 줄도 아는 호인이다. 마을 사람들로부터도 원하지 않는 명예를 얻게 됨에도

---

8) 『비판』, 1938. 5.
9) 제목 '심원'은 '心猿 意馬'의 준말로 번뇌와 정욕으로 마음이 어지러움을 누르기 힘듦을 이르는 말이다.
10) 계용묵, 「심원」, 삼성당, 『한국문학전집』10, 1986, 203쪽.

그 명예 때문이 아니라 그것이 자신의 양심의 반증이라는 생각으로 행복을 느낀다. 그러나 이렇게 남다른 양심을 가지고 살아왔음에도 세간을 임의로 할 수 있는 자유를 가진 지 불과 십여 년에 천여 석 추수의 토지는 냉정하게도 뭇 사람들의 손으로 건너갔다. 그리고 가난한 술장수로 전락하고 말았던 것이다.

이후 성재는 혼자만의 깊은 고뇌에 빠진다. 살아가기 위해 어쩔 수 없이 양심을 버릴 수밖에 없었기 때문이다. 그리고 마을 사람들은 재산을 모두 날려버리자 그에게 주었던 '명예'를 빼앗아버리고 만다. 성재는 떨어진 안주감을 위해 다 자라지도 않은 감자를 파내며 안타까워하고, 자기 집에서 색시를 두고 마을의 젊은이들이 술자리를 벌여도 윗사람으로서 못 본 체 자리를 피해야 하는 것에 괴로워한다. 그러나 또 그들이 주고 가는 돈을 받을 때는 기뻐하는 이중적인 면을 보이는 변화의 과정을 거친다. 그리고 술의 양을 속여서 팔고 끝내는 술에다 물을 타는 행위까지 하게 된다. 그러나 자신은 아무 일이 없다. 오히려 술에다 물을 타는 비양심적 행위가 확인된 후에야 사람들이 자신을 정상인으로 보는 것처럼 느낀다. 세상은 이미 뒤틀려 있고 이제서야 성재는 그 '세상'의 일원으로 편입이 된 것이다.

그리고 성재는 이제 그러한 세상을 터득하게 된다. '흥, 이제야 누깔이 바루 백이는 모양이지.'하는 사람들의 말이 자기에게는 더할 수 없는 모욕이라는 생각이 들면서도 성재는 삶을 위하는 수단은 앞으로 자기에게서도 악의와 인연을 멀리할 수 없는 것임을 깨닫게 되고 '우스운 것이 세상사' 같다고 생각하지만 결국 앞으로도 그런 법칙을 계속만 한다면 어느 정도까지 군색은 면해질 것이 아닌가 생각하며 완전히 변모하고 만다. 다음은 자신의 변모에 만족하며 여유까지 느끼는 이 소설의 마지막 부분이다.

성재는 손님을 호리는 옥심의 애교가 귀여운 듯이 흥 하고 코웃음
을 치며 녹아져 오는 몸에 사지가 늘어나는 듯하게 기지개를 켰다.[11]

이렇게 해서 부유하고 양심적인 농군이던 한 인간이 식민 정책과 자
본주의화에 의해 험악해진 세상에 치어 재산을 모두 잃고 양심과 도덕
까지 잃어버린 채 그런 세상의 일원으로 순치되고 만다. 그러나 이 작
품을 통해 드러나는 작가의 현실 인식 태도는 결코 순응이 아니라 그
러한 현실에 대한 부정과 비판인 것이다.

그런데 작품 속에 성재가 그 많은 재산을 잃게 된 과정이 뚜렷하게
나타나 있지 않다. 당시 토지를 잃는다거나 소작화, 또는 노동 현장을
잃게 되는 현실은 매우 중요한 역사성을 지니고 있다. 한국에 대한 일
본의 경제적 수탈이 노골화되면서 1910년부터 시작된 토지 조사 사업
으로 인하여 소수의 양반 지주나 수조권자가 소유권을 획득했으나 대
다수의 농민은 토지에서 유리, 영세 소작농으로 전락되었으며 경작권까
지도 확보하지 못했다. 그런데 이 작품에서 성재가 토지를 잃은 이유가
이러한 역사적 맥락과 연계되어 좀더 구체적으로 표현되지 못함으로써
작품의 시대적 의미망이 매우 협소해지고 애매해지는 한계를 드러내게
된다.

한인택의 「과세」[12]는 최선달 가족을 중심으로 지주의 착취와 그 혹
독함, 이로 인한 농민들의 궁핍함을 잘 드러내고 있는 작품이다. "땅임
자에게서 앞을 당겨서 얻어온 양식값 비료값 세금 물건값 조합리자 본

11) 계용묵, 「심원」, 207쪽.
12) 『농업조선』, 1938. 1.

금약값" 등에 시달리는 실상, 다른 때는 고사하고 곡식이 익은 추수 때에도 먹을 것이 없어 굶다 못해 나무뿌리를 캐먹어야 하는 현실들이 표현되고 있다. 또 최선달은 두 늙은 내외가 지난 가을 추수 때에 논판으로 돌아다니며 며칠을 두고 주워모은 이삭과 삯일을 하여서 볏단이나 얻은 것으로 만든 서 말 쌀을 풀뿌리를 캐서 목숨을 연명하면서도 설쇨감으로 아껴 두었었다. 그러나 그것을 섣달 대목장에 내다 팔려고 하다가 악덕 지주 전대선에게 외상값으로 무자비하게 빼앗기고 만다. 전대선은 포목상에 고리대금업까지 하며 도회의원이 되기 위해 돈으로 면협의원을 매수하기도 하는 인물이다. 소작료 때문에 전대선과 싸운 결과로 소작을 떼이자 북해도로 노동을 떠난 아들 봉학이가 혹시나 돈이라도 보내지 않을까 기다리던 최선달은 결국 이국에서 죽어 돌아온 "아들의 해골을 붓들고 과세를" 하게 된다.

　백신애의 「빈곤」[13]은 옥남이의 비참한 삶을 통해 당대 농민들의 가난하고 절망적인 상황을 그리고 있는 작품이다. 올해 스물아홉인 옥남이는 노름에 빠진 남편의 무자비한 폭력과 절대적 가난에 시달리며 어렵게 살아간다. 벌써 세 명의 자식이 남편의 폭력으로 죽어갔고, 또다시 임신을 하여 산월이 다 되었으나 연명을 위해 김문서의 농장으로 일을 나간다. 김문서는 십여 년 전 자신에게 청혼을 했다가 이루지 못한 사람이다. 옥남은 "인종지말이요, 잔인하고 무도한 비인간이" 되어버린 지금의 남편과 "어떻게 된 셈인지 살림이 쥐새끼 일 듯 자꾸 불어서 지금은 동리 앞에다 큰 농장을 경영하며 봄철에서 가을까지는 매일 남녀 일군을 이삼십 명씩이나 부리게" 된 김문서를 비교하며 가슴을 치며 후회를 해 보지만 이미 돌이킬 수 없는 일인 것이다. 이런 사정

---

13) 『비판』, 1936. 7.

때문에 아무리 굶주려도 문서의 농장에는 차마 일하러 가지 못하다가 더 이상 다른 방도가 없어 옥남은 문서의 농장으로 가게 된다. 그리고 문서의 배려로 일을 할 수 있게 된다. 옥남은 세 끼니나 나물로만 채운 속으로 일을 하다가 배추 고랑에서 출산을 하는데, 그러나 그 아이마저 남편 최가의 발길질에 죽고 만다. 사흘째 굶은 채 상량식을 위한 음식 준비 일을 하러 간 옥남은 금기로 되어 있는 음식 맛보기를 하다가 그만 무자비한 욕설과 폭력에 쓰러지고 만다.

그러나 마을 사람들은 가련한 한 마을 주민이 단지 음식의 맛을 보려다 무차별적으로 폭력을 당하는데도 아무도 나서지 못하는 무력함을 보이고 있다. 이것은 상량식 준비를 구장 영감이 주관하는 것, 폭력인들의 욕설 중에 '꼬라'라는 일본식 어휘가 나타나는 것 등으로 보아 신축된 건물은 주재소 등 일인들의 관청이고 옥남이를 무자비하게 폭행해 쓰러뜨린 사람들이 주로 일본인 등 지배 계급에 속하는 사람들이기 때문이다. 이 작품 역시 작가의 적극적이고 비판적인 현실 인식에 의해 절대 빈곤 속에서 억압받고 비인간적인 수모를 당하며 절망적인 삶을 살아가는 당대 농민들의 실상이 잘 반영되어 나타나고 있는 작품이라고 할 수 있다.

지금까지 살펴 본 유형의 농민소설들은 다수 민중[14]의 실질적 요구

---

14) 한완상에 의하면 민중은 경제적인 생산 수단의 점유 여부를 통해 갈라지는 좁은 의미에서의 계급과 다르다. 계급의 개념에 비해 민중은 정치적 결정 수단과 사회 문화적 차별 수단의 점유 여부로 더욱 뚜렷하게 파악될 수 있는 개념이다. 정치적 통치 수단과 경제적 생산 수단과 사회·문화적 군림(君臨) 수단으로부터 소외되어서 부당하게 억압받고, 빼앗기고 냉대받는 사람들이 바로 민중이다. 민중은 즉자적(卽自的) 민중과 대자적(對自的) 민중으로 구별할 수 있는데, 즉자적 민중은 거울에서 보듯이 객관적으로 자기의 모습을 볼 수 없는 민중이다. 즉자적 민중은 무기력하고 파편화된 대중과 같다. 잠자고 있는 씨알이요 '의식' 없는 민초(民草)이다. 그러나 대자적 민중은 자기의 모습을 특히 자기의 잠재력과 저력을 객관화해서 볼 수 있는 능력을 지니고 있다. 대자적 민중은 자율적

에 맞춰 눈앞에 있는 비참함과 모순을 올바로 인식하려는 문학 행위로서 의의가 있지만, 끝내 비극의 외형적 고발에 그치고 비극의 출처와 그 원인을 구명해보는 치열한 탐구 정신이 부족한 한계를 드러낸다. 이는 당대의 억압적 현실에 의한 전반적 사회·문화적 상황의 위축하에서 현실을 바라보는 작가의 관점이 진정한 역사의 방향성과 결합되지 못했기 때문이다.

3. 각성과 의지의 인물 설정

작가의 현실에 대한 인식 태도와 그 대응 방식은 무엇보다도 작중 인물의 설정과 그들의 의식, 성격, 행위들로 드러날 수밖에 없다. 근대 소설의 주인공의 역사철학적인 성격을 명확히 한 이론의 대표적 예는 루카치와 골드만의 소설론을 들 수 있다. 이들의 소설 이론의 공통점은 문제적 개인의 개념을 통해 서구의 소설이 근대(자본주의) 사회에서의 삶의 무의미한 황폐성에 대한 저항의 형식임을 드러낸 데 있었다. 즉 작가들은 그들 자신이 대부분이 부르조아지 계급의 출신이면서도 근대 자본주의 사회와 부르조아지의 세계관에 대한 저항의 형식으로 소설을 썼다는 점을 드러내고 있는 것이다.

그러나 한국 근대 소설의 발전 과정은 서구 소설의 역사철학적 전제

이고 주체적인 세력이다. 이른바 의식화된 시민이요, 자기 권리를 알고, 그 권리의 합법적인 신장을 위해 투쟁할 수 있는 시민이며 자기의 의견과 이견을 떳떳하게 개진할 수 있는 공중(public)이다.(『민중과 지식인』, 정우사, 1978, 13~16쪽 참조)
당대 한국의 농민 대부분은 즉자적 민중이라고 할 수 있다. 그리고 극히 일부는 자생적으로 또는 외부의 영향에 의해 대자적 민중으로 변모되기도 한다.

와는 다른 각도에서 조명되어야 한다. 즉 서구의 근대 소설이 자본주의 체제에 대한 감정적이며 개념화되지 않은 항의의 의미를 지니고 있음에 비해 한국 근대 문학은 '대체로 국권 상실과 더불어 시작된 것이기에 저항 민족주의적 이데올로기가 문학 사상의 등뼈를 형성'[15]하였다. 이 점에서 한국 소설은 서구의 근대 소설과 출발점을 달리하고 있으며, 특히 경향파의 소설에 있어서는 정치 의식의 고양으로 인한 현실 변혁에의 조급성, 강력한 정론성을 띤 비평의 경색된 지도에 의하여 서구적인 의미에 있어서의 문제적 개인을 중심으로 한 소설의 출현은 기대하기 어려운 형편이었다.

한편 한국 근대 소설 양식의 특이성은 일제하 한국 경제의 특수성에서도 기인하는데 당시 한국 경제는 앞서 살펴본 대로 식민지 반봉건 경제[16]라는 특수한 경제 발전의 과정에 있었기 때문에 자본주의 경제 체제의 형성 자체가 미약하였다는 점을 들 수 있다. 역사학 쪽에서의 연구가 이 시기의 사회 구성을 '식민지 반봉건사회'로 규정하든 '종속적 저개발 자본주의사회'로 규정하든 간에 중요한 것은 우리가 일제의 침탈로 말미암아 영원히 고전적 자본주의의 길로는 나가지 못하게 되었다는 사실이다. 다시 말해 정상적인 역사적 근대화 과정을 경험하지 못했던 것이다.

바로 여기에서 우리 농민 문제의 특수성이 기인한다. 고전적 자본주의의 길에서는 철저한 양극 분해를 통해 계급 자체로서는 소멸해버리는 농민이 이와 같은 식민지적 사회 구성 속에서는 특수한 방식으로 계속해서 사회의 주요한 부분으로 남아 있게 된다. 특히 우리 나라의

---

15) 김윤식, 『한국근대문학사상사』, 한길사, 1984, 18쪽.
16) 안병직, 「한국 근대경제의 성격」, 『한국노동문제의 구조』, 광민사, 1978, 17쪽 참조.

경우 일본 제국주의의 후진성에 의하여 농민 내적 논리에 의한 농민 분해는 철저히 억제당하고 전통적으로 존재해오던 소농경영(小農經營)체제가 수탈 주체만 일본으로 바뀐 채 그대로 유지되는 현상이 빚어졌다. 결과적으로 일본의 단작적(單作的, Mono Culture) 식민지 지배는 우리 농민을 일본이라고 하는 거대한 지주 혹은 자본가를 위해 끝없이 잉여를 수탈당하는 소작인 혹은 농업 노동자로 오래도록 묶어놓은 것이다.[17]

이러한 사적 배경하에 있는 한국 소설에 있어서의 문제적 개인은 그들이 민족주의자건 사회주의자이건 간에 의식적이고도 직접적인 방법으로 현실에 대한 명시적인 저항적 행동이나 의지를 보여주는 인물들이다. 그러나 그들은 현실에 저항한다는 점에서 문제적이지만, 그들의 저항 자체가 현실의 견고성에 비추어 볼 때 처음부터 한계가 있다는 점에서도 문제적이다. 이러한 문제적 인물은 작가의 비판적 현실 인식을 전제로 설정될 수 있는데, 이들은 작가와 마찬가지로 현실에 대해 각성하고 의지를 지닌 인물로 작품 속에 설정되며, 나아가 분노하고 저항하는 인물로 발전하게 된다.

리얼리즘은 가장 평범하게 말한다면 디테일의 정확성과 전형적 상황에서의 전형적 성격의 창조라는 엥겔스의 규정에 준할 것이다. 다른 각도로 말하면 작가가 쓸 수 있는 것을 쓰는 것이 그 첫 단계이지만, 결국 리얼리즘은 쓰지 않을 수 없는 것을 향할 때 가능해진다. 그것은 작가의 자의적 선택과는 관계없다. 인간 사회의 방향성이 문제이며, 그것은 역사적 법칙성에 의거될 뿐이다. 그렇다면 작가는 역사적 전망을 할 수 있는 능력이 길러져야 한다.[18] 작가 또는 작품 속의 인물들이 험한

17) 김명인, 「민족문학과 농민문학」, 『한국문학의 현단계』IV, 창작과비평사, 1985, 209쪽.
18) 김윤식, 「문제적 인물의 설정과 그 매개적 의미」, 『한국리얼리즘소설연구』, 문

시대와 부딪쳐 미래적 방향성을 획득하기 위해서 무엇보다도 선행되어야 할 필수적인 과정이 바로 각성이다. 다시 말해 현실에 대한 적극적 인식을 바탕으로 그것에 대한 작가 나름대로의 정신적 또는 사상적 가치 체계를 형성해야 하고 그것이 작품 속에 녹아들어야 한다.

즉 농민소설에 있어서 농민들 스스로가 자신들을 주체적으로 인식하고 자신들이 처한 현실에 대한 불합리와 비인간성, 나아가 그 원인까지를 인식하는 것이 무엇보다 중요한 것이다. 이런 소설의 인물들에게선 자신들의 정당한 생존권의 자각이 나타나고, 개인의 자존심, 민족적 자존심의 인식이 나타나기도 한다. 또한 무산층의 몰락 원인을 일제의 한국 지배로 인해 생겨난 제반 기구와 제도에서 찾고, 저항의 대상은 제반 기구와 제도를 만들어내어 한민족을 착취하는 일본 제국주의자들 및 그에 기생하여 반민족적인 길을 가는 민족 내부의 일부 유산층임을 인식하기도 한다. 그런데 이러한 각성은 그것이 현실의 타개를 위한 의지나 저항으로 승화되지 못하고 끝내 체념으로 귀결되기도 하고, 저항이라는 적극적인 행위로까지 나타나지는 않지만 그에 대한 의지와 가능성을 보여줌으로써 미래에 대한 전망[19]을 창출해내기도 한다.

이근영의 「당산제」, 김소엽의 「폐촌」, 박화성의 「고향없는 사람들」, 한인택의 「오빠」 등의 작품들은 농민 사회 현실에 대한 적극적 관심, 각성과 함께 생에 대한 강한 긍정을 보이기도 하고, 운명을 스스로 개

학과비평사, 1989, 23쪽.

19) 원래 서사문학에 있어 전망이란 역사적 방향성을 지시하는 과제와 연결되어 있기 때문에, 헤겔류의 역사적인 진보의 개념과 일치한다. 이러한 헤겔적 전망은 인류사의 진보와 직결되는 것으로써, 그의 역사철학과 미학에 내재되어 있는 근본과제인 "사건들의 역사적 연속 속에서 하나의 의미를 인식하는 것, 곧 개별적인 사건들에게 발전 과정상의 하나의 위치를 부여하거나 그것의 정당성을 인정하는"(Thomas Metscher Peter Szondi, 『헤겔미학입문』, 여균동·윤미애 역, 종로서적, 1983, 252쪽) 역사적 방향성이다.

척해 나가려는 강인함이나 시대를 극복하려는 의지가 나타나기도 한다. 또 그를 위한 실천적 행위의 의지가 나타나기도 한다.

이근영은 1935년 「금송아지」[20]를 발표하면서 문단에 데뷔하여 번민하는 지식인을 소재로 한 작품과 함께 지속적으로 농민의 삶에 관심을 가지고 작품 활동을 한 신세대 작가이다. 그런데 이근영은 소위 '납·월북 문인'으로 오랫동안 묻혀 있던 관계로 그에 대한 연구가 거의 이루어지지 못하고 있다가 1990년 이후 조금씩 학문적 조명을 받게 되었다. 그래서 농민소설이나 해방 직후의 문학을 논하는 글에서, 또는 문학 작품집의 해설 등에서 부분적으로 그와 그의 소설에 대해 언급되고 있고[21], 단독적인 연구로는 전흥남[22]과 이연주[23]에 의해 극히 제한적인 연구가 이루어져 있는 실정이다.

이근영은 1930년대 후반이라는 어려운 시대에 끊임없이 고뇌하고 모색하는 창작 활동을 해 온 몇 안 되는 작가 중 한 사람으로 특히 민중

---

20) 『신가정』, 34호
21) 정현기, 「암흑기 소설 속의 민중적 절망과 지식인적 고뇌 – 1930~40년대 소설을 중심으로」, 『한국단편문학』, 금성출판사, 1987 ; 윤홍로, 「이선희·현경준·이근영의 문학사적 의미」, 『한국해금문학전집』10, 삼성출판사, 1988 ; 이주형, 「해방직후 소설에 나타난 민족현실 인식」, 『국어교육연구』20집, 1988 ; 김성경, 「해방직후 농민소설 연구」, 연세대 석사논문, 1989 ; 신덕룡, 『진보적 리얼리즘 소설 연구』, 시인사, 1989 ; 이우용, 「해방직후 소설의 현실 인식 문제」, 『해방공간의 문학운동과 문학의 현실 인식』, 한울, 1989 ; 조남현, 「해방직후 소설에 나타난 이념선택의 양상」, 『한국소설과 갈등』, 문학과비평사, 1989 ; 한국비평문학회, 『혁명전통의 부산물』, 신원문화사, 1989 ; 한수영, 「1920~30년대 농민소설의 전개양상」, 『식민지시대 농민소설선』, 민족과 문학, 1989 ; 한형구, 「해방공간의 농민문학연구」, 『해방공간의 민족문학연구』, 열음사, 1989 ; 임진영, 「8·15직후 소설연구」, 『해방공간의 문학연구』, 태학사, 1990 ; 박덕은, 『해금작가작품론』, 새문사, 1991.
22) 전흥남, 「이근영의 문학적 변모와 삶」, 『문학과 논리』2, 태학사, 1992(한국언어문학회, 『한국언어문학』30집, 1992에 같은 내용이 「이근영론」으로 실림)
23) 이연주, 「이근영 소설 연구」, 연세대학교 석사학위논문, 1994.

의 생활상에 깊은 관심을 보인 그의 일련의 농민소설은 당대의 시대적, 문단적 상황을 생각할 때 문학사에서 중요하게 연구, 검토되어야 할 것으로 생각된다.

「당산제」24)는 우리 민족의 삶에 뿌리 깊은 영향을 미쳐 온 신령에 대한 의식을 소재로 하여 식민지적 상황에 의한 농민 사회의 황폐화와 농민들의 고난의 과정을 형상화하고 있다. 그러나 이 작품은 여기에서 끝나지 않고 '당산제'에 대한 회의와 불신을 보여줌으로써 나라를 빼앗긴 식민지 시대의 구조적 모순 속에서는 전통 의식의 기능도 퇴화되고 오직 실제적인 힘을 갖는 것이 고난과 수탈의 현실을 극복할 수 있는 길임을 암시하는 작품이다.

이 작품은 첫 부분에서부터 당산의 변화를 통해 우리 민족의 헐벗은 현실을 잘 나타내고 있다.

> 이 산 우에 구름이 오는것으로 또는 달이 넘어 가는것으로 그해의 풍흉(豊凶)을 판단하고, 이 산의 바위가 갈수록 더욱 크게 나타난다는 것이 그들에게는 크나큰 공포로 되어 있다. 옛날 이산에 바위가 들어나 보이지 않고 알암두리 되는 낙낙장송이 빽빽하게 들어 섰을때는, 이 동리에 걸인 한 사람 없고 양식 걱정 하는 사람도 없고 일반으로 액운이 적었으나, 그 많든 소나무가 없어지고 바위가 커가는 것은 동리가 망할 증조라는 말이 상식처럼 되어있다.25)

보금산에서 느끼는 그들의 공포가 커가면서 한때 중단되었던 당산제가 부활됐을 뿐 아니라 규모도 전보다 훨씬 크게 차리게 되었다. 농민

---

24) 『비판』, 1939. 1.~3.
25) 이근영, 「당산제」, 『한국근대단편소설대계』17, 9쪽.(이후 같은 작품의 인용은 쪽 수만 표시함.)

들의 커다란 기대 속에 정월 대보름을 기해 당산제가 거창하게 올려졌
다. 그러나 농민들의 삶은 전혀 달라지지 않는다. 오히려 살기는 점점
더 고되고 참담해지기만 한다. 가난 때문에 어쩔 수 없이 '고지'[26]를
하여 봉건 지주에게 구속되고 착취당하며, 먹을 것을 만들기 위해 지주
에게 '이모작'을 할 수 있도록 해달라고 간청하나 먹는 걱정을 하지 않
는 지주는 논을 망친다는 이유로 허락하지 않는다. 주인공 덕봉이의 아
우인 수봉이는 소 뼈다귀를 차지하기 위해 또래 아이와 정월 대보름에
싸움질을 하고, 소나무 껍질을 벗겨 핥아먹는다. 전에 없던 강도나 절
도가 생기는 경향이 갈수록 심해지고, 당산제를 지냈음에도 불구하고
극심한 가뭄이 오고 그 이후에는 도열병이 퍼진다. 덕봉이 사랑하는 여
자인 순님의 아버지 박참봉이 소작하는 열 일곱마지기 중에 큰 덩치인
열두 마지기가 천수답이라 극심했던 가뭄에 모조리 타 죽어버린다. 그
나마 나락 구경이라도 할까 하였던 새텃골의 다섯 마지기마저 자본가
인 칠성리 강주사의 농간으로 화곡집행(입도차압) 당하자 끝내 순님이는
사랑하는 사람과의 인연을 맺지 못하고 돈에 팔려가게 된다.

  그런데 이 작품은 이러한 비참한 현실을 드러내는 데 그치지 않고
그 극복과 해결을 위한 전망을 덕봉의 변화와 자각을 통해 암시적으로
나타내고 있다.

  그러니 먹고 입는것이 다른 집보다는 훨신 들드는 편이고, 또 송진
  사를 비롯해서 모다가 편편히 노는 일없이 농사짓고 가마니 치고 하
  니, 아모리 생각해도, 살림 형편이 피기로는 십상 알마즌 것이다. 그
  러나 항상 가야 집신 한켜레 더 부는일 없이 쪼들려만 가는것이 덕봉

---

26) 논갈이 시작하면서 가을에 타작할 때까지 청할 때마다 일을 해주기로 하고 그
   품삯으로 돈이나 나락을 미리 받아먹는 것.

이에게는 일종의 수수꺼끼로 생각되었다. 그렇다고 덕봉이네 식구들
은 누구하나 낙망하지 않고 꾸준히 일해 나가는것이 또한 그들의 특
성이다. (19)

위의 인용에서 우리는 덕봉의 현실에 대한 자각의 단서를 발견하게
된다. 그 구체적인 원인을 분명히 파악하지는 못하지만 현실적 모순에
대한 의구심을 갖게 되는 것이다. 그 '수수꺼끼'를 풀어나가는 것이 바
로 이 작품의 중심축이며 직접적인 표현을 할 수 없었던 당대에 작가
이근영이 작품을 통해 세상에 던져놓은 과제인 것이다. 실제로 덕봉은
비참한 현실적 여러 체험과 이 '수수꺼끼'에 대한 의심을 통해 각성하
는 과정을 겪게 된다.

다음은 덕봉이와 덕봉이에게 형님 대접을 받고 있는 칠룡이와의 대
화이다.

"술 십전어치를 먹고도 이렇게 못견디는걸 돈은 모아지지 안는단
말이여."
"아 윤참판 큰 아들 보소. 날마다 사랑에서 장구 소리 안나는 날이
별로 없건만 성세는 더 불어만 가잔는가?"
"맞었서 형님 말이. 대관절 무슨 까닭일까?" (34~35)

이제 덕봉이는 구조적 모순에 대해 조금 더 접근하며 각성해 가고
있다. 모두가 가난한 것이 아니라 놀면서도 부유하게 지내는 계층에 대
해 눈을 떠가게 되는 것이다.

그는 지게에서 낫을 빼어가지고 자기 나락 한 포기와 윤참판것 한
포기를 배어서 양쪽 손에 각 각 들어보았다. 무게가다르다.

그는 눈시울이 뜨끈하며 경련이 일어난다. 윤참판의 논은 비료도 자기보다 많이주었을것이고 또 자미로 짓는 농사라 똘 까지 파고 집안의 연못 물을 퍼서 이논으로 대기까지한 관계도 있지만, 손바닥만한 논두덕 하나 상관으로 이렇게 다를수가 있단말인가 그는 어려운 수수꺼끼나 풀듯이 하였다. (후략) (73~74)

덕봉은 계속해서 '수수꺼끼'를 풀어나가고 있음을 알 수 있다. 이제 그는 사람에게 뿐 아니라 작물에게도 나타나는 계층의 차이를 인식해 가고 있는 것이다.

그리고 그는 몹시 가슴 아픈 일을 당하게 된다. 사랑하는 여인 순님이가 집안의 가난 때문에 술집 작부로 팔려가게 된 것이다. 그래서 그는 괴로워하다가 순님이가 팔려가지 않아도 될 돈을 마련하기 위해 최후의 수단으로 노름에 손을 대 도박과 폭행죄로 주재소까지 다녀오게 되는데, 그 전에 덕봉이는 윤참판을 찾아가 죽을 때까지 머슴이라도 살겠으니 순님이를 팔지 않아도 될 돈 삼백 원만 빌려달라고 호소한다. 그러나 조금의 거리낌도 없이 사람보다도 돈이 더 중요하다고 말하며 도와주기를 거부하는 윤참판에게서 더 이상 남을 생각하는 인간적 미덕이 발붙일 곳이 없음을 확인한 덕봉이는 환멸을 느낀다. 여기서 덕봉은 지주에 대한 생각을 분명히 갖게 된다. 믿을 수 없는 비인간적 존재이며 대립적인 입장에 서야 하는 대상임을 확실하게 인식하게 되는 것이다.

당산제를 지내며 걸었던 농민들의 바람은 전혀 성사되지 않고 오히려 계속적인 악화와 파탄만을 가져왔을 뿐이며, "자기 욕심을 채리구 당산제 지내라고 백원을 내 놓기는 했지만, 어떻게라도 바워서 그 돈을 기어히 빼고야"마는 윤참판만 변함없이 부를 누리게 되는 상황을 겪으며 덕봉이는 이제 더 이상 당산제에 참여하지 않게 된다. 덕봉이가 가지게 된 것은 바로 불신이다. 그런데 이 불신은 절망으로 가는 불신이 아니라 오히려 힘과 의지를 가지게 되는 불신이라는 사실은 이 작품을 이해하는 데 매우 중요한 구실을 한다. 결말 부분을 살펴보자.

> "수봉아 그런걸 빌어야 소용없다. 비는대로 되면 우리가 왜 이렇게만 되었겠냐 아무 소용없어. 당산님도 소용없는것이구, 그저 우리는 남을 믿지말자. 아버지 나 너 그리구 옥분이이렇게 우리들끼리만 단단히 믿자. 그리고 하눌이 두쪼각이 나드라두 우리도 기어히살고보자 우리도 남같이 살어보자. 응알었냐. 그저 남을믿지말고 죽자고일을 히여보자."
> 수봉이는 대답을 하고서, 애정을 더욱 느끼는지 덕봉의 손을 잡고서는 밧삭 붙어 걸었다. 농악소리는 차차로멀어졌다. 두사람의 걸음은 전보다 행결 힘다웠다. (104)

위 인용에서 덕봉이의 '남'에 대한 강력한 불신을 보게 된다. 여기서의 '남'은 '남같이 살어보자'에서 짐작할 수 있듯이 현재 잘살고 있는 사람들, 기득권을 누리고 있는 사람들을 의미한다. 그 대상은 세습된 지위를 가지고 행세하는 일제강점기 시대 관원인 우편소장, 박참봉네를 입도차압하는 지주 강주사, 순님을 팔아넘기는 인신 매매업자 등이며 덕봉이의 인식 과정을 통해서 살펴보았듯이 작품 내에서는 윤참판이라는 인물이 그들 모두를 대표하고 있다.

이 작품 속에서 마을의 참담함과 윤참판을 통해서 덕봉이가 자각해 가는 과정이나 작품의 결말 부분을 유심히 살펴보면 윤참판은 그 개인이 아니라 부당한 식민 체제를 대표하는 인물임을 알 수 있다. 따라서 작품 속에서 덕봉이를 통해 당산제에 대해서는 회의를 갖게 하고 수수

께끼의 열쇠를 쥐고 있는 윤참판에 대해 끊임없이 사려하게 만들어 인식해 낸 '남'은 좀더 근본적인 대상을 감지할 수 있게 한다. 그들은 우리 민족의 오랜 전통과 인간미를 무참히 말살해버리는 존재, 그리고 끊임없이 농민들을 착취하고 파탄에 빠뜨리는 존재―바로 식민 상황 그 자체인 것이다. 이런 점에서 이 소설은 작가의 비판적 현실 인식 태도와 민족 의식이 잘 드러나는 작품이다.

그런데 덕봉의 각성의 귀결이 '죽자고 일을' 하는 것임은 이 작품의 결정적인 한계이다. 작가의 비판적 현실 인식은 1939년의 상황에서 끝내 시대적 벽을 넘지 못한 것이다.

김소엽의 「폐촌」[27]은 점순이라는 여주인공의 삶을 통해 민중의 삶의 피폐상과 함께 좌절하고 굴종하는 인간상이 아니라 현실을 극복하고자 하는 의지적 인물을 보여주는 매우 주목할 만한 작품이다.

신흥 자본(수산회사)에 의해 바다에서 고기를 마음대로 잡을 수 없게 됨으로써 생존의 터전을 잃어버리게 된 가난한 '浦村 사람들'은 하나둘씩 다른 곳으로 떠나버리든가 "겨우바다ㅅ가에 조개딱지와같이 업듸여서 대개가 남의땅을소작하야 연명"해 가고 있다. 그러나 그들은 가마니를 짜거나 한두마리의 돼지를 기르는 부업을 하지 않을 수 없는데, 그래서 여자들은 이른 새벽부터 윗마을(힌나루)의 술회사로 돼지에게 먹일 모쥬(술을 거르고 남은 찌꺼기)를 사러 간다. 그나마 일찍 가지 않으면 모두 남에게 빼앗기고 마는 상황인데 이는 다음 인용 부분에서 알 수 있듯이 친일 자본가의 교묘한 착취 구조 때문에 일어날 수밖에 없는 일이었다.

---

27) 『조선문단』, 1935. 2.

힌나루금방의마을에서는 어떤집에서나 거의한두마리식의 도야지를 누구나다길르고잇기때문이다. 술회사에서는 그들에게 도야지색기를 난호아주고 우리까지지워주고 모주도거냥 퍼다멕이게하엿따. 이렇게 해서크게자란도야지는팔어서 술회사에서 알뜰이가저가고 도야지를길르든사람들은 그동안두엄(堆肥)만을얻어쓴다.[28]

이렇게 술 회사는 농민들의 노동력을 무상으로 이용해 양돈업을 겸함으로써 부를 축적해가는데 거리가 떨어져 있는 아랫마을 사람들은 이런 '혜택'조차 입을 수가 없기 때문에 증류통에서 이백도가 넘는 뜨거운 모주를 먼저 푸기 위해 목숨을 건 싸움을 벌여야 하는 참담한 상황이 매일 벌어진다.

우당당탕! 우당당탕!
탕크속에서는 모주를푸는양철통과 양철통이서로부디치는요란한소리가들렷다. 앞에서잇는사람을 잡어단이는사람 사람의틈을 비집고들어가는사람―욕하는소리 닷투는소리 이런것이함께뒤석겨 그야말로싸홈판과갓다.

작은쥔이라는 젊은사나히는 불안한듯이 그들의옆으로 왔다갓다하며 연방주의(注意)를식힌다.
얼마전에도 이렇게모주를푸다가 펄펄끌는 탕크속에빠저죽은사람까지 잇엇든까닭이다. (534)

또한 이 작품에는 삶의 길을 찾아 북간도로 떠날 수밖에 없는 농민의 모습, 처녀가 서울 술집 작부로 팔려갈 수밖에 없는 현실, 여름에 먹

---

28) 김소엽, 「폐촌」, 『한국근대단편소설대계』5, 533쪽.(이후 같은 작품의 인용은 쪽수만 표시함.)

을 것이 없을 것을 걱정하면서도 당장 오늘 굶어죽지 않기 위해 익지
않은 보리를 베어먹을 수밖에 없는 현실 등과 함께 착취에 의한 농민
의 궁핍상이 생생하게 고발되고 있다.

> 춘궁(春窮)춘궁해도 매년이보리ㅅ고개처럼 가난한농민들을 울리는
> 때는없다. 점순네동리에서는 벌서양식떠러진집이십여호나되엿다. 남
> 의논마지기나 붙여먹고사는 그들이추수때 도지 수세 비료감등을 제
> 치고나면 기실자긔앞에오는 낫알이라고는 쥐ㅅ꼬리만도 못하엿다.
> 아니그나마남에게빗이라도안지고 넘어가면 다행이엿다. 이렇게 나날
> 이 쪼들려만가는 그들에게는 하로하로날이갈수록닥처오는것은 생활
> 의위협밖에없엇다. 그래도 겨울에는조죽이라도 쑤어먹고지내지만 이
> 삼월을지나 보리ㅅ고개가닥처오면 그들은대부분이『굶주림』에 직면하
> 게된다. (538)

농민의 현실에 대한 적극적인 관심이 바탕이 된 매우 사실적이고 생
생한 고발이다. 그리고 농민들은 비록 그것이 결집된 의지적 행위로 발
전되지는 못하지만 이런 현실에 대해 각성하고 있다. 그래서 "형언키어
려운 서름과분노의 감정이 치미러"오르고 있는 것이다. 그리고 이 작품
에서 저항 의식은 점순이가 언젠가 야학 선생에게 들은 「쥐이야기」를
통해 상징적으로 나타난다. 흑심을 품고 자신에게 호의를 베푸는 술 회
사 아들에 대한 점순이의 생각이 나타나는 다음 인용문을 보자.

> 그는언제인가 야학교에서 지금은 북간도로떠나간박선생에게서드른
> 「쥐이야기」를 생각하고 그밉살스러운고양이와같이 그사내가미웟다.
> 자긔들을언제나 잡어먹으려고하든 늙은고양이놈이 낮즘을자고잇슬때
> 그얼골에다 오줌을찍깔기고 도망한쥐!점순이는 자기에게도 이런대담

한마음이 잇슬것인가 생각해보앗다. (536)

여기서 늙은 고양이가 누구를 뜻하는지 금방 짐작할 수 있게 된다. 그것은 바로 작품 속에서 "작은쥐"으로 대표되는 착취 구조, 나아가 반민중적이고 반민족적인 인물들을 상징하고 있다고 볼 수 있다. 점순이의 이러한 저항 의식은 끝내 자신을 껴안으려 하는 그 사내를 "힘껏깨무"는 반항 행위로 실현되고 마음의 "후련함"을 느낀다. 그리고 고향을 떠나 노동 현장을 향해 가는 배 안의 마지막 장면에서도 점순이는 그 "이ㅅ발자죽"을 생각하는데 이는 앞으로도 결코 저항 의식을 잃지 않고 살아가겠다는 결연한 다짐이라고 볼 수 있다.

물론 이 작품 속에서 민중의 저항 의식이 실제적인 힘으로 현실화되지 못하고 매우 상징적으로 나타나고 있고, 결말도 미래에 대한 의지적인 전망이 아니라 점순이가 "위선 자긔한몸의먹는문제라도해결할수잇다는 가난한 처녀다운생각"에서 노동 현장으로 향하고 있는 것으로 끝나는 한계를 지니고 있다. 그러나 당시의 시대적 상황을 고려할 때 현실을 극복하려는 의지를 가지고 있고 저항 의식도 지닌 살아 있는 인물을 창조하고 있으며 암시적이나마 우리 민족의 적을 작품 속에 드러내 담고 있다는 점은 높이 평가되어야 할 것이다. 또한 작가의 계급 의식이 작위적이거나 도식적으로 나타나지 않고 있어 민족 의식의 의도성으로 인해 리얼리즘의 약화가 드러나는 당시의 다른 작품들에 비해 사실성이 돋보인다.

박화성은 「한귀(旱鬼)」, 「고향없는 사람들」 등의 농민소설 작품을 통해 열악한 민중의 삶을 전망 부재의 자연주의적 차원에서 그려내는 것이 아니라, 사회 제도상의 문제와 민족적인 문제로까지 발전시켜 담아내고 있다.

「고향없는 사람들」[29]은 일제의 경제 정책에 의해 고향에서 쫓겨나 강서로 이주했다가 고통받는 농민들의 삶을 통해 당대 농민들의 열악한 삶을 일제의 착취라는 민족적 시각 속에서 그려내고 있는 작품이다. 작가의 적극적이고 비판적인 현실 인식에 의하여 이 작품 속의 농민들은 강제적인 이주를 "산 채로 죽어서 나간다"고 표현하고 있으며, 압제 받고, 욕을 당하고, 힘을 못 쓰고, 억울하고 원통하게만 살아가는 자신들의 처지를 잘 인식하고 있는 인물로 설정되고 있다.

특히 이 작품 속에서는 『흙』이나 『상록수』처럼 전위적인 인물이 나타나는 게 아니라 농민 스스로가 착취와 억압 구조를 분명히 인식하고 있는 주체적인 각성이 나타나고 있다. 그리고 "삼룡아! 읍에나 면에나 주재소에나 지주댁에나 너하고 나하고 대표로 댕기더니마는 너는 가고 나는 혼자 어쩌란 말이냐?" 등의 대화를 보면 이들이 자신들의 반대편에 서 있는 투쟁의 대상이 누구인지도 잘 파악하고 있다는 것을 알 수 있으며, 또 그들과 싸워왔고 싸워야 함을 암시하고 있다.

그런데 이 작품의 후반으로 오면서 고향이 도저히 살 수 없는 곳으로 변한 원인을 가뭄과 홍수와 같은 천재지변에서만 찾을 뿐 그 이상의 인식의 단계로 나아가지 못하고 있다는 점에서 한계를 보여주고 있다. 또 강서로 이주해 고통 속에서 살아가던 주인공 삼룡이가 홍수와 가뭄으로 인해 그나마 남아 있던 고향 사람들마저 고향을 떠날 것이라는 판옥이의 편지 한 장에 의해 자신들을 무정한 고향을 박차버리고 나오는 영웅들이라고 생각하며 "호랑이와 같이 사납게 나가 보세"라는 낙관적 의지를 갖게 되는 변화에는 개연성이 없고 지나치게 비약적이

---

29) 『신동아』, 1936. 1.

다. 이것은 내밀한 작품성보다 민족 의식이 앞선, 그래서 그 민족 의식
이 작품 속에서 생경하게 나타날 수밖에 없는 박화성의 초기 문학과
당시의 의식을 앞세운 또 다른 소설들에 두루 나타나는 미학적 한계로
지적되어야 할 것이다.

한인택의 「오빠」30)에서 주인공 옥분이의 오빠는 동경 유학을 한 지
성인이며 민족의 현실을 잘 인식하고 있는 인물이다. 그는 면장의 도움
으로 면사무소나 군청에 쉽게 취업을 할 수 있음에도 불구하고 이를
단호히 거절하고 "깨끗한 땅을 파지요"라고 말하며 농사를 짓는다. 일
제의 말단 관직은 '깨끗'하지 못하다는 현실 인식과 함께 어떤 어려움
속에서도 그런 노릇은 안한다는 개인적 자존심을 고수한다. 그것은 곧
강인한 민족 의식의 발로라고 할 수 있다. 그래서 그는 어디선가 온 편
지를 받고 집에는 돈벌이를 핑계대고 즉시 만주로 떠나게 되는데, 만주
는 독립 운동지이고 그곳에서 애타게 기다리는 집에 편지 한 장 없이
그가 하는 일이 어떤 것인지는 쉽게 짐작할 수 있다.

옥분이는 오빠가 없는 가난한 집에서 눈먼 어머니와 둘이 생활하면
서 몹시 오빠를 그리워한다. 호세를 내지 못해 독촉과 집행의 위협을
받는 어려움 속에서 가문도 상당하고 재산도 많고 전문학교를 졸업한
군청 직원으로부터 옥분이 자신이 생각해도 과분한 청혼을 받는다. 그
러나 옥분이는 오빠를 떠올리게 되고 '깨끗'하게 땅을 파는 농부에게
시집을 갈지언정 그런 데로는 시집을 가지 않겠다며 이를 단호히 거절
한다. 오빠의 민족적 자존심이 옥분이에게로 이어져 옥분이를 각성하게
하고 있는 것이다.

---

30) 『신동아』, 1936. 5.

　　나는 그이튼날도 그리고 그다음날도 우물뒤언덕에 올라서 오빠의
　　편지를 기다리었읍니다. 언제든지 한번은 오겠지요.[31]

　위에 인용된 결말 부분을 보면 만주에서 무언가 중요한 일을 하고
있는 오빠로부터 언젠가 한번은 오고야 말 편지는 마치 민족의 광명을
암시하고 있는 듯하다. 이 작품은 다소 사실성이 결여되어 있는 미학적
한계에도 불구하고 민족의 앞날에 대한 희망적 전망을 담아내고 있다
는 점에서 작가의 적극적이고 비판적인 현실 인식이 잘 나타나는 의미
있는 작품이라 하겠다.

4. 역동적 저항의 인물 설정

　억압적인 시대에 있어서 작가의 비판적 현실 인식의 가장 의지적인
대응 양상은 대개 작품 속에 매우 역동적인 인물을 창조하는 것으로
나타난다. 당대 농민소설에 있어서도 그러한 작품들은 등장 인물들이
현실 인식과 각성의 단계를 넘어 저항을 통해 의지를 실천함으로써 무
력하고 체념적인 농민이 아니라 변혁의 잠재력을 소유한 농민상을 보
여주게 된다. 근대 지향의 관점은 현재의 부정적 요소를 혁신하고 개선
하여 새로움을 지향하는 가변적인 의미를 함축함으로써 스스로를 갱신
하고 시대를 재구성하고자 한다. 이러한 근대 인식과 대응 양상에서는
근대 세계에 대한 근원적 문제 의식에 의한 성찰과 저항 의식이 필수
적이다. 이러한 소설들은 부정한 근대 현실에 대한 저항을 통해 식민지

---

31) 한인택, 「오빠」, 『한국근대단편소설대계』28, 503쪽.

피압박 민족이 지향하는 욕구에 대한 진취적 민중 의지로의 고양을 가져오기도 하면서, 농민들에게 현실 극복의 방법을 암시해줄 수 있는 힘을 지닌다.

이근영의 「농우」, 현경준의 「탁류」, 「향약촌」, 김정한의 「사하촌」, 「항진기」, 한설야의 중편 「탁류」, 조벽암의 「호박꽃」 등은 극단적인 일제의 물리적, 사상적 억압으로 인해 인간(작가)의 정신은 극도로 위축되고 소설적 경향에 대한 진단은 대부분 부정적 결론에 도달할 수밖에 없는 시대, 그래서 민족주의 문제는 전혀 나타날 수 없다고 판단되었던 암울한 시대에 역사적 방향성을 암시할 수 있는 문제적 인물들이 작품 속에 역동하고 있는 의미 있는 작품들이다.

1) 이근영의 경우

이근영의 「농우」[32)는 현실 문제에 대한 적극적인 관심과 함께 그 타개를 위한 전망을 담아내고 있는 작품이다. 성실하고 정직하며 인간적인 성격의 농민인 서생원 가족이 지주의 극단적인 횡포에 시달리고 또 저항해 나가는 모습을 그리고 있는 이 작품은 당시 우리 농촌의 전형적인 황폐화 현상과 지주들의 착취의 실상을 잘 형상화하면서 이에 그치지 않고 농민들의 각성과 저항까지를 담아내고 있다.

해가 지남에 따라 더욱 쪼들려만가는 현실은 소작농인 서생원에게 고리의 빚과 가혹한 착취의 고통을 요구할 뿐이다. 서생원을 비롯한 농민들의 생존을 위협하는 것은 봉건 지주, 자본가 계급으로서 이들은 일제를 등에 업고 온갖 권세를 누린다. 이러한 상황은 당대 식민지 사회

---

32) 『신동아』56, 1936. 6.

구조의 계급적인 모순 관계를 그대로 나타내준다. 작가는 그러한 계급 모순에 대한 인식하에 민중에 대한 깊은 관심을 가지고 이 작품을 창작했음을 알 수 있다.

작가의 이러한 적극적이고 비판적인 현실 인식 태도에 의해 작품 속에서 서생원은 당대의 다른 작품들에서는 좀처럼 발견할 수 없는 깨어 있고 생동감 넘치는 인물로 그려지고 있다. 그것은 무엇보다도 인물의 자신의 삶의 현실에 대한 올바른 인식에서부터 출발한다.

> 하여간에 서생원은 어느 것이나 지난해의 빚을 갚기 위해서 여러 사람의(지주들―필자) 새 중간에 끼어서 이리 내둘리고 저리 내둘리는 자신의 처지가 새삼스럽게도 서러웠다.[33]

그런데 앞에서 살펴보았듯이 식민지 시대 농민소설에서 가장 많이 다루어지고 있는 이러한 농촌의 궁핍화 현상과 지주와의 갈등 문제는 일제의 식민지 정책의 모순에서 기인하는 것이기 때문에 단지 농민들 사이의 문제가 아니고 일제와의 문제인 것이다. 서생원이 구체적인 일제의 한국 농촌 수탈 정책까지야 알 수 없는 게 당연하지만, 그는 놀랍게도 매우 정확하게 저항의 대상을 인식하고 있었음을 다음과 같은 인용문을 통해 알 수 있다.

> (전략) 서울 일본사람에게 알랑 거려서 사음깨나 하여서 재산나부랑이나 모였고 그덕분에 면장까지 하게 되니 바로 제 세상인줄 아는 감? 그저 지금 세상은 재산과 권력만 있으면 똥 친 나무에라도 절을

---

33) 이근영, 「농우」, 『한국근대단편소설대계』17, 481쪽.(이후 같은 작품의 인용은 쪽수만 표시함.)

하게되니……목구멍이 포도청 이라고 내가 제놈의 논만 얻어짓지 않
으면 열살이나 손아래되는 놈한테 무엇 때문에 그런욕을 당한단 말
인가? (477)

서생원은 현실을 직시할 줄 아는 인식력을 지닌 인물이고, 작품 속에
적대자가 '일본'으로 구체화되어 표현되기까지 한다. 그리고 서생원은
끊임없이 착취자들에 대해 분노하는데, 그것은 결코 서생원 개인의 분
노일 수 없다. 이러한 '분함'이 있었기에 '저항'이 나타날 수 있는 것이
다. 서생원을 분노하게 하는 일들을 구체적으로 살펴보면 우선 신분 차
별, 그것도 비정상적으로 만들어진 상하적 무시와 지주들의 일방적이고
매우 부당한 요구, 게다가 소작지를 빌미로 한 생존을 위협하는 협박
등이다. 그리고 서생원은 이에 대해 개인적인 저항을 하게 된다. 결국
지주의 부당한 요구에 불응하여 지주인 윤진사 땅의 일을 미루자 윤진
사는 서생원이 없는 동안 서생원이 아내 병중에 소를 걸어 얻게 된 빚
을 빌미로 서생원의 소를 끌고 가버린다. 서생원에게 소는 정신적으로
나 가족의 생존을 위해서나 절대적인 존재인 것이다.

소가 길을 조금도 서슴지 않고 가는것을 생각할 때 그는 힘찬 아
들을 앞세우고 가는것같은 든든한 마음이 드는것이었다. // 무엇 보다
도 서생원과 소사이에는 특별한 정이 들었든 것이다. // 씨름으로 소
와 인연을 맺은것이 三十년이나 수가 끊기지 않게되자 서생원을 소생
원이라고 까지부르게 되었다. (474)

이와 같은 서생원과 소와의 개인적이고 특별한 관계가 아니더라도
소는 당시 극히 일부 빈농들에게 그래도 아직 남아 있는 소유 개념의

생존 수단으로서의 유일한 희망을 상징하는 존재이다. 따라서 서생원의 분노는 결코 개인의 분노일 수 없으며 서생원 개인의 저항은 자연스럽게 집단적 저항으로 귀결되어야 함을 이 소설을 통해 작가는 보여주고 있다. 이에 서생원은 그냥 당하고 있지 않고 윤진사 집으로 달려가 저항하고 소를 다시 끌고 온다. 그러나 이때까지만 해도 서생원의 저항은 개인적이었기에 한계에 부딪치고 만다. 서생원은 자신의 행위에 대해 몹시 불안해하고 후사에 대해 괴로워한다. 결국 커다란 체제적 모순에 개인적인 저항은 상대가 될 수 없음을 새삼 인식하게 되고, 곤장형이라는 전근대적인 수모를 당해야 하는 위기에 봉착하게 된다. 그리고 서생원은 그것이 말도 안 되는 부당하고 우습기까지 한 처사임을 알면서도 생존을 위해 받아들일 수밖에 없다. 그것도 새장가를 드는 매우 중요한 날. 지주층은 자신들의 체면을 위하여 서슴없이 비인도적인 행위를 자행할 수 있고 빈농들은 그것이 치욕인 줄 알면서도 생존을 위해 당할 수밖에 없는 암담한 상황은 당시의 구조적 모순을 반영한다. 그런데 서생원이 수모를 당하려는 순간 농민들이 몰려와 이를 저지한다. 서생원의 치욕은 바로 농민 모두의 치욕임을 농민들은 스스로 인식하게 된 것이다.

이렇게 작품 속에서 개인적인 분노는 민중적 분노로 이어지고 한 걸음 더 나아가 적극적인 저항 행위를 하게 되는데, 주목할 점은 작가가 처음부터 민중의 힘을 보이는 것이 아니라 개인적 저항이 얼마나 미약하고 무의미한 것인가를 보여준 후 민중의 단합된 힘을 보여줌으로써 문제에 대한 해결의 방법, 다시 말해서 부당한 현실의 변혁에 대한 구체적 전망을 제시해주고 있는 것이다.

작가는 서생원을 중심으로 한 마을 농민들의 정직함과 성실, 건강성을 식민 지배 세력의 부도덕하고 봉건적인 사고의 비열함과 대비시키면서 당대 농민 사회 현실을 비판하고 있다. 이 비판은 농민의 계급적역량에 대한 무한한 신뢰에서 나올 수 있었다. 결말의 무리한 해결 방식은 어둡고 부정적인 전망이 팽배해 있는 객관적 현실 상황에 대해구체적 연관성을 파악하지 못하고 작가의 농민에 대한 동정, 농민들의주체적인 힘으로만 현실을 극복할 수 있다는 신념과 지주에 대한 비판이 앞서 있었기에 나온 귀결로 보인다. 「농우」에서 보였던 한계들은 이후 「당산제」, 「고향사람들」,[34] 「최고집선생」[35] 등의 작품에서 농민의생활 모습과 실상에 더욱 가까이 접근하면서 극복된다.

2) 현경준의 경우

현경준은 1934년 「마음의 태양」[36]을 발표하면서 등단한 작가로 역시해금 문인인 관계로 지금까지 개별 연구가 거의 이루어지지 않고 있는형편이다. 그는 1930년대 후반에 작가의 경향적 성격이 잘 나타나는 두편의 농민소설 「탁류」와 「향약촌」을 발표했다.

「탁류」[37]는 '탁류'로 특징지워지는 착취와 변절의 식민지 시대에 결코 굴하지 않고 모순의 개혁을 위해 투쟁하려는 의지를 키워가며 민족의식을 지켜가고자 하는 명식을 중심으로 한 젊은 농민들의 이야기이다. 어떤 사건으로 삼 년 동안 감옥에 있다가 풀려난 명식은 너무도 변한 정세에 놀라며 방황한다. '변한 정세', '탁류'적 현상을 단적으로 보

---

34) 『문장』, 1941. 2.
35) 『인문평론』, 1940. 6.
36) 조선일보, 1934. 5. 28.~9. 15.
37) 조선중앙일보, 1935. 9. 17.

여주는 상황이 바로 향약총회이다. 구장의 권유로 주재소 주임, 면장, 구장 등 봉건지주와 일제의 주구들이 주관하는 향약총회에 참석하게 된 명식은 이전에 같이 싸웠던 동지인 유덕이가 지배 세력에 의해 농민 착취의 수단으로 만들어진 향약의 간사가 되어 약장의 지시대로 경과보고를 하는 위치에 서게 된 것을 보고 "얼이빠질" 정도로 놀라게 된다. 유덕은 그 외에도 마을의 여러 어용 단체의 직책을 맡아보고 있었던 것이다.

다음 인용문은 농민 수탈 제도로서의 향약의 부조리한 속성을 잘 보여주고 있다.

> 향약회의는 판으로 찍어낼듯이 풍긔개량이니 숙청이니……자력갱생이니……그리고사회봉사니 무에니 한것을결의한다음……그도 약원전체의 토의에서 결의된것이아니라몃사람임원의 무조건적찬동에의하야결의한다음자정이 가까워서야헤여젓다.[38]

그리고 명식은 소녀에서 어엿한 처녀가 되어 다시 만난 유덕의 여동생 금옥이가 "그어떤의식에 눈뜬듯한" 느낌에 놀라워한다. 여기서 작가가 인물들을 통해 강조하고 있는 '그 어떤의식'이란 바로 부당한 현실에 대한 자각 노력과 저항 의지인 것이다.

이 작품에는 유덕의 변절이 중요한 사건으로 등장하고 있는데, 유덕역시 이전에는 열성적으로 활동하던 명식의 동지로서 함께 감옥에 갔다가 먼저 출소한 인물이다. 그런 인물의 변절과 다음과 같은 변명은 당시 점점 더 악화되어가고 있는 이 민족의 식민 현실, 그리고 이런 현

---

38) 현경준, 「탁류」, 『한국근대단편소설대계』33, 179쪽.(이후 같은 작품의 인용은 쪽수만 표시함.)

실하에서 농민을, 또는 민족을 회생시키기 위해서 무언가를 하는 것이 얼마나 힘든 일인가를 알 수 있게 하는 부분이다.

> "나두 처음 나왔슬때는 넘우나 변해진정세에 놀라지안흘수가 업섯다. 그러다가 하로 이틀 지나감을따라 곰곰히정세를 살피며 생각해보니모—든것을 이전대루 해서는안되겠드라." (180)

> "응 그러타 그동안정세는 이전과는 아주 딴판이다, 이전 우리들의 그때와 정말 소양지판이다." (181)

유덕의 이런 변절에 대해 명식은 크게 분노한다.

> "그래 정세가 변했스니 나더러 어찌란말이냐?"// 그가 돌아간다음 명식이는 밤새도록 자지못하고 주먹을쥐엇다폈다하며 여러가지 흥분에들복기웠다. // 그는 부지중에이를 악물고공간을 노려보았다. (181)

이는 명식의 유덕이와 현실에 대한 분노만이 아니라 작가 현경준의 당대 현실과 그에 순응하거나 변절해 가는 많은 사람들에 대한 분노인 것이다. 여기서 우리는 작가의 내면과 현실 대응 방식이 어떠했는가를 어느 정도 짐작할 수 있다. 명식은 자신에 대한 마을 사람들의 냉대와 증오, 그리고 믿었던 사람들의 변절로 방황하고 절망에 빠진다. 변절의 수혜로 면사무소 서기로 들어가게 되어 있는 유덕이와 구장은 명식에게 끊임없이 전향을 권고한다. 그러나 끝까지 신념을 굽히지 않고 있던 명식은 드디어 금순이와의 만남으로 인해 크게 감동하고 용기를 얻게 된다. 지금도 민족 운동은 끊이지 않고 기유, 금옥 등을 통해 이어져 오고 있었고, 명식에게 그 지도를 부탁해 온 것이다.

"……만약명식씨만 괜찬으시다면 우리는 래일부터라두……."

"고맙습니다 나는오늘밤에야비로소 이전과가튼 기쁨을늦기게 됏습
니다." (183~184)

이렇게 그들은 기유와 함께 온갖 어려움 속에서도 굴하지 않고 민족
의식을 키워나가게 되는 것으로 소설은 끝난다.

이 작품은 경향성과 목적 의식의 노출이라는 소설 미학적 결함에도
불구하고 대단히 의지적인 전망을 담아내고 있는 작품이라고 할 수 있
다. 작품이 발표되기 직전 카프 조직은 해체되어 사라지고 말았지만 그
이데올로기는 흩어져 잠재하였으며, 특히 신진 작가들에 의해 면면히
이어지고 있었음을 엿볼 수 있게 하는 작품이다. 또한 선도적 인물에
의한 의식화 과정이 전혀 없는데도 현실 문제에 눈 떠가는 금옥이나
기유의 경우에서 우리 민중의 내재된 자생적 역량을 확인할 수 있게
한다.

중편 「향약촌」[39]에 오면 지나친 목적 의식이 감소하면서 작가의 민
족 의식은 더욱 생생하게 살아나고 있다. 「향약촌」은 「탁류」와는 내용
의 전개 방식을 달리하고 있다. 그것은 주동적 인물을 주인공으로 하는
것이 아니라 반동적 인물을 주인공으로 하여 그 인물의 각성 과정을
통해 민족의 현실과 탄압의 실상을 그려내고 있다는 점이다. 또한 이미
의식을 가지고 있던 사람들이 결국 모두 검거되더라도 또 다른 맥을
이을 인물이 생겨난다는 민중의 끈질긴 자생력과 민족 운동의 정당성
을 보여주고 있는 작품이다.

이 소설의 배경은 「탁류」와 마찬가지로 민족적인 저항에 해당하는
어떤 사건이 있고, 그 사건으로 인해 한차례의 심한 탄압이 지난 뒤의

---

39) 『비판』, 1936. 5.~10.

농촌이다. 그러나 배경의 분위기는 두 작품이 사뭇 다르다. 「탁류」에서
는 그 사건의 중심 인물들이 모두 감옥에 있거나 또는 변절하여 마을
은 완전히 체제에 순응되어 있는 상황인데 반하여, 「향약촌」에서는 사
건의 주요 인물들 몇몇이 지금도 도피중이거나 하여 실제로는 암암리
에 활동을 하고 있고 마을의 상황도 극단적으로 절망적이지는 않다. 그
런데도 이 작품에서는 「탁류」와 달리 의식을 가지고 있는 주요 인물을
주인공으로 설정하지 않고 체제에 순응하고 있는 인물을 주인공으로
하여 그의 각성 과정을 형상화함으로써 모순 극복을 위한 의식 있는
인물의 생성이 결코 단절되지 않으리라는 미래의 전망을 심고 있는 것
이다.

주인공인 금석이는 일제의 농민 지배 수단의 하나였던 모범 지도생
이다. 학교 농장에서 일하고 교장과 구장을 도와주는 순박하고 착하기
만 한 모범 지도생인 것이다. 결국 아무런 의식을 갖지 못한 그는 자신
도 모르게 일제의 하수인 역할을 하고 있다. 그의 매형이 지난 여름 검
거를 피해 산 속에서 지내다가 병에 걸려 죽었기 때문에 홀몸이 되어
슬픔에 빠져 있는 누나의 일을 봐주러 다니면서도, 그는 순수한 인간적
애정과 동정 이상의 아무런 의식도 갖지 못한다. 또 현재 도피중인 그
의 사촌 필수에 대해서도 마찬가지이다. 그는 다만 돌아오는 봄에 금융
조합 서기나 면서기로 소개해주겠다는 교장선생님의 말에 대한 믿음과
기대, 그리고 구장의 딸 이쁜이와의 혼인을 꿈꾸며 성실히 하루하루를
지내고 있을 뿐이다. 철저하게 개인적인 안위만을 생각하며 살아가고
있는 인물인 것이다.

드디어 이 마을에도 또 하나의 농민 수탈 수단인 향약에서 그 구체
적인 시행 방안인 향창을 만들려고 한다. 그러나 향창이란 가난한 농민

을 위한다는 허울 좋은 명목으로 결국 지주나 지배 세력들의 재산 증식을 도와주는 일일 뿐이었다. 일부 농민들의 의심에도 불구하고 착취 세력들은 농민들을 회유하여 동원해 향창 공사를 강행한다. 그러나 향창의 허위를 알고 있는 삼돌이 등 농민들은 향창 공사에 적극적으로 협조하지 않음으로 해서 감독하는 구장과 충돌하게 된다.

> "무스거? 이사람 자네 제집일이문 열심히 할께네."
> "하— 더 일으다뿐이오."
> "그리 이건 제일이 안인가? 동내일이문 다— 제일이지. 조선놈이란 건 이래서틀렸단 말이야?"
> (중략)
> "어쩌다니? 조선놈이 어쨌단말이우? 그래 구장은 조선놈이 안이구 되놈이란 말이우? 그 되지못한 수작으 좀 작작하오. 어리석게시리 구장이나 한체하구 보자보자하니 안이꼬운 수작만 하구."
> 구장은 아모응대도 못하고 그저 노려보고만 있었다.[40]

구장은 서슴없이 같은 조선 사람이면서 조선 사람을 하대하는 한심한 작태를 보인다. 그리고 삼돌이는 민족적인 자존심을 상하는 일에는 참지 못하고 저항한다. 현경준의 농민소설에서는 이처럼 무력하게 굴종하는 인물이 아니라 자존심을 지키기 위해 저항하고 살아 움직이는 인물들을 만날 수 있다.

우여곡절 끝에 기어이 향창이 완공되자 구장은 금석이와 장무(향약임원) 세 사람을 데리고 향곡을 거두려 상하촌을 집집마다 돌았다. 여기서도 금석이는 아무런 자각이 없이 착취자들과 함께 일을 하고 있다. 그

---

40) 현경준, 「향약촌」, 『한국근대단편소설대계』33, 209쪽.(이후 같은 작품의 인용은 쪽수만 표시함.)

러나 당장 하루 한 끼 양식을 걱정해야 하는 대부분의 궁핍한 농민들
은 향곡 거출에 쉽게 응할 수가 없었고, 이에 구장은 온갖 회유와 위협
을 동원했다. 심지어 창곡을 내지 않는 사람의 이름을 주재소에 보고한
다는 협박 끝에 억지로 곡물을 받아내기도 하였다. 그들 뒤에는 일제가
버티고 있었던 것이다. 반 강제로 곡물을 걷어낸 구장은 자신의 성공에
대해 통쾌해하기까지 한다. 이는 일제를 등에 업고 갖은 착취의 일선에
섰던 어용 관리들의 성격을 알 수 있는 부분으로 당시의 농민 사회의
수탈 구조를 잘 보여주고 있다.

일본 유학을 갔다가 돌아온 약장의 아들이 등장하면서 금석이의 삶
에는 큰 변화가 생기고 이야기는 전기를 맞게 된다. 금석과 이쁜이의
혼인이 공공연한 사실이었음에도 불구하고 구장은 서슴없이 약장 아들
의 청혼을 받아들인다. 가난한 빈농의 아들과 부농에 유학까지 다녀온
아들과는 비교할 필요조차 느끼지 않았던 것이다. 결국 금석이는 가난
때문에 마음에 품었던 여자를 빼앗기고 말았다. 이 일은 지배 세력에
순응적이던 금석의 사고에 커다란 자극을 가져오게 된다. 비록 자신이
당한 피해가 계기가 되긴 했지만 금석이는 그동안 믿고 협력하던 구장
에 대해 깊은 반감을 가지게 되는데, 그것은 단순한 개인에 대한 사고
의 변화가 아니라 세태와 현실에 대한 자각의 시작이라고 볼 수 있다.
왜냐하면 금석이의 의식적인 변화의 가능성은 이미 작품의 앞부분에서
여러 차례 나타나고 있었기 때문이다.

그리고 기대했던 금융조합서기직마저 약장 아들에게 돌아가게 되었
음을 알고 그는 자신의 처지와 지배 세력의 실상을 분명히 자각하게
된다.

그리고 너무도 어리석게 믿어온 저자신이 한끗 가엾게 생각되였다.
한쪽에서는 고향을 등진무리들이 리별을 설어울며 떠나가는판에
한쪽에서는 주연을 벼풀어놓고 히히락락을 하고있다니? 더구나 그속
에는 자기가 누구보담도 가장 믿어온 교장까지 섞여있지않는가?
"아ー하. 이것이 자기가 믿어온 세상이였든가?"

자기는 이년동안이나 청년훈련회며 진흥회며, 근자에와서는 향약
일을 현신적으로 열심히 보아오지 않었는가?

그러나 그보수로 얻은것은 무엇인가?
아ー모것도 없다.
구태여 얻은것이라고 한다면 그것은 자기가 집일을 전심으로 보살
피지 않는동안에 더욱 늘어간 금늉조합빗과 그리고 가장 그의마음을
괴롭히는 동내동무들의 조소와 모멸이라고나 할년지? (222)

여기서 우리가 주목할 것은 금석이의 각성이 지적인 어떤 타인에게
사상적 교육이나 직접적인 영향을 받은 것이 아니라 전적으로 스스로
의 인고의 과정을 겪은 후의 결과라는 사실이다. 그만큼 작가는 이광수
등 계몽사상을 가지고 있던 작가들과는 농민을 보는 태도 자체가 근본
적으로 다른 것이었다. 이광수는 농민을 무력하고 우매한 계몽의 대상
으로 생각했지만 현경준은 농민을, 그리고 그 농민의 힘을 신뢰하고 있
다. 이것이 그의 작품 속에서 농민들이 살아 움직일 수 있는 근본적인
이유이기도 하다.

금석이는 아직 남아 있어 가능할 수도 있는 면서기 자리를 스스로
포기하고 공장 노동자가 되기로 결심한다. 그리고 승호, 삼돌이 등과
점점 하나가 되어간다. 그러던 중 누나 금순이 집에 모여 있던 사촌형

필수를 비롯한 젊은이들이 구장의 신고로 대부분 체포되고 만다. 이 사건을 기화로 드디어 삼돌이가 향창 문을 부수는 저항을 하고, 금석이는 구장을 심하게 폭행한다. 그리고 또 한번의 극심한 탄압과 검거 뒤 약장과 구장의 만족한 듯한 웃음과 함께 소설은 끝난다.

작품의 결말은 결국 비극적이며, 긍정적 인물들의 패배로 끝난다. 그럼에도 불구하고 일제에 항거하는 저항 의식이 결코 끊어지지 않고 또다시 계속될 것이라는 전망이 보이는 것은 이 소설이 두 개의 큰 축을 가지고 전개되어 나가기 때문이다. 그 하나는 착취 세력에게 '부정한 놈들'로 일컬어지는 몇몇 의식 있는 젊은이들과 착취 세력(약장, 구장, 주재소 주임, 교장 등)과의 대립과 갈등이다. 그리고 또 하나는 부정적 인물 측에 섰던 금석이의 의식적 변화 과정이다. 비록 검거되기 전 금순이 집에서 모의하던 변혁을 위한 어떤 일들은 이루어지지 못했지만 도피 중에도 운동의 주축이 되었던 사촌형 필수가 있었듯이 주석이는 이번에도 잡히지 않고 빠져 달아났고, 또 언제든지 제2 제3의 금석이가 있을 수 있다는 가능성은 모든 것이 끝장난 것이 아님을 감지하게 한다.

작품의 초반에 민중의 합한 힘에 대한 신뢰라는 작가 의식이 너무 여과 없이 표출되고 있고,[41] 금석이의 각성 후의 태도가 근본적인 개혁을 위해 좀더 조직적이고 적극적이지 못하고 단순히 노동에 투신한다는 점, 그리고 이들의 저항이 끝내 민중의 힘으로 승화되지 못하고 개인적인 것으로 끝남으로써 현실의 변화가 이루어지지 못했다는 점 등이 이 소설의 약점으로 드러난다. 그럼에도 불구하고, 이 작품은 당대 농민들의 황폐한 실상을 여실히 형상화하고 있고, 또 그러한 현실의 변혁을 위해 끊임없이 추동하는 힘과 그 가능성을 담아내고 있다는 점에

---

41) 현경준, 「향약촌」, 앞의 책, 196쪽 참조.

서 역사와 민족 현실에 대한 진지하고 적극적인 인식을 바탕으로 한
작가의 현실 대응 방식이 잘 나타나는 매우 의미 있는 작품으로 평가
되어야 할 것이다.

3) 김정한의 경우

이미 잘 알려진 바와 같이 김정한의 문학은 저항적인 민중·민족문
학이었다. 그것은 일제강점기 시대에는 주로 농민문학을 통해 식민지
통치에 대한 저항으로 나타났고, 해방 후에는 정치권력의 횡포와 사회
적 비리에 대한 비판의 형태를 띠었다. 그는 민족적 현실의 모순을 신
랄하게 파헤치고 민중 속에 잠재된 강한 생명력을 추구하여 문학의 현
실 대응력을 한 단계 끌어올린 작가로 인정받고 있다. 그런 김정한은
일제강점기 농민 사회 문제를 인식하는 정도에 있어서 춘원이나 이무
영과 달리 "진실이 마비된 현장 안에서 끈질긴 삶을 영위하는 생활인
의 실상을 표상하는 데서 출발"[42]하고 있고, 암흑기 산문 정신의 변색
에 있어서도 채만식, 김동리, 박종화 등과 다른 차원의 당당함을 보인
뛰어난 민족 의식을 견지한 작가로 평가할 수 있다.

그의 「사하촌」, 「항진기」 등의 작품은 지배자(일제와 결탁한 소수 유지
및 대처승)대 피지배자(寺畓小作人)란 냉엄한 식민지 현실의 비판 의식에
뿌리를 두고 있고, 특히 「사하촌」과 같은 작품에서는 역사적 상황과 부
딪쳐 자신을 실현해 나가려는 인물을 창조함으로써 민족의 저항 의지
를 문제 삼고 있다. 또한 일제의 소위 대화(大和) 민족과의 동화정책(同
化政策)에 발벗고 뛴 불교의 비인간적 행위가 얼마나 인간적 양심과 민

---

42) 오양호, 『농민소설론』, 형설출판사, 1984, 74쪽.

족적 요구에 어긋나 있는가를 보여준다.

김정한이 등단할 무렵의 문화계에는 공포 분위기가 감돌고 있었다. 1931년 6월에는 카프회원 제1차 검거가 있었고, 프로문학이 지하로 들어가야 한다는 주장이 나왔다. 박영희가 카프를 탈퇴하고 "얻은 것은 이데올로기며 잃은 것은 예술"이라는 요지의 전향 선언을 '동아일보'에 발표한 것은 1934년 초였다. 같은 해에 카프회원 제2차 검거가 있었다. 이처럼 으스스한 분위기 속에서 김정한이 지주와 농민의 계층적 갈등과 대립을 그린 「사하촌」을 발표했다는 사실은 작가로서 출발할 당시에 그의 의식과 각오가 어떠했는가에 관한 생생한 증거이다.[43]

「항진기」[44] 역시 현실적 상황과 부딪쳐 자신을 실현해 나가려는 의지적이고 저항적인 인물을 창조함으로써 작가의 비판적 현실 인식에 의한 뛰어난 민족 의식이 튼튼하게 담겨 있는 작품이다.

이 소설의 이야기의 중심축은 크게 두 가지로 병행되고 있다. 그 하나는 건실한 농촌 청년 두호의 눈으로 바라본 지식인의 허위 의식에 대한 질타이다. 그리고 다른 하나는 지주와 주재소를 업고 횡포를 부리는 사음 손가로부터 땅을 지키고자 하는 두호의 꿋꿋한 저항의 모습이다. 그러나 작품의 후반으로 갈수록 다음 인용문을 통해 알 수 있듯이 이 소설의 주제는 전자보다 후자 쪽에 그 무게가 쏠려 있음을 확인할 수 있게 된다.

벌써 그의 머리 속에는 영애에 대한 지질한 생각이라든가 조금 전 벼랑 밑을 보고 침을 내뱉던 불쾌감(뱃놀이를 하고 있는 형에 대한—

---

43) 김종철, 「저항과 인간해방의 리얼리즘—김정한론」, 백낙청·염무웅 편, 『한국문학의 현단계』Ⅲ, 창작과비평사, 1984, 89~90쪽.
44) 조선일보, 1937.

필자) 같은 것은 남아 있지 않았다. 오직 어떻게 해서 사음놈을 이겨
내느냐 하는 일념뿐이었다.45)

"늙은 부모를 모시고 애면글면 엉세판을 헤어 나가고 있는" 두호와
그 아버지 박첨지는 피폐한 생활 속에서 생존을 위해 쉴틈없이 일을
하는데, 가산을 망치며 전문학교를 졸업한 두호의 형 태호는 "입만으로
사회주의를 씨부렁거리고" 다닐 뿐 생존을 위한 가족의 피땀흘리는 몸
부림에 전혀 도움을 주지 못하며, 그렇다고 '주의자'로서 현실을 변화
시키기 위한 어떠한 실천적 노력도 보이지 않은 채 세월을 한탄하며
지내는 무기력한 인물이다.

이러한 관념적 사회주의자인 태호에 대한 박첨지의 질책은 매우 현
실적이다.

"다시는 인제 두삼이에게 가지 말어라. 그리고 기어이 사회주의를
하고 싶거든 우리 집에서부터 해 보자꾸나. 노는 놈은 먹지 말라는
그 좋은 말을 다른 데 가서만 하지 말고 우리집에서도 더러 해 봐.
왜 하필 늙은 부모하고 네 동생만을 그렇게 부려먹으려 드니? 너는
왜 그 좋은 걸 하지 않고 병든 놈처럼 밤낮 자빠져 놀기만 하느냐 말
이다. 그게 소위 너희들의 사회주의란 거냐? 콜록콜록……." (78)

박첨지의 이러한 비판은 "정말 사회주의자가 들으면 배를 안고 나자
빠질 거다"라고 하여 사회주의 자체에 대한 부정이 아니라 단지 인텔
리의 허위 의식에 차 있는 태호 개인에 대한 것임을 분명히 하고 있다.
형 태호의 그런 생활 태도에 대한 두호의 비판은 좀더 의식적으로 나

45) 김정한, 「항진기」, 『김정한소설선집』, 창작과비평사, 1974, 86쪽.(이후 같은 작품
의 인용은 쪽수만 표시함.)

타난다.

> "암, 그렇지요. 형은 매양 꿈만 꾸고 있지요. 그렇지 않거든 그렇지
> 않은 실례를 들어봐요. 뭘 한 가지 실행한 일이 있나요? 우린 그래도
> 형에게 기대를 걸어 봤었는데……."
> "……."
> 태호는 신청부같이 담배 연기만 후— 불어 낸다.
> "레닌인가 하는 사람의 조직론만 읽으면 만사가 해결되는 줄 아오?
> 조직 없이는 아무 일도 못한다고 노상 한탄만 했지, 이 고장을 위해
> 서 무슨 조직체 하나 만들어나 봤어요?" (81)

계속해서 두호는 자신이 관여하고 있는 야학 후원회에도 태호가 비
협조적이었음을 언급하며 인텔리의 무기력한 허위 의식을 날카롭게 지
적한다. 그러나 태호의 태도에는 별다른 변화가 없이 두호와 아버지 박
첨지는 힘에 겨운 보릿짐을 지며 일을 하는데 뱃놀이, 낚시 등을 즐기
며 흥청거리다가 끝내 마을을 떠나고 만다.

그런데 지주와 주재소를 업고 있는 사음이 횡포를 부려 두호네가 부
치던 땅을 빼앗으려 하고 있었다. 그러나 두호는 강인한 의지로 이에
맞서고자 한다.

> "괜찮아요. 논을 내놓으란다고 고스란히 내놓을 수야 있나요? 끝까
> 지 해 봐야지요. 결국 턱없이 논을 뗄려는 놈이 틀렸다고 생각해요."
> 두호는 숫제 무슨 자신이라도 있는 듯이 뼈물렀다.
> "허지만 이놈의 세상이 어디 그러냐? 약한 사람만 죽기 마련이지."
> "그렇다고 도나개나 세상만 따라갈 필욘 없다고 생각해요. 싸울 만
> 한 일은 싸워봐야지요." (85)

위와 같이 강인한 저항 의식을 지닌 의지적이고 힘찬 두호의 모습은 우리 농민들이 무기력하고 파편화된 대중의 모습으로서의 민중에서 주체적이고 의식화된 모습의 민중으로 변모할 수 있는 자생적 역량을 지니고 있음을 확인할 수 있게 해 준다. 특히 전문 교육을 받았으나 무기력한 룸펜에 지나지 않는 형 태호의 모습과 대비됨으로써 그러한 민초의 민중성이 더욱 선명히 부각되고 있다.

두호는 논을 비워달라는 마름의 요구를 끝까지 거부하고 마을 사람들의 협조를 얻어 모내기를 한다. 이에 마름은 갖은 협박을 다하지만 두호는 굴복하지 않고 오히려 당당하게 대항한다.

> "이러다간 오래 못살지!"
> 못 산다!는 으름장에 두호도 더욱 골딱지가 터졌다.
> "이래 못 사나, 저래 못 사나 못 살긴 일반 아뇨. 그런데 도대체 당신이 뭐건대 툭하면 남을 보고 사느니 못 사느니 하고 다니오?"
> 두호는 써레를 획 돌렸다. 그 바람에 써레채를 잡고 놓지 않던 마름이 끼우뚱하고 넘어지다가 간신히 몸을 가누며,
> "이놈, 너 정말 이랬겠다?"
> 마름은 도끼눈을 해 가지고 두호를 쏘아 보았다.
> "네, 정말로! 확실히! 그러니까 그리 알고 그만 돌아가시오!"
> (중략)
> 이윽고, 남정들의 너털웃음 소리가 났다. 그러나 일손들은 한결 잽싸졌다. (93)

위에 인용한 결말 부분은 실로 꿋꿋하고 의지적인 인물의 모습을 만날 수 있는 부분이다. 죽음의 위협 앞에서도 "네, 정말로!, 확실히!"라고 단호하게 신념을 밝히고 저항할 수 있는 두호의 모습은 극도로 억압적

이던 시대 상황을 생각할 때 감동적이기까지 하다. 비록 「사하촌」에서와 같은 뚜렷한 집단적 저항으로 발전되는 모습은 보이지 않지만 이 작품은 식민지적 조건에 처한 우리 농민 사회의 내부적 모순을 정확히 바라본 작가의 현실 인식력에 의해 식민지 한국 농민의 좌절과 폭압의 역사를 문제화하면서도 결코 죽음이나 도주 등의 패배와 절망만이 아니라 끝내 자기 삶의 터전을 튼튼히 붙잡고 일어서려는 민중의 강인함을 보여준다. 또한 작가가 지식인으로서 매우 어려운 시대적 상황임에도 불구하고 부당한 힘의 편이 아니라 바로 농민들의 편에 굳게 섬으로써 일체의 순응주의와 허무주의를 타파하고 민족적 모순의 극복을 위한 전망을 보여줄 수 있었다는 점에서 그 가치가 크게 인정되는 것이다.

4) 한설야의 경우

한설야의 중편 「탁류」는 「홍수」,[46) 「부역」,[47) 「산촌」[48)의 3부로 나뉘어 각각 발표되는데, 난폭한 지주의 수탈과 농민들의 수난상, 그리고 생존을 위협하는 지주에 대한 저항 의식과 그 패배를 다루고 있는 작품이다.

1930년대 후반 한설야는 카프의 2차 검거로 2년간 옥고를 치르고 풀려난 후 첫 작품으로 장편 『황혼』[49)을 발표한다. 이는 예속자본가에 대한 노동자의 투쟁을 그린 작품이다. 지식인 여주인공 여순이 공장노동자로 전환되어가는 과정을 그린 이 작품은 문학의 정치주의적 방향성

---

46) 『조선문학』, 1936. 5.
47) 『조선문학』, 1936. 6.
48) 『조광』, 1938. 11.
49) 조선일보, 1936. 2. 5.~10. 28.

을 밑바닥에 깔면서도 장편으로서의 형상성을 확보하고자 하고 있고, 본질적으로 운동으로서의 문학 범주에 든다고 할 수 있다. 이에 비할 때, 장편 『탑』50)을 비롯, 중편 「귀향」(1939), 장편 『청춘기』(1937), 「이녕」(1939), 「모색」(1940) 등은 순전히 자기의 유년기와 자기 집안 및 자기 개인에 국한된 회고의 형식이다. 당시 그의 현실 인식 태도는 사회와 나의 관계에서 점차 자기 자신과 집안 문제로 범위가 한정되어가고 있었다.

「탁류」는 『황혼』과 비슷한 시기에 그 제1부가 발표된 농민소설로서 비록 치열함이 부족하고 후반으로 갈수록 억압적 시대에 대한 위축감이 나타나기도 하지만, 그의 적극적이고 비판적인 현실 인식이 아직 살아 있는 작품이라고 할 수 있다. 먼저 제1부인 「홍수」에서는 우리 농토를 수탈하려는 일본인 교장이며 대지주인 사사끼에 의해 만들어진 마을 '종결이동'이 정상적인 물의 흐름을 방해하게 되어 큰 홍수 재해에 무방비 상태로 노출되고 마는 '김갑산동' 소작인들의 이야기를 중심으로 농민들의 궁핍과 수난의 현실이 잘 그려지고 있다.

> "난 가을이 올가봐 머리가 썩썩 긁히네."
> 하고 퉁명스럽게 한마디 집어넣는다. 제가 지은 농사를 반남아 갈라 쓰는것도 아수하려니와 빗이니 장리니 뭐니 이모저모로 꼿감 뽑아먹 듯 죄다 털어놓고야말것을 생각하니 벌서부터 몸서리가 나는것이다.51)

그러나 마을의 농민들은 자신들이 처해 있는 홍수의 위기가 '종결이동' 때문임을 알고 분노하면서도 그 수난을 몸으로 당해낼 뿐인 무기력

---

50) 매일신문, 1940~1941.
51) 한설야, 「홍수」, 『한국근대단편소설대계』29, 466쪽.(이후 같은 작품의 인용은 쪽 수만 표시함.)

함을 보이고 있다.

> "하늘이 낸 물길은 나라도 못막는다는데 그래 그런법이 있단말이
> 요?" (472)

> "똑 저동때문일세."
> "옛날같으면 될말인가? 글세 잘흘러가는 물을 막다니! 산눈 빼먹을
> 세상이어." (474)

농민들은 결국 "하늘이 주는 일이니 할수없다는듯키 안타까운 침묵"
에 잠겨 있을 뿐이다. 다만 중심 인물인 기술이네 젊은패들이 분노하며
막혔던 물길을 다시 트리라고 마음을 먹어보지만 끝내 그러한 의지적
행위는 나타나지 않은 채 홍수는 마을을 덮친다. 일인 지주의 폭력적
행위에도 농민들은 당하는 것 외에 아무 것도 하지 못하는 철저하게
무력한 모습을 보여준다.

제2부 「부역」은 홍수로 인해 파괴된 방축을 재건하는 일에 농민들이
부당하게 동원되어 부역하는 이야기를 중심으로 재해 이후 더욱 피폐
해진 농촌 실상을 그려내고 있다. 억울하게 홍수 피해를 입은 김갑산동
농민들은 그들이 단지 소작인이라는 신분상의 처지 때문에 김갑산동의
지주로부터 품삯도 받지 못하며 홍수로 인해 터져버린 방축을 다시 만
드는 일에 동원되어야 하는 이중의 수난을 당하게 된다. 그런데 「부역」
에서는 중심 인물 기술이 점차 현실에 대해 눈을 떠가는 모습이 나타
난다. 그래서 나이든 사람들은 보상 없는 부역에 인종하기만 하지만 그
는 지주에게 공사비를 요구할까 하는 생각도 갖는다. 그리고 젊은패들
은 어떻게든 지주 김갑산을 상대로 자신들의 부역에 대해 보상받기를

의논한다. 그러나 이 역시 "다만 삯을 좀달래보자든가 용량을 좀 넉넉히 꿔오자든가 하는 정도를 넘지못하"는 매우 소극적인 내용의 무력한 공론일 뿐이고 그나마 실제로 자신들의 뜻을 요구하는 행위에 이르지도 못한다. 그리고 김갑산의 땅은 결국 일인 지주에게 넘어가고 말지만 기술을 포함한 마을 사람들은 여전히 착취 세력에 의해 좌우되는 자신들의 운명에 무력한 채로 제2부는 끝난다.

> 무엇이무엇인지 갈피를 출수가없었다. 무엇때문에 건부역을하는것인지 장차 어떻게될것인지 지금 어디로걸어가는것인지, 그는 잠시동안 분간해낼수없었다.[52]

제3부 「산촌」은 농민들이 소작하던 땅이 국책에 부응하여 농장을 운영하고자 하는 일인 지주와 그가 내지에서 불러온 사람들에게 넘어가게 되면서 자신들의 소작이 떼일 위기에 처하게 되자 이에 전전긍긍하며 몰락해 가는 농민들의 모습이 그려져 있다. 이에 대해 기술이는 아버지의 간곡한 권유로 인해 개인적으로 사제의 인연이 있는 교장을 찾아가 자신의 소작은 떼이지 않도록 해달라고 부탁하는 정도의 지극히 개인적이고 소극적인 대처를 한다. 그리고 3부에 오면 기술과 복녜[53] 두 사람 사이의 연애담이 좀더 비중이 커지면서 통속성이 나타나는 면을 보이는데, 기술이 어떻게든 자신과 복녜의 소작이 떼이지 않도록 교장을 찾아가 사정을 해보려는 것도 사랑하는 복녜가 소작이 떼인 채 간도로 갈 수밖에 없는 상황을 원치 않는다는 개인적인 감정이 크게

---

52) 한설야, 「부역」, 『한국근대단편소설대계』29, 520쪽.
53) 「부역」까지는 범영감의 딸 금순이었던 기술의 연인이 「산촌」에서는 복녜로 바뀌어 표현된다.

작용하고 있는 것으로 나타난다. 작품 속 작가의 진술대로 그들은 여전히 자신들의 운명을 지배하고 있는 시대적, 현실적 근본 문제에 대해 무지하고 무력하기만 한 것이다.

> 이렇게 답답한 극달들을 하는것이나 그러나 의지거지없는 이들을 휩싸는 모진 바람을 막기에는 그들의 힘이 아직 너무나 약하고 그들의 머리가 너무나 가난하였다.[54]

그러나 어렵게 교장을 찾아간 기술의 뜻이 성사되지 않자 기술이는 "인제 일이 이지경된 바에는 젊은축들이 짝패해서 한번 겨려라도 보고 싶은 내심도 있고 또 한편 십년남아 부치던 땅을 그렇게 식은죽먹기로 떼일수 있느냐"라고 생각하는 등 좀더 강한 면모를 보이게 된다. 그리고 기술이가 "내 혼자 가서 말한게 되려 잘못갔서요. 독불장군이라구……모두 가봐야 할걸 내 혼자 갔으니 될택이 있소"라고 개인적 대처의 무력함, 그리고 민중의 단결이 필요함을 깨닫게 되면서 이후의 집단적 저항 행위를 암시하기도 한다.

다시 봄이 되어 작인들의 생활은 소나무 껍질을 베껴먹고 살아야 할 정도로 피폐해 있는 상황에서 작인들은 그 땅에서 밀려나지 않기 위해 예년보다 일찍 논갈이를 하는 등 몸부림을 치지만 결국 이를 저지하는 지주의 사람들과 충돌하게 되고, 드디어 지주의 집으로 몰려갔다가 해산 당하자 다시 논으로 몰려와 "인제 하늘도 땅도 모다 남이오 오직 오직 그손하나밖에더 믿을것이없"는 "최후의 씨름판"을 벌인다. 그러나 그 저항은 너무도 쉽게 즉각적인 참패로 끝나버리고 기술이 등이 체포되어 감옥으로 가면서 소설은 끝난다. 프로 작가의 적극적이고 비판적

---

54) 한설야, 「산촌」, 『한국근대단편소설대계』29, 526쪽.

인 현실 인식에 의한 작품의 출발에도 불구하고 작품이 보여줄 수 있는 현실에 대한 가능성은 절망적으로 닫혀버리고 마는 것이다.

한편 시대의 변화와 악화에 따른 작가의 현실 인식의 변모와 그 소설적 형상화의 양상을 살펴보기 위해서 한설야의 「탁류」를 1930년대 초 이기영의 동명 소설 「홍수」,55) 「부역」,56)과 비교하여 살펴보는 것도 의미 있는 일일 것이다. 홍수는 가뭄과 함께 당대 농민들에게 그 피해가 심각하면서도 피할 수 없는 전형적 자연 재해였으며, 부역 또한 당대 농민들의 삶에 보편화된 전형적인 착취의 유형이라고 볼 수 있는데, 이기영과 한설야는 시대를 달리해 홍수와 부역이라는 같은 제재를 작품의 중심축으로 그들의 소설 속에 다루고 있다. 이기영의 소설이 씌어진 시대적 배경은 카프가 여전히 맹위를 떨치면서 '농민문학론'이 또한 왕성하게 논의되던 시기였다. 그러나 한설야의 소설이 씌어진 시대는 카프가 이미 끝장났고, 그와 관련되어 작가 개인적으로도 고난을 당했으며, 정치·경제·사상의 모든 면에서 식민지적 현실이 극도로 악화되어 있던 시기였다.

이기영의 소설에서 홍수는 작품 전반을 지배하는 상황으로까지 작용하고 있지 못하고 또한 그 재해 상황은 자연적인 힘에 의해 조성된 것이라는 점에서 기본적으로 우연적인 동시에 예외적인 상황 설정이다. 그러나 수해를 복구하는 과정에서 자연스럽게 농민 조합의 결성이 논의되며, 수해로 말미암아 수확이 손실된 만큼 그에 상당하는 소작료의 감면 문제가 제기됨으로써 자연스럽게 소작 쟁의까지 유도된다. 그러나 한설야의 「홍수」에서의 농민들의 재해 상황은 우연적이고 예외적인 상

---

55) 조선일보, 1930. 8. 21.~9. 30.
56) 『시대공론』, 1931. 9.

황이 아니라 근본적으로 일본인 지주의 수탈 행위의 과정에서 야기된 것이고 그것이 작품 전반을 지배하는 요체로 작용하고 있다. 그럼에도 농민들은 안타까워하며 무력하게 당하기만 할 뿐 자신들의 상황을 변화시키기 위한 아무런 실질적 노력이나 대처를 하지 못한다.

또한 이기영의 「부역」과 한설야의 「부역」은 다 같이 당대 농촌의 구조적 착취 관계에 의한 농민들의 '건부역'을 중심축으로 이야기가 전개된다. 이기영의 「부역」은 소작 농민의 극히 현실적이고 일상적인 상황인 부역의 상황을 제시, 이 와중에서 발생한 낙상(落傷)의 피해를 구성적 추동력으로 작동시킴으로써, 농민 현실의 구체적 모순을 구현함과 동시에, 이로부터 발의되는 소작 쟁의, 농민 조합의 결성이 농민의 자생적인 힘에 의하여 이룩되도록 작품이 구성되고 있다. 농민들은 밤늦게까지 모여 강참봉에 대해서 자신들의 정당한 권익을 주장하고자 의논하고 교섭위원을 선정하는 등의 조직적이고 집단적인 노력을 보여준다. 무한 착취 관계로부터 발생된 이러한 소작 쟁의는 사회 모순의 전형적 표출인 것이며, 그로부터 모색되는 농민 조합의 결성은 따라서 소박하고 자연 발생적이나마 역사의 방향성을 담지한 것이 된다. 그러나 한설야의 「부역」, 「산촌」으로 이어지는 소설에서는 중심 인물인 기술의 의식과 행위가 시종 뚜렷하지 못하고 의지적이지도 못하여 이기영의 「홍수」에서의 박건성과 같은 문제적 인물로서의 구실을 하지 못하고 있으며, 이기영의 「부역」에서와 같이 소작인들이 모두 주인공이 되는 형국이 되지도 못한다. 또한 저항이 조직적이고 계획적이지 못하여 농민 조합이나 소작 쟁의의 형태를 갖지 못하고 철저한 패배를 가져오게 되며 이를 작가는 절망적으로 묘사하고 있다.

요컨대 한설야의 「탁류」는 식민지적 착취 구조와 농민의 몰락상이 잘 형상화되고 있고 집단적 행위를 통한 저항도 나타나고 있으나 전체적으로 민중의 힘의 가능성이나 역사적 방향성을 담지하지 못한 전망부재의 작품으로 끝맺고 말았다. 이는 당시 혼탁한 현실에 대해 매우 무력하고 위축되어 있던 작가의 내면을 확인할 수 있게 하는 동시에, 식민지적 극심한 억압과 궁핍 속에서 최소한이나마 자기 의지를 가지고 삶을 영위하고 시대를 견뎌내고자 애쓰는 지식인으로서의 내면을 엿볼 수 있게 한다.

5) 조벽암의 경우

조벽암은 카프에는 가입하지 않았으나 이념적으로는 그들에게 공감하여 카프의 영향을 받으면서 1931년 문단에 첫발을 내디뎠다. 이 시기부터 그의 작가적 지향은 현실에 대한 강렬한 대응 의지에 놓여 있었다. 지금까지 잘 알려지지 않았던 조벽암의 「호박꽃」[57]은 지적 무력의 시대에 유산 계급과 무산 계급 문제, 지배와 피지배의 관계를 '대립'의 관계, 나아가 '대결'의 관계로까지 발전시키고 있는 매우 성공적인 작품이다. 또한 이런 문제가 소설 속에서 다루어질 때 흔히 나타나는 경향성의 생경한 노출이라는 한계를 소설 미학적으로도 별 문제 없이 잘 극복해내고 있다.

가난하고 핍박받는 농민들 편의 주요 인물로 먼저 주인공인 김참봉네 머슴 칠성이가 있다. 그는 서울 '일터'에서 노동 운동을 체험하고 사

---

57) 『조선문학』, 1936. 11. 이 작품은 「중편농군(中篇農群)」으로 구상된 이야기의 전반부임을 작가는 작품 끝에 밝히고 있는데 후반부는 같은 곳에서의 작가의 간략한 소개 외에 소설화된 자료가 나타나 있지 않다. 그러나 「호박꽃」만으로도 충분히 한 편의 작품으로서의 완결성을 지니고 있다.

회와 현실에 대한 각성을 갖게 된 인물이다. 또 이첨지는 동학 운동에 참여했고 "어려운 사람들의 불평에 가담"해 주는 인물이며, 그의 아들은 기미년 만세 운동에 가담하여 고초를 겪은 후 어디론가 떠난다. 그래서 이첨지는 마을의 젊은 사람들이 좋아하고 따르는 인물이다. 이러한 인물에 대한 긍정적인 시각을 통해 작가의 이념적인 바탕과 그에 따른 현실 대응 방식을 짐작하게 된다.

또한 칠성이와 풋풋한 애정을 나누는 인물로 이첨지의 딸이며 김참봉 댁에서 부엌일을 하고 있는 이쁜이가 있고, 그외 석만, 천식 등 마을의 젊은이들이 이 소설 속의 긍정적 인물로 등장한다. 이들과 반대편에 있는 인물들로는 착취만 할 줄 알았지 베풀 줄 모르는 김참봉과 그 아들, 그리고 김참봉의 동생 등의 유산 지주 계급의 인물들과 의사, 김참봉 집의 행랑살이하는 이서방 등 그들과 야합하여 비열하게 살아가는 인물들이 있다. "소리없이 총으로 쏘아버렸으면" 하는 칠성의 대화로 이 소설이 시작되고 있는 데서도 알 수 있듯이, 칠성이는 이미 자신들의 처지에 대한 뚜렷한 자각을 지니고 있는 인물로 그려지고 있다.

> "그래도 사람이 살어가자면 일직 일어나버릇을 해야지 게으르면 비러먹는 법이야."
> 칠성이는 김참봉의 설교(說敎)가 속으로는 도로혀 웃으웠다. 칠성이가 늦게잔것도 오늘이 처음이요 또한 농민들이 개을러서 굶주리고 김참봉이 부지런해서 잘산다고는 암만해도 역여지지 않었다.
> 설령 그들 돈가진 사람들이 일즉이는 일어난다고 하자 그것은 피곤을 모르는 편안이 있고 또 먹고 소비하고 놀기에는 부지런할것이다.58)

---

58) 조벽암, 「호박꽃」, 『한국근대단편소설대계』27, 태학사, 1988, 184쪽.(이후 같은 작품의 인용은 쪽수만 표시함.)

"다같은 사람들이다."

하고 칠성이는 숨었든 기억이 새로웠다. 그전에 일터에서 잡혀가든
사람의 입머릇같이 하든 힘진소리가 이런때일수록 떠올랐다.

"다같은 사람들."

칠성이는 여러번 입속에서 중얼거려보았다. 어쩐지 이 불행한 환경
에 있는사람들이 불상한것같었다. 동시에 눈물이 날듯이 서급했다.

(189)

　따라서 칠성이는 김참봉에 대해 "도야지같은 것이" 등의 표현을 쓰
는 등 극도의 반감을 가지고 있고 이는 이첨지와 함께 다른 젊은 농민
들도 다르지 않다.

　백중날만큼은 농부들의 명절이고 "머슴들의 생일날"임에도 풍물을
놀며 보리말이나 얻어보려고 김참봉 집에서 놀이를 한 농민들은 오히
려 이십이 갓 넘은 젊은 김참봉의 아들에게 반말 호령으로 내쫓기는
수모를 당하고 만다. 이에 대해 각성한 인물인 칠성이는 "목욕탕에 들
어선 것처럼 뜨거운 기운이 얼굴을 싯고 가슴에서는 더운 피가 뿜푸처
럼 한정없이 내어뿜었"지만 겨우 참아낸다. 그러나 농민들은 산 속에서
종일 나무하는 고된 일 중 점심밥을 먹다가 이첨지의 점심 밥그릇을
보고 최소한의 생존을 위한 처우도 제대로 해주지 않은 그들의 비인간
성에 크게 분노한다. 이첨지는 먹고살기 위해 김참봉의 아우 집에 들어
가 달머슴을 하고 있었는데, 그 집에서 그에게 싸 준 점심은 "늙은 호
박 반 보리 반 조 반으로 섞어지은 호박범벅"이었다. 그것으로 배를 채
우고는 도저히 정상적으로 그 고된 일을 할 수가 없는 것이다.

　드디어 그들은 합심하여 김참봉 집의 일을 거부하기로 계획하고 이
를 실천에 옮긴다. 부당한 행위에 대해 집단 행동으로 저항하는 모습을

보여주는 것이다. 김참봉 집의 일을 거부하는 것이 비록 문제를 근본적으로 해결해줄 수 없는 소극적인 방법이기는 하지만, 이것은 분명 민중의 단합된 힘의 가능성을 제시하고 있는 것이다. 결국 허기진 몸이 나무집 밑에 치이고 만 이첨지는 중상을 입고 병져 누웠고 돈만 있으면 무엇이든지 할 수 있다고 여기는 "부자의 알(卵)" 김참봉의 아들 상훈이는, 아버지 이첨지에게 약을 써 보고자 하나 그리하지 못하는 이쁜이의 골육지정과 가난을 이용해 약을 미끼로 이쁜이를 농락하고 만다. 이런 참담한 사연에도 불구하고 약의 효험도 없이 이첨지는 죽게 되고 마을 사람들의 슬프고 분노에 찬 상여 소리와 함께 소설은 끝난다.

> 「애처럽사 이첨지야」/「어-허 어-헝」/「원통할사 이첨지야」/「어-허 어-헝」/「구십살다 죽다해도」/「어-허 어-헝」/「슬고슬픈대」/「어-허 어-헝」/「일을하다 죽는단말」/「어-허 어-헝」/ (此間十行略) /「일을하다 죽은첨지」/「어-허 어-헝」/「첨지만이 아니다」/「어-허 어-헝」/「일을하고 굴머죽는」/「어-허 어-헝」/「베를짜고 어러죽는」/「어-허 어-헝」/ (此間八行略) 「불상할사 이첨지는」/「어-허 어-헝」/「우리앞길 닦었으니」/「어-허 어-헝」/「우리들의 ××자라」/「어-허 어-헝」/ (此間十行略) /「말들어라 벗님에야」/「어-허 어-헝」/ (此間十行略) (200∼201)

많은 내용이 삭제될 수밖에 없었던 이 상여 소리는 핍박받는 민중인 농민들의 한과 분노가 현실적인 어휘들로 절절히 나타나고 있고, 생략된 부분에서는 그들의 현실에 대한 비판과 저항의 감정들이 매우 거칠게 담겨 있으리라 추측된다.

그러나 이 작품은 현실에 대한 비판이 작품의 주된 분위기를 형성함에도 농민들의 저항이 근본적으로 문제를 해결할 수 있을 정도로 구체적이거나 조직적이지 못하고, 집단적이긴 하지만 지극히 간접적이라는 점, 그래서 작품의 끝은 단지 처절한 상여 소리를 배경으로 자신들의 한을 시위하는 수준에 머문다는 점 등을 한계로 지적할 수 있을 것이다.

그러한 한계에도 불구하고 이 소설은 식민지하에서 가진 자들에게 무참히 짓밟히는 농민들의 실상을 흔히 경향소설에서 나타나는 이념의 생경한 노출을 잘 극복하며 매우 탁월하게 형상화하고 있고, 각성을 통해 생동하는 인물들을 그려내고 있다는 점에서 의미 있는 농민소설이라 할 수 있다. 또한 비록 소극적인 방법이긴 하나 집단적인 저항 행위가 나타나면서 현실을 변화시킬 수 있는 길은 결코 굴종이 아니라 응전임을 보여주기도 한다. 이는 끝내 소설화되지 못한 '그후'의 이야기에 대한 작가의 의도를 보면 더욱 분명해진다.

> 이것은 「中篇農群」의 한토막이다. 그후 이야기로는 이쁜이는 상훈이의 씨를 배고 칠성이와 살게 된다. 그아해의 처리가 문제될것이다. 다음에는 사음에대한 모든불평이 일어난다. 그때에 진보적 ××이쁜이옵바의 귀향과 아울러 소작××가 일어난다. 이것은 다음으로 미르기로 한다. (201)

5. 맺음말

1930년대 후반의 농민 사회는 식민지 반봉건 사회였고 전반적 정세의 악화와 함께 농민에 대한 착취와 그로 인한 농민들의 곤궁이 극에 달해 참담한 현실에 놓여 있었다. 이 시기의 농민소설은 당대의 가장 현실적인 정치·사회·경제적 환경을 그 배경으로 하고 있다. 그런데 소설적인 형상화를 통해 나타나는 현실에 대한 작가들의 인식 태도는 사뭇 다르게 나타난다.

본고에서는 농민들의 삶을 질곡에 빠뜨리는 파행적인 근대에 대한 작가들의 적극적이고 비판적인 현실 인식이 나타나는 작품들을 다시 세 경우의 하위 유형을 설정하여 살펴보았다. 첫째 문제적 현실을 적극적으로 작품 속에 담아내는 양상의 작품들로 강경애의 「지하촌」, 이용우의 「평범한농촌풍경」, 김유정의 「만무방」, 김동리의 「산화」, 박노갑의 「마을의 이동」, 계용묵의 「심원」, 한인택의 「과세」, 백신애의 「빈곤」 등이 있었다. 이러한 작품들은 식민지 시대 농민에 대한 착취와 그들의 빈곤, 가정의 몰락, 공동체의 파괴, 인간 정신의 해체상 등을 주 문제로 부각시켜 농민의 식민적 현실을 결코 개인적인 비극으로 놓아 두지 않고 사회화시킨다. 이를 통해 당대 농민들을 포함한 독자들로 하여금 스스로의 현실에 대해 바르게 인식할 수 있는 계기를 만들어줌으로써 작가들은 어려운 시대를 고뇌하는 지식인으로서의 일정한 기능을 수행하게 된다.

그런데 이러한 작품들은 다수 민중의 실질적 요구에 맞춰 눈앞에 있는 비참함과 모순을 바로 인식하려는 문학 행위로서 의의가 있지만, 끝내 비극의 외형적 고발에 그치고 비극의 출처와 그 원인을 구명해보는 치열한 탐구 정신이 부족한 한계를 드러내게 된다. 그것은 혼란과 억압의 시대하에서 현실을 바라보는 작가의 관점이 진정한 역사의 방향성과 결합되기 어려웠기 때문이다.

둘째, 근대 현실에 대한 작가의 인식과 그 대응 방식으로 작품 속에 각성과 의지의 인물이 설정되는 작품으로 이근영의 「당산제」, 김소엽의

「폐촌」, 박화성의 「고향없는 사람들」, 한인택의 「오빠」 등을 살펴보았다. 농민소설에 있어서 농민들 스스로가 자신들을 주체적으로 인식하고 자신들이 처한 현실에 대한 불합리와 비인간성, 나아가 그 원인까지를 인식하는 것이 무엇보다 중요하다. 이런 인물들에게선 자신들의 정당한 생존권의 자각이 나타나고, 개인의 자존심, 민족적 자존심의 인식이 나타나기도 한다. 또한 무산층의 몰락 원인을 일제의 한국 지배로 인해 생겨난 제반 기구와 제도에서 찾고, 저항의 대상이 제반 기구와 제도를 만들어내어 한민족을 착취하는 일본 제국주의자들 및 그에 기생하여 반민족적인 길을 가는 민족 내부의 일부 유산층임을 인식하기도 한다.

그런데 이러한 작품들에 나타나는 각성은 그것이 현실의 타개를 위한 의지나 저항으로 승화되지 못하고 끝내 체념으로 귀결되기도 하고, 저항 의지와 가능성을 보여 줌으로써 미래에 대한 전망을 창출해내기도 한다.

셋째, 작품 속에 역동적 저항의 인물이 설정되는 작품들로 이근영의 「농우」, 현경준의 「탁류」, 「향약촌」, 김정한의 「사하촌」, 「항진기」, 한설야의 「탁류」, 조벽암의 「호박꽃」 등을 살펴보았다. 이 유형에 속하는 소설들은 작가의 비판적 현실 인식에 의해 작품 속에 매우 역동적인 인물이 설정된다. 등장 인물들이 현실 인식과 각성의 단계를 넘어 저항을 통해 의지를 실천함으로써 무력하고 체념적인 농민이 아니라 변혁의 잠재력을 소유한 농민상을 보여주는 소설들이다. 극단적인 일제의 물리적, 사상적 억압으로 인해 인간(작가)의 정신은 극도로 위축되고 소설적 경향에 대한 진단은 대부분 부정적 결론에 도달할 수밖에 없는 시대, 그래서 민족주의 문제는 전혀 나타날 수 없다고 판단되었던 암울한 시대에 역사적 방향성을 암시할 수 있는 문제적 인물이 작품 속에 역동하고 있다는 사실은 매우 큰 의미를 지닌다.

　1930년대 후반은 전반적인 식민 피지배 상황이 몹시 악화되어가던 시기였기에 어쩔 수 없이 문제 의식이나 방향성을 상실한 방관적이고 순응적인 작품들도 많았다. 그럼에도 불구하고 본고에서 살펴본 바와 같이 여러 지식인들의 적극적이고도 비판적인 현실 인식이 가능했고, 또 그 대응 방식으로 의지적이고 저항적인 인물들을 설정하여 민족 의식을 담아내며 잘못된 근대 현실을 부정(否定)하는 농민소설 작품들이 다수 창작되었음을 확인할 수 있었다.

　오양호는 "투쟁형 작품군은 「民村」에서 시작하여 『農民小說集』을 거치면서 작품의 특성 및 유형이 형성된 후 『故鄕』으로 한 전형을 이룩하고 곧 이 작품군 특유의 문학 시대는 끝나게 되었다"고 말했다.[59] 또 이주형은 1930년대 후기의 작품에서는 극단적인 일제의 물리적 억압으로 인해 민족주의 문제는 거의 나타나지 않고 있다고 하였다.[60] 1930년대 후반으로 접어들면서 지금까지 민족문학적 관점에서 논할 만한 작품이 드러나지 않았고 문학사적으로 민족문학적 흐름 자체가 단절된 듯이 인식되어 온 것이 사실이다. 그러나 이러한 인식은 당시의 농민문학을 좀더 넓게 그리고 면밀히 분석함으로써 조심스러운 변화를 가져올 수 있을 것이다.

　일찍이 당대의 논객 임화는 그 시대를 이상과 현실이 너무나 큰 거리로 떨어져 있는 분열의 시대, 소설이 와해된 시대, 문학이 궤멸된 시대, 무력의 시대로 규정하면서도, 회자되고 있던 '혼돈의 시대'라는 용어에 대해서는 "우리 자신에 있어서는 우리의 시대심리를 이야기하는

---

59) 오양호, 앞의 책, 216쪽.
60) 이주형, 앞의 책, 397쪽.

하나의 形容이 되는 듯 싶으면서도 다음의 시대가 우리 시대의 문학을 관찰할 때 과연 혼돈의 시대란 표현으로 만족할 것이냐 하면 심히 의심스럽다"고 통찰하고 있다. 혼돈이란 '전부를 표현하는 듯하면서도 실상은 아무 것도 의미하지 않는 말'이기 때문이다.[61]

그의 말대로 지금에 와서 우리는 그 시대의 문학을 자리매김할 때 결코 '혼돈의 시대의 문학'으로 만족할 수 없다. 그것은 사상성이 감퇴되고 세태소설이 성행했음에도 불구하고, 어느 때보다도 절박한 시대 상황하에서 끝내 시대와 민족을 외면하지 않고 문학을 통해 잘못된 근대를 부정하고 저항하기도 했던 일부 작가와 작품 속 근대 정신 또한 결코 간과해서는 안 되기 때문이다.

---

61) 임화, 「세태소설론」, 『문학의 이론』, 서음출판사, 1989.

참고문헌

┃기본 자료

권영민·이주형·정호웅 편, 『한국근대단편소설대계』2·5·17·27·28·29·33, 태
　　학사, 1988.

김정한, 『김정한소설선집』, 창작과비평사, 1983년 증보판.

김춘복, 『쌈짓골』, 창작과비평사, 1977.

문순태, 『징소리』, 『한국소설문학대계』66, 동아출판사, 1995.

박경수, 『동토』, 『한국문학전집』25, 삼성당, 1986.

방영웅, 『분례기』, 흔겨례, 1991.

방영웅, 『분례기』, 창작과비평사, 1997.

방영웅, 『살아가는 이야기』, 창작과비평사, 1974.

송기숙, 『자랏골의 비가』, 창작과비평사, 1977.

송기숙, 『암태도』, 창작과비평사, 1981.

오유권, 『방앗골 혁명』, 『한국문학전집』28, 삼성당, 1986.

오유권, 『황토의 아침』, 을유문화사, 1967.

유승규, 「농기」, 『농지』, 일신서적출판사, 2000.

『이무영 문학전집』, 국학자료원, 2000.

이문구, 『관촌수필』, 문학과지성사, 1991.

이문구, 『우리 동네』, 민음사, 1981.

이문구, 전집 2, 『암소』, 중앙M&B, 2004.

『한국대표단편문학전집』21, 정한출판사, 1975.

『한국문학전집』48, 유승규 선집, 여원, 1976.

『한국문학전집』28, 오유권·유승규, 삼성당, 1986.

『한국문학전집』10, 계용묵 외, 삼성당, 1986.

『사상계』, 『세계의 문학』, 『신동아』, 『월간문학』, 『월간중앙』, 『창작과비평』, 『한양』, 『한
국문학』, 『현대문학』, 『자유문학』, 『인문평론』, 『현대공론』

▌국내 논저

강경화, 『한국문학 비평의 인식과 담론의 실현화 연구』, 태학사, 1998.

강만길, 『한국현대사』, 창작과비평사, 1984.

강만길, 『고쳐쓴 한국현대사』, 창작과비평사, 1994.

강진호 편, 『김정한』, 새미, 2002.

고명철, 『1970년대의 유신 체제를 넘는 민족문학론』, 보고사, 2002.

구중서, 대담 「1960, 70년대와 민족문학」, 『작가연구』제6호, 새미, 1998.

구중서, 『역사와 인간』, 작가, 2001.

권성우, 『비평과 권력』, 소명출판, 2001.

권영민, 『한국현대문학사 1945~1990』, 민음사, 1993.

권혁범, 『민족주의와 발전의 환상』, 솔, 2000.

김동환, 『한국소설의 내적형식 연구』, 태학사, 1996.

김명인, 「민족문학과 농민문학」, 『한국문학의 현단계』IV, 창작과비평사, 1985.

김명인, 『희망의 문학』, 풀빛, 1990.

김민수, 『환멸의 세계, 매혹의 서사―한국소설과 근대성』, 거름, 2002.

김병익, 『한국 문단사』, 문학과지성사, 2001.

김병걸, 「농민과 현장소설」, 신경림 편, 『농민문학론』, 온누리, 1983.

김성경, 「해방직후 농민소설 연구」, 연세대학교 석사학위논문, 1989.

김수정, 「L. Althusser의 이데올로기론의 성립과 발전과정에 대한 일고찰―L. Althusser
　　　의 이데올로기론에서 M. Pêcheux의 담화이론까지」, 서울대학교 석사학위논문,
　　　1991.

김승환, 「해방공간의 농민소설연구」, 서울대학교 박사학위논문, 1989.

김영택, 「우리시대 풍자소설 읽기」, 『목원대학교 논문집』제34집, 2001.

김영호, 「농민문학론의 새로운 전망」, 『실천문학』제5권, 1984.

김우종, 「농촌과 문학」, 『한양』, 1964. 11.

김윤식, 「문제적 인물의 설정과 그 매개적 의미」, 『한국리얼리즘소설연구』, 문학과비
　　　평사, 1989.

김윤식, 「모란꽃 무늬와 물빛 무늬―전(傳) 형식으로서의 소설 미달 또는 소설 초월 의
　　　이문구 문학」, 『한국문학』, 2000년 여름.

김윤식, 『한국근대문학사상사』, 한길사, 1984.

김윤식, 『한국문학의 근대성과 이데올로기 비판』, 서울대학교 출판부, 1987.

김재석, 「하회탈춤 대사의 기능과 구현원리」, 『하회탈과 하회탈춤의 미학』Vol.8, No.1, 1999.

김종덕, 「한국의 경제 성장과 농업」, 한국사회사연구회 편, 『현대 한국자본주의와 계급문제』, 문학과지성사, 1988.

김종철, 「저항과 인간해방의 리얼리즘―김정한론」, 백낙청·염무웅 편, 『한국문학 의 현단계』Ⅲ, 창작과비평사, 1984.

김종철, 「작가의 진실성과 문학적 감동」, 신경림 편, 『농민문학론』, 온누리, 1983.

김 준, 『한국농민소설연구』, 태학사, 1990.

김치수 외, 『현대문학비평의 방법론』, 서울대학교 출판부, 1993.

김 현 편, 『미셸 푸코의 문학비평』, 문학과지성사, 1989.

나병철, 『근대성과 근대문학』, 문예출판사, 1995.

나병철, 『한국문학의 근대성과 탈근대성』, 문예출판사, 1996.

류양선, 『한국농민문학연구』, 서광학술자료사, 1994.

문학사와 비평 연구회 편, 『1960년대 문학연구』, 예하, 1993.

문학사와 비평 연구회 편, 『1970년대 문학연구』, 예하, 1994.

문학이론연구회 엮음, 『담론분석의 이론과 실제』, 문학과지성사, 2002.

민족문학사연구소 엮음, 『민족문학과 근대성』, 문학과지성사, 1995.

민족문학사연구소 현대문학분과, 『1960년대 문학연구』, 깊은샘, 1998.

민족문학사연구소 현대문학분과, 『1970년대 장편소설의 현장』, 국학자료원, 2002.

민족문학사연구소 현대문학분과, 『1970년대 문학연구』, 소명출판, 2000.

박노자, 『하얀 가면의 제국』, 한겨레신문사, 2003.

박덕은, 『해금작가작품론』, 새문사, 1991.

박명규, 『한국 근대 국가 형성과 농민』, 문학과지성사, 1997.

박진도·한도현, 「새마을운동과 유신 체제」, 『역사비평』, 1999년 여름호.

박진태, 『한국가면극연구』, 새문사, 1985.

박충록, 『한국 민중 문학사』, 열사람, 1988.

박태순·김동춘, 『1960년대 사회운동』, 까치, 1991.

박태순, 「1970년대의 지배/대항 담론과 조직적 문학운동」, 『작가』, 1997. 5~6.

박훈하, 『소설담론과 주체형식』, 삼지원. 1998.

박희범, 「70년대 한국의 농업 정책 방향」, 『민주농민』, 고려대 노동문제연구소, 1971.

백낙청, 『민족문학과 세계문학』Ⅰ, 창작과비평사, 1978.

백낙청, 『민족문학의 새 단계』, 창작과비평사, 1990.

서영채, 「인문주의, 근대성, 문화」, 『소설의 운명』, 문학동네, 1996.

신경림 편, 『농민문학론』, 온누리, 1983.

신덕룡, 『진보적 리얼리즘 소설 연구』, 시인사, 1989.

신승엽, 『민족문학을 넘어서』, 소명출판, 2000.

신용하, 『일제 식민지 근대화론 비판』, 문학과지성사, 1998.

신용하, 「한－일협정과 6600만달러의 뇌물」, 한겨레신문, 2004. 8. 18.

신춘호, 「1950년대의 농민소설 연구」, 『건국어문학』, 건국대학교 국어국문학 연구회, 1997.

신춘호, 「1960년대의 농민소설 연구」, 『중원인문논총』제18집, 1998.

신춘호, 『한국 농민소설 연구』, 집문당, 2004.

안병직, 「한국근대경제의 성격」, 『한국노동문제의 구조』, 광민사, 1978.

염무웅, 대담 「1960년대와 한국문학」, 『작가연구』제3호, 새미, 1997.

염무웅, 「농촌현실과 오늘의 문학」, 『창작과비평』, 1970년 가을.

염무웅, 대담 「김정한 문학의 평가」, 『인간단지』, 한얼문고, 1971.

염무웅, 『민중시대의 문학』, 창작과비평사, 1979.

오 경, 「1960년대의 농촌문학」, 『덕성여대논문집』제7집, 1978.

오양호, 『농민소설론』, 형설출판사, 1984.

윤병로, 『한국현대소설의 탐구』, 범우사, 1985.

윤홍로, 「이선희·현경준·이근영의 문학사적 의미」, 『한국해금문학전집』10, 삼성출판사, 1988.

윤효녕, 「주체 논의의 현단계 : 무엇이 문제인가」, 『주체 개념 비판』, 서울대학교 출판부, 1999.

이광호, 『환멸의 신화』, 민음사, 1995.

이동하, 「70년대의 소설」, 『한국문학의 현단계』Ⅰ, 창작과비평사, 1982.

이득룡, 「농업정책의 작금과 방향」, 『지방행정』15권 154호, 대한지방행정공제회, 1966.

이문구 수상록, 『지금은 꽃이 아니라도 좋아라』, 전예원, 1979.

이봉범, 「방영웅 소설 연구」, 『작가연구』제12호, 새미, 2000.

이봉범, 「농민 문제에 대한 문학적 주체성의 회복」, 『1970년대 문학연구』, 소명, 2000.

이봉범, 「1970년대 농민문학 고찰」, 『성균어문연구』34집, 2000.

이봉범, 「민중적 시각으로 조명한 전쟁의 비극과 농촌공동체 복원의 문제」, 『민족 문학사연구』16권, 민족문학사학회, 2000.

이봉범, 「자랏골의 비가론」, 『1970년대 장편소설의 현장』, 국학자료원, 2002.

이우재, 「1970년대 한국사회와 농민 운동」, 『한국농민 운동사연구』, 한울, 1991.

이연주, 「이근영 소설 연구」, 연세대학교 석사학위논문, 1994.

이재봉, 「한국 근대소설의 형성과정 연구」, 부산대학교 박사학위논문, 2000.

이재선, 『현대한국소설사』, 민음사, 1991.

이재인, 「한국농민소설연구」, 『경기대 인문논총』제6호, 경기대 인문과학연구소, 1998.

이종오, 「해방 50년의 근대화 그리고 통일에 관하여」, 『창작과비평』, 1995년 가을호.

이주형, 『한국근대소설연구』, 창작과비평사, 1995.

이주형, 「해방직후 소설에 나타난 민족현실 인식」, 『국어교육연구』20집, 1988.

이주형, 「농민문학의 실체」, 『한국문학사의 쟁점』, 집문당, 1986.

이주형, 「1940년 전후의 한국 농민소설 연구」, 『국어교육연구』27집, 국어교육연구회, 1995.

이지명, 「담론이론의 시각에서 본 도덕과 민족 담론의 양상」, 『국민윤리연구』제51호, 2002.

임진영, 「8·15직후 소설연구」, 『해방공간의 문학연구』, 태학사, 1990.

임헌영, 「전환기의 문학-노동자문학의 지평」, 『창작과비평』, 1978년 겨울호.

전광용 외, 『한국현대소설사연구』, 민음사, 1984.

전석담·최윤규 외, 『조선근대사회경제사』, 이성과 현실, 1989.

전흥남, 「이근영의 문학적 변모와 삶」, 『문학과 논리』2, 태학사, 1992.

진정석, 「이야기체 소설의 가능성」, 『1970년대 문학 연구』, 예하, 1994.

장일우, 「농촌과 문학」, 『한양』, 1963. 12.

정명환 외, 『20세기 이데올로기와 문학사상』, 서울대학교 출판부, 1982.

정영일, 「외향적 경제 발전과 농업 정책」, 『한국경제의 발전과정』, 돌베개, 1981.

정정호 편, 『포스트모더니즘과 한국문학』, 글, 1991.

정태헌, 『일제의 경제정책과 조선사회-조세정책을 중심으로』, 역사비평사, 1996.

정현기, 「암흑기 소설 속의 민중적 절망과 지식인적 고뇌-1930~40년대 소설을 중심으로」, 『한국단편문학』, 금성출판사, 1987.

정호웅, 「농민문학 연구의 현황과 앞으로의 방향」, 『한국학보』37, 1984.

정희모, 「한국 전후 장편소설 연구」, 연세대학교 박사학위논문, 1994.

조갑상, 「김정한소설연구」, 동아대학교 박사학위논문, 1991.

조남현, 「해방직후 소설에 나타난 이념선택의 양상」, 『한국소설과 갈등』, 문학과비평
　　사, 1989.

조기준, 『한국 경제사』, 일신사, 1985.

조기준, 「한국 근대경제 발달사」, 『한국 문화사 대계 Ⅱ-정치·경제사』, 고대 민연,
　　1967.

조정래, 『한국근대사와 농민소설』, 국학자료원, 1998.

조 흡, 「21세기 사회학의 비전을 제시한 앤소니 기든스」, 『인물과 사상』10호, 개마고
　　원, 1999.

최원식, 「농민문학론을 위하여」, 염무웅·백낙청 편, 『한국문학의 현단계』Ⅲ, 창작과
　　비평사, 1984.

최원식, 『민족, 민중 그리고 문학』, 지양사, 1985.

최　학, 「도촌 박노갑의 생애와 문학」, 『호서문학』12집, 1986.

하정일, 『20세기 한국문학과 근대성의 변증법』, 소명출판, 2000.

한국농어촌사회연구소 편, 『한국농업·농민 문제연구』Ⅱ, 연구사, 1989.

한국민중사연구회 편, 『한국민중사』Ⅲ, 풀빛, 1986.

한국사회사연구회, 『한국의 지역문제와 노동계급』, 문학과지성사, 1992.

한국사회사연구회, 『한국 근대농촌사회와 일본제국주의』, 문학과지성사, 1986.

한국사회사학회 엮음, 『한국 현대사와 사회 변동』, 문학과지성사, 1997.

한수영, 「1920~30년대 농민소설의 전개양상」, 『식민지시대 농민소설선』, 민족과 문
　　학, 1989.

한수영, 「근대문학에서의 '전통' 인식」, 『20세기 한국문학의 반성과 쟁점』, 소명 출판,
　　1999.

한완상, 『민중과 지식인』, 정우사, 1978.

한형구, 「해방공간의 농민문학연구」, 『해방공간의 민족문학연구』, 열음사, 1989.

홍기삼, 「농촌문학론」, 신경림 편, 『농민문학론』, 온누리, 1983.

▎국외 논저

Althusser, L., 김동수 옮김, 『아미엥에서의 주장』, 솔, 1991.

Althusser, L., 이진수 옮김, 『레닌과 철학』, 백의, 1991.

Aschcroft, M. 외, 이석호 역, 『포스트콜로니얼 문학이론』, 민음사, 1996.

Bakhtin, M.M., 전승희·서경희·박유미 옮김, 『장편소설과 민중언어』, 창작과비평

사, 1988.

Beck, U., 문순홍 옮김, 『정치의 재발견』, 거름, 1998.

Bergson, H. 정연복 옮김, 『웃음-희극성의 의미에 관한 시론』, 세계사, 1999.

Berman, M., 윤호병·이만식 옮김, 『현대성의 경험』, 현대미학사, 1994.

Calinescu, M., 이영욱 외 역, 『모더니티의 다섯 얼굴』, 시각과언어, 1993.

Chatman, S., 한용환 옮김, 『이야기와 담론』, 고려원, 1991.

Dirlik, A., 설준규·정남영 옮김, 『전지구적 자본주의에 눈뜨기』, 창작과비평사, 1998.

Eagleton, T., 이경덕 역, 『문학비평:반영이론과 생산이론』, 까치, 1986.

Eagleton, T., 윤희기 역, 『비평과 이데올로기』, 열린책들, 1987.

Eagleton, T., 김준환 역, 『포스트모더니즘의 환상』, 실천문학사, 2000.

Felski, R., 김영찬·심진경 옮김, 『근대성과 페미니즘』, 거름, 1998.

Foucault, M., 이정우 해설, 『담론의 질서』, 샛길, 1993.

Fridlender, G., 이항재 역, 『리얼리즘의 시학』, 열린책들, 1987.

Gandhi, L., 이영욱 옮김, 『포스트식민주의란 무엇인가』, 현실문화연구, 2000.

Giddens, A., 권기동 역, 『현대성과 자아정체성』, 새물결, 1997.

Giddens, A.외, 임현진·정일준 역, 『성찰적 근대화』, 한울, 1998.

Gramsci, A., 김종범 옮김, 『남부 문제에 대한 몇 가지 주제들 외』, 책세상, 2004.

Hall, S. 외, 전효관·김수진·박병영 옮김, 『현대성과 현대문화』, 현실문화연구, 2001.

Hauser, A., 한석종 역, 『예술과 사회』, 홍성사, 1981.

Hegel, G.W.F., 최동호 역, 『헤겔시학』, 열음사, 1987.

Jauβ, H.R., 장영태 역, 『도전으로서의 문학사』, 문학과지성사, 1983.

Jouve, V., 하태환 옮김, 『롤랑 바르트』, 민음사, 1994.

Kohl, S., 여균동 옮김, 『리얼리즘의 역사와 이론』, 미래사, 1986.

Koselleck, R., 한철 옮김, 『지나간 미래』, 문학동네, 1998.

Lacan, J., 민승기·이미선·권택영 옮김, 『욕망 이론』, 문예출판사, 1994.

Lanser, S.S., 김형민 옮김, 『시점의 시학』, 좋은날, 1998.

Lefevre, H., 박정자 역, 『현대세계의 일상성』, 세계일보사, 1990.

Levinas, E., 강연안 옮김, 『시간과 타자』, 문예출판사, 2001.

Lukács, G., 반성완 역, 『소설의 이론』, 심설당, 1985.

Lukács, G., 황석천 역, 『현대리얼리즘론』, 열음사, 1986.

Lukács, G.외, 최유찬 외역, 『리얼리즘과 문학』, 지문사, 1985.

Macdonell, D., 임상훈 옮김, 『담론이란 무엇인가』, 한울, 1992.

Macherey, P., 배영달 옮김, 『문학생산이론을 위하여』, 백의, 1994.

Mannheim, K., 임석진 옮김, 『이데올로기와 유토피아』, 청아출판사, 1991.

Martin, W., 김문현역, 『소설이론의 역사』, 현대소설사. 1991.

Metscher, T. & Sznodi, P., 여균동·윤미애 역, 『헤겔미학입문』, 종로서적, 1983.

Mills, S., 김부용 옮김, 『담론』, 인간사랑, 2001.

Nandy, A., 이옥순 옮김, 『친밀한 적』, 신구문화사, 1993.

Norbert-Hodge, H., 김종철·김태언 옮김, 『오래된 미래 : 라다크로부터 배운다』, 녹색
      평론사, 1996.

Pappenheim, F., 황문수 옮김, 『현대인의 소외』, 문예출판사, 1978.

Rimmon-Kenan, S., 최상규 역, 『소설의 시학』, 문학과지성사, 1985.

Said, E., 박홍규 역, 『오리엔탈리즘』, 교보문고, 1991.

Said, E., 김성곤·정정호 공역, 『문화와 제국주의』, 창, 1995.

Savage, M. & Warde, A., 김왕배·박세훈 옮김, 『자본주의 도시와 근대성』, 한울,
      1996.

Thomas M.P.S., 여균동·윤미애 역, 『헤겔미학입문』, 종로서적, 1983.

Todorov, T., 최현무 옮김, 『바흐친 : 문학사회학과 대화이론』, 까치, 1987.

Touraine, A., 정수복·이기현 역, 『현대성 비판』, 문예출판사, 1996.

Wallerstin, E., 나종일·백영경 역, 『역사적 자본주의/자본주의 문명』, 창작과비평사,
      1993.

Watt, I., 전철민 역, 『소설의 발생』, 열린책들, 1988.

Weber, M., 박성수 옮김, 『프로테스탄티즘의 윤리와 자본주의 정신』, 문예출판사,
      1988.

Williams R., 이일환 역, 『이념과 문학』, 문학과지성사, 1982.

Zima, P.V., 허창훈 옮김, 『문예 미학』, 을유문화사, 1993.

Zima, P.V., 서영상·김창주 옮김, 『소설과 이데올로기』, 문예출판사, 1996.

Zima, P.V., 허창운·김태환 옮김, 『텍스트사회학이란 무엇인가』, 아르케, 2001.

고모리 요이치(小森陽一), 송태욱 옮김, 『포스트콜로니얼』, 삼인, 2002.

Michel Pêcheux, H. Nagpal trans., 『Language, Semantics, Ideology』, New York : St.
      martin's Press. 1982.